中國佛教典籍選刊

出三藏記集

〔梁〕釋僧祐撰
蘇晋仁
蕭錬子
點校

圖書在版編目(CIP)數據

出三藏記集/(梁)釋僧祐撰;蘇晋仁,蕭錬子點校. —北京:中華書局,1995.11(2024.9 重印)
(中國佛教典籍選刊)
ISBN 978-7-101-01037-4

Ⅰ.出… Ⅱ.①釋…②蘇…③蕭… Ⅲ.佛經-研究
Ⅳ.B942

中國版本圖書館 CIP 數據核字(2003)第 095592 號

責任編輯:劉浜江
封面設計:周　玉
責任印製:陳麗娜

中國佛教典籍選刊
出三藏記集
〔梁〕釋僧祐 撰
蘇晋仁
蕭錬子 點校

*

中華書局出版發行
(北京市豐臺區太平橋西里 38 號 100073)
http://www.zhbc.com.cn
E-mail:zhbc@zhbc.com.cn
三河市鑫金馬印裝有限公司印刷

*

850×1168 毫米 1/32 · 23⅝印張 · 2 插頁 · 414 千字
1995 年 11 月第 1 版　2024 年 9 月第 8 次印刷
印數:14001-14800 册　定價:96.00 元

ISBN 978-7-101-01037-4

中國佛教典籍選刊編輯緣起

佛教是世界三大宗教之一，約自東漢明帝時開始傳入中國，但在當時並没有産生多大影響。到魏晉南北朝時期，佛教和玄學結合起來，有了廣泛而深入的傳播。隋唐時期，中國佛教走上了獨立發展的道路，形成了衆多的宗派，在社會、政治、文化等許多方面特别是哲學思想領域産生了深刻的影響。這時佛教已經中國化，完全具備了中國自己的特點。而且，隨着印度佛教的衰落，中國成了當時世界佛教的中心。宋以後，隨着理學的興起，佛教被宣布爲異端而逐漸走向衰微。但是，佛教的部分理論同時也被理學所吸收，構成了理學思想體系中的有機組成部分。直到近代，佛教的思想影響還在某些著名思想家的身上時有表現。總之，研究中國歷史和哲學史，特别是魏晉南北朝隋唐時期的哲學史，佛教是一項重要内容。佛學作爲一種宗教哲學，在人類的理論思維的歷史上留下了豐富的經驗教訓。因此，應當重視佛學的研究。

佛教典籍有其獨特的術語概念以及細密繁瑣的思辨邏輯，研讀時要克服一些特殊的困難，不少人視爲畏途。解放以後，由於國家出版社基本上没有開展佛教典籍的整理出版工作，因此，對於系統地開展佛學研究來説，急需解决基本資料缺乏的問題。目前對佛學有較深研究的專家、學者，不少人年事已高，如果不抓緊組織他們整理和注釋佛教典籍，將來再開展這項工作就會遇到更多困難，也不利於中青年研究工作者的成長。爲此，我們在廣泛徵求各方面意見的基礎上，初步擬訂了中國佛教典籍選刊的整理出版計劃。其中，有重要的佛教史籍，有中國佛教幾個主要宗派（天台宗、三論宗、唯識宗、華嚴宗、禪宗）的代表性著作，也有少數與中國佛學淵源關係較深的佛教譯籍。所有項目都要選擇較好的版本作爲底本，經過校勘和標點，整理出一個便於研讀的定本。對於其中的佛教哲學著作，還要在此基礎上，充分吸取現有研究成果，寫出深入淺出、簡明扼要的注釋來。

由於整理注釋中國佛教典籍困難較多，我們又缺乏經驗，因此，懇切希望能够得到各方面的大力支持和協助，使這項工作得以順利完成。

中華書局編輯部

一九八二年六月

目録

卷六

卷七

卷八

卷九

卷十

卷十一

卷十二

卷十三

卷十四

卷十五

序　言

一、僧祐事蹟

釋僧祐，南朝齊梁時代著名的律學大師，也是對佛教歷史、佛教文獻和佛教藝術深有貢獻的學者。〔一〕俗姓俞，原籍彭城下邳（今江蘇邳縣），宋文帝元嘉二十二年（公元四四五年）生於建業（今江蘇南京市）。幼年往建初寺禮拜，因而踊躍樂道，不肯還家。由於父母的憐愛，應允他皈依佛門，師事僧範和尚。十四歲，家人秘密爲之定親，他得知後，堅決辭退親事，〔二〕躲避到鍾山定林寺，投依戒行精嚴的法達法師，竭誠奉侍，學習經律。

二十歲受具足戒之後，受業於法穎律師。法穎精研戒律，博涉經論，宋孝武帝時勅任都邑僧正，齊高帝時又勅爲僧主，撰有十誦戒本並羯磨等，〔三〕爲兩代名德。又從沙門法獻問學。法獻於宋元徽三年（公元四七五年）嘗往西域求經像，以深究薩婆多部馳譽齊世，〔四〕爲律學宗師。因是僧祐亦刻意毗尼，盡心鑽研，晨昏不懈，遂精通律部。齊竟陵王蕭子良每請講律，聽衆常達七八百人。永明年間（公元四八三——四九三年），奉齊武帝之命，往三吳（今江蘇湖州、蘇州、浙江紹興一帶）簡閱糾繩僧尼，並宣講十誦律及受戒之法。十誦律自後秦弗若多羅與鳩摩羅什譯出後，盛行於中土，所以名家輩出。僧祐於此律旦夕諷持，凡四十餘年，春秋講説達七十餘遍，並著有義記十卷。〔五〕繼踵師説，廣爲弘揚，成爲律學宗派的一代傳人，受到齊梁兩代的朝野尊敬。梁武帝凡於僧事有疑，皆就之審議決定。天監九年（公元五一〇年），郢州（州治今湖北武昌）頭陀道人妙光抄略諸經，僞造薩婆若陀眷屬莊嚴經，寫於屏風之上，紅紗映覆，香花供養，煽惑尼嫗尊崇，妄稱聖道。事發之後，武帝即勅僧正慧超，邀請宿德僧祐等二十人，於建康縣（今江蘇南京市）審問其事，論罪定刑。〔六〕僧祐晚年患脚疾，武帝每請之乘輿入内殿爲六宮妃嬪授戒。臨川王蕭宏、南平王蕭偉、儀同陳昂、永康定公主、貴嬪王氏等，皆盡師資之敬。出家在家信徒多達一萬一千餘人。梁世佛教之興盛，他是深有貢獻的。

僧祐自少迄老，專心於大小乘典籍，並著意於文筆，每於講席閑時，僧事餘日，廣訊衆典，披覽羣籍，或專日遺餐，或通宵繼燭，遊目積心，深有所悟。〔七〕於是引據佛經，旁採記傳，自東漢以迄齊梁，凡釋迦的教化事蹟，高僧的景行碑傳，佛典的翻譯傳播，釋教的制度淵源，以及佛教在漢地的發展、論諍等，都分析義例，撰成專著。關於史傳的有釋迦譜十卷，薩婆多師資傳五卷，集諸僧名行記三十九卷；關於文獻的有弘明集十四卷，法苑雜緣原始集十卷，世界記十卷，衆僧行儀三十卷，集諸寺碑文四十六卷，出三藏記集十五卷，諸法集雜記傳銘七卷。〔八〕智昇録卷六稱之爲「法門之綱要，釋氏之元宗」。其中大都亡佚，在歷代書寫與刊刻的大藏經中祇僅存三部。〔九〕然其影響却很深遠。慧皎的高僧傳，僧紹的華林佛殿衆經目録，便直接採用了他所撰寫的資料；寶唱的名僧傳，道宣的廣弘明集，以及後來各家的經録，均宗其本旨，繼承發揮。若干年來，凡研究古代哲學、宗教、文學和歷史，也無不借鑒他所遺留下來的文獻，對於後人，可謂霑溉無窮。

僧祐不但以「道心貞固、高行超邈」見稱於時，〔一〇〕也是佛教文化的大力傳播者。他將所得布施，修繕廟宇，接引善信，在建初寺造立經藏，搜校佛教典籍，使之弘傳。又於定林上寺建般若臺經藏，梁臨川王蕭宏爲之外護，襄贊其成。弟子劉勰區別藏經部類，録而序之。〔一一〕

僧祐對於造像工藝也有精湛的研究。他善於巧思，眼視目准，腦思心算，規定尺寸模式，准畫儀則，匠人依之雕造，像成之後，便能不爽毫釐。所以當時一些巨大的造像工程，多由他監造完成。梁天監八年（公元五〇九年）五月，沙門法悦、智靖於小莊嚴寺營造無量壽佛像，未幾，二人相繼遷化，武帝乃勅以其事委之僧祐。凡用銅四萬三千餘斤，鑄成丈九巨像，後移於光宅寺。相貌莊嚴，人譽之爲「葱河以左，金像之最」。〔一二〕又剡縣（今浙江新昌縣）隱嶽寺北有青壁，直上數十丈。齊永明四年（公元四八六年），僧護經行其處，聞有絃管歌讚之聲，於是發願鐫造十丈石佛，未成而卒。後有沙門僧淑繼其遺功，亦未獲成。〔一三〕至梁天監十二年（公元五一三年）春，建安王蕭偉請僧祐專任監造。他巡視規度，認爲僧護所鑿之龕過淺，乃鏟入五丈，更施頂髻。凡龕高一十一丈，廣七尺，深五丈，彌勒身高十丈，座廣五丈六尺，〔一四〕龕前駕三層臺，並造門閣殿堂，以充供養，至天監十五年（公元五一六年）完功。四遠士庶提挾香花，萬里雲集，瞻仰膜拜，莫不讚嘆工程之偉大，妙相之恢弘，歌頌僧祐的工藝高超，備極崇敬。

僧祐以天監十七年（公元五一八年）卒於建初寺，享年七十四歲。葬於鍾山定林寺舊墓，正度爲之樹碑，劉勰撰文。他的弟子寶唱、〔一五〕智藏、慧廓、〔一六〕明徹、〔一七〕正度、〔一八〕劉勰〔一九〕等，也都知名當代，有著作傳世。

二、出三藏記集

（一）撰寫缘起

佛教自東漢經西域傳來，教義的傳播，有賴於經典的翻譯，譯經便成爲弘揚佛教首要的事業。經歷魏晉，譯人繼出，譯籍日富，佛典目録乃應運而興。有專紀個人譯經的，如晉竺法護衆經録，〔二〇〕有通紀漢魏晉各代譯經的，如晉聶道真衆經録，〔二一〕有以紀一國譯經爲主的，如佚名的趙録。〔二二〕到東晉孝武帝寧康二年（公元三七四年），道安法師撰綜理衆經目録，標明各代譯經，搜集各地失譯典籍，乃成爲一部劃時代的著作，爲佛教目録學的發展，奠定了一个良好的基礎。所以僧祐予以很高的評價，說：「昔安法師以鴻才淵鑒，爰撰經録，訂正聞見，炳然區分。」但是自道安以後，「妙典間出，皆是大乘寶海，時競講習，而年代人名，莫有銓貫，歲月逾邁，本源將没，後生疑惑，奚所取明」。於是「牽課羸恙，沿波討源，綴其所聞，名曰出三藏記集」。〔二三〕這便是他撰寫本書的緣起。

可以看出，他是深受道安經録的影響，一方面繼承其依時代紀録譯人譯經、各地失譯經、疑經和注經四種類型的目録，另一方面又增加了不同譯本的異譯經、多卷本單卷本失譯經、抄經、僞經等目録，並分別注明其存佚。此外，他又在整理經藏的過程中，搜集大量序文和題記，並撰寫一部分翻譯家及佛教學者的列傳，融佛典目録、譯經文獻、譯人傳記於一爐，以譯經爲中心，相互聯繫，構成一部綜合而完整的佛教書録。在目録學上，是一種創造性的發展。所以這部著作，受到後人的高度重視。

（二）資料來源

在出三藏記集中，引用有各家的佛經目録，有衆經的序言和題記，有法顯、智猛的遊記，有採訪搜集到的資料。以僧祐的博學，當時能見到的資料當遠不止此。可惜有的未注明來源，加以書闕有間，查訪無從，現在衹能將可考知的列之於次。

①古録　長房録卷十五未見目録載：「古録一卷，似是秦時釋利房等所齎來經目録。」道宣録卷十作：「古經録一卷，右尋諸舊録，多稱爲古録，則似秦時釋利防等所齎經録。」（智昇録卷十同。）三書言秦時有經録，爲時過早，當不可據。在本書中，卷三新集安公失譯經録引用一次，卷四新集續撰失譯雜經録中引用三次，可能是早期流傳下來佚名人撰的一部目録。

②舊録　長房録卷十五未見目録中載：「舊録一卷，似前漢劉向搜集藏書所見經録。」道宣録卷十云：「舊録一卷，右撿似是前漢劉向校書天閣，往往多見佛經，斯即往古所藏經録。或孔壁所藏，或秦政焚書人中所藏者。」（智昇録卷十作舊經録，餘略同。）按前漢時佛教尚未傳來，更不可能有經録，三者所言不可信。在本書中引用此録達一百一十餘處之多，則齊梁時代實有此録，自無疑義。本書卷二引此

録至晉成帝時康法邃抄集正譬喻經十卷爲止，疑此録爲四世紀五十年代東晉所流傳失撰人名之經録。

③護公録　長房録卷十五未見目録中載：「晉時竺法護録一卷。」道宣録卷十作：「西晉沙門竺法護衆經録一卷，右依撿是晉武帝長安青門外大寺沙門也。翻經極廣，因出其録。」（智昇録卷十同。）本書卷四新集續撰失譯雜經録於梵網經一卷下注云：「與護公録所出梵網六十二見大同小異。」又卷九僧祐撰大集虚空藏無盡意三經記云：「但護公録復出無盡意經四卷，未詳與此本同異。」則此録在齊梁時代仍存，故僧祐引之。

④安公録　本書卷五新集安公注經及雜經志録引有作者釋道安自己的記載：「此土衆經出不一時，自孝靈光和以來，迄今晉寧康二年，近二百載，值殘出殘，遇全出全，非是一人，難卒綜理，爲之録一卷。」此段話中未注明書名，長房録卷八作綜理衆經目録一卷，卷十五則作釋道安録一卷。道宣録卷十云：「綜理衆經目録一卷，右依撿東晉孝武太元中，前秦沙門也。自前諸録，但列經名品，位大小，區别人代，蓋無所紀，後生追尋，莫測由緒。安乃總集名目，表其時世，銓品新舊，定其制作，衆經有據，自此而明，在後羣録，資而增廣。是知命世嘉運，睿哲卓興，可不鏡諸。」（智昇録卷十與此略同。）本書所引尊之爲安公録，即是其書。此録在長房録卷十已列入未見目録中，則是隋世已佚，可幸的是僧祐將此録絶大部分收入本書中，有的保存原型，有的加以删節，前後次第間有所變更，但其面貌大致仍可概見。

⑤别録　長房録卷十未見目録中，有東晉支敏度録一卷，又都録一卷。道宣録卷十載：「東晉沙門

支敏度經論都録一卷，右依撿晉武帝豫章山沙門也。其人總校古今羣經，故撰都録，敏度又撰別録一部。」（智昇録卷十同。）以本書勘之，卷二新集撰出經律論録中，支讖譯經引二處，支謙譯經引六處，白延譯經引三處，竺法護譯經引五處，竺叔蘭譯經引一處，竺法炬譯經引一處，曇摩讖譯經引二處，又卷四新集續撰失譯雜經録引一處，共引二十一處，並皆注安録所無，是道安未見此録。自其所引最遲至北涼時代言之，道安亦不可能見到此録，故本書所引不是支敏度的別録。按長房録卷十五載有「衆經別録二卷，未詳作者，似宋時述」。是費長房開皇十七年（公元五九七年）撰録時此録仍存，故詳載其篇目卷數。道宣録卷十仍之。至智昇開元十八年（公元七三〇年）撰開元録時，已尋本未獲。〔二四〕但在敦煌石室中，發現此録的殘本，〔二五〕係分類目録，其分類法曾受到劉宋釋慧觀五時判教的影響，故費長房題「似宋時述」。但其中載有南齊時代的譯經，則當爲南齊佚名僧人之所撰。

⑥王宗經目　長房録卷十五未見目録中載：「釋王宗録二卷，前齊世。」道宣録卷十作：「前齊沙門王宗録二卷，右依撿齊武帝時沙門也。所出此録，見梁三藏集記。」智昇録卷十作：「衆經目録二卷，右蕭齊武帝時沙門王宗撰，見梁三藏記。」本書卷四新集續撰失譯雜經録於「佛從兜率降中陰經四卷」下注「出王宗經目」，只此一見，則此録作者釋王宗與僧祐爲同時代之人。

⑦法顯傳　本書卷二作佛遊天竺記，長房録卷七、道宣録卷三、智昇録卷三均作歷遊天竺記傳。歷代大藏經刊本均作法顯傳，爲法顯自述其巡禮天竺之記録。本書卷十五法顯法師傳，即引用此傳。

⑧遊外國傳　本書卷十五智猛法師傳云：「以元嘉十四年（公元四三七年）入蜀，十六年（公元四三

九年）七月七日於鍾山定林寺造傳。」記遊歷印度求經之事。又卷八有二十卷泥洹記，即注出智猛遊外國傳，其內容與卷十五之傳所云相同，則二者均出於遊外國傳。

⑨喻疑　本書卷五載此文云：「昔慧叡法師久嘆愚迷，製此喻疑，防於今日，故存之錄末。」梁傳卷七有宋京師烏衣寺釋慧叡傳，叡嘗於長安從鳩摩羅什問學，後有名於宋世。

⑩訶梨跋摩傳　本書卷十一載此傳云：「余尋訶梨跋摩述論明經，樞機義奧，後進所馳。荆州暢公製傳，頗徵事蹟，故復兼錄，附之序末；雖於類爲乖，而顯證是同焉。」按訶梨跋摩爲印度成實宗之祖，幸玄暢撰有此傳，得以明其事蹟。亦幸僧祐「附於序末」，得以保存。祐於傳末又注云：「造諸數論大師傳，並集在薩婆多部，此師既不入彼傳，故附於此。」祐撰薩婆多部師資記時，已年逾「知命」，〔二六〕即在五十歲之後，已是齊末梁初。疑此傳是本書已撰成後所搜集到之資料，故附於成實論序記之後。梁傳卷八有齊蜀齊後山釋玄暢傳。

另一方面是僧祐的親身採訪。如八百四十六部失譯的經典，原來散逸在各方，不知他經歷了多少年的奔走搜集，纔訪求得到，保存在他創建的建初寺或定林寺的經藏之中。至於另外四百六十部祇聞其名未見其書的失譯經，一定也是多方探索，來之匪易。「祐所以杼軸於尋訪，崎嶇於纂錄」，〔二七〕聊聊數語，其中不知包含多少艱辛。又如他在賢愚經記中說：「京師天安寺釋弘宗者……洎梁天監四年（公元五〇五年），春秋八十有四……祐總集經藏，訪訊遐邇，躬往諮問，面質其事。」〔二八〕便是真實的寫照。

（三）撰寫年代

長房録卷十五載：「出三藏集記録，齊建武年律師僧祐撰。」建武乃齊明帝年號，爲公元四九四至四九七年。四年之後，齊卽滅亡，蕭衍代之而建立梁朝。此爲記本書撰寫年代之最早記録。其後道宣録卷十則作梁出三藏集記，齊末梁初釋僧祐撰。智昇録卷六則作出三藏記集，亦齊時撰。書名雖有紛歧，實卽一書，而撰寫年代則有齊代與梁代兩種不同之記載。但是，在本書中，標明梁代者不斷出現，兹按年排列如下：

卷十四求那毗地傳云：「中興二年冬卒。」是年卽梁天監元年（公元五〇二年）。

卷五新集安公注經及雜經志録載：僧法尼於天監元年所誦出經有益意經二卷，般若得經一卷，華嚴瓔珞經一卷。

卷五新集疑經僞撰雜録載：衆經要覽法偈二十一首一卷，梁天監二年（公元五〇三年）比丘釋道歡撰。

卷二新集經律論録載：教戒比丘尼法一卷，梁天監三年（公元五〇四年）鍾山靈耀寺沙門釋僧盛依四分律撰。

卷五新集安公注經及雜經志録載：僧法尼於天監三年所誦出經有出乘師子吼經一卷。

又載僧法尼於天監四年（公元五〇五年）所誦出經有踰陀衛經一卷，阿那含經四卷，妙音師子吼經三卷。

卷九賢愚經記云：「京師天安寺沙門釋弘宗者……洎梁天監四年，春秋八十有四，凡六十四臘，京師之第一上座也。」

卷十二法苑雜緣原始集卷十三目録中，有皇帝天監五年（公元五〇六年）四月八日樂遊大會記第八一目。

卷五新集安公注經及雜經志録云：「薩婆若陀眷屬莊嚴經一卷，梁天監九年（公元五一〇年）郢州頭陀道人妙光……遂潛下都，住普弘寺，造作此經。」

卷七慧印三昧及濟方等學二經序讚云：「有廣州南海郡民何規，以歲次協洽，月旅黄鍾，天監之十四年（公元五一五年）十月二十三日，采藥於豫章胡翼山。」

卷八注解大品經序云：「此經東漸二百五十有八歲，始於魏甘露五年（公元二六〇年）至自于闐。」自甘露五年加二百五十七歲，爲公元五一七年，即梁天監十六年。

其他言及梁代者，卷二序云：「發源有漢，迄於大梁，運歷六代，歲漸五百。」又卷十二法苑雜緣原始集序中有「大梁受命，道冠百王，神化傍通，慧化冥被」之語，其目録中最末卷十三、十四有大梁功德上下兩卷，皆是梁代之事。

按本書卷十二所載，此書原爲十卷，當撰於齊代（卷十四鳩摩羅什等譯師之漢譯名，皆作「齊言」爲何，可以爲證）。是乃本書之原型。入梁以後，不斷有資料出現，僧祐乃陸續有所增益，其卷次、結構亦有所變更，如卷十二雜録，與前六卷經序的體製迥不相侔，顯係後來所補入，漸次擴展成爲十五卷。長房録卷十一載：「華林佛殿衆經目録四卷，天監十四年（公元五一五年）勅安樂寺沙門釋僧紹撰。紹略取祐三藏集記目録分爲四色，餘增減之，見寶唱録。」（道宣録卷四同。）由此可證天監十四年以前，本書已行世。後又有所增加，故有天監十六年之作品在内，直至次年僧祐去世以前，皆在不斷增補之中。古人著述之謹慎精到，孜孜不倦，於此可見。

（四）本書内容

本書總序介紹全書分爲四部分，卷一爲撰緣記，卷二至卷五爲銓名録，卷六至卷十二爲總經序，卷十三至卷十五爲述列傳。茲分述於下：

①撰緣記

卷一分爲五目，主要依據大智度論、十誦律、菩薩處胎經等經律論所載，闡述釋迦世後，弟子們結集經律論的情況，佛藏的分類，梵漢文字的起源及差異，梵文新舊譯語的不同等，可以説是本書的導言。

②銓名録

卷二凡三目，首先是新集撰出經律論録，是在道安目録的基礎上加以擴大和補充。序中説：「爰自安公，始述名録，銓品譯才，標列歲月，妙典可徵，實賴伊人。敢以末學，鬻附前規，率其管見，接爲新録。兼廣訪別目，括正異同，支竺時獲異經，安録所記，則爲未盡，今悉更苞舉，以備録體。」其中除道安所載的十七家之外，擴充爲近八十家。增補的有後漢竺摩騰、竺朔佛，魏維祇難、竺將炎、白延，西晉帛法祖，東晉衛士度以下至梁代凡六十餘人，這一部分是作者用相當長的時間，付出很大精力纔收集到的。雖然還不全備，但是六代譯經，已粗具規模。此外於經名部數，在道安已著録的十七家中，也有所補充。補經名的，如支謙譯經：

首楞嚴經二卷，龍施女經一卷，法鏡經二卷，鹿子經一卷，十二門大方等經一卷，賴吒和羅經一卷。　以上六經補自別録，安録原無。

補譯經時間的，如法護譯經：

正法華經十卷，舊録云，或云方等正法華經，太康七年八月十日出。

大哀經七卷，舊録云，如來大哀經，元康元年七月七日出。　二經皆據舊録補譯時。

補異名的，如安世高譯經：

百六十品經一卷，舊録云，增一阿含百六十章。

流攝經一卷，舊録云，一切流攝經，或云一切流攝守經。　二經皆據舊録補異稱。

補存闕的，如支讖譯經：

首楞嚴經二卷，中平二年十二月八日出，今闕。

方等部古品曰遺日説般若經一卷，今闕。　二經皆注明梁代已不存。

提出質疑的，如安世高譯經：

雜經四十四篇二卷，安公云，出增一阿含。既不標名，未詳何經，今闕。

又如支謙譯經：

大般泥洹經二卷，安公云，出長阿含經。祐案：今長阿含與此異。

了本生死經一卷，安公云，出生經。祐案：五卷生經無此名也。　上經皆與安録不同，故提出質疑。

考證異同的，如支讖譯經：

內藏百品經一卷，安公云，出方等部。舊録云，內藏百寶經。遍校羣録，並云內藏百寶，無內藏百品，故知卽此經也。　據舊録更正經名。

又如法護譯經：

五蓋疑結失行經一卷，安公云，不似護公出。後記云，永寧二年四月十二日出。　據後記證明是法護譯。

這些都是對於道安録的補充和糾正。

其次是新集條解異出經録。異出經卽同本異譯的經典。僧祐認爲一是「梵書複隱，宣譯多變」；二是「出經之士，才趣各殊」；三是「辭有質文，意或詳略」。前者是由於梵文文意艱深，難於翻譯，致一譯再譯；後兩者是由於譯人的喜好和風格不同而致重譯。在這三種之外，還有因爲時代不同，地域隔閡，故同一梵本，前人譯出，後人未知，於是又譯。也有甲地譯了，未傳至乙地，於是乙地又譯一本。當然也有梵文傳本，原來就有文偈多寡的不同，所以一譯再譯的情況就不斷出現了。

再次是新集表序四部律録。四部律指鳩摩羅什譯之十誦律，佛馱耶舍譯之曇摩德律，法顯譯之摩訶僧祇律，佛馱什譯之彌沙塞律。此録智昇録卷十已云「卷中無」，是開元時已佚，内容已無從知曉。

卷三凡七部分，前四部分是安公古異經録，安公失譯經録，安公涼土異經録，安公關中異經録，都是轉録道安録中遺失譯人名、流傳於各地的經典。按道安録原來的次第，古異録在最末，僧祐以爲這一部分經典是古代最早期的譯本，故移之於首。這些經多出自四阿含經，或取經語爲經名，或取其中一事而立名，僧祐間加考證其異名，並注明存佚。安公失譯經録原載一百三十四經（實際祇有一百三十一經），僧祐又從安公注經録末將所載的鉢呿沙經等十一經移之於此，共一百四十二經。涼土異經是在涼州譯出的經典，關中異經是在關内長安譯出的經典。這兩部分失譯經，是道安自己和弟子們輾轉從兩地尋找得到的。僧祐稱贊道安的苦心搜集，保存了許多不易見到的譯本。但是也指出，經名太簡，祇用題目上的兩个字概括全稱，並且不列卷數，行間相接，後人抄寫，以致混雜。原來有朱筆點斷，後來朱點黯淡，就無法分清是一名是二名。加上異名重複，更形成雜亂。所以加以删削整理，標明卷部，使名實相符。這部分僧祐是用了相當的功力，並引舊録對照，注明存佚，纔成爲現在這樣眉目醒然。

後三部分是新集律分爲五部記録，新集律分爲十八部記録，新集律來漢地四部序録，都是記録五部律的分化，衍爲十八部，及傳來漢地四部戒律的翻譯過程。這些律的傳來，都在道安時代之後，所以道安録不可能提到。僧祐是傳律的大師，對戒律格外重視，故用較多的篇幅來闡述，同時也彌補了道安録這方面的不足。

卷四是新集續傳失譯雜經録。自漢魏迄梁，歷數百年，由於古來譯經非止一地，譯人隨手譯出，致譯籍零散；加以抄寫之時，有的分割大部成爲零篇，並且隨意取名，間或益以與之無關的字詞，致一書數名，一名數書，形成混亂。僧祐經過多年的搜輯校勘，分別存佚，共得一千三百餘部，成績不可謂不大。有的注明出自何部大經，如：

佛譬欵徹十方經，一卷，抄方等大集經。

佛心總持經，一卷，與生經所出心總持經大同小異。

世尊繫念經，一卷，抄阿含。

光世音經，一卷，出正法華經，或云光世音普門品。

有的還加以考證，如：

賢劫千佛名經，一卷，唯有佛名，與曇無蘭所出四諦經千佛名異。

雜譬喻經，一卷，凡十一事，安法師載竺法護經目有譬喻經三百首二十五卷，混無名目，難可分別。今新撰所得，並列名定卷，以曉覽者。尋此衆本多出大經，雖時失譯名，然護公所出或在其中矣。

安宅咒，一卷，安法師所載竺法護經目有神咒三卷，既無名題，莫測同異。今新集所得，並列名條卷，雖未詳譯人，而護所出咒必在其中矣。

蜀首楞嚴經，二卷，出舊録所載，似蜀土所出。

這一部分失譯經，正如序中所説，是「讐校歷年，因而後定」的。

卷五前四部分係抄經、疑僞經、注經之目録。新集抄經録主要爲齊竟陵王蕭子良抄寫的經典，餘爲釋慧遠及佚名等的抄經。新集安公疑經録是道安指出疑僞之經。新集疑經僞撰雜録是僧祐考察知名之人或不知名之人僞作之經，其中也有以抄經列入的。新集安公注經及雜經志録爲道安所注衆經及所撰西域志、綜理衆經目録等，末又附僧法、妙光等疑僞之經，當是後來所附入。末附小乘迷學竺法度造異儀記及喻疑，是兩篇護教的文字。

③總經序

卷六至十一是大小乘經律論之序言及題記，大部爲翻譯時現場所寫之序言、後記，與譯經之歷史關係極爲密切，乃譯經史上寶貴的最原始記録。凡一百一十篇，其中三十三篇見於現存的大藏各經中，七十七篇則祇見於本書，故這一部分是極爲難得的文獻。

第十二卷爲雜録，載有陸澄法論目録，齊竟陵王蕭子良法集目録，及作者自己所撰各書之目録。雖其中著述大多亡佚，但是仍反映出晉宋齊梁幾个朝代佛教論著盛行的情況。

④述列傳

卷十三至十五爲僧傳部分。前兩卷二十二篇爲東來譯經大師的傳記，末一卷十篇爲漢地弘法及西行求經大德的傳記。正附傳共紀高僧四十九人。既是現存最早的高僧傳記，也是後漢迄南齊在佛教史上最有影響的人物之重要紀録。

綜觀全書，以目録爲主幹，記述大量迻譯的經典，有知譯人名者，有失譯人名者，有疑僞者。圍繞集録衆多的序記，以詳述翻譯的過程，參加的人選，當時譯場的規模，經論傳播的源流和内容大意。繼之以譯人傳記，以見翻譯之因緣及風格的各異。故本書雖析爲四部分，而中心則以佛典翻譯爲主。後世費長房撰歷代三寶紀，道宣撰大唐内典録，智昇撰開元釋教録，靖邁撰譯經圖記，或利用本書之資料，或繼承本書之篇章，踵事增華，無不深受其影響。

（五）版本及流傳

本書卷十二釋僧祐法集總目録序云出三藏記集十卷，這是最早的撰本，其原稿當成於齊代，入梁後續有所增，乃發展成現在的十五卷本。其中增補之迹，亦很顯然。一種是作者自己所增補，除上所列有梁代年號者外，尚有：

卷二新集撰出經律論録法顯譯經，作：「右十一部，定出六部，凡六十三卷……其長、雜二阿含、綖經，彌沙塞律、薩婆多律抄，猶是梵文，未得譯出。」是已譯之六部，加未譯之五部共十一部。現則另有法顯著之佛遊天竺記一卷，置於最末，不在所計數字之中。智昇録卷三法顯譯經中已載此書，云「出僧祐録」，是此記爲僧祐後來所補入。

卷五新集安公注經及雜經志録，此録於道安撰述之後忽闌入僧法尼所出經二十一部，又有妙光僞造經一部，自其文字觀之，當是僧祐於梁天監九年（公元五一〇年）以後所附入。然此卷前有新集疑經僞撰雜録，此部分應歸入之，而置於此，體例混淆，殊非所宜。此有二種可能，或是後來補入，僧祐錯置；或是後人抄寫，頁次顛倒，致成訛誤。至其後所列法苑經一百八十九卷，抄爲法捨身經六卷，則已於本卷新集抄經録之末登録，説明文字亦大致相同，顯係重複，或爲後人所增。

卷十二雜録，此一卷體製與前六卷全爲序言、題記者不同，雖有序，而以目録爲主，其内容亦非譯經，而爲著述論議，其中又以僧祐之著作爲多，其爲後來所附入，至爲明顯。

卷十三曇摩難提傳末附有竺佛念之傳，卷十五佛念又有專傳，似曇摩難提傳撰寫在前，後又得到佛念之詳細資料，故撰爲專傳，而前列之附傳亦未删去，致成複見。

另一種是後人所添附，與僧祐之體例和所言不一致，如：

卷二新集撰出經律論録中安世高譯經，自安般守意經一卷至難提伽羅越經一卷，云：「右三十四部，凡四十卷。」長房録卷四安世高譯經之末有義決律一卷，下注「亦云藏決律法行，道安云，出長阿含，或有經字者，見僧祐録。凡三十四部，合四十卷」。是隋代費長房所見之僧祐録亦同，可證原本爲「三十四部，四十卷」。但現本所載安世高之譯經則爲「三十五部，四十一卷」，是其中必有一部爲後來所增附，故致不同。至所增爲何經，可以長房録卷四安世高譯經對照勘之。此三十五經中，有三十四部長房均注明見僧祐録，只九横經一卷注「出雜阿含」，道宣録卷一、智昇録卷一均同，是此經爲僧祐録原所無，而爲後人補入者。

又佛陀跋陀羅譯經作「右十部經凡六十七卷」，今則有十一部經，六十九卷，是其中有一部爲後人所附入。以智昇録卷三佛陀跋陀羅譯經勘之，有十經均云引自僧祐録，唯菩薩十住經一卷不云出自何録，則此經即後人所增者，但卷數仍有一卷之差。

又就長房録卷十一、道宣録卷四考之，其齊代譯經均祇引至釋法度譯之毗跋律爲止，智昇録卷六則據「法經録云法度僞造，以濫律名，今廢不立」而不載。齊代之後僧祐録所載之經有：

教誡比丘尼法，一卷，梁釋僧盛撰。按長房録卷十一引自寶唱録，不云出僧祐録。道宣録卷四與之同。

大智論抄，二十卷，一名要論，晉釋慧遠略要抄出。按長房録卷七作大智論要略，亦云釋論要抄，不云出僧祐録。道宣録卷三與之同。此係抄經，於本書卷五新集抄經録已著録，亦非譯本，此處不應重出。

虚空藏經，八卷，乞伏時沙門聖堅出。按長房録卷九作方等王虚空藏經，引自晉世雜録，不云出僧祐録。道宣録卷三、智昇録卷四與之同。

十二因緣經，一卷，建武二年出。

須達長者經，一卷，建武二年出。按長房録卷十一載此二經，但不云引自僧祐録。道宣録卷四與之同。智昇録卷六作「祐云建武二年出」。從以上五經觀之，是長房、道宣所見之僧祐録，均無此五經，至智昇時，始見到後二經。疑此部分卽到齊爲止，五經皆後人所隨手附入；故不合本録依年代編次之體例，而將晉、乞伏秦反置於梁後。且十二因緣等二經，本書卷十四求那毗地傳明言卽其所譯，非不明譯人者，而此處法度之前，卽有求那毗地之譯經，何不合之爲一，可見亦非僧祐所補，而爲後人闌入者。

卷二新集條解異出經録自成具光明經以下之九經，體式旣與上不一，而無量壽經、小品、方等泥洹經上已載之，不應複見；又長阿含經、摩訶僧祇律有的還是梵本，並未譯出，更不應列入，則此數經是後來不學之人所附益。僧祐自補，當不致如是之謬誤。

後人妄增，似非出自一手，時間當在開元之前。

僧祐録之原本十卷，爲撰緣記一卷（今卷一），銓名録三卷（今卷二至卷五），總經序三卷（今卷六至卷十一），述列傳三卷（今卷十三至卷十五），後銓名録擴充爲四卷，總經序擴充爲六卷，另益以卷十二雜録一卷，共增加五卷，乃成十五卷。

後來的傳本，由於分合不同，也有所歧異：

法經録卷六作三藏集記十六卷。

長房録卷十一作三藏集記十六卷。

道宣録卷四及卷十均作出三藏記集十六卷。

智昇録卷六作出三藏記集十五卷。注云：「祐録自云十卷，長房、内典二録云十六卷。」又卷十列有細目，作十五卷。又卷二十入藏録亦作十五卷。

不詳十六卷如何分法。自智昇録以此書入藏後，一般均作十五卷。唯明北藏本分卷不同，卷四自新集續撰失譯雜經録第一起，至信能渡河經一卷止，爲卷第四上；自積木燒然經一卷起，至卷末異出了本經一卷以後爲卷四下，則成兩卷。卷五仍作卷五（實爲卷六），卷六則作卷七，下依次類推。卷十二則作十三，然此卷又分爲兩卷，自「宋明帝勅中書侍郎陸澄撰法論目録序第一」起，至「法集雜記傳銘七卷，右一部第八帙」止爲第十三卷，自「釋迦譜目録序第四」起，至「僧柔法師碑銘一卷，劉勰，右七卷共帙」止爲卷十四。以下三卷依次爲十五、十六、十七，故北藏本爲十七卷。

（六）校勘問題

本書自齊梁流傳，至唐開元間入藏，宋代刊刻大藏經，元明各有刊本，此外高麗海印寺亦有刊本。近世日本縮刷藏、大正藏、上海頻伽藏均有排印本。千餘年來，歷經抄寫刊刻，其間魯魚帝虎，頗不鮮見。兹以磧砂藏爲底本，據縮刷藏、大正藏所引麗藏、宋藏、元藏、明藏互刊字句外，並引據各書勘之。如：

卷一出三藏記集序：「誦説比肩，而莫測傳法之人，授之受道，亦已闕矣。」按「授之受道」各本皆同，唯道宣録卷四引作「授受之道」，其意始通。

同卷集三藏緣記：「唯阿難親愛未除，未離欲故。」按大智度論卷二「親」下有「屬」字。阿難爲釋迦牟尼之弟，有「屬」字始合其身份。

卷六了本生死經序：「凡在三界，罔弗冠癡佩行嬰，舞生死而趣陰堂。」全晉文卷一五八無「行」字。按下文有「辞癡冠、決嬰佩」之語，則「行」字爲衍文，作「冠癡佩嬰」爲是。

卷七合放光光讚略解序：「而從約必有所遺，於天竺辭及騰每大簡焉。」按道安摩訶鉢羅若波羅蜜經抄序云：「五者，事已全成，將更傍及，反騰前辭，已乃後說。」則「及騰」乃「反騰」之訛。

同卷首楞嚴經後記：「咸和三年，歲在癸酉，涼州刺史張天錫在州出此首楞嚴經。」按咸和三年爲戊子歲（公元三二八年），時尚無前涼，則咸和有誤。智昇録卷四引此後記作「咸安三年癸酉」（公元三七三年），是「和」字爲「安」字之誤。

卷九十住經含注序：「然則境雖□□，理故心緣，精魄彌綸，體故靈照。」按各本「雖」下接「理」字，此句與下文爲對應之句，則「境雖」下應有二字脱文。又：「非夫探鈎玄，亹研機，孰能亢貞鑒，敬於希微。」按末二句爲對應之句，則「亢」下應脱「於」字。又：「故廓六天以妙處，引法雲以勝衆，蓋非勝無以扣其玄，處非妙不足以光其道。」按上文有「妙處」、「勝衆」之文，則此處「蓋」下當有「衆」字，「衆非勝」與下「處非妙」相對，否則上下文不一。

卷十道地經序：「傳其將終，我若立根得力大士誠不虛者……正值慕容作難於近郊，然譯出不襄。」據全晉文卷一五八，「終」下有「言」字，「不襄」作「不衰」，皆是。

同卷僧伽羅刹集經後記：「窮校考定，務存典骨。」按「窮」字疑是「躬」字，形似而訛。卷十一關中近出尼二種壇文夏坐雜十二事並雜事共卷前中後三記：「卷初記云，太歲己卯，鶉尾之歲。」麗本作「鶉尾」，宋本、磧砂本、元本、明本作「鶉火」。「鶉尾」於辰爲巳，「鶉火」於辰爲午，與太歲己卯皆不合，疑「卯」字是「巳」字之訛，「己巳」與「鶉尾」相合。

此例甚多，不煩枚舉。

（七）標點問題

關於本書的標點，日本縮刷藏本、大正藏本，均有斷句。此外，各書引用本書之篇章，施加標點的頗多。由於理解的不同，致上下歧互，不成句逗者亦不鮮見。標點雖細節，關係原意的表達則甚要。茲摘取各書有誤者，分爲十例，以供商榷。

①不解人名致誤

大正藏本書卷十四佛馱跋陀傳：「京都法師僧弼。與名德沙門寶林書曰。鬬場禪師甚有大心。便是天竺王。何風流人也。」按此謂鬬場寺佛馱跋陀禪師爲天竺之王，何等風流人物，有誤。應標點爲「京都法師僧弼與名德沙門寶林書曰：『鬬場禪師甚有大心，便是天竺王、何，風流人也！』」王謂王弼，何謂何晏。魏少帝正始中，二人演説老、莊，競尚清談，開一代玄學之風。此謂鬬場寺佛馱跋陀爲天竺之王弼何晏，領袖佛教，乃一代風流人物也。

全宋文卷八三慧遠修行地不浄觀經序：「摩田地傳與舍那婆。斯此三應真。大願弘覆。」按舍那婆斯爲人名，本書卷十二薩婆多部師資記目録中卽有舍那婆斯羅漢之名。「婆」字下句點應移於「斯」字之下。

②不解經名致誤

中國佛教思想資料選編第一卷〔二九〕道安增一阿含序：「全具二阿含一百卷鞞婆沙婆和須蜜僧伽羅刹傳。此五大經，自法東流，出經之優者也。」按以上經名有誤。鞞婆沙、婆和須蜜（亦作尊婆須蜜菩薩所集論）、僧伽羅刹傳（亦作僧伽羅刹所集經）均爲僧伽跋澄等所譯之經，與僧伽提婆譯之中阿含經、增一阿含經，故稱五大經。

全梁文卷七一僧祐略成實論記：「更集尼衆二部名德七百餘人續講十誦律志。令四衆浄業還白。」按十誦律爲律部之經名，「志」字屬下句，不應作「十誦律志」。

③不明官制致誤

日本國譯一切經出三藏記集〔三〇〕卷五長安叡法師喻疑：「漢末、魏初廣陵彭城之二（人）、相出家、並能任持大照，尋味之賢始有講次。」按漢制，相爲中央王朝派往郡國，輔佐郡國之王執掌政務之官。此謂廣陵國相、彭城國相均出家爲僧。應標點爲：「漢末魏初，廣陵、彭城二相出家，並能任持大照，尋味之賢，始有講次。」

④不明佛教制度致誤

全晉文卷一五八道安阿含經序：「其中往往有律語。外國不通。與沙彌白衣共視也。」按佛教戒律，受具足戒之出家僧人始得讀之，未成年之沙彌及白衣（在家人）均不得觀看。故此句斷句有誤。應作：「其中往往有律語，外國不通與沙彌、白衣共視也。」

⑤不明掌故致誤

大正藏本書卷五長安叡法師喩疑：「是惜一肆之上而有鑠金之説。一市之中而言有虎者。三易惑之徒則將爲之所染。」按此乃用衆口鑠金、三人市虎二故實，非三易惑之徒。應標點爲：「是惜一肆之上，而有鑠金之説；一市之中，而言有虎者三。易惑之徒，則將爲之所染。」

⑥不明文體致誤

佛教經籍選編（三）道朗大涅槃經序：「啟靈管則悟玄光之潛，映神珠之在體……是以此經開誠，言爲教本。廣衆喩以會義。」按六朝之文，多爲駢儷對偶之作，此處「潛映」與「在體」相對，「開誠言」與「廣衆喩」爲對。應作：「啟靈管則悟玄光之潛映；神珠之在體……是以此經開誠言爲教本，廣衆喩以會義。」

⑦不明文意致誤

大正藏本書卷六康僧會安般守意經序：「余之從請。問規同矩。合義無乖。異陳慧注義余助斟酌非師不傳不敢自由也。」按此段斷句，文義全乖，意亦不明。應作「余從之請問，規同矩合，義無乖異。陳慧注義，余助斟酌。非師不傳，不敢自由也。」

⑧不明詞意致誤

佛書解説大辭典第十二卷[三]東晉之譯經引僧叡大品經序：「私以般若波羅蜜爲題者，致使文言舛錯、前後不同，良由後生虛己懷薄信、我情篤故也。」按此處以「薄信」爲一詞，誤。應於「薄」字斷，「信」字屬下句。謂後生不虛心而過於自信也。

中國佛教思想資料選編第一卷道安人本欲生經序：「斯經似安世高譯爲晉言也，言古文，悉義妙理婉，覩其幽堂之美，闕庭之富或寡矣。」此處「悉」字作副詞，誤，乃動詞，與「文」相連，作詳盡解。「言古文悉」與「義妙理婉」爲對文。

⑨不明衍文致誤

佛教經籍選編支道林大小品對比要鈔序：「簡教迹以崇順，擬羣智之分。向闕之者易統，知希之者易行。」按「向」字宜屬上句，「分向」與「崇順」爲對文。「統」字乃衍文。此段應標點爲：「簡教迹以崇順，擬羣智之分向。闕之者易知，希之者易行。」

⑩不明脱文致誤

佛教經籍選編支道林大小品對比要鈔序：「搜玄没之所存，求同異之所寄，有在尋之有軌爾乃也。貫綜首尾，推步玄領。」按「有在」之上有二字脱文，致文意不相銜接。此段應標點爲：「搜玄没之所存，求同異之所寄。□□有在，尋之有軌爾。乃也貫綜首尾，推步玄領。」

以上所列，非有意於吹毛索瘢，指陳臧否；藉以見古人文字，佛典篇章，多是「學兼孔釋，解貫玄儒」之作，理解之難，殊非易易。本書校勘標點，謬誤之處，亦有待於讀者之諟正也。

（八）評價及影響

對於本書的評價，歷代以來，推崇甚至。隋代法經認爲自晉以後數十家經録，「或以數求，或用名取，或憑時代，或寄譯人，各紀一隅，務存所見。獨有楊州律師僧祐撰三藏記録，頗近可觀」。〔三三〕唐代道宣也贊揚僧祐「弘護在懷，綜拾遺逸，纘述經誥，不負來寄」。〔三四〕智昇、圓照都推崇「祐録所撰，條例可觀」。

本書撰成後不久，僧紹奉勅編華林佛殿衆經目録，即依據此目分爲四色，加以增減。〔三五〕可見梁武帝在華林園佛殿中收集的釋氏經典，與僧祐著録的内容多同，是此目在當代已爲人所重。

從本書的體製看，他的代録在道安的基礎上開擴視野，成爲依時代紀譯人紀譯經的重要方式，且爲後來的經録學家所繼承。長房録、道宣録、智昇録等都是以代録爲主體，進一步發展，將經序和僧傳兩部分摘要融入其中，於知人論世有詳盡的記述，使代録内容更爲充實。佛典目録在我國目録學上獨樹一幟，與僧祐録這方面的作用是分不開的。

另外，本書新集條解異出經録提出一箇值得注意的問題，即譯經有各種不同的譯本，有的竟達七八種之多。後來的經録編寫者受到這一啟發，如長房、道宣、智昇等録，都在一經之下，注明不同時代、不同譯人的第幾次譯本，使讀者能接觸到更多的譯本，給予研究上以很大的便利。

古來譯經，有的有題記，記叙譯人；有的無題記，亦未注明譯者，乃成失譯；也有題記佚亡，而成失譯的。道安著録的古異經、涼土異經、關中異經，即是此類失譯之經。至齊梁時，失譯經大量出現，僧祐對此極爲重視，故於第四卷中，列存在的八百四十六部，不存的四百六十部，雖僅知經名，但是在某一時代譯出有哪些經，哪一類經盛行於某時，都提供了極有參考價值的數據。對於考察古代的逸經，也是有力的參證。

本書總經序部分所載的序言和題記，可以考察某經的譯者、傳語者、筆受者、贊助者及譯場情況，是研究佛教譯經的第一手資料，有極高的史料價值。它本身也是佛教史上極爲重要的文獻。所以清代嚴可均編全上古三代秦漢三國六朝文時，將這些篇章全部收入全三國文、全晉文、全宋文、全齊文、全梁文等書中。朱彝尊編經義考，每書載其前序後跋，也是取法於本書。

本書敍列傳部分，雖所紀人數不多，實開僧傳之先河。其弟子寶唱撰名僧傳，即規摹此部分而擴大之。至慧皎撰高僧傳，則將此三十餘篇傳全部收入其中，異同之處甚微，足徵他於此傳的重視，故而大量採用。

法經、智昇、圓照於本書也指出一些不當之處，謂爲「璠璵之一玷」，對此，還應作客觀的分析。所指不當之處，一類屬於時代的局限。如「曇摩羅刹與竺法護乃是一人」，〔三六〕在代録中分作二人，沿襲了道安的差錯。又如「小大雷同，三藏雜揉」，〔三七〕是指本書於經不分大小乘，也不按經律論三藏分類。實際上在當時對梵文了解的人甚少，於大小乘的分別也不太注意，加以律部論部譯經不多，這是時代使然，不能苛求於作者。另一類則屬於責任不在作者的，如「舊經恒薩阿竭阿羅訶三耶三佛，新經多羅三藐三菩提」，〔三八〕這條顯然是傳抄者遺漏掉中間兩行對應的文字，錯誤是後人造成的，與作者無關。又如「抄集參正，傳記亂經」，〔三九〕謂本書卷四失譯録中多有注「抄」字者，卷五又有抄經録，實則失譯録中乃抄譯（即摘譯）之經，與抄經録中摘抄書寫之經不同。抄譯之經，置於失譯録中，不可謂亂了正經。「傳記亂經」不知何指，如謂卷二新集撰出經律論録中，則衹有法顯譯經中附佛遊天竺記一書，如謂卷五有安公注經及雜經志録，或述列傳三卷不應入目録之中，則是未悉本書體例，所以這些指摘也不應歸過於作者。有一類則是屬於作者本身疎忽所造成的，如「異出經論録中，但名目相似，即云重譯，而不細料簡，大小混雜」。〔四〇〕謂有些經梵本不是一箇，在教義上也有大小乘之别，而把不同的譯本混合在一起，作爲同一經的重譯，這當然是不相宜的。又如「集序分之中，與前譯人時有差互，不細相比對」。〔四一〕指的是卷二代録所紀譯人和譯時，没有和後面的經序、後記交相比勘，致有歧互。又如「以舊灌頂藥師爲宋朝惠簡抄撰，編疑僞録」。〔四二〕此經乃是東晉帛尸梨蜜多羅所譯，見長房録卷七，不應列入僞經。以上確爲失誤，作者是不能辭其責的。

總之，本書在佛典目録中，作爲現存的第一部經録，巍然獨存，不愧是佛教史上一座永遠照耀後世的豐碑。

注

〔一〕本文主要依據梁傳卷十一齊京師建初寺釋僧祐傳。

〔二〕名僧傳鈔説處十。

〔三〕梁傳卷十一齊京師多寶寺釋法潁傳。

〔四〕梁傳卷十三齊上定林寺釋法獻傳。

〔五〕本書卷十二釋僧祐法集總目録序。

〔六〕本書卷五新集安公注經及雜經志録。

〔七〕同〔五〕。

〔八〕道宣録卷十歷代道俗述作注解録。

〔九〕收於歷代大藏經中的有釋迦譜、弘明集、出三藏記集三書。

〔一〇〕續高僧傳卷一梁揚都莊嚴寺金陵沙門釋寶唱傳中之名僧傳序。

〔一一〕梁書卷五十、南史卷七二劉勰傳。

〔一二〕梁傳卷十三梁京師正覺寺釋法悦傳。

〔一三〕梁傳卷十三梁剡石城山釋僧護傳。

〔一四〕會稽掇英總集卷十九僧辨端新昌縣石城山大佛身量記云：「彌勒頂高一丈三尺，其顔面自髮際至頤長一丈八尺，廣亦如之。目長六尺三寸，眉長七尺五寸，耳長一丈二尺，鼻長五尺三寸，口廣六尺二寸。指掌通長一丈二尺五寸，廣六尺五寸，足亦如之。兩膝跏趺相去四丈五尺」。像今猶存。

〔一五〕續高僧傳卷一釋寶唱傳，撰有名僧傳三十一卷，衆經目録四卷等。

〔一六〕續高僧傳卷五梁鍾山開善寺沙門釋智藏傳，撰有義林八十卷。慧廓見梁傳卷十一釋僧祐傳。

〔一七〕續高僧傳卷六梁揚都建初寺釋明徹傳。

〔一八〕長房録卷十五、道宣録卷十、智昇録卷十未見目録中有釋正度録一卷。

〔一九〕梁書卷五十、南史卷七二劉勰傳，勰後出家，改名慧地，撰有文心雕龍五十篇及滅惑論等。

〔二〇〕〔二一〕〔二二〕長房録卷十五、道宣録卷十、智昇録卷十未見目録。

〔二三〕本書卷一出三藏記集序。

〔二四〕智昇録卷十。

〔二五〕伯字三八四八號。

〔二六〕本書卷十二薩婆多部師資記目録序。

〔二七〕本書卷四新集續撰失譯雜經録。

〔二八〕本書卷九。

〔二九〕石峻、樓宇烈、方立天、許抗生、樂壽明編，中華書局一九八一年版。

〔三〇〕林屋友次郎譯，大東出版社昭和十二年版。

〔三一〕任繼愈選編，李富華校注，中國社會科學出版社一九八五年版。

〔三二〕小野玄妙編纂，大東出版社昭和十二年版。

〔三三〕法經録卷七上隋文帝表。

〔三四〕同〔一八〕。

〔三五〕道宣録卷四梁朝傳譯佛經録。

〔三六〕同〔二四〕。

〔三七〕同〔三三〕。

〔三八〕同〔二四〕。

〔三九〕同〔三三〕。

〔四〇〕同〔二四〕。

〔四一〕〔四二〕唐釋圓照貞元新定釋教目録卷十八。

蘇晉仁

一九八八年九月於中央民族學院

凡例

一、本書以宋磧砂藏本（宋理宗時平江府磧砂延聖院刊本）爲底本，以日本縮刷藏及大正藏所引宋藏（宋理宗嘉熙三年〔公元一二三九年〕安吉州思溪法寶資福禪寺刊本）、麗藏（高麗伽倻山海印寺〔公元一二五一年〕刊本）、元藏（元世祖至元二十七年〔公元一二九〇年〕杭州路餘杭縣白雲山大普寧寺刊本）、明藏（明英宗正統五年〔公元一四〇五年〕大明三藏聖教北藏刊本）對校。

二、本書原無總目，兹新編目録，列於卷首，並標明頁數。

三、本書每卷首之標題，各卷原不一致，如：

卷一作出三藏記集卷一。

卷二作出三藏記集録上卷第二（明本無「録上」二字）。

卷六作出三藏記集序卷第六。

卷十三作出三藏記集傳上卷第十三（明本無「上」字，「十三」作「十五」）。

這是按本書分爲四部分而標卷的，加上各藏本分卷的不同（明本作十七卷），造成紛歧。兹爲劃一起見，一律改爲「出三藏記集卷一、卷二」等，不再依部標卷。

四、本書作者，每卷標名，各藏不一。如：

卷一，麗本作「釋僧祐撰」，宋、元、明本作「梁釋僧祐撰」。

卷九，麗本作「釋僧祐撰」，宋本作「沙門釋僧祐撰」，元、明本作「梁沙門釋僧祐撰」。

卷十一，麗本、明本作「梁建初寺沙門釋僧祐撰」，宋本作「釋僧祐撰」，元本作「梁釋僧祐撰」。

茲將各卷劃一爲「梁釋僧祐撰」。

五、本書每卷之首，均載有該卷子目，凡與其中所載不符之處，均相互勘正。

六、卷一「撰緣記」部分所引之經，如大智度論、十誦律等，均查勘原書，加以改正。

七、卷二至卷五「銓名録」部分，除各藏本對勘外，並參考隋唐各家經録，予以勘正。

八、卷六至卷十二「總經序」部分，除以各藏本互勘外，並以支那内學院所刊出三藏記集經序及全上古三代秦漢三國六朝文校勘，或以大正藏中原書卷首及卷末所載序、記勘正。

九、卷十三至卷十五「述列傳」部分，除互勘各藏本外，並據梁釋慧皎高僧傳勘正。

十、本書所載「胡本」、「華戎」之處甚多，元、明本皆改作「梵本」、「華梵」，茲仍從宋本、麗本作「胡本」、「華戎」。

十一、磧砂本所用俗體、避諱字如：「揔」、「尒」、「迯」、「丗」、「汾」、「乢」、「匡」等，均改爲正體。

十二、本書所載經名、卷數，有歧互之處，或文字有衍脱之處，均作校記説明之。

十三、本書引用參校之書，簡稱如下：

1衆經目録　七卷　隋釋法經撰　簡稱法經録

2 歷代三寶紀　十五卷　隋費長房撰　簡稱長房録
3 衆經目録　五卷　隋釋彦悰撰　簡稱仁壽録
4 大唐内典録　十卷　唐釋道宣撰　簡稱道宣録
5 開元釋教録　二十卷　唐釋智昇撰　簡稱智昇録
6 高僧傳　十四卷　梁釋慧皎撰　簡稱梁傳
（以上均爲大正藏本）
7 全上古三代秦漢三國六朝文　七四七卷　清嚴可均撰　簡稱全三國文　全晉文　全宋文　全齊文　全梁文　（中華書局一九五八年影印斷句本）
8 出三藏記集經序　六卷　梁釋僧祐撰　簡稱支本　（支那内學院刊斷句本）
十四、卷末附經名、人名、地名、寺名、年號索引，按筆畫統編，以便於檢尋。

出三藏記集卷第一

梁釋僧祐撰

出三藏記集序

夫真諦玄凝，法性虛寂，而開物導俗，非言莫津。是以不二默訓，會於義空之門；一音震辯，〔一〕應乎羣有之境。自我師能仁之出世也，鹿苑唱其初言，金河究其後說；契經以誘小學，方典以勸大心。妙輪區別，十二惟部，法聚總要，八萬其門。至善逝晦跡，而應真結藏，〔二〕始則四含集經，〔三〕中則五部分戒，大寶斯在，含識資焉。然道由人弘，法待緣顯。有道無人，雖文存而莫悟；有法無緣，雖並世而弗聞。聞法資乎時來，悟道藉於機至；機至然後理感，時來然後化通矣。

昔周代覺興，而靈津致隔；漢世像教，而妙典方流。法待緣顯，信有徵矣。至漢末安高，宣譯轉明；魏初康會，注述漸暢。道由人弘，於茲驗矣。自晉氏中興，三藏彌廣，外域勝賓，稠疊以總至；中原慧士，暐曄而秀生。〔四〕提、什舉其宏綱，安、遠震其奧領，〔五〕渭濱務逍遙之集，廬岳結般若之臺。像法得人，於斯爲盛。

原夫經出西域，運流東方，提挈萬里，翻轉胡漢。〔六〕國音各殊，故文有同異；前後重來，故題有新舊。而後之學者，鮮克研覈，遂乃書寫繼踵，而不知經出之歲，誦説比肩，而莫測傳法之人。授受之道，〔七〕亦已闕矣。夫一時聖集，猶五事證經，況千載交譯，寧可昧其人世哉！

昔安法師以鴻才淵鑒，爰撰經録，訂正聞見，炳然區分。自茲已來，妙典間出，皆是大乘寶海，時競講習。而年代人名，莫有詮貫，歲月逾邁，本源將没，後生疑惑，奚所取明？〔八〕祐以庸淺，豫憑法門，翹仰玄風，誓弘大化。〔九〕每至昏曉諷持，秋夏講説，未嘗不心馳菴園，影躍靈鷲。於是牽課羸恙，〔一〇〕沿波討源，綴其所聞，名曰出三藏記集。一撰緣記，二銓名録，三總經序，四述列傳。緣記撰則原始之本克昭，〔一一〕名録銓則年代之目不墜，經序總則勝集之時足徵，列傳述則伊人之風可見。並鑽析内經，研鏡外籍，參以前識，驗以舊聞。若人代有據，則表爲司南；聲傳未詳，則文歸蓋闕。秉牘凝翰，志存信史，三復九思，事取實録。有證者既標，則無源者自顯。庶行潦無雜於醇乳，燕石不亂於荆玉。〔一二〕但井識管窺，多慚博練，如有未備，請寄明哲。

集三藏緣記第一
十誦律五百羅漢出三藏記第二
菩薩處胎經出八藏記第三
胡漢譯經文字音義同異記第四
前後出經異記第五

集三藏緣記第一

出大智度論〔一三〕

佛於俱夷那竭國薩羅雙樹間般涅槃，卧床北首，天地震動。師子等百獸悉大哮吼，諸天人號咷，山林樹木皆悉摧裂，天女人女無量百千，噢咿交涕，〔一四〕不能自勝。諸三學人僉然不樂，諸無學人但念諸法一切無常。唯阿難親屬愛未除，〔一五〕未離欲故，心沒憂海，不能自出。

爾時阿泥盧豆語阿難：「汝守佛法藏人，〔一六〕不應如凡人自沒憂海。一切有爲是無常相。又佛委付汝法，汝今愁悶，失所受事。汝當問佛：『佛涅槃後，我曹云何行道？誰當作師？惡口車匿云何共住？佛經初首作何等語？』如是種種未來之事，汝當應問。」阿難聞是事，悶心小醒，得念道力。於佛卧床邊，以此事問佛。佛告阿難：「若我現在，若我滅後，自依止法，不餘依止。云何比丘自依止法，不餘依止？內觀身常念一心，智慧現前，勤修精進，除世間貪憂。外身內外身亦如是觀，〔一七〕受心法念處亦復如是。〔一八〕是名自依止法，不依止餘。從今解脱戒經卽是大師，如解脱戒經所説。〔一九〕身業口業應如是行。車匿比丘如梵法治。若心軟伏者，應教删陀迦旃延經，〔二〇〕卽可得道。我三阿僧祇劫所集法寶藏，是初應作是説：『如是我聞，一時，佛在某方某國土某處樹林。』何以故？過去未來諸佛經初亦稱是語，現在諸佛臨涅槃時，亦教稱如是語。我今涅槃後，經初亦稱『如是我聞』之語。」

佛既滅度，諸大羅漢各各隨意於諸山林、流泉、谿谷處處捨身而般涅槃。或有飛騰虛空，騰行而去，現種種神變，令衆人得信心清淨而般涅槃。

爾時六欲諸天乃至遍淨色界諸天見是事已，各心念言：「佛日既沒，禪定解脱弟子，光明亦復滅度。是諸衆生種種煩惱婬怒癡病，是法藥師今疾滅度，誰當治者？無量智慧大海之中，所生弟子諸妙蓮華，今復乾枯，法樹摧折，法雲散滅。大智象王既已逝矣，象子亦隨去。〔二一〕法商人已去，從誰求法寶？」各共集會來詣大迦葉，作禮已，説偈讚歎。歎已，白言：「大德仁者知不？法船欲破，法城欲頹，法海欲竭，法幢欲倒，法燈欲滅，行道人漸少，〔二二〕惡人力轉盛，〔二三〕當以大慈，建立佛法。」爾時迦葉心大如海，澄靜不動，良久而答：「汝等善説，〔二四〕實如所言。世間不久，無智盲冥。」於是大迦葉默然受請。諸天禮已，忽然不現，各自還去。

爾時迦葉思惟，云何使是三阿僧祇劫難得佛法久住於世？思惟已，「我知是法可得久住於世，應當結集修妬路、阿毗曇、毗尼作三法藏，〔二五〕如是佛法可得久住，未來世人可得受行。所以者何？佛世世勤苦慈愍衆生，學得是法，爲人演說。我曹亦應承用佛教，宣揚開化。」迦葉作是語已，住須彌山頂，撾銅揵椎，說此偈言：

諸佛弟子，若念於佛，當報佛恩，莫入涅槃。

是揵椎音傳大迦葉教，遍至三千大千世界，皆悉聞知。諸有弟子得神力者，皆來集會大迦葉所。爾時迦葉告諸會者：「佛法欲滅，佛從三阿僧祇劫種種苦行，慈愍衆生，學得是法。佛涅槃已，諸弟子中知法、持法者及誦法者，皆亦隨般涅槃。法今欲滅，未來衆生甚可憐愍，失智慧眼，愚癡盲冥。佛大慈悲，愍傷衆生，我曹應當承順佛教，須待結集三藏竟已，隨意滅度。」諸來衆會，皆受教住。

時大迦葉選取千人，除去阿難，皆阿羅漢，得六神通，具三明智，諸禪三昧，自在出入，逆順超越，誦讀三藏，知內外經書，諸外道家十八種大經亦善讀知，皆能論議，〔二六〕降伏異學。昔頻浮娑羅王得道，八萬四千官屬亦各得道。是時王教勑宮中，常設飯食供養千人，〔二七〕阿闍貰王不斷是法。〔二八〕時大迦葉思惟言：「若我等常乞食者，當有外道强來難問，廢闕法事。今王舍城常設飯食，供養千人，是中可住，結集法藏。」以是故選取千人，不得多取。是時大迦葉與千人倶到王舍城耆闍崛山中，告阿闍貰王：「給我等食，日日送來。今我結集法藏，不得他行。」

是中夏安居，初十五日説戒時，大迦葉即入禪定，以天眼觀視，今是衆中，誰有煩惱應逐出者。唯有阿難一人不盡。大迦葉從定起已，卽於衆中手牽阿難出，言：「今清淨衆結集法藏，汝結未盡，不得住此。」時阿難慚耻悲泣而自念言：「我二十五年隨侍世尊，供給左右，初未曾得如是苦惱。佛實大德，慈悲含忍。」念已，白言：「我能有力，久可得道。但諸佛法，阿羅漢者，不得供給左右使令。以是義故，留殘結不盡斷耳。」又言：〔二九〕「汝更有罪，佛意不欲聽女人出家，汝慇懃勸請，佛聽爲道。以是故，佛之正法，五百歲而衰微。是汝之罪。」阿難言：「我憐愍瞿曇彌。又三世諸佛法，皆有四衆，我世尊云何獨無？」又言：〔三〇〕「佛欲涅槃，近倶夷城。佛時脊痛，四疊漚多羅僧敷卧。語汝言：『我須水。』汝不供給。〔三一〕是汝之罪！」阿難言：「是時五百乘車截流而渡，〔三二〕令水渾濁。是故不取。」又言：〔三三〕「正使水濁，佛有大神力，能令大海濁水清淨。汝何以不與？」又言：〔三四〕「佛問汝：『若有人四神足好修，可住世一劫，若減一劫？』佛四神足好修第一，欲住世一劫，若減一劫，汝默然不答。如是至三，汝亦默然。汝若答佛，四神足好修，〔三五〕應住世一劫，若減一劫。正由汝故，令世尊早入涅槃。是汝之罪！」阿難言：「魔蔽我心，是故無言，非我惡心而不答佛。」〔三六〕迦葉又言：「汝與佛疊僧伽梨衣，〔三七〕以足蹈上。是汝之罪！」阿難言：「爾時大風卒起，無人助我，風吹來墮我脚下，非不恭敬故蹈佛衣。」又言：〔三八〕「佛陰藏相，涅槃後以示女人，是何可耻。是汝之罪！」阿難言：「我爾時思：若諸女人見佛陰藏相者，便自羞耻女人之形，願求男子之身，修行佛相，種福德業。故我示之，不爲無耻故破戒也。」大迦葉言：「汝有六罪，應僧中悔過。」阿難言：「諾，謹隨大迦葉及僧教。」是時阿難長跪合掌，偏袒右肩，即脱革屣，六罪懺竟，大迦葉復於僧中手牽阿難出，語阿難言：「斷汝漏盡，然後來入；殘結未盡，汝勿來也！」如是語竟，便自閉門。〔三九〕

爾時諸阿羅漢議言：「誰能結集法藏者？」阿泥盧豆言：「舍利弗是爲第二佛，有好弟子，名憍梵波提，柔軟和雅，常處閑居，善知法藏。今在天上尸利沙樹園中，可遣使請來。」大迦葉語下座：「汝次應僧使，到天上尸利沙樹園中憍梵波提住處。到已語憍梵波提：『大迦葉諸漏盡阿羅漢，皆會閻浮提，僧有大法事，汝可速來。』」是比丘歡喜敬諾，受僧勅命，頭面禮僧，右遶三匝，如金翅鳥騰空而往。到已，禮足言：「大迦葉有語，今僧有大法事，可疾速來，觀衆寶聚。」是時憍梵波提心疑，語是比丘言：「僧將無鬬諍事喚我耶？無有破僧者不？佛日滅度耶？」〔四〇〕是比丘言：「實如所言，大師世尊已滅度。」憍梵波提言：「佛滅度太疾，世間眼滅，隨佛轉法輪大將我和尚舍利弗今在何所？」答曰：「先入涅槃。」憍梵波提言：「大師、法將各自別離，當可柰何！摩訶目揵連今在何所？」答言：「亦已滅度。」憍梵波提言：「佛法欲散，大人過去，衆生可愍。長老阿難今何所作？」答曰：「阿難比丘憂愁啼哭，不能自喻。」憍梵波提言：「阿難懊惱，由有愛結，別離生苦。羅睺羅復云何？」答言：「得阿羅漢故，無憂無愁，但念諸法無常之相。」憍梵波提言：「難斷之愛已能斷故。」又言：「我失大師世尊，於是中住，亦何所爲？我和尚大師復已滅度，我今不能下閻浮提。今卽於此而般涅槃。」說此語已，卽入禪定，踊在虛空。身放光明，種種神變，自心出火而燒於身。〔四一〕身中出水，四道流下，至大迦葉所，水中有聲，說此偈言：

憍梵波提稽首禮，妙衆第一大德僧。聞佛滅度我隨去，如大象去象子隨。

下座比丘持衣鉢還僧。

是時中間阿難思惟，求盡殘結。〔四二〕其夜坐禪經行，慇懃求道。是阿難智多定少，不卽得道。定智等者，乃可速得。後夜欲過，疲極偃息，却卧就枕。頭未至枕，廓然得悟，如電光出，闇者見道。阿難如是入金剛定，破一切諸煩惱山，得三明六通，具八解脫，作大力阿羅漢。卽夜到僧堂門，敲門而喚。大迦葉問言：「敲門者誰？」答言：「我是阿難。」又問：「汝何以來？」答言：「我於今夜得盡諸漏。」又言：「不與汝開門，汝從門鑰孔來。」阿難言：「爾。」

卽以神力從非門而入，禮拜僧足，懺悔：「大迦葉莫復見責。」〔四三〕大迦葉手摩其頂，言：〔四四〕「我故爲汝，使得道故，汝無嫌恨。我亦如是，以汝自證。譬如手畫虛空，無所染著。阿羅漢心亦復如是。復汝本座。」

是時僧中復共議言：「憍梵波提已取滅度，更有誰能結集法藏？」阿泥盧豆言：「是長老阿難於佛弟子常侍近佛。聞經能持，佛常歎譽。唯是阿難結集法藏。」〔四五〕是時大迦葉摩阿難頭言：「佛囑累汝令持法藏，汝應報佛恩。佛在何處最初說法？佛諸大弟子能守護法藏者皆已滅度，唯汝一人在。今應隨佛心憐愍衆生，結集法藏。」是時阿難敬禮僧已，坐師子座。時大迦葉說此偈言：

佛聖師子王，阿難是佛子。師子座處座，觀衆無有佛。如是大德衆，無佛失威神，如空無月時，有宿而不嚴。汝大智人說，汝佛子當演。何處佛初說，今汝當布現。〔四六〕

是時長老阿難一心合掌，向佛涅槃方作如是說：

佛初說法時，爾時我不見，如是展轉聞：佛在波羅奈，佛爲五比丘，初開甘露門，說四真諦法，苦、集、滅、道諦。阿若憍陳如，最初得見道。八萬諸天衆，皆亦入道迹。

是千阿羅漢聞是語已，上昇虛空，高七多羅樹。皆言：「無常力大，如我等眼見佛說法，今乃言『我聞』。」便說偈言：

我見佛身相，猶如紫金山。妙相衆德滅，唯有名獨存。

長老阿泥盧豆說此偈言：

咄世間無常，如水月、芭蕉。功德滿三界，無常風所壞。

爾時，大迦葉復說偈言：

無常力甚大，愚、智、貧、富貴，得道及未得，一切無能免。非巧言、妙寶，非欺誑、力諍。

如火燒萬物，無常相法爾。

大迦葉語阿難：「從轉法輪經至大般涅槃，集作四阿含：增一阿含、中阿含、長阿含、相應阿含，是名修妬路法藏。」

諸阿羅漢更問：「誰能明了集毗尼藏？」皆言：「長老優波離於五百阿羅漢中持律第一，我等今請。」即請言：「起就師子座。」問：「佛在何處初說毗尼結戒？」〔四七〕優波離即受僧命，坐師子座。「如是我聞：一時，佛在毗舍離。爾時，須鄰那迦蘭陀長者子初作婬欲，以是因緣故，結初大罪。二百五十戒義作三部，七法，八法，比丘尼，毗尼增一，優波離問，雜部，善部。如是等八十部作毗尼藏。」

諸阿羅漢復共思惟：請阿難結集阿毗曇藏。即請言：「起就師子座。佛在何處初說阿毗曇？」阿難受僧命，說：「如是我聞：一時，佛在舍婆提城。爾時，佛告諸比丘：『諸有五怖、五罪、五怨不滅，是因緣故，此生中身心受無量苦，復後世墮惡道中。諸有無此五怖、五罪、五怨，是因緣故，於今生種種身心受樂，後世生天上樂處。〔四八〕何等五怖應遠？一者殺生，二者盜，三者邪婬，四者妄語，五者飲酒。』如是等名阿毗曇藏。」

三法藏集竟，諸天、人、鬼、神、諸龍王等，種種供養天花、天香、旛蓋、衣服。供養法故，於是說偈：

憐愍世界故，集結三法藏。十力一切智，說智光明燈。

略說三藏竟。〔四九〕

十誦律五百羅漢出三藏記第二

又十誦律序云：〔五〇〕「迦葉言：『我先從波婆城向拘尸城，道中聞佛涅槃。有愚癡比丘言，我今得自在，所欲便作，不欲便止。又有比丘非法說法，法說非法。以此因緣，應集法藏。』即羯磨。五百羅漢，唯阿難在學地，共住王舍城安居。先令優波離出律藏。一一事竟，即問阿若憍陳如，次問長老均陀及十力迦葉等五百羅漢乃至最下阿難，言：『如優波離所說不？』皆答：『我亦如是聞是事是法。』爾時，迦葉僧中唱言：『大德僧聽，初事集竟。是法是佛教，無有比丘言，非法非佛教。僧忍默然故，是事如是持。』乃至集律藏一切竟，後方命阿難出修多羅藏及阿毗曇藏，阿難方云『如是我聞，一時』，五百羅漢皆下地胡跪，涕零而言：『我從佛所面聞見法，而已言我聞。』〔五一〕迦葉語阿難：『從今三藏初，皆稱如是我聞。』」故復兩存。〔五二〕

菩薩處胎經出八藏記第三

菩薩處胎經云：〔五三〕「迦葉告阿難言：『佛所說法，一言一字，汝勿使有缺漏。菩薩藏者集著一處，聲聞藏者亦集著一處，戒律藏者亦著一處。』爾時阿難最初出經，胎化藏爲第一，中陰藏第二，摩訶衍方等藏第三，戒律藏第四，十住菩薩藏第五，雜藏第六，金剛藏第七，佛藏第八。是爲釋迦文佛經法具足矣。」

胡漢譯經文字音義同異記第四〔五四〕

夫神理無聲，因言辭以寫意；言辭無跡，緣文字以圖音。故字爲言蹄，言爲理筌，音義合符，不可偏失。是以文字應用，彌綸宇宙，雖跡繫翰墨，而理契乎神。昔造書之主凡有三人：長名曰梵，其書右行；次曰佉樓，其書左行；少者蒼頡，其書下行。梵及佉樓居于天竺，黄史蒼頡在於中夏。梵佉取法於淨天，蒼頡因華於鳥跡。文畫誠異，傳理則同矣。

仰尋先覺所說，有六十四書，鹿輪轉眼，筆制區分，龍鬼八部，字體殊式。唯梵及佉樓爲世勝文，故天竺諸國謂之天書。西方寫經，雖同祖梵文，然三十六國往往有異。譬諸中土，猶篆籀之變體乎。案蒼頡古文，沿世代變，古移爲籀，籀遷至篆，篆改成隸，其轉易多矣。至於傍生八體，則有仙龍雲芝；二十四書，則有揩草鍼殳。〔五〕名實雖繁，爲用蓋尠。然原本定義，則體備於六文，適時爲敏，則莫要於隸法。東西之書源，亦可得而略究也。

至於梵音爲語，單複無恒，或一字以攝衆理，或數言而成一義。尋大涅槃經列字五十，總釋衆義十有四音，名爲字本。觀其發語裁音，宛轉相資，或舌根脣末，以長短爲異。且胡字一音不得成語，必餘言足句，然後義成。譯人傳意，豈不艱哉。又梵書製文，有半字滿字。所以名半字者，義未具足，故字體半偏，猶漢文「月」字，虧其傍也。所以名滿字者，理既究竟，故字體圓滿，猶漢文「日」字，盈其形也。故半字惡義，以譬煩惱；滿字善義，以譬常住。又半字爲體，如漢文「言」字；滿字爲體，如漢文「諸」字。以「者」配「言」，方成「諸」字。「諸」字兩合，卽滿之例也；「言」字單立，卽半之類也。半字雖單，爲字根本，緣有半字，得成滿字。譬凡夫始於無明，得成常住，故因字製義，以譬涅槃。梵文義奧，皆此類也。

是以宣領梵文，寄在明譯。譯者釋也，交釋兩國，言謬則理乖矣。自前漢之末，經法始通，譯音胥訛，未能明練。故「浮屠」、「桑門」，遺謬漢史。音字猶然，況於義乎？案中夏彝典，誦詩執禮，師資相授，猶有訛亂。詩云「有免斯首」，「斯」當作「鮮」。齊語音訛，遂變詩文，此「桑門」之例也。禮記云「孔子蚤作」，「蚤」當作「早」。而字同蚤蝨，此古字同文，即「浮屠」之例也。中國舊經，而有「斯」、「蚤」之異，華戎遠譯，何怪於「屠」、「桑」哉！若夫度字、傳義，則置言由筆，所以新舊衆經，大同小異。天竺語稱「維摩詰」，舊譯解云「無垢稱」，關中譯云「淨名」。「淨」即「無垢」，「名」即是「稱」，此言殊而義均也。舊經稱「衆祐」，新經云「世尊」，此立義之異旨也。舊經云「乾沓和」，新經云「乾闥婆」，此國音之不同也。略舉三條，餘可類推矣。

是以義之得失由乎譯人，辭之質文繫於執筆。或善胡義而不了漢旨，或明漢文而不曉胡意，雖有偏解，終隔圓通。若胡漢兩明，意義四暢，然後宣述經奥，於是乎正。前古譯人，莫能曲練，所以舊經文意，致有阻礙，豈經礙哉，譯之失耳！

昔安息世高，聰哲不羣，所出衆經，質文允正。安玄、嚴調，既亹亹以條理，支越、竺蘭，亦彬彬而雅暢。凡斯數賢，並見美前代。及護公專精，兼習華戎，〔五八〕譯文傳經，不愆于舊。逮乎羅什法師，俊神金照，秦僧融、肇，慧機水鏡。故能表發揮翰，克明經奥，大乘微言，於斯炳煥。至曇識之傳涅槃，跋陀之出華嚴，辭理辯暢，明踰日月，觀其爲美，繼軌什公矣。至於雜類細經，多出四含，或以漢來，或自晉出，譯人無名，莫能詳究。然文過則傷艷，質甚則患野，野艷爲弊，同失經體。故知明允之匠，難可世遇矣。

祐竊尋經言，異論呪術，言語文字，皆是佛說。然則言本是一，而胡漢分音；義本不二，則質文殊體。雖傳譯得失，運通隨緣，而尊經妙理，湛然常照矣。既仰集始緣，故次述末譯。始緣興於西方，末譯行於東國，故原始要終，寓之記末云爾。〔五七〕

前後出經異記第五

舊經衆祐	新經世尊
舊經扶薩亦云開士。	新經菩薩
舊經各佛亦獨覺。〔五八〕	新經辟支佛亦緣覺。
舊經薩芸若	新經薩婆若
舊經溝港道亦道跡。	新經須陀洹
舊經頻來果亦一往來。	新經斯陀含
舊經不還果	新經阿那含
舊經無著果亦應旨，亦應儀。	新經阿羅漢亦言阿羅訶。
舊經摩納〔五九〕	

新經長者〔六〇〕

舊經濡首　新經文殊

舊經光世音　新經觀世音

舊經須扶提　新經須菩提

舊經舍梨子亦鶖鷺子。　新經舍利弗

舊經爲五衆　新經爲五陰

舊經十二處　新經十二入

舊經爲持　新經爲性

舊經背捨　新經解脱

舊經勝處　新經除入

舊經正斷　新經正勤

舊經覺意　新經菩提

舊經直行　新經正道

舊經乾沓和　新經乾闥婆

舊經除饉男、除饉女　新經比丘、比丘尼

舊經怛薩阿竭阿羅訶三耶三佛〔六一〕　新經多陀阿伽度阿羅訶三藐三佛陀〔六二〕
舊經阿耨多羅三耶三菩提〔六三〕　新經阿耨多羅三藐三菩提〔六四〕

校勘記

〔一〕一音震辯　「震」字麗本及長房録十一、道宣録四引作「振」，兹從宋本、磧砂本、元本、明本。震振通。

〔二〕而應真結藏　「結藏」長房録十一、道宣録四引作「結集」。

〔三〕始則四含集經　「含」字麗本作「鋡」，兹從宋本、磧砂本、元本、明本。舊譯「阿含」亦作「阿鋡」，下同，不再出校記。

〔四〕暐曄而秀生　「暐」字麗本及長房録十一、道宣録四引作「煒」，兹從宋本、磧砂本、元本、明本。暐煒通。

〔五〕安遠振其奧領　「振」字宋本、磧砂本、元本、明本作「震」，兹從麗本及長房録十一、道宣録四引。

〔六〕翻轉胡漢　「轉」字麗本作「傳」，兹從宋本、磧砂本、元本、明本。「胡」字磧砂本、元本、明本作「梵」，兹從麗本、宋本。下同，不再出校記。

〔七〕授受之道　「受之」各本誤倒作「之受」，兹從道宣録四引及全梁文七二乙正。

〔八〕奚所取明　「奚」字宋本、磧砂本、元本、明本作「爰」，兹從麗本及長房録十一、道宣録四引改。

〔九〕誓弘大化　各本作「大化」，長房録十一、道宣録四、智昇録十引作「末化」。

〔一〇〕於是牽課羸恙　「羸恙」麗本、宋本作「羸志」，兹從磧砂本、元本、明本。

〔一一〕緣記撰則原始之本克昭　「昭」字長房録十一、道宣録四引作「明」。

〔一二〕燕石不亂於荆玉　「荆」字麗本及長房録十一、道宣録四引作「楚」，兹從宋本、磧砂本、元本、明本。

〔一三〕出大智度論　「度」字宋本、磧砂本、元本、明本脱，從麗本補。按此段係節録大智度論卷二初品。

〔一四〕噢咿交涕　「噢咿」麗本作「嘟咿」，宋本作「郁伊」，兹從磧砂本、元本、明本及大智度論二。

〔一五〕唯阿難親屬愛未除　「屬」字各本脱，據大智度論二補。

〔一六〕汝守佛法藏人　「人」字各本脱，據大智度論二補。

〔一七〕外身内外身亦如是觀　「内外身」各本作「内身」，從麗本及大智度論二補。

〔一八〕受心法念處亦復如是　「受」字上各本有「觀内」二字，據大智度論二刪。

〔一九〕如解脱戒經所説　「解脱」二字各本脱，據大智度論二補。

〔二〇〕應教删陀迦旃延經　「删」字各本誤作「那」，據大智度論二改。

〔二一〕象子亦隨去　「去」字各本脱，據大智度論二補。

〔二二〕行道人漸少　「人」字各本脱，據大智度論二補。

〔二三〕惡人力轉盛　「人」字各本脱，據大智度論二補。

〔二四〕汝等善説　「善」字各本作「所」，據大智度論二改。

〔二五〕應當結集修妬路阿毗曇毗尼作三法藏　「結」字各本脱，據大智度論二補。

〔二六〕皆能論議　「議」字宋本、磧砂本、元本、明本作「義」，兹從麗本及大智度論二改。

〔二七〕常設飯食供養千人　「設」字各本脱，據大智度論二補。

〔二八〕阿闍貰王不斷是法　「貰」字磧砂本、元本、明本作「世」，兹從麗本、宋本。下同，不再出校記。

〔二九〕又言　大智度論二作「大迦葉言」。
〔三〇〕又言　大智度論二作「大迦葉復言」。
〔三一〕汝不供給　「汝」字各本脱，據大智度論二補。
〔三二〕是時五百乘車截流而渡　「渡」字宋本、磧砂本、元本、明本作「度」，兹從麗本及大智度論二。
〔三三〕又言　大智度論二作「大迦葉復言」。
〔三四〕又言　大智度論二作「大迦葉復言」。
〔三五〕四神足好修　「四」字各本脱，據大智度論二補。
〔三六〕非我惡心而不答佛　「非我」大智度論二作「我非」。
〔三七〕汝與佛疊僧伽梨衣　「衣」字各本脱，據大智度論二補。
〔三八〕又言　大智度論二作「大迦葉復言」。
〔三九〕便自閉門　「閉」字宋本、磧砂本、元本作「闕」，明本作「開」，兹從麗本及大智度論二。
〔四〇〕佛日滅度耶　「滅」字下各本有「不」字，據大智度論二删。
〔四一〕自心出火而燒於身　「心」字各本誤作「身」，據大智度論二改。
〔四二〕求盡殘結　各本作「結」，大智度論二作「漏」。
〔四三〕大迦葉莫復見責　「葉」字下各本有「言」字，據大智度論二删。
〔四四〕大迦葉手摩其頂言　「其頂」大智度論二作「阿難頭」。「言」字各本脱，據大智度論二補。
〔四五〕唯是阿難結集法藏　大智度論二作「是阿難能結集法藏」。
〔四六〕今汝當布現　「今汝」宋本、磧砂本、元本、明本作「汝今」，兹從麗本及大智度論二。
〔四七〕佛在何處初説毗尼結戒　「初説」各本作「説初」，據大智度論二乙正。

〔四八〕後世生天上樂處　「處」字各本脱，據大智度論二補。

〔四九〕略説三藏竟　此語爲僧祐所加。

〔五〇〕又十誦律序云　按此段節録十誦律卷六十善誦毗尼序之五百比丘結集三藏法品第一。

〔五一〕而已言我聞　十誦律六十作「而今已聞」。

〔五二〕故復兩存　此語爲僧祐所加。

〔五三〕菩薩處胎經云　此經一名菩薩從兜術天降神母胎説普廣經。此段節録菩薩處胎經卷七出經品第三十八。

〔五四〕胡漢譯經文字音義同異記第四　「文字」二字各本原脱，據本卷首序後標目補。

〔五五〕則有措草鋮殳　「草」字麗本、磧砂本、元本作「莫」，宋本作「尊」，兹從明本。

〔五六〕兼習華戎　「戎」字磧砂本、元本、明本作「梵」，兹從麗本、宋本。下同，不再出校記。

〔五七〕寓之記末云爾　麗本、磧砂本、元本無「爾」字，明本無「云」字，兹從宋本。

〔五八〕舊經各佛　「各」字宋本、磧砂本、元本、明本作「右」，兹從麗本。各自成佛之義，故亦譯「獨覺」也。

〔五九〕舊經摩納　各本下列對文爲「新經長者」。「摩納」與「長者」意不合，此處當有脱文。按「摩納」譯爲「儒童」，下欄疑脱「新經儒童」一行。

〔六〇〕新經長者　「長者」既與「摩納」意不合，其上當有脱文。

〔六一〕舊經怛薩阿竭阿羅訶三耶三佛　智昇録十云：「如第一卷前後出經異記中，舊經怛薩阿竭阿羅訶三耶三佛，新經阿耨多羅三藐三菩提者，一誤。若新舊相對，應云舊經怛薩阿竭阿羅訶三耶三佛，新經多陀阿伽度阿羅訶三藐三佛陀。舊經阿耨多羅三耶三菩提，新經阿耨多羅三藐三菩提。二義全殊，不可交互。」僧祐録當是後人傳寫，中間脱去二行致誤，然自唐代已如此矣。

〔六二〕新經多陀阿伽度阿羅訶三藐三佛陀　此行各本原脱，據智昇録十補，見注〔六一〕。

〔六三〕舊經阿耨多羅三耶三菩提　此行各本原脱，據智昇録十補，見注〔六一〕。

〔六四〕新經阿耨多羅三藐三菩提　此行各本原在「舊經怛薩阿竭阿羅訶三耶三佛」之下，據智昇録十移於此處，見注〔六一〕。

出三藏記集卷第二

梁釋僧祐撰

法寶所被遠矣。夫神理本寂，感而後通，緣應中夏，始自漢代。昔劉向校書，已見佛經。故知成帝之前，法典久至矣。逮孝明感夢，張騫遠使，西於月支寫經四十二章，韜藏蘭臺，帝王所印。於是妙像麗於城闈，金剎曜乎京洛，慧教發揮，震照區寓矣。竊尋兩漢之季，世構亂離，西京蕩覆，墳典皆散，東都播遷，載籍多亡。子政所覩，其文雖没，而顯宗所寫，厥篇猶存。東流初法，於斯有徵。祐檢閱三藏，訪覈遺源，古經現在，莫先於四十二章；傳譯所始，靡踰于張騫之使。〔一〕洎章、和以降，經出蓋闕。良由梵文雖至，緣運或殊，有譯乃傳，無譯則隱，苟非其人，道不虚行也。迺及桓、靈，經來稍廣。安清、朔佛之儔，支讖、嚴調之屬，翻譯轉梵，萬里一契，離文合義，炳焕相接矣。

法輪屆心，〔二〕莫或條叙。爰自安公，始述名録，銓品譯才，標列歲月。妙典可徵，實賴伊人。敢以末學，響附前規，率其管見，接爲新録。兼廣訪別目，括正異同，追討支、竺，時獲異經。安録所記，則爲未盡，今悉更苞舉，〔三〕以備録體。發源有漢，迄于大梁，運歷六代，歲漸五百，梵文證經四百有十九部，華戎傳譯八十有五人，魚貫名第，略爲備矣。或同是一經，而先後異出，新舊舛駮，卷數參差，皆別立章條，使無疑亂。至於律藏初啓，則詳書本源，審覈人代，列于上録。若經存譯亡，則編于下卷。將使傳法之緣有孚，聞道之心無惑。敬貽來世，庶在不墜焉。

新集撰出經律論録第一
新集條解異出經録第二
新集表序四部律録第三闕〔四〕

新集撰出經律論録第一〔五〕

四十二章經　一卷舊録云，孝明皇帝四十二章。安法師所撰録闕此經。

右一部，凡一卷。漢孝明帝夢見金人，詔遣使者張騫、羽林中郎將秦景到西域，始於月支國遇沙門竺摩騰，譯寫此經還洛陽，藏在蘭臺石室第十四間中。其經今傳於世。

安般守意經　一卷安録云，〔六〕小安般經。

陰持入經　一卷

百六十品經　一卷舊録云，增一阿含百六十章。

大十二門經　一卷

小十二門經　一卷

大道地經　二卷安公云，大道地經者，修行經抄也。外國所抄。

人本欲生經　一卷

道意發行經　二卷今闕此經。

阿毗曇五法經　一卷舊録云，阿毗曇五法行經。

七法經　一卷舊録云，阿毗曇七法行經。或云七法行，今闕此經。

五法經　一卷

十報經　二卷舊録云，長阿含十報法。

普法義經　一卷一名具法行。具法行作「舍利弗」，〔七〕普法義作「舍利曰」。餘並同。

義決律　一卷或云義決律法行經。安公云，此上二經出長阿含。今闕。

漏分布經　一卷

四諦經　一卷安公云，上二經出長阿含。

七處三觀經　二卷
九横經　一卷
八正道經　一卷安公云，上三經出雜阿含中。
雜經四十四篇　二卷安公云，出增一阿含。既不標名，〔八〕未詳何經。今闕。
五十校計經　二卷或云明度五十校計經。
大安般經　一卷
思惟經　一卷或云思惟略要法。
十二因緣經　一卷
五陰喻經　一卷舊録云，五陰譬喻經。
轉法輪經　一卷或云法輪轉經。
流攝經　一卷舊録云，一切流攝經，或云一切流攝守經。
是法非法經　一卷
法受塵經　一卷
十四意經　一卷舊録云，菩薩十四意經。今闕此經。
本相猗致經　一卷安公云，出中阿含也。

阿含口解　一卷或云阿含口解十二因緣經，或云斷十二因緣經。舊録云，安侯口解。凡有四名，同一本。
阿毗曇九十八結經　一卷今闕。
禪行法想經　一卷
難提迦羅越經　一卷今闕。
右三十四部，凡四十卷。〔九〕漢桓帝時，安息國沙門安世高所譯出。其四諦、口解、十四意、九十八結，安公云，似世高撰也。
道行經　一卷安公云，道行品經者，般若抄也，外國高明者所撰。安公爲之序注。
右一部，凡一卷。漢桓帝時，天竺沙門竺朔佛齎胡本至中夏。到靈帝時，於洛陽譯出。
般若道行品經　十卷或云摩訶般若波羅蜜經。或八卷，光和二年十月八日出。
首楞嚴經　二卷中平二年十二月八日出。今闕。
般舟三昧經　一卷〔一〇〕舊録云，大般舟三昧經。光和二年十月初八日出。
伅真陀羅經　二卷舊録云，屯真陀羅王經。〔一一〕別録所載，安録無。今闕。
方等部古品曰遺日説般若經　一卷今闕。

光明三昧經　一卷出別録，安録無。

阿闍世王經　二卷安公云，出長阿含。舊録，阿闍貰經。

寶積經　一卷安公云，一名摩尼寶，光和二年出。舊録云，摩尼寶經二卷。

問署經　一卷安公云，出方等部。或云文殊問菩薩署經。

胡般泥洹經　一卷今闕。

兜沙經　一卷

阿閦佛國經　一卷或云阿閦佛刹諸菩薩學成品經，或云阿閦佛經。

孛本經　二卷今闕。

内藏百品經　一卷安公云，出方等部。舊録云，内藏百寶經。遍校羣録，並云「内藏百寶」，無「内藏百品」，故知即此經也。

右十四部，凡二十七卷。漢桓帝靈帝時，月支國沙門支讖所譯出。其古品已下至内藏百品，凡九經，〔三〕安公云，似支讖出也。

成具光明經　一卷或云成具光明三昧經，或云成具光明定慧經。

右一部，凡一卷。漢靈帝時，支曜譯出。

法鏡經　一卷安公云，出方等部。

十慧經　一卷或云沙彌十慧。

右二部，凡二卷。漢靈帝時，沙門嚴佛調、都尉安玄共譯出。十慧是佛調所撰。

中本起經　二卷或云太子中本起經。

右一部，凡二卷。漢獻帝建安中，康孟詳譯出。

法句經　二卷

右一部，凡二卷。魏文帝時，天竺沙門維祇難以吳主孫權黃武三年齎胡本，武昌竺將炎共支謙譯出。

維摩詰經　二卷闕。

大般泥洹經　二卷安公云，出長阿含。祐案，今長阿含與此異。

瑞應本起經　二卷

小阿差末經　二卷闕。

慧印經　一卷或云慧印三昧經，或云寶網慧印三昧經。

本業經　一卷或云菩薩本業經。

法句經　二卷

須賴經　一卷或云須賴菩薩經。

梵摩渝經　一卷

私阿末經　一卷或作「私呵昧」。案，此經即是菩薩道樹經也。

微密持經　一卷或云無量門微密持經。

阿彌陀經　二卷內題云，阿彌陁三耶三佛薩樓檀過度人道經。

月明童子經　一卷一名月明童男，一名月明菩薩三昧經。

義足經　二卷

阿難四事經　一卷

差摩竭經　一卷

優多羅母經　一卷闕。

七女經　一卷安公云，出阿毗曇。

八師經　一卷
釋摩男經　一卷安録云，出中阿含經。
孛抄經　一卷今孛經一卷即是。
明度經　四卷或云大明度無極經。
老女人經　一卷安公云，出阿毗曇。
齋經　一卷闕。
四願經　一卷
悔過經　一卷或云序十方禮悔過文。
賢者德經　一卷
佛從上所行三十偈　一卷闕。
了本生死經　一卷安公云，出生經。祐案，五卷生經無此名也。
唯明二十偈　一卷
首楞嚴經　二卷别録所載，安録無。今闕之。
龍施女經　一卷别録所載，安録無。
法鏡經　二卷出别録，安録無。

鹿子經　一卷別録所載，安録無。〔三〕

十二門大方等經　一卷別録所載，安録無。今闕。

賴吒和羅經　一卷別録所載，安録無。或云羅漢賴吒和羅經。

右三十六部，四十八卷。魏文帝時，支謙以吳主孫權黄武初至孫亮建興中所譯出。

六度集經　九卷或云六度無極經，或云度無極集，或云雜無極經。〔四〕

吳品　五卷凡有十品。今闕。

右二部，凡十四卷。魏明帝時，天竺沙門康僧會以吳主孫權孫亮世所譯出。

首楞嚴經　二卷闕。

叉須賴經　一卷闕。〔五〕

除災患經　一卷闕。

右三部，凡四卷。魏高貴公時，白延所譯出。別録所載，安公録先無其名。

放光經　二十卷晉元康元年五月十五日出，有九十品。一名舊小品。闕。

右一部，凡二十卷。魏高貴公時，沙門朱士行以甘露五年到于闐國，寫得此經正品梵書胡本十九章，到晉武帝元康初，於陳留倉垣水南寺譯出。

光讚經　十卷十七品，太康七年十一月二十五日出。

賢劫經　七卷舊録云，賢劫三昧經，或云賢劫定意經。元康元年七月二十一日出。

正法華經　十卷二十七品。舊録云，正法華經，或云方等正法華經。太康七年八月十日出。

普耀經　八卷三十品。〔一六〕安公云，出方等部。永嘉二年五月出。

大哀經　七卷二十八品。舊録云，如來大哀經。元康元年七月七日出。

度世品經　六卷或云度世。或爲五卷。元康元年四月十三日出。〔一七〕

密迹經　五卷或云密迹金剛力士經。或七卷。太康九年十月八日出。〔一八〕

持心經　六卷十七品。一名等御諸法，一名莊嚴佛法。舊録云，持心梵天經，或云持心梵天所問經。太康七年三月十日出。

修行經　七卷二十七品。舊録云，修行道地經。太康五年二月二十三日出。

漸備一切智德經〔一九〕　十卷或五卷。元康七年十一月二十一日出。

生經　五卷或四卷。

海龍王經　四卷或三卷。太康六年七月十日出。

普超經　四卷一名阿闍世王品。安録亦云更出阿闍世王經。或爲三卷。舊録云，文殊普超三昧經。太康七年十二月二十七日出。

維摩詰經　一卷一本云維摩詰名解。

阿惟越致遮經〔二〇〕　四卷太康五年十月十四日出。

嚴淨佛土經　二卷舊録云，是文殊師利嚴淨經，或云文殊佛土嚴淨經。

阿耨達經　二卷一名弘道廣顯三昧經。舊録云，阿耨達龍王經，或云阿耨達請佛經。

首楞嚴經　二卷異出，首稱阿難言。

無量壽經　二卷一名無量清淨平等覺經。

寶藏經　二卷舊録云，文殊師利寶藏經，或云文殊師利現寶藏。太始六年十月出。

寶髻經　二卷一名菩薩淨行經，舊録云，寶結菩薩經，〔二一〕或云寶髻菩薩所問經。永熙元年七月十四日出。

要集經　二卷或云諸佛要集經，天竺曰佛陀僧祇提。

佛昇忉利天品經　二卷

等集衆德三昧經　三卷舊録云，等集衆德經，或云等集三昧經。

無盡意經　四卷

離垢施女經　一卷太康十年十二月二日出。
郁迦長者經　一卷或云郁迦羅越問菩薩行經，即大郁迦經。或爲二卷。〔二〕
大淨法門經　一卷建始元年三月二十六日出。
須真天子經　二卷泰始二年十一月出。
幻士仁賢經　一卷或云仁賢幻士經。
魔逆經　一卷太康十年十二月二日出。
濟諸方等經　一卷或云濟諸方等學經。
德光太子經　一卷或云賴吒和羅所問光德太子經。泰始六年九月三十日出。
文殊師利淨律經　一卷一本云淨律經。太康十年四月八日出。
決定持經〔三〕　一卷
寶女經　四卷舊録云，寶女三昧經。或云寶女問慧經。太康八年四月二十七日出。
如來興顯經　四卷一本云興顯如幻經。元康元年十二月二十五日出。
般舟三昧經　二卷安公録云，更出般舟三昧經。
首意女經　一卷或云梵女首意經。
十二因緣經　一卷

月明童子經　一卷一名月光童子經。

五十緣身行經　一卷舊録云，菩薩緣身五十事經，或云菩薩行五十緣身經。

六十二見經　一卷或云梵網六十二見經。

四自侵經　一卷安公云，出阿毗曇。

須摩經　一卷舊録云，須摩提經，或云須摩提菩薩經。

隨權女經　二卷出別録，安録無。

方等泥洹經　二卷或云大般泥洹經。泰始五年七月二十三日出。

大善權經　二卷或云慧上菩薩問大善權經，或云慧上菩薩經，或云善權方便經，或云善權方便所度無極經。太康六年六月十七日出。

無言童子經　一卷或云無言菩薩經。

温室經　一卷舊録云，温室洗浴衆僧經。

頂王經　一卷一名維摩詰子問經。安公云，出方等部，或云大方等頂王經。

聖法印經　一卷天竺名阿遮曇摩叉圖。安公云，出雜阿含。

移山經　一卷舊録云，力士移山經。

文殊師利五體悔過經　一卷舊録云，文殊師利悔過經。泰始七年正月二十七日出。〔二四〕

持人菩薩經　三卷泰始七年九月十五日出。〔二五〕

滅十方冥經　一卷元熙元年八月十四日出。

無思議孩童經　一卷舊録云，孩童經，或云無思議光孩童菩薩經，或云無思議光經。

迦葉集結經　一卷舊録云，迦葉結經。

彌勒成佛經　一卷與羅什所出異本。

舍利弗目連遊諸國經　一卷或云舍利弗摩目揵連遊諸四衢經。〔二六〕

瑠璃王經　一卷

柰女耆域經　一卷或云柰女經。

寶施女經　一卷

寶網童子經　一卷舊録云，寶網經。

順權方便經　二卷一本云惟權方便經。舊録云，順權女經，一云轉女身菩薩經。太安二年四月九日出。〔二七〕

五百弟子本起經　一卷舊録云，五百弟子自説本末經。太安二年五月一日出。〔二八〕或云佛五百弟子自説本起經。

佛爲菩薩五夢經　一卷舊録云，佛五夢。太安二年五月六日出。〔二九〕或云太子五夢。

普門經　一卷一本云普門品。太康八年正月十一日出。

如幻三昧經　二卷舊録云，三卷。太安二年五月十一日出。〔三〇〕

彌勒本願經　一卷或云彌勒菩薩所問本願經。太安二年五月十七日出。〔三一〕

舍利弗悔過經　一卷太安二年五月二十日出。〔三二〕

胞胎經　一卷舊録云，胞胎受身經。太安二年八月一日出。〔三三〕

十地經　一卷或云菩薩十地經。太安二年十二月四日出。〔三四〕

摩目揵連本經　一卷〔三五〕

太子慕魄經　一卷

四不可得經　一卷

菩薩悔過經　一卷或云菩薩悔過法，下注云，出龍樹十住論。

當來變經　一卷

乳光經　一卷

心明女梵志婦飯汁施經　一卷或云心明經。

大六向拜經　一卷舊録云，六向拜經，或云威花長者六向拜經。

鴦掘摩經　一卷或云指髻經，或云指鬘經。

菩薩十住經　一卷太安元年十月三日出。〔三六〕

摩調王經　一卷出六度集。太安二年正月十八日出。〔三七〕

象步經　一卷一云無所希望經。

照明三昧經　一卷太安二年二月一日出。〔三八〕

所欲致患經　一卷太安二年二月七日出。〔三九〕

法没盡經　一卷或云空寂菩薩所問經。太熙元年二月七日出。〔四〇〕

菩薩齋法　一卷一名菩薩正齋經，一名持齋經。

獨證自誓三昧經　一卷或云如來獨證自誓三昧經。〔四一〕

過去佛分衛經　一卷舊録云，過世佛分衛經。

五蓋疑結失行經　一卷安公云，不似護公出。後記云，永寧二年四月十二日出。

阿差末經　四卷或云阿差末菩薩經，别録所載。安録先闕。永嘉元年十二月一日出。〔四二〕

無極寶經　一卷别録所載，安録先闕。或云無極寶三昧經。永嘉元年三月五日出。〔四三〕

阿述達經　一卷别録所載，安録先闕。舊録云，阿述達女經，或云阿闍貰王女阿述達菩薩經。

右九十五部，凡二百六卷。今並有其經。

等目菩薩經　二卷别録所載，安録先闕。

閑居經　十卷

更出小品經　七卷

總持經　一卷祐案，出生經，或云佛心總持。

超日明經　二卷

删維摩詰經　一卷祐意謂先出維摩煩重，護删出逸偈。

虎耳意經　一卷一名二十八宿經。〔四四〕

無憂施經　一卷一本云，阿闍貰女名無憂施。

五福施經　一卷

樓炭經　五卷安公云，出方等部。太安元年正月二十三日出。〔四五〕

勇伏定經　二卷安公云，更出首楞嚴。元康元年四月九日出。

嚴淨定經　一卷一名序世經。元熙元年二月十八日出。〔四六〕

慧明經　一卷

迦葉本經　一卷或云大迦葉本。

光世音大勢至受決經　一卷

諸方佛名經　一卷

目連上淨居天經　一卷
普首童經　一卷
十方佛名　一卷
三品修行經　一卷安公云，近人合大修行經。
金益長者子經　一卷
衆祐經　一卷
觀行不移四事經　一卷元康中出。〔四七〕
小法没盡經　一卷
四婦喻經　一卷元康中出。
盧夷亘經　一卷
諸神呪經　三卷
盧羅王經　一卷
龍施經　一卷
檀若經　一卷
馬王經　一卷永平元年中出。〔四八〕

普義經　一卷永平中出。〔四九〕
鹿母經　一卷元康初出。〔五〇〕
給孤獨明德經　一卷舊録云，給孤獨氏經。太熙元年末出。〔五一〕
龍王兄弟陀達誡王經　一卷達是達字。
勸化王經　一卷
百佛名　一卷
更出阿闍世王經　二卷建武元年四月十六日出。〔五二〕
植衆德本經　一卷
沙門果證經　一卷
龍施本起經　一卷舊録云，龍施本經，或云龍施女經。
佛悔過經　一卷
三轉月明經　一卷
解無常經　一卷
胎藏經　一卷
離垢蓋經　一卷

小郁迦經　一卷

阿闍貰女經　一卷

賈客經　二卷建武元年三月二日出。〔五三〕

人所從來經　一卷永興二年正月二十五日出。〔五四〕

誡羅云經　一卷

鴈王經　一卷太始九年二月一日出。〔五五〕

十等藏經　一卷永興二年正月二十八日出。〔五六〕

鴈王五百鴈俱經　一卷永興二年二月二日出。〔五七〕

誡具經　一卷永興二年二月七日出。〔五八〕

決道俗經　一卷永興二年二月十一日出。〔五九〕

猛施經　一卷舊録云，猛施道地經。永興二年二月二十日出。〔六〇〕

城喻經　一卷永興二年三月一日出。〔六一〕

耆闍崛山解經　一卷

譬喻三百首經　二十五卷永興三年三月七日出。〔六二〕

比丘尼戒經〔六三〕　一卷太始三年九月十日出。〔六四〕

誡王經　一卷

三品悔過經　一卷太始三年九月二十一日出。〔六五〕

菩薩齋法經〔六六〕　一卷舊録云，菩薩齋經，或云賢首菩薩齋經。

右六十四部，凡一百一十六卷。經今闕。合二件，凡一百五十四部，合三百九卷。晉武帝時，沙門竺法護到西域，得胡本還。自太始中至懷帝永嘉二年已前所譯出。祐捃摭羣録，遇護公所出更得四部，安録先闕，今條入録中。安公云，遭亂録散，小小錯涉。故知今之所獲，審是護出也。

超日明經　二卷舊録云，超日明三昧經。

右一部，凡二卷。晉武帝時，沙門竺法護先譯梵文，而辭義煩重。優婆塞聶承遠整理文偈，删爲二卷。

須真天子經　二卷或云須真天子問四事經。太始二年十一月初八日出。

右一部，凡二卷。〔六七〕晉武帝世，天竺菩薩沙門曇摩羅察口授出，〔六八〕安文慧、白元信筆受。

異維摩詰經　三卷
首楞嚴經　二卷別録所載，安録先闕。舊録有叔蘭首楞嚴二卷。
　右二部，凡五卷。晉惠帝時，竺叔蘭以元康元年譯出。
惟逮菩薩經　一卷今闕。
　右一部，凡一卷。晉惠帝時，沙門帛法祖譯出。
樓炭經　六卷別録所載，安録先闕。
大方等如來藏經　一卷舊録云，佛藏方等經。
法句本末經　四卷一名法句喻經。或云六卷。或云法句譬經。
福田經　一卷或云諸德福田經。
　右四部，凡十二卷。晉惠、懷帝時沙門法炬譯出。其法句喻、福田二經，炬與沙門法立共譯出。
總前出經，自安世高已下，至法立已上，凡十七家，並安公録所載。其張騫、秦景、竺朔佛、維祇難、竺將炎、白延、帛法祖凡七人，是祐校衆録新獲所附入。自衞士度已後，皆祐所新撰。

摩訶般若波羅蜜道行經　二卷衆録並云道行經二卷，衞士度略出。今闕。

右一部，凡二卷。晉惠帝時，衞士度略出。

合維摩詰經　五卷合支謙、竺法護、竺叔蘭所出維摩三本，合爲一部。

合首楞嚴經　八卷合支讖、支謙、竺法護、竺叔蘭所出首楞嚴四本，〔六九〕合爲一部，或爲五卷。

右二部，凡十三卷。晉惠帝時，沙門支敏度所集。其合首楞嚴，傳云亦愍度所集，既闕注目，未詳信否。

大孔雀王神呪　一卷

孔雀王雜神呪　一卷

右二部，凡二卷。晉元皇帝時，西域高座沙門尸梨蜜所出。

譬喻經　十卷舊録云，正譬喻經十卷。

右一部，凡十卷。晉成帝時，沙門康法邃抄集衆經，撰此一部。

十誦比丘戒本　一卷或云十誦大比丘戒。

右一部，凡一卷。晉簡文帝時，西域沙門曇摩持誦胡本，〔七〇〕竺佛念譯出。

比丘尼大戒　一卷

右一部，凡一卷。晉簡文帝時，沙門釋僧純於西域拘夷國得胡本，到關中，令竺佛念、曇摩持、慧常共譯出。

摩訶鉢羅若波羅蜜經抄　五卷一名長安品經，或云摩訶般若波羅密經。僞秦苻堅建元十八年出。

右一部，凡五卷。晉簡文帝時，天竺沙門曇摩蜱執胡大品本，竺佛念譯出。

雜阿毗曇毗婆沙　十四卷僞秦建元十九年四月出，至八月二十九日出訖。或云雜阿毗曇心。

婆須蜜集　十卷建元二十年三月十五日出，至七月十三日訖。

僧伽羅刹集經　三卷秦建元二十年十一月三十日出。

右三部，凡二十七卷。晉孝武帝時，罽賓沙門僧伽跋澄，以苻堅時入長安。跋澄口誦毗婆沙，佛圖羅刹譯出。又齎婆須蜜胡本，竺佛念譯出。

四阿含暮抄經　二卷

右一部，凡二卷。晉孝武帝時，西域沙門鳩摩羅佛提於鄴寺出。佛提執胡本，竺佛念、佛護爲譯，僧導、僧叡筆受。

三十七品經　一卷晉太元二十年，歲在丙申，六月出。

賢劫千佛名經　一卷

右二部，凡二卷。晉孝武帝時，天竺沙門竺曇無蘭在揚州謝鎮西寺撰出。〔七一〕

增一阿含經　三十三卷秦建元二十年夏出，至二十一年春訖。定三十三卷，或分爲二十四卷。〔七二〕

中阿含經　五十九卷同建元二十年出。

右二部，凡九十二卷。晉孝武時，兜佉勒國沙門曇摩難提，以苻堅時入長安。難提口誦胡本，竺佛念譯出。

出曜經　十九卷
菩薩瓔珞經　十二卷
十住斷結經　十一卷
菩薩處胎經　五卷一名胎經。或爲四卷。
中陰經　二卷闕。
王子法益壞目因緣經　一卷或云阿育王息壞目因緣經。

右六部，凡五十卷。晉孝武帝時，涼州沙門竺佛念，以苻堅時於關中譯出。

中阿含經　六十卷晉隆安元年十一月十日於東亭寺譯出，至二年六月二十五日訖。與曇摩難提所出本不同。〔七三〕
阿毗曇八揵度　二十卷一名迦旃延阿毗曇。建元十九年出。
阿毗曇心　十六卷或十三卷。苻堅建元末於洛陽出。
鞞婆沙阿毗曇　十四卷一名廣説，同在洛陽譯出。
阿毗曇心　四卷晉太元十六年在廬山爲遠公譯出。

三法度　二卷同以太元十六年於廬山出。

右六部，凡一百一十六卷。晉孝武帝及安帝時，罽賓沙門僧伽提婆所譯出。

新大品經　二十四卷僞秦姚興弘始五年四月二十三日於逍遥園譯出，〔七四〕至六年四月二十三日訖。

新小品經　七卷弘始十年二月六日譯出，至四月二十日訖。〔七五〕

新法華經　七卷弘始八年夏於長安大寺譯出。

新賢劫經　七卷今闕。

華首經　十卷一名攝諸善根經。

新維摩詰經　三卷弘始八年於長安大寺出。

新首楞嚴經　二卷

十住經　五卷或四卷，定五卷。什與佛馱耶舍共譯出。

思益義經　四卷或云思益梵天問經。

持世經　四卷或三卷。

自在王經　二卷弘始九年出。〔七六〕

佛藏經　三卷一名選擇諸法。或爲二卷。

菩薩藏經　三卷一名富樓那問，亦名大悲心。或爲二卷。
稱揚諸佛功德經　三卷一名集華。
無量壽經　一卷或云阿彌陀經。
彌勒下生經　一卷
彌勒成佛經　一卷
金剛般若經　一卷或云金剛般若波羅蜜經。
諸法無行經　一卷
菩提經　一卷或云文殊師利問菩提經。〔七七〕
遺教經　一卷或云佛垂般泥洹略說教戒經。
十二因緣觀經　一卷闕本。
菩薩呵色欲經　一卷〔七八〕
禪法要解　二卷或云禪要經。
禪經　三卷一名菩薩禪法經，與坐禪三昧經同。
雜譬喻經　一卷比丘道略所集。
大智論　百卷於逍遥園譯出。或分爲七十卷。

成實論　十六卷〔七九〕
十住論　十卷
中論　四卷
十二門論　一卷
百論　二卷弘始六年譯出。
十誦律　六十一卷已入律録。
十誦比丘戒本　一卷
禪法要　三卷弘始九年閏月五日重校正。

右三十五部，凡二百九十四卷。晉安帝時，天竺沙門鳩摩羅什以僞秦姚興弘始三年至長安，於大寺及逍遥園譯出。

長阿含經　二十二卷秦弘始十五年出，竺佛念傳譯。
曇無德律　四十五卷已入律録。
虚空藏經　一卷或云虚空藏菩薩經。三藏後還外國，於罽賓得此經，附商人送至涼州。
曇無德戒本　一卷

右四部，凡六十九卷。晉安帝時，罽賓三藏法師佛馱耶舍，以姚興弘始中於長安譯出。

舍利弗阿毗曇　二十二卷或二十卷。

右一部，凡二十二卷。晉安帝時，外國沙門毗婆沙，爲姚興於長安石羊寺譯出。

大般涅槃經　三十六卷僞河西王沮渠蒙遜玄始十年十月二十三日譯出。

方等大集經　二十九卷或云大集經。玄始九年譯出。〔八〇〕或三十卷，或二十四卷。

方等王虚空藏經　五卷或云大虚空藏經。檢經文與大集經第八虚空藏品同，未詳是别出者不？别録云，河南國乞佛時沙門釋聖堅譯出。

方等大雲經　四卷或云方等無想大雲經。或爲六卷。玄始六年九月出。〔八一〕

悲華經　十卷别録或云龔上出。玄始八年十二月出。〔八二〕

金光明經　四卷〔八三〕玄始六年五月出。〔八四〕

海龍王經　四卷玄始七年正月出。〔八五〕

菩薩地持經　八卷或云菩薩戒經，或云菩薩地經。玄始七年十月初一日出。〔八六〕

菩薩戒本　一卷別録云，燉煌出。

優婆塞戒　七卷玄始六年四月十日出。〔八七〕

菩薩戒經　八卷

菩薩戒優婆塞戒壇文　一卷玄始十年十二月出。〔八八〕

右十一部，凡一百一十七卷。晉安帝時，天竺沙門曇摩讖至西涼州，爲僞河西王

大沮渠蒙遜譯出。或作曇無讖。

阿毗曇毗婆沙　六十卷丁丑歲四月出，至己卯歲七月訖。

右一部，凡六十卷。晉安帝時，涼州沙門釋道泰，共西域沙門浮陀跋摩，於涼州城內苑閑豫宮寺譯出。初出一百卷，尋值涼王大沮渠國亂亡，散失經文四十卷，所餘六十卷，傳至京師。

寶梁經　二卷

右一部，凡二卷。晉安帝時，沙門釋道龔出。傳云，於涼州出。

大方廣佛華嚴經　五十卷沙門支法領於于闐國得此經胡本，到晉義熙十四年三月十日，於道場寺譯出，至宋永

初二年十二月二十八日都訖。

觀佛三昧經　八卷

新無量壽經　二卷永初二年於道場寺出。

禪經修行方便　二卷一名庾伽遮羅浮迷，譯言修行道地，一名不淨觀經。凡有十七品。

大方等如來藏經　一卷或云如來藏。今闕。

菩薩十住經　一卷

出生無量門持經　一卷

新微密持經　一卷闕。

本業經　一卷闕。

淨六波羅蜜經　一卷闕。

文殊師利發願經　一卷晉元熙二年，歲在庚申，於道場寺出。

右十部，凡六十七卷。晉安帝時，天竺禪師佛馱跋陀至江東，及宋初於廬山及京都譯出。

大般泥洹經　六卷晉義熙十三年十一月一日，道場寺譯。

方等泥洹經　二卷今闕。
摩訶僧祇律　四十卷已入律録。
僧祇比丘戒本　一卷今闕。
雜阿毗曇心　十三卷〔六九〕今闕。
雜藏經　一卷
綖經梵文，未譯出。
長阿含經梵文，未譯。
雜阿含經梵文，未譯。
彌沙塞律梵文，未譯。
薩婆多律抄梵文，未譯。
佛遊天竺記　一卷

右十一部，定出六部，凡六十三卷。晉安帝時，沙門釋法顯以隆安三年遊西域，於中天竺、師子國得胡本，歸京都，住道場寺。就天竺禪師佛馱跋陀共譯出。其長雜二阿含、綖經、彌沙塞律、薩婆多律抄，猶是梵文，未得譯出。

方等檀持陀羅尼經　四卷或云大方等陀羅尼，或云檀持陀羅尼。〔九〇〕

右一部，凡四卷。晉安帝時，高昌郡沙門釋法衆所譯出。

普門品經　一卷闕。

右一部，凡一卷。西域沙門祇多蜜所出。傳云晉世出，未詳何帝時。

決定毗尼經　一卷一名破壞一切心識。

右一部，凡一卷。衆録並云於涼州燉煌出，未審譯經人名。傳云晉世出，未詳何帝時。

新無量壽經　二卷宋永初二年於道場寺出。一録云，於六合山寺出。

佛所行讚　五卷一名馬鳴菩薩讚，或云佛本行讚。六合山寺出。

右二部，凡七卷。宋孝武皇帝時，沙門釋寶雲於六合山寺譯出。

觀世音受記經　一卷

右一部，凡一卷。宋武帝時，黄龍國沙門曇無竭遊西域譯出。

彌沙塞律　三十四卷即釋法顯所得胡本，以宋景平元年七月譯出。已入律録。

彌沙塞比丘戒本　一卷與律同時出。

彌沙塞羯磨　一卷與律同時出。

右三部，凡三十六卷。宋縈陽王時，沙門竺道生、釋慧嚴，請罽賓律師佛馱什於京都龍光寺譯出。

雜阿毗曇心　十三卷今闕。

右一部，凡十三卷。宋文帝時，西域沙門伊葉波羅，以元嘉三年爲北徐州刺史王仲德於彭城譯出，至擇品未竟。至八年，更請三藏法師於京都校定。

菩薩善戒　十卷或云菩薩地。十卷。

優婆塞五戒略論　一卷一名優婆塞五戒相。

三歸及優婆塞二十二戒　一卷或云優婆塞戒。

曇無德羯磨　一卷或云雜羯磨。

右四部，凡十三卷。宋文帝時，罽賓三藏法師求那跋摩於京都譯出。

雜阿毗曇心　十四卷宋元嘉十年於長干寺出，寶雲傳譯，其年九月訖。

摩得勒伽經　十卷宋元嘉十二年乙亥歲正月於秣陵平樂寺譯出，至九月二十二日訖。

分別業報略　一卷大勇菩薩撰。

勸發諸王要偈　一卷龍樹菩薩撰。

請聖僧浴文　一卷闕。

右五部，凡二十七卷。宋文帝時，天竺三藏法師僧伽跋摩於京都譯出。

觀普賢菩薩行法經　一卷或云普賢觀經，下注云，出深功德經中。

虛空藏觀經　一卷或云觀虛空藏菩薩經。

禪秘要　三卷元嘉十八年譯出。或云禪法要。或五卷。

五門禪經要用法　一卷

右四部，凡六卷。宋文帝時，罽賓禪師曇摩蜜多，以元嘉中於祇洹寺譯出。

普耀經　六卷

四天王經　一卷

廣博嚴淨經　四卷或云廣博嚴淨不退轉輪經。

右三部，十一卷。宋文帝時，沙門釋智嚴，以元嘉四年共沙門寶雲譯出。

般泥洹經　二十卷闕。

摩訶僧祇律　一部梵本，未譯出。

右二部，定出一部，凡二十卷。宋文帝時，沙門釋智猛遊西域還，以元嘉中於西涼州譯出泥洹經一部，至十四年齎還京都。

賢愚經　十三卷宋元嘉二十二年出。

右一部，凡十三卷。宋文帝時，涼州沙門釋曇學、威德於于闐國得此經胡本，於高昌郡譯出。天安寺釋弘宗傳。

雜阿含經　五十卷宋元嘉中於瓦官寺譯出。〔九一〕

大法鼓經　二卷東安寺譯出。

勝鬘經　一卷丹陽郡譯出。〔九二〕

八吉祥經　一卷元嘉二十九年正月十三日於荆州譯出。

楞伽阿跋多羅寶經　四卷道場寺譯出。

央掘魔羅經　四卷道場寺譯出。

過去現在因果經　四卷宋元嘉中譯。〔九三〕

相續解脱經　二卷東安寺譯出。〔九四〕

第一義五相略　一卷東安寺譯出。

釋六十二見經　一卷闕。

泥洹經　一卷似即一卷泥曰經。〔九五〕闕。

無量壽經　一卷闕。

現在佛名經　三卷〔九六〕

無憂王經　一卷闕。

右十四部，凡七十六卷。〔九七〕宋文帝時，天竺摩訶乘法師求那跋陀羅，以元嘉中及孝武時宣出諸經，沙門釋寶雲及弟子菩提法勇傳譯。

觀彌勒菩薩上生兜率天經　一卷或云觀彌勒菩薩經，或云觀彌勒經。

觀世音觀經　一卷

禪要秘密治病經　二卷宋孝建二年於竹園寺譯出。

佛母般泥洹經　一卷孝建二年於鍾山定林上寺譯出。一名大愛道般泥洹經。

右四部，凡五卷。宋孝武帝時，僞河西王從弟沮渠安陽侯於京都譯出。前二觀先在高昌郡久已譯出，於彼齎來京都。

念佛三昧經　六卷宋大明六年譯出。或云菩薩念佛三昧經。

破魔陀羅尼經　一卷或云無量門破魔陀羅尼經。大明六年譯出。

右二部，凡七卷。宋孝武帝時，西域沙門功德直至荆州，沙門釋玄暢請於禪房譯出。

十誦羯磨　一卷或云略要羯磨法，十誦律出。

右一部，凡一卷。宋景和中，律師釋僧璩於京都撰出。

十誦比丘尼戒本　一卷或云十誦比丘尼大戒。
十誦律羯磨雜事　一卷
　右二部，凡二卷。宋明帝時，律師釋法穎於京都撰出。〔九八〕
海意經　七卷闕。
如來恩智不思議經　五卷闕。
寶頂經　五卷闕。
無盡意經　十卷闕。
三密底耶經　一卷漢言賢人用律。闕。
　右五部，凡二十八卷。宋明帝時，天竺沙門竺法眷於廣州譯出，〔九九〕並未至京都。
雜寶藏經　十三卷闕。
付法藏因緣經　六卷闕。
方便心論　二卷闕。
　右三部，凡二十一卷。宋明帝時，西域三藏吉迦夜於北國，以僞延興二年，共僧正釋曇曜譯出，劉孝標筆受。此三經並未至京都。

無量義經　一卷

右一部，凡一卷。齊高帝時，天竺沙門曇摩伽陀耶舍譯出。

五百本生經未詳卷數。闕。

他毗利齊言宿德律。未詳卷數。闕。

右二部，齊武皇帝時，外國沙門大乘於廣州譯出，未至京都。〔一〇〇〕

善見毗婆沙律十八卷或云毗婆沙律。齊永明七年出。

右一部，凡十八卷。齊武帝時，沙門釋僧猗於廣州竹林寺，請外國法師僧伽跋陀羅譯出。

觀世音懺悔除罪呪經　一卷永明八年十二月十五日譯出。

妙法蓮華經提婆達多品第十二　一卷

右二部，凡二卷。齊武皇帝時，先師獻正遊西域，於于闐國得觀世音懺悔呪胡本。還京都，請瓦官禪房三藏法師法意共譯出。自流沙以西，妙法蓮華經並有提婆達多品，而中夏所傳闕此一品。先師至高昌郡，於彼獲本，仍寫還京都。今别爲一卷。

百句譬喻經　十卷齊永明十年九月十日譯出。或五卷。

右一部，凡十卷。齊武帝時，天竺沙門求那毗地於京都譯出。

毗跋律　一卷

右一部，凡一卷。齊武帝時，沙門釋法度出。

教戒比丘尼法　一卷

右一部，凡一卷。梁天監三年，鍾山靈耀寺沙門釋僧盛依四分律撰。

大智論抄　二十卷一名要論。

右一部，凡二十卷。晉安帝世，廬山沙門釋慧遠，以論文繁積，學者難省，故略要抄出。

虛空藏經　八卷

右一部，凡八卷。宋武帝世，河南國乞伏時沙門聖堅出。

十二因緣經　一卷建武二年出。

須達長者經　一卷建武二年出。〔一〇一〕

都合四百五十部，凡一千八百六十七卷。

新集條解異出經録第二〔一〇二〕

異出經者，謂胡本同而漢文異也。梵書複隱，宣譯多變，出經之士，才趣各殊。辭有質文，意或詳略，故令本一末二，〔一〇三〕新舊參差。若國言訛轉，則音字楚夏；譯辭格礙，則事義胡越。豈西傳之踳駮，乃東寫之乖謬耳。是以泥洹、楞嚴重出至七，般若之經，別本迺八。傍及衆典，往往如兹。今並條目列入，以表同異。其異出雜經失譯名者，皆附失源之録。

般若經

支讖出般若道行品經　十卷

〔又〕出古品遺日說般若　一卷

竺朔佛出道行經〔一〇四〕　一卷道行者，般若抄也。
朱士行出放光經　二十卷一名舊小品。
竺法護更出小品經　七卷
衛士度抄摩訶般若波羅蜜道行經　二卷
曇摩蜱出摩訶鉢羅若波羅蜜經　五卷一名長安品經。
鳩摩羅什出新大品　二十四卷
〔又〕小品　七卷
右一經七人異出。

般泥洹經
支讖出胡般泥洹經　一卷
支謙出大般泥洹經　二卷
竺法護出方等泥洹經　二卷
曇摩讖出大般涅槃經　三十六卷
釋法顯出大般泥洹經　六卷

〔文〕方等泥洹經　二卷
釋智猛出泥洹經　二十卷
求那跋陀羅出泥洹經　一卷〔一〇五〕
右一經七人異出。其支謙大般泥洹與方等泥洹大同，曇摩讖涅槃與法顯泥洹大同。
其餘三部並闕，未詳同異。

法華經
舊録有薩曇分陀利經，云是異出法華，未詳誰出，今闕此經。
竺法護出正法華經　十卷
鳩摩羅什出新妙法蓮華經　七卷
右一經三人出，其一經失譯人名，已入失源録

首楞嚴經
支讖首楞嚴　二卷
支謙首楞嚴　二卷

白延首楞嚴　二卷
竺法護更出勇伏定　二卷即更出首楞嚴。
竺叔蘭首楞嚴經　二卷
鳩摩羅什新出首楞嚴　二卷
舊録有蜀首楞嚴　二卷未詳誰出。
右一經七人出。其一經失譯人名，已入失源録。

維摩詰經
支謙出維摩詰　二卷
竺法護出維摩詰經　二卷
又出刪維摩詰　一卷
竺叔蘭出維摩詰　二卷
鳩摩羅什出新維摩詰經　三卷
右一經四人異出。

無量壽經

支謙出阿彌陀經　二卷
竺法護出無量壽　二卷或云無量壽清淨平等覺。
鳩摩羅什出無量壽　一卷
釋寶雲出新無量壽　二卷
求那跋陀羅出無量壽　一卷

右一經五人異出。

道地經

安世高出大道地　二卷
竺法護出修行道地　七卷

右一經二人異出。

普耀經

竺法護出普耀　八卷

釋智嚴出普耀　六卷

右一經二人異出。

賢劫經

竺法護出賢劫　十卷

鳩摩羅什出賢劫　七卷

右一經二人異出。

海龍王經

竺法護出海龍王　四卷

曇摩讖出海龍王　四卷

右一經二人異出。

中阿含經

曇摩難提出中阿含　五十九卷

僧伽提婆出中阿含　六十卷

右一經二人異出。

樓炭經

竺法護出樓炭　五卷

釋法炬出樓炭　六卷

右一經二人異出。

微密持經

支謙出微密持　一卷

佛駄跋陀出微密持　一卷

右一經二人異出。

大方等如來藏經

釋法炬出大方等如來藏　一卷

佛馱跋陀出大方等如來藏　一卷

右一經二人異出。

本業經

支謙出本業　一卷

佛馱跋陀出本業　一卷

右一經二人異出。

十住經

鳩摩羅什出十住　四卷

佛馱跋陀出菩薩十住　一卷

右一經二人異出。

超日明經

竺法護出超日明　二卷

聶承遠出超日明　二卷即删整護公所出者。

右一經二人異出。

般舟三昧經

支讖出般舟三昧　二卷

竺法護出般舟三昧　二卷

右一經二人異出。

彌勒成佛經

竺法護出彌勒成佛　一卷

鳩摩羅什出彌勒成佛　一卷

右一經二人異出。

觀世音受決經

竺法護出光世音大勢至受決經　一卷

曇無竭出觀世音受記經　一卷

右一經二人異出。

月明童子經

支謙出月明童子經　一卷

竺法護出月明童子經　一卷

右一經二人異出。

普門經

竺法護出普門品　一卷

祇多蜜出普門品　一卷

右一經二人異出。

鴦掘魔經

竺法護出鴦掘魔經　一卷

求那跋陀羅出鴦掘魔羅經　四卷

右一經二人異出。

阿闍世王經

支讖出阿闍世王經　二卷

竺法護更出阿闍世王經　一卷

右一經二人異出。

十二因緣經

安世高出十二因緣經　一卷

竺法護出十二因緣經　一卷

右一經二人異出。

阿差末經

支謙出阿差末　二卷

竺法護出阿差末　四卷

右一經二人異出。

禪經

鳩摩羅什出禪經　四卷

〔又〕禪法要解　二卷

佛馱跋陀出禪經　二卷〔一〇六〕

曇摩蜜多出禪法要　二卷〔一〇七〕

〔又〕五門禪經要用法　一卷

沮渠安陽侯出禪要秘密治病經　二卷

右一經四人異出。

虛空藏經

曇摩讖出方等王虛空藏　五卷

曇摩蜜多出虛空藏觀　一卷

聖堅出虛空藏　五卷
佛陀耶舍出虛空藏經　一卷
右一經四人出。

譬喻經
安世高出五陰譬喻　一卷
竺法護出譬喻三百首經　二十五卷無別題，未詳其名。
釋法炬出法句譬喻〔一〇八〕　六卷
求那毗地出百句譬喻　十卷
康法邃出譬喻經　十卷
右一經五人出。

無盡意經
竺法護出無盡意　四卷
竺法眷出無盡意〔一〇九〕　十卷

曇摩讖大集後無盡意　四卷

右一經三人出。

菩薩地持經

曇摩讖出菩薩地持　八卷

三藏求那跋摩出菩薩善戒〔一〇〕　十卷

右一經二人出。

比丘戒本

曇摩持誦出十誦比丘戒本　一卷

羅什出十誦比丘戒本　一卷

佛馱耶舍出曇無德戒本　一卷

釋法顯出僧祇比丘戒本　一卷

佛馱什出彌沙塞比丘戒本　一卷

右一經五人出。校衆録，並云二百五十戒凡有六種異出。其一本無譯名，入失源録中。

比丘尼戒

竺法護出比丘尼戒　一卷今闕。

釋僧純出比丘尼大戒　一卷

釋法穎撰十誦比丘尼戒本　一卷

覓歷所傳大比丘尼戒　一卷是疑經。今闕。

右一經四人出。

阿毗曇

安世高出阿毗曇五法、七法　二卷今闕七法。

〔又〕阿毗曇九十八法　一卷闕。

僧伽跋摩出阿毗曇毗婆沙　十四卷

〔又〕阿毗曇心　四卷

僧伽提婆出阿毗曇鞞婆沙　十四卷

〔又〕阿毗曇心　十六卷

天竺毗婆沙師出舍利弗阿毗曇　二十二卷

浮陀跋摩出阿毗曇毗婆沙　六十卷

釋法顯出雜阿毗曇心　十三卷

伊葉波羅出雜阿毗曇心　十三卷

僧伽跋摩出雜阿毗曇心　十四卷

迦旃延阿毗曇心　二十卷未詳誰出，已入失源録。

右一經凡九人出。

成具光明經

支讖

支曜〔二二〕

右一經二人異出。

法鏡經

安玄〔二三〕

支謙

右一經二人異出。

法句經

祇難

支謙

右一經二人異出。

一卷無量壽經

鳩摩羅什

求那跋陀

右一經二人異出。

長阿含經

佛馱耶舍

釋法顯

右一經二人異出。

摩訶僧祇律

釋法顯

釋智猛

右一經二人異出。

小品

竺法護

鳩摩羅什

右一經二人異出。

方等泥洹經

竺法護

釋法顯

右一經二人異出。

長者須達經

安公雜録又有此經

求那毗地出〔一三〕

右一經二人異出。〔一四〕

校勘記

〔一〕靡踰于張騫之使　「于」字各本脱，從全梁文七二補。

〔二〕法輪屆心　宋本、磧砂本、元本「法」上有「業」字，明本有「僕」字，麗本無。疑上應有一發語詞。

〔三〕追討支竺時獲異經安録所記則爲未盡今悉更苞舉　自「竺」至「苞」十七字麗本脱，兹從宋本、磧砂本、元本、明本。

〔四〕新集表序四部律録第三闕　智昇録十引此目，於下注云：「初題有，卷中無。四部，一百八十卷。」是此録唐代已闕。按「四部」謂本卷新集撰出經律論録所載鳩摩羅什譯之十誦律六十一卷，佛馱耶舍譯之曇摩德律四十五卷，法顯譯之摩訶僧祇律四十卷，佛馱什譯之彌沙塞律三十四卷。四律之下皆注「已入律録」，即指收入本録，共計一百八十卷也。

〔五〕新集撰出經律論録第一　麗本、宋本、磧砂本、元本脱「撰出」及「律」字，明本脱「撰出」二字，兹從本卷首序後標目及智昇録十補。
〔六〕安録云　「録」字磧砂本、明本作「公」，兹從麗本、宋本、元本。
〔七〕具法行作舍利弗　「行作」宋本、磧砂本、元本、明本作「經」字，兹從麗本。
〔八〕既不標名　「名」字宋本、磧砂本、元本、明本皆脱，從麗本補。
〔九〕右三十四部凡四十卷　實爲三十五部，四十一卷。本卷所載各家譯經部數卷數有後來補入者，故與原載部卷不符，兹仍舊。以下不再出校記。
〔一〇〕般舟三昧經一卷　宋本、磧砂本、元本、明本及長房録四皆作「二卷」，兹從麗本。
〔一一〕屯真陀羅王經　長房録四、智昇録一「羅」下有「尼」字。
〔一二〕其古品已下至内藏百品凡九經　凡十經，「九」字疑誤。
〔一三〕安録無　宋本、磧砂本、元本、明本「無」下有「載」字，據麗本删。
〔一四〕或云雜無極經　「雜」字宋本、磧砂本、元本、明本作「離」，兹從麗本及長房録五、智昇録二。
〔一五〕叉須賴經　「叉」字宋本、元本、明本作「又」，麗本脱，兹從磧砂本及長房録五、智昇録一。
〔一六〕三十品　「三」字宋本、磧砂本、元本、明本作「四」，兹從麗本。
〔一七〕元康元年四月十三日出　「三」字宋本、磧砂本、元本、明本作「二」，兹從麗本及長房録六、智昇録二。
〔一八〕太康九年十月八日出　「九年」長房録六、智昇録二作「元年」。
〔一九〕漸備一切智德經　「德」字各本脱，據長房録六、智昇録二補。
〔二〇〕阿惟越致遮經　「遮」字宋本、磧砂本、元本、明本脱，據麗本補。

〔二一〕舊録云寶結菩薩經　宋本、磧砂本、元本、明本脱此句，從麗本補。
〔二二〕或爲二卷　宋本、磧砂本、元本、明本脱此句，從麗本補。
〔二三〕決定持經　宋本、磧砂本、元本、明本作「定」，麗本作「總」，現存本作決定總持經，見大正藏第十七卷八一一號。
〔二四〕文殊師利悔過經泰始七年正月二十七日出　自「經」下十二字麗本脱，兹從宋本、磧砂本、元本、明本。
〔二五〕泰始七年九月十五日出　麗本脱此十字，兹從宋本、磧砂本、元本、明本。
〔二六〕或云舍利弗摩目犍連遊諸四衢經　長房録六「摩」下有「訶」字。
〔二七〕太安二年四月九日出　麗本脱此九字，兹從宋本、磧砂本、元本、明本。
〔二八〕太安二年五月一日出　麗本脱此九字，兹從宋本、磧砂本、元本、明本。
〔二九〕太安二年五月六日出　麗本脱此九字，兹從宋本、磧砂本、元本、明本。
〔三〇〕太安二年五月十一日出　麗本脱此十字，兹從宋本、磧砂本、元本、明本。
〔三一〕太安二年五月十七日出　麗本脱此十字，兹從宋本、磧砂本、元本、明本。
〔三二〕太安二年五月二十日出　麗本脱此十字，兹從宋本、磧砂本、元本、明本。
〔三三〕太安二年八月一日出　麗本脱此九字，兹從宋本、磧砂本、元本、明本。
〔三四〕太安二年十二月四日出　麗本脱此十字，兹從宋本、磧砂本、元本、明本。
〔三五〕摩目犍連本經　長房録六「摩」下有「訶」字。
〔三六〕太安元年十月三日出　麗本脱此九字，兹從宋本、磧砂本、元本、明本。
〔三七〕太安三年正月十八日出　麗本脱此十字，兹從宋本、磧砂本、元本、明本。

〔三八〕太安三年二月一日出　麗本脱此九字，兹從宋本、磧砂本、元本、明本。
〔三九〕太安三年二月七日出　麗本脱此九字，兹從宋本、磧砂本、元本、明本。
〔四〇〕太熙元年二月七日出　麗本脱此九字，兹從宋本、磧砂本、元本、明本。
〔四一〕或云如來獨證自誓三昧經　「證」字宋本、磧砂本、元本、明本無，從麗本補。
〔四二〕永嘉元年十二月一日出　麗本脱此十字，兹從宋本、磧砂本、元本、明本。
〔四三〕永嘉元年三月五日出　麗本脱此九字，兹從宋本、磧砂本、元本、明本。
〔四四〕一名二十八宿經　麗本脱此七字，兹從宋本、磧砂本、元本、明本。
〔四五〕太安元年正月二十三日出　麗本脱此十一字，兹從宋本、磧砂本、元本、明本。
〔四六〕元熙元年二月十八日出　麗本脱此十字，兹從宋本、磧砂本、元本、明本。
〔四七〕元康中出　麗本脱此四字，兹從宋本、磧砂本、元本、明本。
〔四八〕永平元年中出　麗本脱此六字，兹從宋本、磧砂本、元本、明本。
〔四九〕永平中出　麗本脱此四字，兹從宋本、磧砂本、元本、明本。
〔五〇〕元康初出　麗本脱此四字，兹從宋本、磧砂本、元本、明本。
〔五一〕太熙元年末出　麗本脱此六字，兹從宋本、磧砂本、元本、明本。
〔五二〕建武元年四月十六日出　麗本脱此十字，兹從宋本、磧砂本、元本、明本。
〔五三〕建武元年三月二日出　麗本脱此九字，兹從宋本、磧砂本、元本、明本。
〔五四〕永興二年正月二十五日出　麗本脱此十一字，兹從宋本、磧砂本、元本、明本。
〔五五〕太始九年二月一日出　麗本脱此九字，兹從宋本、磧砂本、元本、明本。
〔五六〕永興二年正月二十八日出　麗本脱此十一字，兹從宋本、磧砂本、元本、明本。

〔五七〕永興二年二月二日出　麗本脱此九字，茲從宋本、磧砂本、元本、明本。
〔五八〕永興二年二月七日出　麗本脱此九字，茲從宋本、磧砂本、元本、明本。
〔五九〕永興二年二月十一日出　麗本脱此十字，茲從宋本、磧砂本、元本、明本。
〔六〇〕永興二年二月二十日出　麗本脱此十字，茲從宋本、磧砂本、元本、明本。
〔六一〕永興二年三月一日出　麗本脱此九字，茲從宋本、磧砂本、元本、明本。
〔六二〕永興三年三月七日出　麗本脱此九字，茲從宋本、磧砂本、元本、明本。
〔六三〕比丘尼戒經　「戒」字各本作「誡」，智昇録二作「祐云比丘尼戒經，出十誦律」。則智昇所見本爲「戒」字，從改。
〔六四〕太始三年九月十日出　麗本脱此九字，茲從宋本、磧砂本、元本、明本。
〔六五〕太始三年九月二十一日出　麗本脱此十一字，茲從宋本、磧砂本、元本、明本。
〔六六〕菩薩齋法經　麗本、宋本、磧砂本、元本脱「經」字，據明本及長房録六、智昇録二補。
〔六七〕凡二卷　「凡」字麗本、宋本、磧砂本、元本脱，從明本補。
〔六八〕天竺菩薩沙門曇摩羅察口授出　長房録六、智昇録二及十均指出曇摩羅察即法護之梵名，茲列作二人，有誤。
〔六九〕合支讖支謙竺法護竺叔蘭所出首楞嚴四本　「所」字宋本、磧砂本、元本、明本脱，從麗本補。
〔七〇〕西域沙門曇摩持誦胡本　「誦」字下宋本、磧砂本、元本、明本有「齋」字，從麗本删。
〔七一〕天竺沙門竺曇無蘭在揚州謝鎮西寺撰出　「撰」字明本作「譯」，茲從麗本、宋本、磧砂本、元本。
〔七二〕或分爲二十四卷　「二」字宋本、磧砂本、元本、明本作「三」，茲從麗本及智昇録三。
〔七三〕與曇摩難提所出本不同　「本」字麗本、宋本、磧砂本、元本作「大」，茲從明本。

〔七四〕僞秦姚興弘始五年四月二十三日於逍遥園譯出　「二十三日」麗本、宋本、元本作「二十二日」，茲從磧砂本、明本及智昇録四。
〔七五〕至四月二十日訖　「二十」智昇録四作「三十」。
〔七六〕弘始九年出　「九」字宋本、磧砂本、元本、明本作「元」，茲從麗本及長房録八、智昇録四。
〔七七〕或云文殊師利問菩提經　「提」字宋本、磧砂本、元本、明本作「薩」，茲從麗本。
〔七八〕菩薩呵色欲經一卷　「經」字麗本、宋本脱，茲從磧砂本、元本、明本。
〔七九〕成實論十六卷　「成」字宋本、磧砂本、元本、明本作「誠」，茲從麗本。
〔八〇〕玄始九年譯出　麗本脱此六字，茲從宋本、磧砂本、元本、明本。
〔八一〕玄始六年九月出　麗本脱此七字，茲從宋本、磧砂本、元本、明本。
〔八二〕玄始八年十二月出　麗本脱此八字，茲從宋本、磧砂本、元本、明本。
〔八三〕金光明經四卷　「經」字宋本、磧砂本、元本皆脱，茲從麗本、明本。
〔八四〕玄始六年五月出　麗本脱此七字，茲從宋本、磧砂本、元本、明本。
〔八五〕玄始七年正月出　麗本脱此七字，茲從宋本、磧砂本、元本、明本。
〔八六〕玄始七年十月初一日出　麗本脱此十字，茲從宋本、磧砂本、元本、明本。
〔八七〕玄始六年四月十日出　麗本脱此九字，茲從宋本、磧砂本、元本、明本。
〔八八〕玄始十年十二月出　麗本脱此八字，茲從宋本、磧砂本、元本、明本。
〔八九〕雜阿毗曇心十三卷　宋本、磧砂本、元本、明本作「十二卷」，茲從麗本及長房録七、智昇録三。
〔九〇〕或云檀持陀羅尼　麗本脱此七字，茲從宋本、磧砂本、元本、明本。
〔九一〕宋元嘉中於瓦官寺譯出　麗本脱此十字，茲從宋本、磧砂本、元本、明本。

〔九二〕丹陽郡譯出　「陽」字宋本、磧砂本、元本、明本作「楊」，兹從麗本。下同，不再出校記。

〔九三〕宋元嘉中譯　麗本脱此五字，兹從宋本、磧砂本、元本、明本。

〔九四〕東安寺譯出　「譯」字宋本、磧砂本、元本、明本脱，從麗本補。

〔九五〕似卽一卷泥曰經　「經」字宋本、磧砂本、元本、明本脱，從麗本補。

〔九六〕現在佛名經三卷　麗本無此七字，兹從宋本、磧砂本、元本、明本。

〔九七〕右十四部凡七十六卷　麗本作「右十三部，凡七十三卷」，不載現在佛名經三卷。道宣録四云「祐録止云賢譯七十三卷」，則道宣所見之僧祐録，與麗本同。

〔九八〕律師釋法穎於京都撰出　「釋」字宋本、磧砂本、元本、明本脱，從麗本補。

〔九九〕天竺沙門竺法眷於廣州譯出　「眷」字宋本、磧砂本、元本、明本作「卷」，兹從麗本及長房録十、智昇録五。

〔一〇〇〕未至京都　「京」字宋本、磧砂本、元本、明本脱，從麗本補。

〔一〇一〕十二因緣經一卷建武二年出須達長者經一卷建武二年出　按此二經不著譯人，附於録尾。二經實爲齊求那毗地譯，見長房録十一、智昇録六。本卷新集條解異出經録第二之尾載有「長者須達經，求那毗地出」，卽此須達長者經，又本書卷十四求那毗地傳亦載譯出此二經。

〔一〇二〕新集條解異出經録第二　「條解」二字各本脱，據本卷首序後標目補。智昇録十謂此録「直約部名，以配重譯，不云卷數，算極難矣」。

〔一〇三〕故令本一末二　「令」字宋本、磧砂本、元本、明本作「今」，兹從麗本。

〔一〇四〕竺朔佛出道行經　「竺朔佛」麗本、宋本皆作「竺佛朔」，兹從磧砂本、元本、明本。

〔一〇五〕求那跋陀羅出泥洹經一卷　「一卷」宋本、元本、明本作「二卷」，兹從麗本、磧砂本。

〔一〇六〕佛馱跋陀出禪經二卷　「二卷」宋本、磧砂本、元本、明本作「三卷」，兹從麗本。

〔一〇七〕曇摩蜜多出禪法要二卷　「二卷」宋本、磧砂本、元本、明本作「三卷」，兹從麗本。

〔一〇八〕釋法炬出法句譬喻　「喻」字宋本、磧砂本、元本、明本脱，從麗本補。

〔一〇九〕竺法眷出無盡意　「眷」字宋本、磧砂本、元本、明本作「卷」，從麗本改。

〔一一〇〕三藏求那跋摩出菩薩善戒　「善」字各本皆脱，據本卷新集撰出經律論録第一所載求那跋摩譯經補。

〔一一一〕支曜　「曜」字宋本、磧砂本、元本、明本作「謙」，兹從麗本。

〔一一二〕安玄　「玄」字磧砂本、元本、明本作「公」，兹從麗本、宋本。

〔一一三〕求那毗地出　「地」字各本作「陀」，當是形近筆誤，據本卷新集撰出經律論録第一所載求那毗地譯經改。

〔一一四〕右一經二人異出　宋本、磧砂本、元本、明本均脱此一行，從麗本補。

出三藏記集卷第三

梁釋僧祐撰

新集安公古異經録第一

古異經者，蓋先出之遺文也。尋安録自道地要語迄四姓長者，合九十有二經，〔一〕標爲古異。雖經文散逸，多有闕亡，觀其存篇，古今可辨。或無別名題，取經語以爲目，〔三〕或撮略四含，摘一事而立卷，名號質實，信古典矣。安公覩其古異，編之於末，祐推其歲遠，列之于首。雖則失源，而舊譯見矣。

道地經中要語章　一卷或云小道地經，今有此經。自此已下，不稱有者，並闕本。

數練意章　一卷舊録云，數練經。安公云，上二經出生經。祐案，今生經無此章名。

梵志頌波羅延問尊種經　一卷舊録云，頌波延問種尊經。今有此經。

菩薩道地經　一卷安公云，出方等部中。

颰披陀菩薩經〔三〕　一卷安公云，出方等部中。

五十五法誡經　一卷或云五十五法行。

一切義要　一卷

説善惡道經　一卷

愛欲聲經　一卷一本云愛欲一聲經。

摩訶遮曷漩經　一卷

天王下作豬經　一卷

魔王入目揵蘭腹經　一卷一名弊魔試摩訶目連經　舊録云，魔王入目連腹中經。今有此經。

始造浴佛時經　一卷

十二賢者經　一卷舊録云，十二賢經。

佛併父弟調達經　一卷安公云，上十經出阿毗曇。

憂墮羅迦葉經　一卷

四部本文　一卷安公云，上二經出長阿含。一本云，出阿毗曇。

中阿含本文　一卷一本云，出中阿含經六十卷。

七漏經　一卷或云七漏鈔經。

讓德經　一卷

有賢者法經　一卷

摩訶厥彌難問經　一卷或云大厥彌經。

大本藏經　一卷

説阿難持戒經　一卷

阿難問何因緣持戒見世間貧亦現道貧經　一卷

給孤獨四姓家問應受施經　一卷

曉所諍不解結者經〔四〕　一卷

奇異道家難問住處經　一卷
奇異道家難問法本經　一卷
賢者手力經　一卷
八法行經　一卷
雜阿含三十章　一卷
自見自知爲能盡結經　一卷
有四求經　一卷
佛本行經　一卷
河中大聚沫經　一卷或云水沫所漂經，或云聚沫譬經。今有此經。
聞城譬經　一卷舊録云，聞城十二因緣經，或云貝多樹下思惟十二因緣經。今有此經。
便賢者坑經　一卷坑字或作旃。
自守亦不自守經　一卷舊録云，不自守，或云不自守意經。今有此經。
所非汝所經　一卷
兩比丘得割經　一卷
聽施比丘經　一卷或云比丘聽施經。今有此經。

善馬有三相經　一卷舊錄云，馬三相經。今有此經。
馬有八弊惡態經　一卷或云馬有八態喻人經。今有此經。
道德舍利日經　一卷
舍利日在王舍國經　一卷
獨居思惟自念止經　一卷
問所明種經　一卷
欲從本相有經〔五〕　一卷或云欲從本經。
獨坐思惟意中生念經　一卷
佛說如是有諸比丘經　一卷
比丘所求色經　一卷
佛說道有比丘經　一卷
色爲非常念經　一卷安公云，自此上二十二經是阿含一卷。
色比丘念本起經　一卷
佛說善惡意經　一卷
比丘一法相經　一卷

有二力本經　一卷
有三力經　一卷
有四力經　一卷
人有五力經　一卷
不聞者類相聚經　一卷舊録云，類相聚經。
天上釋爲故世在人中經　一卷
爪頭土經　一卷
身爲無有反復經　一卷
師子畜生王經　一卷
阿須倫子披羅門經　一卷
披羅門子名不侵經　一卷
生聞披羅門經　一卷舊録云，生聞梵志經。
有隊竭經　一卷
署杜乘披羅門經　一卷
佛在拘薩國經　一卷

佛在優墮國經　一卷

是時自梵守經〔六〕　一卷

有三方便經　一卷舊録云，三方便經。

披羅門不信重經　一卷

佛告舍日經　一卷

四意止經　一卷舊録云，四意止本行經。

說人自說人骨不知腐經　一卷安公云，上四十五經出雜阿含。祐校此雜阿含，唯有二十五經，而注作四十五。斯豈傳寫筆散，故重畫致謬歟。〔七〕夫晉記之變三家，魯史之溫五門，古賢其猶病諸，況傭寫之人哉。

佛有五百比丘經　一卷

凡人有三事愚癡不足經　一卷

佛誡諸比丘言我以天眼視天下人生死好醜尊者卑者經　一卷安公云，此上三經出中阿含。

彌連經　一卷舊録云，彌蘭經。或作彌蓮，出六度集。今有此經。

阿鳩留經　一卷

憂多羅經　一卷

栴檀調佛經　一卷

惡人經　一卷

羅貧壽經　一卷舊録云，羅彌壽。或云那彌壽經。

栴檀樹經　一卷今有此經。

難提和難經　一卷或云難提和羅經。

四姓長者難經　一卷舊録云，四姓長者經。

誓佛經〔八〕　一卷

右九十二部，凡九十二卷，是古典經。

新集安公失譯經録第二

祐校安公舊録，其經有譯名則繼録上卷，無譯名者則條目于下。尋安録自修行本起訖於和達，凡一百有三十四經，莫詳其人。又關、涼二録，並闕譯名，今總而次，列入失源之部。安録誠佳，頗恨太簡，注目經名，撮題兩字；且不列卷數，行間相接，後人傳寫，名部混糅。且朱點爲標，朱滅則亂，循空追求，困於難了。斯亦璵璠之一玷也。且衆録雜經，苞集逸異，名多復重，迭相散紊。今悉更删整，標定卷部，使名實有分，尋覽無惑焉。

修行本起經　二卷安公言，南方近出，直益小本起耳。舊録有宿行本起，疑即此經。

菩薩道樹經　一卷或云道樹三昧經，或云私呵三昧經〔九〕，三名異〔一〇〕，並同一本。

八念經　一卷舊録云，阿那律八念經。

禪行三十七品經　一卷

諸法本經　一卷

申日經　一卷安公云，出中阿含。

月光童子經　一卷

梵志孫陀耶致經　一卷安公云，出中阿含。

枯樹經　一卷安公云，出中阿含。

三十七品經　一卷安公云，出律經。

六淨經　一卷安公云，出律經。

法律三昧經　一卷

應行律　一卷

歡豫經　一卷

三十二相經　一卷或云菩薩三十二相經。

八十種好經　一卷

演道俗經　一卷舊録云，演道俗業經。

黑氏梵志經　一卷

大愛道般泥洹經　一卷

頞多和多耆經　一卷

羅云母經　一卷或云阿難多桓羅云母經。

五母子經　一卷

無垢賢經　一卷或云無垢賢女經。

八關齋經　一卷

逝經　一卷或云菩薩逝經。

生死變化經　一卷或云生死變識經，一名見正比丘經。或云見正經。

普明王經　一卷

文陀竭王經　一卷

耶祇經　一卷

五福德經　一卷

末羅王經　一卷

分䛐檀王經　一卷
長者音悅經　一卷或云音悅經，或云長者悅音不蔄迦葉經。
首達經　一卷舊録云，維先首達經。
梵皇經　一卷或云梵摩皇經。
五百梵志經　一卷
僧大經　一卷或云佛大僧大經。
法常住經　一卷
大小諫王經　二卷今有諫王經一卷，未詳大小。
波斯匿王經　一卷或云波耶匿王經，或云波斯匿王喪母經。
摩夷比丘經　一卷或云摩夷經。
梅陀越國王經　一卷
迦葉戒經　一卷或云迦葉禁戒經。
摩達王經　一卷
五恐怖世經　一卷舊録云，五恐怖經。
進學經　一卷或云勸進學道經。

四飯法經　一卷或云四飯法章。
梵摩難王經　一卷
師比丘經　一卷或云比丘師經。
十二死經　一卷
五無反復經　一卷
等入法嚴經　一卷或云菩薩等入法嚴經。
治身經　一卷舊録云，佛治身經。　餘録並同。
治意經　一卷舊録云，佛治意經。　餘録並同。
十善十惡經　一卷安公云，出阿毗曇。
阿難念彌經　一卷安公云，出中阿含。
兜調經　一卷安公云，出中阿含。
四𩇕喻經　一卷安公云，出中阿含。　舊録云，四𩇕經，或作四虵經。
馬有八態經　一卷與古異録馬八弊惡態經異本。
金色女經　一卷安公云，出阿毗曇。
太子須大拏經　一卷

十夢經　一卷安公云，出阿毗曇。舊録云，舍衛國王十夢經，或云波斯匿王十夢經，或云舍衛國王夢見十事經，或云國王不黎先泥十夢經，悉同一本。

長者辯意經　一卷舊録云，辯意長者經。

長者須達經　一卷或云須達經。

孝子報恩經　一卷一名孝子經。

孝子睒經　一卷或云菩薩睒經，或云睒經。

自愛不自愛經　一卷舊録云，自愛經。

長壽王經　一卷

薩和檀王經　一卷出六度集。

未生怨經　一卷

須摩提女經　一卷

賢首夫人經　一卷或云賢首經。

玉耶女經　一卷或云玉耶經。

七婦經　一卷

新歲經　一卷

阿難八夢經　一卷舊録云，阿難七夢經。衆録並云七夢，是誤作八字也。〔一〕

車匿本末經　一卷或云車匿經。

九色鹿經　一卷

五苦章句經　一卷一名淨除罪蓋娯樂佛法經，或云五道章句經。

佛滅度後棺斂葬送經　一卷

婦遇對經　一卷舊録云，婦人遇辜經，或云婦遇辜經。

羅芸忍辱經　一卷

阿難邠坻四時施經　一卷舊録云，阿難邠祁四時布施經。

蜜蜂王經　一卷出六度集。

呵調阿那含經〔二〕　一卷舊録云，訶鵰阿那含經，〔三〕或作苛鵰阿那含經。

戒德香經　一卷

鬼子母經　一卷

内外六波羅蜜經　一卷安公云，出方等部。一本云内六波羅蜜經。

小五濁經　一卷舊録云，小五濁世經。或云五濁世經，或云五濁世本。

弗迦沙王經　一卷一名蓱沙王五願經。安公云，出中阿含。

杝真陀羅所問寶如來經　二卷或云伅真陀羅所問寶如來三昧經，或云伅真陀羅經。

迦旃偈經　一卷舊録云，比丘迦旃說法没偈經，或云迦旃延說法没盡偈百二十章。

右九十二部，今並有其經。

七車經　一卷

彌勒經　一卷安公云，出長阿含。

阿拔經　一卷安公云，出長阿含。或云阿拔摩納經。

七事經　一卷安公云，出中阿含。

墮藍經　一卷安公云，出中阿含。

海有八事經　一卷

堅心經　一卷

太子和休經　一卷或云私休經。

分陀利經　一卷舊録云，薩芸芬陀利經。或云是異出法華經。

無悕望經　一卷或云無所希望經，即是象步經之別名。

内藏大方等經　一卷

難等各第一經　一卷舊録云，阿難迦葉舍利弗說各第一經。

胎中女經　一卷一名腹中女聽經，或云阿羅呵公女腹中聽經。
小阿闍世經　一卷
普達王經　一卷
小須賴經　一卷
貧女人經　一卷
惟留王經　一卷舊録云，惟流王經。
目佉經　一卷安公云，出方等部。
理家難經　一卷
迦留多王經　一卷
梵志闍孫經　一卷古録云，梵志闍遜經。
波達王經　一卷
抄寶積經　一卷
悲心悒悒經　一卷
趣度世道經　一卷
異了本生死經　一卷

長者威勢經　一卷
鹹水喻經　一卷安公云，出中阿含。舊録云，鹹水譬喻經。
薩和達王經　一卷
癡注經　一卷
彌勒當來生經　一卷
慧上菩薩經　二卷慧上菩薩經即是大善權經。
調達經　一卷
睒本經　一卷
放鉢經　一卷安公云，出方等部。
賴吒諃羅經　一卷安公云，出中阿含經。
馬王經　一卷出六度集。
和達經　一卷安公本録訖於此。」
鉢呿沙經　一卷
法海經　一卷
失利越經　一卷

分身舍利經　一卷
以身施餓虎經　一卷
悉曇慕　二卷
吉法驗　一卷
口傳劫起盡　一卷
仕行送大品本末　一卷
律解　一卷
打犍椎法　一卷從鉢呿沙經至打犍椎法，凡十一部，先在安公注經録末，〔一四〕尋其間出，或是晚集所得，今移附此録焉。從七車經至打犍椎法凡五十部，今並闕此經。

右一百四十二部，凡一百四十七卷，是失譯經。

新集安公涼土異經録第三

大忍辱經　十卷
淨行經　二卷
金剛三昧經　一卷

蓱沙王經　一卷
有無經　一卷
五百偈　一卷
須耶越國貧人經　一卷舊錄云，須耶越國貧人賃剔頭經。
浮木經　一卷
坏喻經　一卷
妖怪經　一卷
首至問十四章經　一卷舊錄云，首至問佛十四意經。或云首至問十四事。今有此經。
阿般計泥洹經　一卷一本作陶射計泥洹經。
四非常經　一卷
五失蓋經　一卷
大愛道受戒經　二卷舊錄云，大愛道。或云大愛道比丘尼。今有此經。
要真經　一卷
本無經　一卷
勸德經　一卷

十五德經　一卷
父母因緣經　一卷
不退轉經　四卷或云不退轉法輪經。
長者法志妻經　一卷今有此經。
金輪王經　一卷
慧行經　一卷
七智經　一卷或作七知。今有此經。
未生王經　一卷
内外無爲經　一卷
道淨經　一卷
七事本末經　一卷舊録云，七事本行經。
難龍王經　一卷或云難龍經。今有此經。
阿陀三昧經　一卷
百寶三昧經　一卷
三乘經　一卷

耆域術經　一卷舊録云，耆域四術經。
五蓋離疑經　一卷
太子智止經　一卷
大五濁經　一卷舊録云，大五濁世經。
道德章經　一卷
苦相經　一卷
須佛得度經　一卷
由經　一卷
須菩提品經　七卷一本云法護出道行經，同本異出。
三慧經　一卷
菩薩等行經　一卷
分然洹國迦羅越經　一卷
四無畏經　一卷
五陰事經　一卷今有此經。
義決法事經　一卷

權變經　一卷舊録云，文殊師利權變三昧經，或云權變三昧經。
十遍稆經　一卷
賢劫五百佛名經〔一五〕　一卷
七言禪利經　一卷舊録云，遍稆七言禪利經。
菩薩十遍稆經　一卷
十思惟經　一卷
分別六情經　一卷
三失蓋經　一卷
佛寶三昧經　一卷
法志女經　一卷
文殊師利示現寶藏經　二卷

右五十九部，凡七十九卷，是涼土異經。

新集安公關中異經録第四〔一六〕

阿難爲蠱道呪經　一卷舊録云，阿難爲蠱道所呪經。

墮落優披塞經　一卷今有此經。

薩和薩王經〔一七〕　一卷

菩薩本行經　一卷

藍達王經　一卷一名目連因緣功德經，或云目連功德經。今有此經。

王舍城靈鷲山經　一卷舊録云，王舍城靈鷲山要直經。

阿多三昧經　一卷

思道經　一卷

人民求願經　一卷今有此經。

大珍寶積惟日經　一卷

陀賢王經　一卷

佛在竹園經　一卷

法爲人經　一卷

道意經　一卷

墮迦羅問菩薩經　一卷今有此經。

阿夷比丘經　一卷

颰陀悔過經　一卷

太子辟羅經　一卷舊録云，天王太子辟羅經。〔一八〕

沙彌羅經　一卷

八德經　一卷

善德經　一卷

方等決經　一卷

摩訶揵陀惟衞羅盡信比丘等度經　一卷舊録云，盡信比丘經。

比丘三事經　一卷

右二十四部，凡二十四卷，是關中異經。〔一九〕

新集律分爲五部記録第五　出毗婆沙

佛泥洹後，大迦葉集諸羅漢於王舍城安居，命優波離出律，八萬法藏，有八十誦。初大迦葉任持，第二阿難，第三末田地，第四舍那波提，第五優波掘，〔二〇〕至百一十餘年，傳授不異。一百一十餘年後，阿育王出世，初大邪見，毀壞佛法，焚燒經書，僧衆星散，故八十誦灰滅。後值羅漢，更生信心，懺悔除罪，甚有神力，爲鐵輪王，王閻浮提。能役鬼神，一日一夜壞舍利八塔，造八萬四千塔，〔二一〕還興顯佛法，請諸羅漢誦出經律。時有五大羅漢，各領徒衆弘通佛法，〔二二〕見解不同，或執開隨制，共相傳習，遂有五部出焉。十六大國隨用並行，競各進業，皆獲道證。自非聖道玄通，孰能使之然乎。

後時五部異執，紛然競起。阿育王言：「皆誦佛語，我今何以測其是非？」問僧：「佛法斷事云何？」諸僧皆言：「法應從多。」阿育王即集五部僧共行籌。當爾時衆取婆麁富羅部籌多，遂改此一部爲摩訶僧祇。摩訶僧祇者，大衆名也。若就今時此土行籌，便此十誦律名摩訶僧祇也。

大集經，佛記未來世當有此等律出世，與今事相應，立名不異也。又有因緣經説佛在世時，有一長者夢見一張白氎，忽然自爲五段。驚詣佛所，請問其故。佛言：「此乃我滅度後，律藏當分爲五部耳。」

新集律分爲十八部記録第六

佛滅度二百年後，薩婆多部分出婆蹉部。婆蹉部又分出三部：一者法盛，二者名賢，三者六成。彌沙塞部分出中間見。迦葉維部分出二部：一者僧伽提，二者式摩。一本三摩提。〔二三〕摩訶僧祇部，四百年時分出六部：一者維跡，二者多聞，三者施設，四者毗陀，五者施羅，六者上施羅。又一本曇無德部。此十八部見有同異，文煩，不復備寫。

新集律來漢地四部記録第七〔二〇〕

昔甘露初開，經法是先，因事結戒，律教方盛。及氎夢表其五分，而鞠多當其異部。故知道運推移，化緣不壹矣。至于中夏聞法，亦先經而後律。律藏稍廣，始自晉末。而迦葉維部猶未東被。既總集五家，故存其名録。若乃梵文至止之歲，胡漢宣譯之人，大衆講集之處，名德書翰之文，並具舉遺事，交相爲證。使覽者昭然，究其始末云爾。

薩婆多部十誦律　六十一卷

薩婆多部者，梁言一切有也。所説諸法，一切有相，學内外典，好破異道，所集經書，説無有我所，受難能答，以此爲號。昔大迦葉具持法藏，次傳阿難，至于第五師優波掘。本有八十誦，優波掘以後世鈍根，不能具受，故刪爲十誦。以誦爲名，謂法應誦持也。自兹已下，師資相傳五十餘人。至秦弘始之中，有罽賓沙門弗若多羅，誦此十誦胡本，來遊關右。羅什法師於長安逍遥園，三千僧中共譯出之。始得二分，餘未及竟而多羅亡。俄而有外國沙門曇摩流支，續至長安。於是廬山遠法師慨律藏未備，思在究竟。聞其至止，乃與流支書曰：

佛教之興，先行上國，自分流已來，近四百年，至於沙門德式，所闕猶多。頃西域道士弗若多羅者，是罽賓持律，其人諷十誦胡本。有鳩摩耆婆者，通才博見，爲之傳譯。十誦之中，始備其二，多羅早喪，中塗而廢。不得究竟大業，慨恨良深。傳聞仁者齎此經自隨，甚欣所遇，冥運之來，豈人事而已耶！想弘道爲物，感時而動，叩之有人，必情無所恡。若能爲律學之衆留此經本，開示梵行，洗其耳目，使始涉之流，不失無上之律；參懷勝業者，日月彌朗。此則惠深德厚，人神同感矣！幸望垂懷，不孤往心。一二悉諸道人所具，不復多白。

曇摩流支得書，方於關中共什出所餘律，遂具一部，凡五十八卷。後有罽賓律師卑摩羅叉來遊長安，羅什先在西域，從其受律。羅叉後自秦適晉，住壽春石澗寺，重校十誦律本，名品遂正，分爲六十一卷，至今相傳焉。

曇無德四分律　四十卷，或分爲四十五卷

曇無德者，梁言法鏡，一音曇摩毱多。如來涅槃後，有諸弟子顛倒解義，覆隱法藏。以覆法故，名曇摩毱多，是爲四分律。蓋罽賓三藏法師佛陀耶舍所出也。初耶舍於罽賓誦四分律，不齎胡本，而來遊長安。秦司隸校尉姚爽欲請耶舍於中寺安居，仍令出之。姚主以無胡本，難可證信，衆僧多有不同，故未之許也。羅什法師勸曰：「耶舍甚有記功，數聞誦習，未曾脱誤。」於是姚主卽以藥方一卷，民籍一卷，並可四十許紙，令其誦之三日，便集僧執文請試之。乃至銖兩、人數、年紀，不謬一字。於是咸信伏，遂令出焉。故肇法師作長阿含序云：

秦弘始十二年，歲上章掩茂，右將軍司隸校尉姚爽於長安中寺集名德沙門五百人，請罽賓三藏佛陀耶舍出律藏四分四十卷，十四年訖。十五年，歲昭陽奮若，出長阿含，涼州沙門佛念爲譯，秦國道士道含筆受。余以嘉運，猥參聽次，雖無翼善之功，而預親承之末。略記時事，以示來賢。

又答江東隱士劉遺民書，末云：

法師於大寺出新至諸經，法藏淵曠，日有異聞禪師於瓦官寺教習禪道，門徒數百，夙夜匪懈，邕邕肅肅，致可欣樂。三藏法師於中寺出律，本末精悉，若覩初制。毗婆沙於石羊寺出舍利弗阿毗曇胡本，雖未及譯，時問中事，發言奇新。貧道一生，預參嘉會，遇茲盛化，自不覩釋迦祇洹之集，餘復何恨！而恨不得與道勝君子同斯法集耳。

故撮舉肇公書序，以顯其證焉。

婆麁富羅律　四十卷

婆麁富羅者，受持經典，皆説有我，不説空相，猶如小兒，故名爲婆麁富羅，此一名僧祇律。律後記云：

中天竺昔時暫有惡王御世，三藏比丘及諸沙門皆遠避四奔。惡王既死，善王更立，還請沙門歸國供養。時巴連弗邑有五百僧欲斷事，既無律師，又闕律文，莫知承案。卽遣使到祇洹精舍，寫此律文，衆共奉行。其後五部傳集，諸律師執義不同，各以相承爲是，爭論紛然。于時阿育王言：「我今何以測其是非？」於是問僧：「佛法斷事云何？」皆言：「法應從多。」王言：「若爾，當行籌知何衆多。」既而行籌，婆麁富羅衆籌甚多。以衆多故，改名摩訶僧祇。摩訶僧祇者，言大衆也。沙門釋法顯遊西域，於摩竭提巴連弗邑阿育王塔天王精舍寫得梵本，齎還京都。以晉義熙十二年，歲次壽星，十一月，共天竺禪師佛馱跋陀於道場寺譯出，至十四年二月末乃訖。

彌沙塞律　三十四卷

彌沙塞者，佛諸弟子受持十二部經，不作地相，水、火、風相，虛空識相，是故名爲彌沙塞部。此名爲五分律，比丘釋法顯於師子國所得者也。法顯記云：

顯本求戒律，而北天竺諸國皆師師口傳，無本可寫。是以遠涉，乃至中天竺，於摩訶乘僧伽藍得一部律，是摩訶僧祇，復得一部抄律，可七千偈，是薩婆多衆律，卽此秦地衆僧所行者也。又得雜阿毗曇心，可六千偈。又得一部綖經，二千五百偈。又得一部方等泥洹經，〔二五〕可五千偈。又得摩訶僧祇阿毗曇。法顯住三年，學梵書梵語，悉寫之，於是還。又至師子國二年，更求得彌沙塞律梵本。

法顯以晉義熙二年還都，歲在壽星，衆經多譯，唯彌沙塞一部未及譯出而亡。到宋景平元年七月，有罽賓律師佛大什來至京都。其年冬十一月，瑯琊王練、比丘釋慧嚴、竺道生於龍光寺請外國沙門佛大什出之。時佛大什手執胡文，于闐沙門智勝爲譯，至明年十二月都訖。

迦葉維律　未知卷數

迦葉維者，一音迦葉毗，佛諸弟子受持十二部經，説無有我及以受者，輕諸煩惱，猶如死屍，是故名爲迦葉毗。此一部律不來梁地。昔先師獻正遠適西域，誓尋斯文，勝心所感，多值靈瑞。而葱嶺險絶，弗果兹典。故知此律於梁土衆僧，未有其緣也。

右五部，其四部至中夏，凡一百有八十卷。部卷已入經録最限。

校勘記

〔一〕合九十有二經　「有」字宋本、磧砂本、元本、明本脱，從麗本補。

〔二〕取經語以爲目　宋本、磧砂本、元本、明本「爲」字下有「録」字，據麗本删。

〔三〕颰披陀菩薩經　「披」字磧砂本、明本作「拔」，兹從麗本、宋本、元本。

〔四〕曉所諍不解結者經　「曉」字磧砂本、元本作「時」，兹從麗本、宋本、明本。「結者」二字麗本及智昇録一作「經者」，智昇録注云：「今疑上經字錯」，則宋本、磧砂本、元本、明本作「結者」爲是。

〔五〕欲從本相有經　「欲」字下宋本、磧砂本、元本、明本有「化」字，從麗本及法經録三、智昇録一删。

〔六〕是時自梵守經　「梵」字下宋本、磧砂本、元本、明本有「自」字，從麗本及法經録三、智昇録一删。

〔七〕故重畫致謬歟　宋本、磧砂本、元本、明本無「故」字，「畫致」作「書故」，兹從麗本。

〔八〕誓佛經　「誓」字宋本及法經録三、智昇録一作「折」字，麗本作「析」，磧砂本、元本、明本作「誓」。

〔九〕或云私呵三昧經　麗本脱此七字，兹從宋本、磧砂本、元本、明本。

〔一〇〕三名異　「三」字麗本作「二」，兹從宋本、磧砂本、元本、明本。

〔一一〕是誤作八字也　「也」字宋本、磧砂本、元本、明本脱，從麗本補。

〔一二〕呵調阿那含經　「呵」字磧砂本、元本、明本作「阿」，兹從麗本、宋本。

〔一三〕訶鵰阿那含經　「那」字宋本、磧砂本、元本、明本脱，從麗本補。

〔一四〕先在安公注經録末　「末」字麗本、宋本、磧砂本、元本作「未」，兹從明本。

〔一五〕賢劫五百佛名經　「名經」二字麗本脱，兹從宋本、磧砂本、元本、明本。

〔一六〕新集安公關中異經録第四　「録」字宋本、磧砂本、元本脱，兹從麗本、明本。

〔一七〕薩惒薩王經　「惒」字宋本、磧砂本、元本、明本作「和」，兹從麗本及長房録九、智昇録四。

〔一八〕天王太子辟羅經　「天王」二字麗本脱，兹從宋本、磧砂本、元本、明本。

〔一九〕是關中異經　「是」字宋本、磧砂本、元本、明本脱，從麗本補。

〔二〇〕第五優波掘　「掘」字宋本、磧砂本、元本、明本作「崛」，兹從麗本。

〔二一〕造八萬四千塔　「造」字宋本、磧砂本、元本、明本作「起」，兹從麗本。

〔二二〕各領徒衆弘通佛法　「通佛」二字麗本脱，兹從宋本、磧砂本、元本、明本。

〔二三〕一本三摩提　「摩」字宋本、磧砂本、元本、明本作「魔」，兹從麗本。
〔二四〕新集律來漢地四部記録第七　「記」字各本作「序」，從本卷首標目改。
〔二五〕又得一部方等泥洹經　「部」字宋本、磧砂本、元本、明本作「卷」，兹從麗本。

出三藏記集卷第四

梁釋僧祐撰

新集續撰失譯雜經録第一

祐總集衆經，遍閲羣録，新撰失譯，猶多卷部，聲實紛糅，尤難銓品。或一本數名，或一名數本，或妄加游字，以辭繁致殊，或撮半立題，以文省成異。至於書誤益惑，亂甚棼絲，故知必也正名，於斯爲急矣。是以讎校歷年，因而後定。其兩卷以上，凡二十六部，雖闕譯人，悉是全典。其一卷已還，五百餘部，率抄衆經，全典蓋寡。觀其所抄，多出四含、六度、道地、大集、出曜、賢愚及譬喻、生經，並割品截偈，撮略取義，强製名號，仍成卷軸。至有題目淺拙，名與實乖，雖欲啓學，實蕪正典，其爲愆謬，良足深誡。今悉標出本經，注之目下，抄略既分，全部自顯，使沿波討源，還得本譯矣。尋此録失源，多有大經，〔一〕詳其來也，豈天墜而地涌哉？將是漢、魏時來，歲久録亡；抑亦秦、涼宣梵，成文届止；或晉、宋近出，忽而未詳。〔二〕譯人之闕，殆由斯歟。尋大法運流，世移六代，撰注羣録，獨見安公，以此無源，未足怪也。夫十二部經，應病成藥，而傳法淪昧，實可悵歎！祐所以杼軸於尋訪，崎嶇於纂録也。但陋學謏聞，多所未周，明哲大士，惠縫其闕，言貴拱璧，況法施哉！

大方便報恩經　七卷

雜譬喻經　六卷或云諸雜譬喻經。

佛本行經　五卷

分別功德經　五卷一名增一阿含經疏，迦葉阿難造。

胡本經　四卷似是長安中出。

大智度無極經　四卷

道神足無極變化經　四卷一名合道神足經。

羅摩伽經　三卷

大方廣如來性起微密藏經　二卷或云如來性起經。

儒首菩薩無上清淨分衛經〔三〕　二卷一名決了諸法如幻化三昧經。

菩薩瓔珞本業經　二卷或云菩薩瓔珞經。

諸經菩薩名　二卷

諸經佛名　二卷

興起行經　二卷

遺教三昧經　一卷或云遺教三昧法律經。
淨度三昧經　一卷或云淨度經。
未曾有因緣經　二卷或云未曾有經。
大乘方便經　二卷
摩訶摩耶經　一卷或云摩耶經。
阿那含經　二卷
益意經　二卷
那先經　二卷
舊譬喻經　二卷
雜譬喻經　二卷
大比丘威儀經　二卷〔四〕
大比丘威儀經　二卷異出本。此録先作異出，字誤作吳出，今改正。
觀無量壽佛經　一卷
龍種尊國變化經　一卷
過去香蓮華佛世界經　一卷

過去無邊光淨佛土經　一卷

東方善華世界佛座震動經　一卷

無量樂佛土經　一卷

佛説往古性和佛國願行法典經　一卷抄。

見水世界經　一卷抄大集經。

採華違王上佛授記妙華經　一卷或云採花違王經。

佛説陀羅尼法門六種動經　一卷抄。

佛入三昧一毛放大光明經　一卷抄。

佛謦欬徹十方經　一卷抄方等大集經。

佛見梵天頂經　一卷抄。

佛跡見千輻輪相經　一卷抄。

佛臍化出菩薩經　一卷抄。

佛變時會身經　一卷抄。〔五〕

佛心總持經　一卷與生經所出心總持經大同小異。

佛以三事笑經　一卷抄六度集。

佛見牧牛者示道經　一卷

世尊繫念經　一卷抄阿含經。

如來神力經　一卷抄雜阿含經。

作佛形像經　一卷或云優填王作佛形像經，或云作像因緣經。

有稱十方佛名得多福經　一卷抄。

三千佛名經　一卷

千佛因緣經　一卷

稱揚諸佛功德經　一卷抄三卷稱揚佛功德經。

過去五十三佛名經　一卷出藥王藥上觀，亦出如來藏經。

五十三佛名經　一卷

三十五佛名經　一卷出決定毗尼經。

八部佛名經　一卷

十方佛名經　一卷

賢劫千佛名經　一卷唯有佛名，與曇無蘭所出四諦經千佛名異。

稱揚百七十佛名經　一卷或云百七十佛名經。

德内豐嚴王佛名經 一卷抄。

南方佛名經 一卷治城寺經。〔六〕

滅罪得福佛名經 一卷

觀世音求十方佛各爲授記經〔七〕 一卷抄。

觀世音所説行法經 一卷是呪經。

光世音經 一卷出正法華經，或云光世音普門品。

觀世音經 一卷出新法華。

觀藥王藥上二菩薩經 一卷或云藥王藥上二菩薩觀經，或云藥王藥上觀經。

請觀世音經 一卷一名請觀世音菩薩消伏毒害陀羅尼呪經。

文殊師利授記經〔八〕 一卷抄。

文殊師利般涅槃經 一卷

濡首童真經〔九〕 一卷

彌勒菩薩本願待時成佛經 一卷抄。

彌勒下生經 一卷異出本。

彌勒爲女身經 一卷

大光明菩薩百四十八願經　一卷抄。

無言菩薩流通法經　一卷抄大集經。

虛空藏菩薩問持經幾福經　一卷抄。

寂調音所問經〔一〇〕　一卷一名如來所說清淨調伏。

大雲密藏菩薩問大海三昧經　一卷抄方等大雲經。

寶日光明菩薩問蓮華國相貌經　一卷抄。

功德寶光菩薩問護持經　一卷抄。

師子步雷音菩薩問文殊成佛時經〔一一〕　一卷抄。

師子步雷音菩薩問文殊師利發心經〔一二〕　一卷抄。

自在王菩薩問如來警戒經　一卷抄。

薩陀波崙菩薩求深般若圖像經　一卷

無垢施菩薩分別應辯經　一卷即是異出離垢經。

光味菩薩造七寶梯經　一卷抄方等大集經。

三曼陀颰陀羅菩薩經　一卷

寂意菩薩問五濁經　一卷抄。〔一三〕

無言菩薩經　一卷抄方等大集經。

儒童菩薩經　一卷抄六度集。或云儒童經。

異出菩薩本起經　一卷

菩薩十住行道品經　一卷抄。

菩薩十法住經　一卷

菩薩十道地經　一卷

大方廣菩薩十地經　一卷與護公所出十地大同小異。

菩薩緣身五十事經　一卷與五十緣身行大同小異。

菩薩三法經　一卷抄。

菩薩五法行經　一卷抄。

菩薩六法行經　一卷抄。〔四〕

菩薩生地經　一卷

菩薩所生地經　一卷

菩薩戒自在經　一卷抄。

菩薩戒要義經　一卷抄菩薩戒。

菩薩戒經　一卷異出本，似抄。

菩薩受戒法〔一五〕　一卷異出。

受菩薩戒次第十法　一卷

菩薩戒獨受壇文　一卷

菩薩初發心經　一卷抄。

菩薩求佛本業經　一卷

菩薩莊嚴瓔珞經　一卷抄。

菩薩本願經　一卷抄。

菩薩本願行品經　一卷抄。

菩薩出要行無礙法門經〔一六〕　一卷抄。

菩薩導行經　一卷抄。

菩薩諸苦行經　一卷抄。

菩薩宿命經　一卷

菩薩奉施詣塔作願念經〔一七〕　一卷抄。

菩薩如意神通經　一卷抄。

菩薩懺悔法　一卷

菩薩懺悔法　一卷異本。

菩薩受齋經　一卷

菩薩布施懺悔法　一卷抄決定毗尼經。

菩薩以明離鬼妻經　一卷出六度集。

菩薩求五眼法　一卷或云五眼文。

菩薩呵家過經　一卷抄。

菩薩呵睡眠經　一卷抄。

初發意菩薩行易行法　一卷出十住論易行品。

初發意菩薩常晝夜六時行五事經　一卷

六菩薩名經　一卷

迦葉赴佛泥洹經　一卷或云佛般泥洹時迦葉赴佛經。

迦葉責阿難雙度羅漢喻經　一卷一名迦葉詰阿難經。

佛往慰迦葉病經　一卷

摩訶迦葉度貧母經　一卷

大迦葉遇尼乾子經　一卷抄長阿含。
舍利弗問寶女經　一卷抄。
舍利弗歎寶女説不可思議經　一卷
舍利弗等比丘得身作證經　一卷
舍利弗般泥洹經　一卷出生經。
目連降龍經　一卷或云降龍王經，或云降龍經。
目連弟布施望卽報經　一卷抄。
阿難同學經　一卷抄阿含。
阿難見水光瑞經　一卷抄。
阿難見妓樂啼哭無常經　一卷抄阿含。
阿難問事佛吉凶經　一卷或云阿難問事經。
阿難惑經　一卷抄人本欲生經。
佛命阿難詣最勝長者經　一卷抄。
迦旃延無常經　一卷出生經。
阿那律思目連神力經　一卷抄。

阿那律七念章經　一卷
請般特比丘經　一卷
請賓頭盧法　一卷
尊者薄拘羅經　一卷抄中阿含。
婆拘盧答異學問經　一卷抄。
尊者瞿低迦獨一思惟經　一卷抄阿含。
優陀夷坐樹下寂靜調伏經　一卷抄阿含。
羅漢迦留陀夷經　一卷
羅漢遇瓶沙王經　一卷抄阿含。
央掘魔羅歸化經　一卷抄。
佛降央掘魔人民歡喜經　一卷抄。
央掘魔悔過法經　一卷抄。
帝釋施央掘魔法服經　一卷抄。
鴦掘髻經　一卷抄。
鴦掘魔母因緣經　一卷抄。

羅句踰經　一卷
浮彌經　一卷抄增一阿含。
和難釋經　一卷出生經。
和難經　一卷出生經。
難提釋經　一卷
金師精舍尊者病經　一卷抄。
調達問佛顔色經　一卷抄。
調達教人爲惡經　一卷抄六度集。
波利比丘謗梵行經　一卷抄。
阿梵和利比丘無常經　一卷抄。
摩訶比丘經　一卷抄。
瞻婆比丘經　一卷抄。
拘提比丘經　一卷抄。
聰明比丘經　一卷抄。
善唄比丘經　一卷

深淺學比丘經　一卷抄。
大悲比丘本願經　一卷抄。
沙曷比丘功德經　一卷舊録云，沙曷比丘經。
差摩比丘喻重病經　一卷抄雜阿含。
坐禪比丘命過生天經　一卷抄出曜經。
分衞比丘經　一卷出生經。
比丘各言志經　一卷出生經。
比丘疾病經　一卷出生經。
比丘求證人經　一卷抄。
比丘於色厭離經　一卷抄阿含。
比丘問佛何故捨世學道經　一卷抄出曜經。
比丘避女惡名欲自殺經　一卷抄。
比丘問佛多優婆塞命終經　一卷抄中阿含。
佛爲比丘説三法經　一卷抄。
佛爲比丘説大力經　一卷抄。

佛爲比丘說極深險處經　一卷抄。

佛爲比丘說燒頭喻經　一卷抄雜阿含。

佛爲諸比丘說莫思惟世間思惟經　一卷

佛爲年少比丘說正事經　一卷抄。

佛看比丘病不受長者請經　一卷抄出曜經。

佛度旃陀羅兒經　一卷

大力士出家得道經　一卷一名力士跋陀經。抄雜阿含。

獵師捨家學道經　一卷抄出曜經。

長者子六過出家經　一卷抄出曜經。

二老男女見佛出家得道經　一卷抄。

泥洹後諸比丘經　一卷或云小般泥洹經，或云泥洹後變記經，或云泥洹後比丘世變經，或云佛般泥洹後比丘世變經。

外道出家經　一卷抄。

出家緣經　一卷

泥洹後千歲中變記　一卷或云千歲變經。

真僞沙門經　一卷或云真僞經。
竊爲沙門經　一卷抄。
僧名數事行經〔一八〕　一卷
淳陀沙彌經　一卷
瞿曇彌經　一卷抄。
瞿曇彌記果經　一卷抄。
佛母般泥洹經　一卷
比丘尼現變經　一卷抄。
母子作比丘僧比丘尼意亂經　一卷一名學人意亂經，出增一阿含。
旃闍摩暴志謗佛經　一卷出生經。
優波離問佛經　一卷
比丘諸禁律　一卷
沙彌十戒經　一卷舊錄云，沙彌戒。
沙彌威儀　一卷
沙彌尼戒　一卷

比丘尼十戒經　一卷
受十善戒經　一卷
摩訶僧祇部比丘隨用要集法　一卷或云摩訶僧祇律比丘要集。
清信士阿夷扇持經　一卷出生經。
釋種問優婆塞經　一卷抄阿含。
優婆塞五法經　一卷抄。
賢者五福經　一卷
賢者五戒經　一卷抄。
賢者威儀　一卷或云賢者威儀法。
優婆塞五戒經　一卷
優婆塞威儀經　一卷
弟子學有三輩經　一卷或云三品弟子經。
弟子死復生經　一卷或云死已更生經。
弟子爲耆域術慢戒經　一卷
弟子過命經　一卷出生經。

弟子問事佛吉凶經　一卷

梵王變身經　一卷抄。

梵天詣婆羅門講堂經　一卷抄。

帝釋禮三寶供養經　一卷抄。

天帝釋受戒經　一卷抄。

釋提桓因詣目連放光經　一卷抄。

帝釋慈心戰勝經　一卷

天於阿脩羅欲鬬戰經　一卷抄長阿含。

諸天阿須倫鬬經　一卷抄。

比丘問佛釋提桓因因緣經　一卷出雜阿含。

比丘浴遇天子放光經　一卷抄。

明星天子問慈經　一卷抄方等大集。

悉鞞黎天子詣佛説偈經　一卷抄雜阿含。

歡樂過差天經　一卷抄出曜經。

三十三天園觀經　一卷抄增一阿含。

四天王經　一卷後有呪，似後人所附。

四天王案行世間經　一卷

諸天經　一卷舊錄云，諸天事經。

天神禁寶經　一卷抄義足。

諸天問如來警戒不可思議經　一卷抄方等大集經。

梵天策經　一卷異出本。

魔王變身經　一卷抄。

魔嬈亂經　一卷與魔王試目連大同小異。

魔王入苦宅經　一卷抄方等大集。

魔作不淨色欲嬈亂經　一卷抄阿含。

魔化比丘經　一卷舊錄云，魔比丘經。

魔化年少詣佛說偈經　一卷抄雜阿含。

魔女聞佛說法得男身經　一卷抄方等大集。

魔業經　一卷抄。

太白魔王堅信經　一卷抄方等大集。

佛弟子化魔子頌偈經 一卷抄方等大集。

偈經 一卷抄大集。〔一九〕

開化魔經 一卷抄方等大集。〔二〇〕

過魔法界經 一卷抄方等大集。

佛問阿須倫大海有減經 一卷抄阿含。

轉輪聖王七寶現世間經 一卷抄。

轉輪聖王七寶具足經 一卷抄。

轉輪聖王發心求淨土經 一卷抄。

淨飯王般泥洹經 一卷

頂生王因緣經 一卷舊録云，頂生王經。

頂生王故事經 一卷

頻毗婆王詣佛供養經 一卷抄。

阿闍世王問五逆經 一卷抄。

阿闍世王問瞋恨從何生經 一卷抄。

阿闍世王受決經 一卷

韋提希子月夜問天人經　一卷抄。

波斯匿王乘佛神力到寶坊經〔二〕　一卷抄方等大集。

波斯匿王問何欲最樂經　一卷抄阿含。

波斯匿王詣佛有五威儀經　一卷抄阿含。

波斯匿王欲伐央掘魔羅經　一卷抄。

波斯匿王太后崩塵土坌身經　一卷抄阿含。

波斯匿王祖母命終經　一卷

波斯匿王女命過詣佛經　一卷抄阿含。

瑠璃王攻釋子經　一卷

優填王經　一卷

阿育王獲果報經　一卷抄雜阿含。

阿育王於佛所生大敬信經　一卷抄雜阿含。

阿育王供養道場樹經　一卷抄雜阿含。

阿育王施半阿摩勒果經　一卷抄雜阿含。

一切施王所行檀波羅蜜經　一卷或云行檀波羅蜜經。

功德莊嚴王八萬四千歲請佛經　一卷
鏡面王經　一卷出六度集。
察微王經　一卷出六度集。
摩天國王經　一卷出六度集。
桀貪王經　一卷出六度集。
揵陀王經　一卷
薩羅王經　一卷抄。或云薩羅國王。
長壽王經　一卷抄出曜經，非安公所載者。
阿質王經　一卷
摩調王經　一卷異出。
惟樓王師子湩經　一卷或云惟樓師子湩譬喻經。
國王五人經　一卷出生經。
國王成就五法久存於世經〔三〕　一卷抄阿含。
國王厭世典經　一卷抄出曜。
舍頭諫太子二十八宿經　一卷舊録云，舍頭諫經，一名虎耳。

太子刷護經　一卷抄。

五百王子作淨土願經　一卷抄。

調伏王子心經　一卷抄方等大集。

阿那邠祁化七子經　一卷抄阿含。

誨子經　一卷

教子經　一卷一名須達教子經。舊録云，須達訓子經。

福子經　一卷

二童子見佛説偈供養經　一卷

三幼童經　一卷抄。

佛問四童子經　一卷抄。

五百幼童經　一卷出生經。

童子問佛乞食事經　一卷抄出曜。

童子善射術經　一卷抄出曜。

逝童子經　一卷與菩薩逝經大同小異。

長壽童子病見世尊經　一卷抄。

小兒聞法即解經　一卷

長者威施所問菩薩修行經　一卷或云菩薩修行經，或云長者修行經。

長者黎師達多兄弟二人詣世尊經　一卷抄中阿含。

長者賢首經　一卷

長者夜輸得非常觀經　一卷抄出曜。

長者命終生無熱天經　一卷抄雜阿含。

長者命終生兜率天經　一卷抄雜阿含。

長者詣佛説子婦不恭經　一卷抄阿含。

長者子制經　一卷

長者子懊惱三處經　一卷或云三處惱經。

長者命終無子付囑經　一卷

獨富長者財物無付經　一卷抄。

慳貪長者經　一卷抄。與日難經大同。

最勝長者受呪願經　一卷

申越長者悔過供佛經　一卷抄。

棄惡長者問菩薩法經　一卷抄。
質多羅長者請比丘經　一卷
佛爲拘羅長者說根熟經　一卷抄。
佛神力救長者子經　一卷抄。
樹提摩納發菩提心誓願經　一卷抄。
郁伽居士見佛說法醒悟經　一卷抄阿含。
毗羅斯那居士五欲娛樂經　一卷抄阿含。
十支居士八城人經　一卷抄中阿含。
離車不放逸經　一卷抄。
無畏離車白阿難經　一卷抄中阿含。
七老婆羅門請爲弟子經　一卷
四吒婆羅門出家得道經　一卷抄阿含。
婆羅門虛僞經　一卷抄阿含。
婆羅門服白經　一卷抄阿含。
婆羅門通達論經　一卷抄。

婆羅門解知衆術經　一卷抄阿含。
婆羅門行經　一卷抄阿含。
婆羅門問佛布施得福經　一卷抄。
婆羅門子命終愛念不離經　一卷抄中阿含。
婆羅門問世尊將來世有幾佛經　一卷抄。
婆羅門避死經　一卷抄阿含。
豆遮婆羅門論議出家經　一卷抄雜阿含。
善德婆羅門求舍利經　一卷
善德婆羅門問提婆達經　一卷
佛化火與婆羅門出家經　一卷抄雜阿含。
不與婆羅門等爭訟經　一卷抄。
佛爲婆羅門說四法經〔二三〕　一卷抄。
佛爲婆羅門說耕經　一卷抄雜阿含。
佛爲老婆羅門說偈經　一卷抄雜阿含。
佛爲黄竹園老婆羅門說學經　一卷抄中阿含。

佛爲頻頭婆羅門說像類經　一卷抄。

佛爲年少婆羅門說知善不善經　一卷抄。

佛爲憍慢婆羅門說偈經　一卷抄。

佛爲事火婆羅門說悟道經　一卷抄阿含。

佛爲阿支羅迦葉說自他作苦經　一卷抄。

佛爲調馬聚落主說法經　一卷抄阿含。

六師結誓經　一卷抄。

審裸形子經　一卷出生經。

外道問佛鬬戰生天因緣經　一卷抄阿含。

外道問佛生歡喜天因緣經　一卷抄雜阿含。

佛將比丘優婆乞人遊行遇外道說法經　一卷抄。

佛爲外道須深說離慾經　一卷抄。

外道誘質多長者經　一卷

外道仙尼說度經　一卷抄。

仙人說阿脩羅歸化經　一卷抄阿含。

仙人撥劫經 一卷出生經。或云仙人撥劫喻。
五仙人經 一卷出生經。
寶海梵志成就大悲經 一卷抄。
寶海梵志請如來經 一卷抄。
無害梵志執志經 一卷
光華梵志經 一卷出生經。
梵志勸轉輪王發菩提經 一卷抄。
梵志問佛師經 一卷
梵志問世間減損經 一卷
梵志向佛説夢經 一卷抄。
梵志子死稻敗經 一卷抄。
梵志避死經 一卷
梵志觀無常得解脱經 一卷
梵志喪女經 一卷
佛開解梵志阿颰經 一卷抄阿含。或云梵志阿颰。

降千梵志經　一卷抄阿含。
度梵志經　一卷抄。
梵志試火恩經　一卷抄。
梵志計水淨經　一卷抄阿含。
梵志經　一卷
寶女問慧經　一卷抄四卷寶女所出。
寶女問三十二相經　一卷抄。
寶施女經　一卷抄。
㮫女經　一卷抄中阿含。
蓮華女經　一卷
金色女經　一卷異出本。
不莊校女經　一卷
七女本經　一卷
前世諍女經　一卷出生經。
三摩竭經　一卷與分和檀王經大同小異。

摩鄒女經　一卷

摩鄧女經　一卷抄。與摩鄒女同。

女人欲熾荒迷經　一卷抄出曜。

貧女爲國王夫人經　一卷

羅閱城人民請佛經　一卷抄。

釋家畢罪經　一卷出生經。

過去鳴鼓人經　一卷抄雜阿含。

過去彈琴人經　一卷抄。

殺身濟賈人經　一卷出六度集。

殺龍濟一國經〔二四〕　一卷出六度集。

墮珠海水中經　一卷出生經。

懈怠耕者經　一卷舊録云，懈怠耕兒經。

商人脱賊難經　一卷抄。

商人子作佛事經　一卷抄長阿含。

昔有二人相愛敬經　一卷抄出曜。

善生子經　一卷舊録云，善生子一名異出六向拜經。

尸迦羅越六向拜經　一卷與護公大六拜事同辭異。

世間强盜布施經　一卷抄增一阿含。

舍衛人喪子發狂經　一卷抄阿含。

貧子得財發狂經　一卷

乞兒發惡心經　一卷抄。

瓦師逃走經　一卷抄出曜。

貧窮老公經　一卷或云貧老經。

老母經　一卷

孤母喪一子經〔三五〕　一卷

負爲牛者經　一卷出生經。

子命過經　一卷出生經。

二僑士經　一卷抄出曜。

阿遬達經　一卷

樹提伽經　一卷

鞞摩肅經　一卷抄中阿含。

夫那羅經　一卷

阿蘭那經　一卷

那賴經　一卷出生經。

那先經　一卷異出本。

大意經　一卷

釋摩男本經　一卷

申日兜本經　一卷

憻藍本經　一卷或云憻藍本文。別録云，是異出維藍。

君臣經　一卷出生經。

夫婦經　一卷抄生經。

舅甥經　一卷出生經。

越難經　一卷

日難經　一卷即是越難經，後説事小異。

鸚鵡經　一卷抄中阿含。

菩薩身爲鴿王經　一卷出六度集。

水牛王經　一卷出生經。

鹿王經　一卷或云佛説昔爲鹿王經。

兔王經　一卷出生經。

拘薩羅國烏王經　一卷出生經。

雀王經　一卷出六度集。

孔雀經　一卷出生經。

野雞經　一卷出生經。〔二六〕

鷹鶚獵經　一卷抄。出增一阿含經。

羅婆鳥鷹所捉經　一卷抄。

鵄鳥事經　一卷抄阿含。

河中草龜經　一卷抄。

大魚事經　一卷抄。

三魚失水經　一卷

雪山無猴猨經　一卷抄。

暴象經　一卷抄。

赤嘴烏經　一卷或云赤烏喻經。

蠱狐烏經　一卷出生經。

三種良馬經　一卷抄。

四種良馬經　一卷抄阿含。

羣牛千頭經　一卷抄。

牧牛經　一卷

犢子經　一卷

驢駝經　一卷抄。

猘狗齧王經　一卷舊録云，猘狗經。

猘狗經　一卷與猘狗同。

度脱狗子經　一卷或云度狗子經。

猴猕與婢戲致變經　一卷

鼈獼猴經　一卷出生經。

瞎鼈經　一卷抄。

王后爲蜣蜋經　一卷
居士物故爲婦鼻虫經　一卷
蛇行法經　一卷抄阿含。
鬼問目連經　一卷
目連見衆生身毛如箭經　一卷抄雜阿含。
目連見大身衆生然鐵纏身經　一卷抄雜阿含。
見一衆生舉體糞穢塗身經　一卷抄雜阿含。
衆生頂有鐵磨盛火熾然經　一卷抄雜阿含。
佛爲訶到曠野鬼說法經　一卷抄阿含。
鐵城泥犁經　一卷
泥犁經　一卷或云中阿含泥犁經。
勤苦泥犁經　一卷
十八泥犁經　一卷抄。
四泥犁經　一卷
地獄經　一卷

地獄衆生相害經　一卷抄。

地獄罪人衆苦事經　一卷抄。

佛爲比丘説大熱地獄經　一卷抄。

罪業報應教化地獄經　一卷

摩訶乘精進度中罪報品　一卷

十法成就惡業入地獄經　一卷抄。

比丘成就五法入地獄經　一卷抄阿含。

調達入地獄經　一卷抄中阿含。或云調達入地獄事。

調達生身入地獄經　一卷抄出曜。

奪那祇全身入地獄經　一卷抄。

瑠璃王生身入地獄經　一卷抄。

閻王五天使者經　一卷舊録云，閻王五使者經。〔二七〕

福經　一卷抄阿含。

數經　一卷抄雜阿含。

時經　一卷或云時非時經。

灌經 一卷或云四月八日灌經。

意經 一卷

寤意經 一卷抄。

正意經 一卷

惡意經 一卷抄阿含。

罵意經 一卷

舉鉢經 一卷抄。

息恚經 一卷抄中阿含。

忍辱經 一卷

福行經 一卷抄阿含。

福報經 一卷抄。

法觀經 一卷

身觀經 一卷

多聞經 一卷抄。

受持經 一卷抄阿含。

伏婬經 一卷抄阿含。

離睡經 一卷抄。

應法經 一卷抄。

樂想經 一卷抄。

尊上經 一卷

醫王經 一卷抄阿含。

危脆經 一卷

柔輭經 一卷抄。

梵網經 一卷與護公錄所出梵網六十二見大同小異。

名稱經 一卷抄。

處處經 一卷

閑居經 一卷出生經。

何苦經 一卷抄。

無懼經 一卷抄。

貧窮經 一卷抄阿含。

求欲經一卷抄阿含。

分別經一卷抄。

衰利經一卷

犯罪經一卷

慢法經一卷抄。

邪見經一卷

放逸經一卷抄。

無常經一卷抄。

惡道經一卷抄阿含。

積骨經一卷

苦陰經一卷

法社經一卷

灌臘經一卷或云般泥洹後四輩灌臘經。〔二八〕

受歲經一卷抄阿含。

蜜具經一卷出生經。

腹使經　一卷出生經。
曉食經　一卷抄修行道地曉了食品。
普施經　一卷抄阿含。
持齋經　一卷
盂蘭經　一卷
雜讚經　一卷出生經。
甘露道經　一卷抄。似出曜。
海八德經　一卷
恒水戒經　一卷舊録云，恒水經。
寂志果經　一卷
不壞淨經　一卷抄雜阿含。
具善根經　一卷抄。
法施勝經　一卷
人弘法經　一卷抄大雲經。
壽命促經　一卷抄雜阿含。

色無常經　一卷抄阿含。

戒消災經　一卷舊録云，戒消伏。

戒相應經　一卷抄。或云戒相應法。

護口意經　一卷

修行慈經　一卷抄。

法滅盡經　一卷

未曾有經　一卷異出本。

不淨觀經　一卷抄長阿含。

心本淨經　一卷抄文殊普超三昧經。

無母子經　一卷抄。

無吾我經　一卷抄。

大枯樹經　一卷與安公録枯樹經大同小異。

水上泡經　一卷

諸漏盡經　一卷或云諸盡經。抄雜阿含。

是我所經　一卷出生經。

阿耨風經一卷抄阿含。
出曜華經一卷抄出曜。
華嚴淨經一卷
華嚴瓔珞經一卷
觀世樓炭經一卷有三品。
波若得經一卷
惟日雜難經一卷
處中行道經一卷抄雜阿含。
勸行有證經一卷抄雜阿含。〔二九〕
修行勸意經一卷抄中阿含。
多增道章經一卷舊録云，多增道經。一名異出十報法。
内身觀章經一卷
忠心政行經一卷出六度集。或云忠心經。舊録有大忠心經、小忠心經。
堅心正意經一卷或云堅意經。
罪業報應經一卷

分明罪福經　一卷
捨諸世務經　一卷抄。
摩訶剎頭經　一卷與灌經同，後事小異。
天地成敗經　一卷是抄衆經。
救護身命經　一卷
清淨法行經　一卷
金剛清淨經　一卷或云金剛三昧本性清淨不壞不滅經。
眼色相繫經　一卷抄。
禪思滿足經　一卷抄阿含。
修集士行經　一卷抄。
承事勝己經　一卷
往古造行經〔三〇〕　一卷
無始本際經　一卷
大慈無減經　一卷抄。
慈仁不殺經　一卷

淨除業障經　一卷抄淨業障大本。
栴檀塗塔經　一卷
求欲說法經　一卷
少多制戒經　一卷
異信異欲經　一卷抄。
相應相可經　一卷
商人求財經　一卷抄。
比丘世利經　一卷抄。
恒水流澍經　一卷抄。
信能渡河經　一卷抄。
積木燒然經　一卷與枯樹經大同小異。
業喻多少經　一卷抄。
前世三轉經　一卷
除恐怖品經　一卷抄修行道地。
良時難遇經　一卷抄。

說法難值經　一卷
向邪違法經〔三一〕　一卷抄。
邪業自活經　一卷出生經。
衆生身識經　一卷
苦陰因事經〔三二〕　一卷抄中阿含。〔三三〕
求離牢獄經　一卷抄。
阿含正行經　一卷
增一阿含經　一卷抄增一阿含。
摩訶乘寶嚴經　一卷
十住毗婆沙經　一卷抄十住論。
不退轉法輪經　一卷抄。
一音辯正法經　一卷抄。
精勤四念處經　一卷抄。
調伏衆生業經　一卷抄。
無病第一利經　一卷抄出曜。

父母恩難報經　一卷抄中阿含。
多倒見衆生經　一卷抄。
世間言美色經　一卷抄。
形疾三品風經　一卷抄思惟略要法。
人受身入陰經　一卷抄修行道地。
斫毒樹復生經　一卷抄出曜。
一切行不恒安經　一卷抄阿含。
人身四百四病經　一卷抄。
人身八十種虫經　一卷抄修行道地。
人病醫不能治經　一卷抄修行道地。
祭亡人不得食經　一卷抄。
分別善惡所起經　一卷
犯戒罪報輕重經　一卷
大乘方等要慧經　一卷或云方等慧經，或云要慧經。
佛遺日摩尼寶經　一卷

無崖際持法門經　一卷或云無崖際經。
仁王護國般若波羅蜜經　一卷
阿難陀目佉尼呵離陀經　一卷
樂瓔珞莊嚴方便經　一卷一名轉女身菩薩經，沙門法海譯。或云樂瓔珞莊嚴女經。
過去行檀波羅蜜經　一卷抄。
本行六波羅蜜經　一卷
當來選擇諸惡世界經　一卷抄。
四大色身生厭離經　一卷
有衆生三世作惡經　一卷抄。
信人者生五種患經　一卷抄。
以金貢太山贖罪經　一卷
人民疾疫受三歸經　一卷抄阿含。
受持佛名不墮惡道經　一卷
第一四門經　一卷出大十二門經。
第二四門經　一卷

第三四門經　一卷第三四門卽名甘露道律經，撿雜目錄，或有不稱第三四門而直云甘露道律經者。

佛入甘露調意經　一卷從第一四門至甘露調意凡四品，並是大十二門經一部，後人逐品寫出，遂分成四經。

生經一部亦如此。

楞伽阿跋多羅寶一切佛語斷食肉章經　一卷抄大楞伽經所出。或云楞伽抄經。

三劫經　一卷抄長阿含。

三小劫經　一卷

三毒經　一卷抄。

三慧經　一卷抄。

三行經　一卷抄阿含。

三因緣經　一卷抄。

三時過經　一卷抄雜阿含。

四自在神通經　一卷抄。

四品學法經　一卷抄。

四食經　一卷抄。

四未曾有法經　一卷抄阿含。

四種人經　一卷抄。
四人出現世間經　一卷抄阿含。
五戰鬭人經　一卷抄阿含。
五陰成敗經　一卷抄修行道地。
五道輪轉罪福報應經　一卷
六齋八戒經　一卷
七寶經　一卷
七處三觀經　一卷異出，抄雜阿含。
八光經　一卷抄。
八陽經　一卷
八關齋經　一卷異出。
九傷經　一卷
十報三統略經　一卷異出。
十二因緣章經　一卷舊録云，十二因緣經。
十一思惟念如來經　一卷抄阿含。或云十一想思念如來經。〔三四〕

十二遊經　一卷舊録云，十二由經。
十二遊經　一卷異本，文大同小異。
十二頭陀經　一卷
沙門爲十二頭陀經　一卷
十二品生死經　一卷
十八不共法經　一卷出寶女經。
三十二相因緣經　一卷與安公失源所出三十二相大同小異。
慈仁問八十種好經　一卷與安公失源所出八十種好大同小異。
三十七品經　一卷異本。
三十七品經　一卷異本。〔三五〕
寶積三昧文殊師利菩薩問法身經　一卷或云遺日寶積三昧文殊師利問法身經。
空淨天感應三昧經〔三六〕　一卷舊録云，空淨三昧經。
自誓三昧經　一卷内題云獨證品第四，出比丘淨行中，與護公所出獨證自誓三昧大同小異。
佛印三昧經　一卷
法華三昧經　一卷

月燈三昧經　一卷
定意三昧經　一卷
般舟三昧念佛章經　一卷
四百三昧名經　一卷抄。
庾伽三磨斯經　一卷譯言修行略。一名達磨多羅禪法，或云達磨多羅菩薩撰禪經要集。
禪定方便次第法經　一卷
禪要呵欲經　一卷
禪秘要經　一卷抄。禪要秘密治病經所出。
治禪鬼魅不安經　一卷抄。禪要秘密治病經所出。
阿練若習禪法經　一卷即是抄菩薩禪法第一卷。
禪法　一卷
説數息事經　一卷
恒河譬經　一卷抄。
須河譬喻經　一卷
須河譬經　一卷與前須河譬大同小異。

灰河經 一卷
塵土灰河譬喻經 一卷與前灰河小異。
水喻經 一卷抄阿含。
鑄金喻經 一卷抄。
浮木譬喻經 一卷
田夫喻經 一卷抄阿含。
嬰兒譬喻經 一卷抄阿含。
羣牛譬經 一卷抄阿含。
羊羣喻經 一卷抄。
大蛇譬喻經 一卷舊録云，大蛇經。
飛鳥喻經 一卷抄阿含。
鼈喻經 一卷抄六度集。
馬喻經 一卷抄。
箭喻經 一卷抄阿含。
木杵喻經 一卷抄阿含。

毒喻經　一卷出生經。

毒草喻經　一卷出生經。或云毒草經。

毒悔喻經　一卷出生經。

調達喻經　一卷

爪甲擎土譬經　一卷舊録云，爪甲取土經。

譬喻六人經　一卷抄罵意經。

譬喻經　一卷

譬喻經　一卷異出。

法句譬喻經　一卷凡十七事。或云法句譬經。

雜譬喻經　一卷凡十一事。

安法師載竺法護經目有譬喻經三百首二十五卷，〔三七〕混無名目，難可分別。今新撰所得，並列名定卷，以曉覽者。尋此衆本，多出大經，雖時失譯名，〔三八〕然護公所出或在其中矣。

梵音偈本　一卷

陀羅尼偈　一卷抄。

阿弥陀佛偈　一卷

後出阿彌陀佛偈　一卷

七佛各說偈　一卷

讚七佛偈　一卷

深自知身偈　一卷舊錄云，自知偈。

禪經偈　一卷抄禪經中偈。

怛和尼百句　一卷

五言詠頌本起　一卷百四十二首。

道行品諸經胡音解　一卷

灌頂七萬二千神王護比丘呪經　一卷

灌頂十二萬神王護比丘尼呪經　一卷

灌頂三歸五戒帶佩護身呪經　一卷

灌頂百結神王護身呪經　一卷

灌頂宮宅神王守鎭左右呪經　一卷

灌頂冢墓因緣四方神呪經　一卷

灌頂伏魔封印大神呪經　一卷

灌頂摩尼羅亶大神呪經　一卷

灌頂召五方龍王攝疫毒神呪經　一卷

灌頂梵天神策經　一卷

灌頂普廣經　一卷本名普廣菩薩經，或名灌頂隨願往生十方淨土經，凡十一經。

從七万二千神王呪至召五方龍王呪凡九經，是舊集灌頂，總名大灌頂經。從梵天神策及普廣經、拔除過罪經，凡三卷，是後人所集，足大灌頂爲十二卷。其拔除過罪經一卷已摘入疑經録中，故不兩載。

摩訶般若波羅蜜神呪　一卷

般若波羅蜜神呪　一卷異本。

七佛所結麻油述呪　一卷

七佛所結麻油述呪　一卷異本。

七佛神呪　一卷

七佛神呪　一卷結縷者。異本。

大神母結誓呪　一卷

大神將軍呪　一卷

八吉祥神呪　一卷古録云，八吉祥經。

陀鄰鉢經　一卷
陀羅尼句經　一卷
華積陀羅尼神呪　一卷
持句神呪　一卷
六神名神呪　一卷
幻師阿夷鄒呪　一卷
伊洹法願神呪　一卷
幻師陂陀神呪　一卷
醫王惟樓延神呪　一卷或云阿難所問醫王惟樓延神呪。
幻師颰陀神呪　一卷古録，幻士颰陀經。
解日厄神呪　一卷
摩尼羅亶神呪　一卷
檀特羅麻油述神呪　一卷
麻油述神呪　一卷
羅亶神呪案摩經　一卷

呪水經　一卷
𠻮水經　一卷
龍王呪水浴經　一卷
龍王結願五龍神呪　一卷
五龍呪毒經　一卷
十八龍王神呪經　一卷
呪請雨呪止雨經　一卷〔三九〕
取血氣神呪　一卷舊録云，血呪。
藥呪　一卷
呪毒　一卷
呪時氣　一卷
呪小兒　一卷
呪齲齒　一卷或云呪虫齒，或云呪齒。
呪齲齒異本。
呪牙痛

呪牙痛異本。

呪眼痛

呪眼痛異本。

呪賊　一卷或云辟除賊害呪。

呪賊異本。

卒逢賊結帶呪

七佛安宅神呪　一卷

安宅呪　一卷

三歸五戒神王名　一卷

安法師所載竺法護經目有神呪三卷，〔四〇〕既無名題，莫測同異。今新集所得，並列名條卷，雖未詳譯人，而護所出呪必在其中矣。

右八百四十六部，凡八百九十五卷。新集所得，今並有其本，悉在經藏。

條新撰目録闕經，未見經文者如左：

雜譬喻經　八十卷舊録所載。

雜數經　二十卷舊録所載。
出要經　二十卷
阿惟越致轉經　十八卷舊録所載。
摩訶乘經　十四卷改字訓日乘。
蜀普耀經　八卷舊録所載，似蜀土所出。
行道經　七卷
正法華三昧經　六卷疑即是正法華經之別名。
摩訶乘優波提經　五卷
三昧王經　五卷
梵王請問經　五卷
不退轉輪經　四卷
佛從兜率降中陰經　四卷出王宗經目。
四天王經　四卷疑一部四本。
魔王請問經　四卷
那先譬喻經　四卷舊録所載。

度無極譬經　三卷

長阿含經　三卷疑是殘缺長阿含經。

大梵天王請轉法輪經　三卷

釋提桓因所問經　三卷

法華光瑞菩薩現壽經　三卷

普賢菩薩答難二千經　二卷

濡首菩薩經　二卷疑卽是濡首菩薩分衞經。

太子試藝本起經　二卷

小本起經　二卷舊録所載。

不思議功德經　二卷或云功德經。

蜀首楞嚴經　二卷出舊録所載，似蜀土所出。

後出首楞嚴經　二卷舊録所載，云有十偈。

梵天王請佛千首經　二卷又大梵天王經二卷似此。

深斷連經　二卷

甘露味阿毗曇　二卷或云甘露味經二卷。

弘道經　二卷
乳王如來經　一卷或云乳王經。
瞻波國佛說戒經　一卷
佛在誓枝山說法經〔四一〕　一卷
佛三毒事經　一卷
佛七事經　一卷
佛開和伏經　一卷
佛意行經　一卷
佛醫王經　一卷
因佛生三心經　一卷
佛聚經　一卷
如來智印經　一卷先闕。
七佛本緣經　一卷
七佛父母姓字經　一卷舊録云，七佛姓字經。
釋迦文枝鉢經　一卷

佛袈裟經　一卷
佛鉢經　一卷
佛大衣經　一卷
佛本記　一卷舊録所載。
賢劫五百佛名經　一卷
現在十方佛名經　一卷
過去諸佛名經　一卷
千五百佛名經　一卷
三千佛名經　一卷
五千七百佛名經　一卷
觀世音成佛經　一卷
文殊因緣經　一卷
文殊本願經　一卷
文殊觀經　一卷
彌勒受决經　一卷

彌勒作佛時經　一卷
彌勒難經　一卷
彌勒須河經　一卷
導師問佛經　一卷
颰陀菩薩百二十難經　一卷
賢首菩薩二百問經　一卷
持身菩薩經　一卷或云持身經。
金剛女菩薩經　一卷
善意菩薩經　一卷
阿惟越致菩薩戒經　一卷舊録云，阿惟越致戒經。
菩薩從兜率天降中陰經　一卷
菩薩行喜經　一卷
菩薩淨本業經　一卷
菩薩初業經　一卷
菩薩四事經　一卷

菩薩十六願經　一卷
菩薩五十德行經　一卷
菩薩教法經　一卷
菩薩正行經　一卷
菩薩出入諸則經　一卷
菩薩內誡經　一卷
菩薩常行經　一卷舊録所載。
菩薩母姓字經　一卷
菩薩家姓經　一卷
菩薩比丘經　一卷
菩薩經　一卷
迦葉解經　一卷
迦葉因緣經　一卷
舍利弗問署經　一卷
迦葉獨證自誓經　一卷舊録所載。

舍利弗歎度女人經　一卷
舍利弗生西方經　一卷
舍利弗目連泥洹經　一卷
摩訶目犍連與佛捔能經　一卷舊録所載。
目連所問經　一卷
目連因緣經　一卷
阿難得道經　一卷舊録所載。
阿難般泥洹經　一卷舊録所載。
阿難現變經　一卷
難陀經　一卷
阿那律念復生經　一卷舊録所載。〔四二〕
滿願子經　一卷
阿那含七念經　一卷
羅漢菩子經　一卷
賓頭盧取鉢經　一卷

鴆摩迦葉經　一卷

童迦葉經　一卷出長阿含。或云童迦葉解難。

愛行比丘經　一卷

愛身比丘經　一卷

加丁比丘經　一卷

栴比丘經　一卷

善星比丘經　一卷

六羣比丘經　一卷

自在王比丘經　一卷

羅耶達比丘經　一卷

比丘和須蜜經　一卷

比丘法相經　一卷

佛爲比丘説二事經　一卷

玄戒未來比丘經　一卷

沙門分衞見怪異經　一卷舊録所載。

釋種子經　一卷
蓮華色比丘尼經　一卷
人詐名爲道經　一卷舊録所載。
尊者婆蹉律經　一卷
恒水不説戒經　一卷
波羅提木叉　一卷
大沙門羯磨　一卷
大戒經　一卷舊録所載。
五部威儀所服經　一卷或云五部僧服經。
衣服制　一卷舊録所載。
結界文經　一卷
八歲沙彌降外道經　一卷抄出曜。舊録云，八歲沙彌折外異學經。
八歲沙彌開解國王經　一卷
罽賓二沙彌經　一卷
沙彌離戒　一卷

沙彌離威儀　一卷舊録所載。
沙彌持戒經　一卷
海洲優婆塞會經　一卷
優婆夷墮舍經　一卷
在家菩薩戒經　一卷
在家律儀經　一卷
賢者雜事經　一卷
弟子本行經　一卷舊録所載。
弟子修學經　一卷
弟子行澤中遇賊劫經　一卷
弟子精進經　一卷
道本五戒經　一卷舊録所載。
迦提羅越問五戒經　一卷
威儀經　一卷舊録所載。
那羅延天王經〔四三〕　一卷

毗沙門王經　一卷
大四天王經　一卷
二十八天經　一卷
爲壽盡天子説法經　一卷舊録云，命盡天子經。
諸天壽經　一卷
魔現成佛經　一卷或云弊魔經。〔四四〕
魔試佛經　一卷舊録所載。
魔試目連經　一卷或云弊魔試摩目連經。
魔王試經〔四五〕　一卷
阿須倫問八事經　一卷舊録云，阿須倫所問八事。
淨飯王經　一卷
佛葬閲頭檀王經　一卷
阿育王作小兒時經　一卷
小阿育王經　一卷
優填王照逝心女經　一卷

迦夷王頭布施經　一卷

果尊王經　一卷

佛居王經〔四六〕　一卷

降恐王經　一卷

摩羅王經　一卷

遮羅王經　一卷出六度集。

摩竭王經　一卷舊録云，摩竭國王經。

和墨王經　一卷出六度集。〔四七〕

薩波達王經　一卷舊録所載。〔四八〕

摩登王經　一卷

尸呵遍王經　一卷舊録云，尼呵遍王經。

舍夷國經　一卷

乾夷王經　一卷出六度集。

羅提坻王經　一卷或作國王羅提埤經。

摩訶惟越王經　一卷

薩和達王經〔四九〕　一卷

難國王經　一卷

年少王經　一卷舊録所載。

流沙王經〔五〇〕　一卷

十四王經　一卷

王以竹施經　一卷

勸王持五戒經〔五一〕　一卷

太子法慧經　一卷舊録云，太子法慧。

太子法施經　一卷出六度集。

太子旃舍羅差經　一卷

是光太子經　一卷舊録所載。

長者盛德經〔五二〕　一卷

長者法心經　一卷

長者難提經　一卷舊録所載。

長者仁賢經　一卷

長者洹羅越經　一卷
長者子誓經　一卷舊録所載。
佛問淳陀長者受樂淨行經　一卷
五百婆羅門問有無經　一卷舊録所載。
婆羅門問事經　一卷
婆羅門等爭説經　一卷
六師詣波斯匿王經　一卷
尼犍齋經　一卷
仙歎經　一卷出六度集。
光味仙人覩佛身經　一卷抄方等大集。
明星梵志經　一卷
摩竭梵志經　一卷出義足。
鸞辭梵志經　一卷出義足。
猛觀梵志經　一卷出義足。
法觀梵志經　一卷出義足。

兜率梵志經　一卷
兜勒梵志經　一卷
梵志拔陀經　一卷
梵志計火淨經　一卷
梵志問疑經　一卷
梵志意經　一卷
梵志好母經　一卷
梵志姪女經　一卷
梵志六師經　一卷
天后賢女經　一卷
德女問經　一卷
女利行經　一卷舊録所載。
貧女少施獲弘報經　一卷
貧女聽經蛇齧命終經　一卷古録，貧女聽經蛇齧命終生天經。
國王癡夫人經　一卷舊録所載。

彌家女經　一卷
四婦因緣經　一卷舊録所載。
鍾磬貧乏經　一卷抄出曜。
淫人曳踵行經　一卷舊録所載。
二人作沙門弟斷兄舌經　一卷
氣噓殺旃陀羅經　一卷
眼能視殺人經　一卷
孤獨三兄弟經　一卷
老少俱死經　一卷
阿斂他經〔五三〕　一卷
須多羅經　一卷舊録云，須多羅入胎經。
羼提和經　一卷抄六度集。
須陀利經　一卷
不蘭伽經　一卷
小申日經　一卷

波羅柰婢四姓經　一卷
大姓家主叩書不經　一卷
提謂經　一卷
强羅經　一卷
墮迦經〔五四〕　一卷舊録所載，云晉言「堅强」。〔五五〕
金轉龍王經　一卷
盤達龍王經　一卷舊録所載。
蘇曷龍王經　一卷
三龍王經　一卷
菩薩作六牙象本事經　一卷
菩薩作龜本事經　一卷出六度集。
菩薩師子王經　一卷
菩薩爲魚王經　一卷出六度集。
象王經　一卷出生經。
虎王經　一卷

鼈王經　一卷或云菩薩曾爲鼈王經。

獼王經　一卷

毒龍蛇施經　一卷

養牛經　一卷

放牛法經　一卷

牛米自供養經〔五六〕　一卷舊録云，牛米自供經。

行放食牛經　一卷舊録所載。

墮釋迦牧牛經〔五七〕　一卷舊録所載。

餓鬼經　一卷

鐵杵泥犂經　一卷

閻羅王經　一卷

緣經　一卷

欒經　一卷

苦慧經　一卷

慧達經　一卷

法足經　一卷
身數經　一卷
選福經　一卷
布施經　一卷
助善經　一卷
孝順經　一卷
古來經　一卷
度世經　一卷
緣本經　一卷
法藏經　一卷
明住經　一卷
善聰經　一卷
植質經　一卷
名相經　一卷
怪異經　一卷

滅怪經　一卷

本鉢經　一卷

案鉢經〔五八〕　一卷

諸法經　一卷

雜讚經　一卷

法嚴經　一卷舊録所載，疑即是等入法嚴。

漸備經　一卷疑是漸備之一卷。

壁四經〔五九〕　一卷舊録所載。

與脱經〔六〇〕　一卷

伏願經　一卷

寶見經　一卷

真提經　一卷

明義經　一卷

見在經　一卷

雜事經　一卷

釋學經一卷
釋論一卷疑是大智論抄之一卷。
旨解經一卷疑卽義旨雜解。
賣智慧經一卷舊録所載。
初受道經一卷舊録所載。
度道俗經一卷
學經福經一卷舊録所載。
諸福德經一卷
說人身經一卷
施色力經一卷
色入施經一卷
戒法律經一卷
止寺中經一卷舊録所載。
未生火經一卷
未生災經一卷

成敗品　一卷經目或云成敗品第四，似是樓炭經之一品。

念佛品經　一卷

須彌山經　一卷

閻浮利經　一卷

世間珍寶經　一卷舊録云，世間所望珍寶經。

無端底持經　一卷舊録云，無端底總持經。

安般行道經　一卷舊録所載。

現道神足經　一卷

成行無想經　一卷

解慧微妙經　一卷舊録所載。

失道得道經　一卷舊録所載。

心情心識經〔六一〕　一卷舊録所載，云有注。

檢意向正經　一卷舊録所載。

悔過除罪經　一卷

道德果證經　一卷舊録所載。

深自僥倖經　一卷
布施持戒經　一卷
禮敬諸塔經　一卷
浴像功德經　一卷
浴僧功德經　一卷
生西方齋經　一卷
造浴室法經　一卷
父子因緣經　一卷舊録所載。
螢火六度經　一卷舊録有明度經一卷，云一名螢火明度經。
有疑往解經　一卷
雜阿含經　一卷舊録所載。
長阿含方法經　一卷
六足阿毗曇經〔六三〕　一卷
小觀世樓炭經　一卷舊録所載。
陀隣尼目佉經　一卷

布施度無極經　一卷疑是六度集之一卷。
内禪波羅蜜經　一卷舊録所載。
令人孝有德經　一卷
甚深大迴向經　一卷
人於出家者經　一卷
心應深貪慕經　一卷
地水火風空經　一卷
求欲者除意經　一卷
持戒教人殺生經　一卷
七月十五日臘法經　一卷
功高憍慢有二輩經　一卷
歡喜布施有五事經　一卷
木槍刺脚因縁經　一卷出興起行經。
三夢經　一卷
三悔處經　一卷

三乘無當經　一卷
四署經　一卷
四輩經　一卷舊録云，四輩弟子經，或云四輩學經。
四等意經　一卷
四意止本經　一卷
四正斷經　一卷
大四諦經　一卷舊録所載。
四厚經　一卷
五署經　一卷
五穀世經　一卷
五方便經　一卷舊録所載。
五戒報應經　一卷
五惟越羅名解説經　一卷舊録所載。
五亂經　一卷
五耶經　一卷

五陰經　一卷舊録所載。
中五濁世經　一卷舊録所載。
六波羅蜜經　一卷舊録所載。
六衰事經　一卷
六禪經　一卷
六度六十行經　一卷
六輩阿惟越致經　一卷
七衆經　一卷
七流經　一卷
七使經　一卷
七輩人横死經　一卷
大七車經　一卷舊録所載。
七歲作善經　一卷
八正八邪經　一卷舊録所載。
八方萬物無常經　一卷

八總持經　一卷舊録所載。
八輩經　一卷舊録所載。
八雙經　一卷
八部僧行名經　一卷舊録所載。
九結經　一卷
九惱經　一卷
九道觀身經　一卷
十部僧經　一卷
十二意經　一卷
十二阿練若高行經　一卷
十二部經名　一卷
大十二因緣經　一卷舊録所載。
十八難經　一卷舊録所載。
三十二僧那經　一卷
三十四意經　一卷

五十德相經　一卷

五十二章經　一卷舊録所載。别有孝明四十二章。

六十品經　一卷

六十二疑經　一卷

七十二觀身經　一卷

百法經　一卷

百八爱經　一卷舊録所載。似抄五蓋疑結經。

二百五十戒經　一卷諸録並云有六種異出。

惟日三昧經　一卷

逮慧三昧經　一卷舊録所載。一名文殊師利問菩薩十事行經。

月電三昧經　一卷

無言三昧經　一卷

小安般舟三昧經　一卷舊録所載。

阿和三昧經　一卷

禪行斂意經　一卷舊録云，禪行極意經。〔六三〕

禪數經　一卷舊録所載。
禪行法經　一卷
須彌山譬經　一卷
日月譬經　一卷
海水譬經　一卷
藥草喻經　一卷
功德天譬經　一卷
賢劫譬經　一卷
金剛譬經　一卷
寶藏譬經　一卷
明珠譬經　一卷
聚木譬經　一卷
四大譬經　一卷
化譬經　一卷舊録云，化喻經。
般若波羅蜜偈　一卷

佛清淨偈　一卷
太子出國二十偈　一卷
佛十力偈　一卷
羣生偈　一卷舊録所載。
十方佛神呪　一卷
大總持神呪　一卷舊録云，總持呪。
四天王神呪　一卷
護諸比丘呪　一卷出生經。
十二因緣結縷神呪　一卷
摩訶神呪　一卷
移山神呪　一卷
降魔神呪　一卷
和摩結神呪　一卷
威德陀羅神呪　一卷
異出般舟三昧經　一卷

異出寶藏經　一卷

異出普門經　一卷目録云向一萬言。

異出義足　二卷

異出四諦經　一卷

異出菩薩本經　一卷

異出逝童子經　一卷

異出孫陀耶致經　一卷

異出十善十惡經〔六四〕　一卷

異出九傷經　一卷

異出了本經　一卷

右合四百六十部，凡六百七十五卷。詳校羣録，名數已定，並未見其本。今闕此經。

右二部件凡一千三百六部，合一千五百七十卷。其已寫前件八百四十六部，八百九十五卷在藏，未寫四百六十部，六百七十五卷今闕。

校勘記

〔一〕多有大經　「大」字宋本、磧砂本、元本、明本作「入」，兹從麗本。

〔二〕忽而未詳　「詳」字宋本作「諜」，磧砂本、元本、明本作「講」，茲從麗本。
〔三〕儒首菩薩無上清淨分衛經　「儒」字宋本、磧砂本、元本、明本作「輭」，茲從麗本。
〔四〕大比丘威儀經二卷　宋本、磧砂本、元本、明本脱此行，從麗本補。按長房録四後漢安世高譯經中載大僧威儀經四卷，注云：「祐失譯分爲兩部二卷，卽此。」則費長房所見之出三藏記集，與麗本同，後世諸本則脱落此一行也。
〔五〕佛變時會身經一卷抄　「抄」字宋本、磧砂本、元本、明本脱，從麗本補。
〔六〕治城寺經　「治」字宋本、磧砂本、元本、明本作「治」，茲從麗本。
〔七〕觀世音求十方佛各爲授記經　「授」字宋本、磧砂本、元本、明本作「受」，茲從麗本。
〔八〕文殊師利授記經　「授」字宋本、磧砂本、元本、明本作「受」，茲從麗本。
〔九〕濡首童真經　「濡」字宋本、磧砂本、元本、明本作「輭」，茲從麗本。
〔一〇〕寂調音所問經　「音」字麗本作「意」，智昇録一云：「合作音字，意者誤也。」茲從宋本、磧砂本、元本、明本。
〔一一〕師子步雷音菩薩問文殊成佛時經　「步」字麗本作「出」，茲從宋本、磧砂本、元本、明本及智昇録十六。
〔一二〕師子步雷音菩薩問文殊師利發心經　「步」字麗本作「出」，茲從宋本、磧砂本、元本、明本及長房録六、智昇録二。
〔一三〕寂意菩薩問五濁經一卷抄　「抄」字宋本、磧砂本、元本、明本脱，從麗本補。
〔一四〕菩薩六法行經一卷抄　「抄」字宋本、磧砂本、元本、明本脱，從麗本補。
〔一五〕菩薩受戒法　「法」字麗本作「經」，茲從宋本、磧砂本、元本、明本。

〔一六〕菩薩出要行無礙法門經　「行」字宋本、磧砂本、元本、明本作「得」，茲從麗本及長房録六、智昇録二。

〔一七〕菩薩奉施詣塔作願念經　「詣」字麗本作「諸」，茲從宋本、磧砂本、元本、明本及長房録六、智昇録二。

〔一八〕僧名數事行經　「經」字麗本、宋本、磧砂本、元本脱，從明本及長房録四、智昇録一補。

〔一九〕偈經一卷抄大集　此行宋本、磧砂本、元本、明本脱，從麗本補。

〔二〇〕抄方等大集　「方等大集」四字宋本、磧砂本、元本、明本脱，從麗本補。

〔二一〕波斯匿王乘佛神力到寶坊經　「乘」字麗本作「承」，茲從宋本、磧砂本、元本、明本。

〔二二〕國王成就五法久存於世經　「存」字宋本、磧砂本、元本、明本作「在」，茲從麗本及長房録五、智昇録二。

〔二三〕佛爲婆羅門説四法經　「經」字宋本、磧砂本、元本、明本脱，從麗本及長房録四、智昇録一補。

〔二四〕殺龍濟一國經　麗本「國」字下有「人」字，茲從宋本、磧砂本、元本、明本及長房録十、智昇録五。

〔二五〕孤母喪一子經　「一」字宋本、磧砂本、元本、明本脱，從麗本及長房録四、智昇録一補。

〔二六〕野雞經一卷出生經　「出生經」三字宋本、磧砂本、元本、明本脱，從麗本補。

〔二七〕舊録云閻王五使者經　「五」字下宋本、磧砂本、元本、明本有「天」字，茲從麗本及長房録四。

〔二八〕灌臘經一卷或云般泥洹後四輩灌臘經　「臘」字宋本、磧砂本、元本、明本皆作「蠟」，茲從麗本及長房録六、智昇録二。

〔二九〕抄雜阿含　麗本脱此四字，茲從宋本、磧砂本、元本、明本。

〔三〇〕往古造行經　宋本、磧砂本、元本、明本作「往」，麗本作「法」。

〔三一〕向邪違法經　「邪」字宋本、磧砂本、元本、明本作「耶」，兹從麗本及長房録五、智昇録二。

〔三二〕苦陰因事經　宋本、磧砂本、元本、明本作「苦」，麗本作「業」。

〔三三〕抄中阿含　麗本脱此四字，兹從宋本、磧砂本、元本、明本。

〔三四〕或云十一想思念如來經　宋本、磧砂本、元本、明本作「想思」，麗本作「相思惟」。

〔三五〕三十七品經一卷異本　三十七品經一卷異本　宋本、磧砂本、元本、明本只著録三十七品經一卷，既不重出，亦無「異本」二字，兹從麗本補。智昇録五云：「祐載兩本，並云異出。」則唐代所見僧祐録，與麗本同也。

〔三六〕空淨天感應三昧經　「天」字宋本、磧砂本、元本、明本作「大」，兹從麗本及長房録四、智昇録一。

〔三七〕安法師載竺法護經目有譬喻經三百首二十五卷　「目」字麗本作「内」，兹從宋本、磧砂本、元本、明本。

〔三八〕雖時失譯名　「失」字宋本、磧砂本、元本、明本作「安」，兹從麗本。

〔三九〕呪請雨呪止雨經一卷　「經一卷」三字麗本脱，兹從宋本、磧砂本、元本、明本。

〔四〇〕安法師所載竺法護經目有神呪三卷　「目」字宋本、磧砂本、元本、明本作「自」，兹從麗本。

〔四一〕佛在誓枝山説法經　「枝」字磧砂本、元本、明本作「拔」，兹從麗本、宋本及智昇録五。

〔四二〕舊録所載　「所載」二字麗本、宋本、磧砂本、元本脱，從明本補。

〔四三〕那羅延天王經　「王」字宋本、磧砂本、元本、明本作「子」，兹從麗本及智昇録五。

〔四四〕或云弊魔經　麗本脱此五字，兹從宋本、磧砂本、元本、明本。

〔四五〕魔王試經　「試」字麗本、宋本作「誡」，兹從磧砂本、元本、明本。智昇録五作「誡」，下注云：「疑是試字。」

〔四六〕佛居王經　「王」字麗本及智昇録五作「士」，兹從宋本、磧砂本、元本、明本。

〔四七〕和墨王經一卷出六度集　麗本脫此一行，兹從宋本、磧砂本、元本、明本。

〔四八〕薩波達王經一卷舊録所載　麗本脫此一行，兹從宋本、磧砂本、元本、明本。

〔四九〕薩和達王經　「薩」字宋本、磧砂本、元本、明本作「菩」，兹從麗本及智昇録二。

〔五〇〕流沙王經　「流」字麗本作「洴」，兹從宋本、磧砂本、元本、明本及智昇録五。

〔五一〕勸王持五戒經　「戒」字麗本、宋本、明本作「誡」，兹從磧砂本、元本及智昇録五。

〔五二〕長者盛德經　「盛」字宋本、磧砂本、元本、明本作「威」，兹從麗本及智昇録五。

〔五三〕阿斂他經　「斂」字麗本及智昇録五作「劍」，兹從宋本、磧砂本、元本、明本。

〔五四〕墮迦經　「墮」字宋本、磧砂本、元本、明本作「隨」，長房録五作「惰」，兹從麗本。智昇録二作「墮」，注云：「或作隨字。」

〔五五〕云晉言堅强　「堅」字宋本、磧砂本、元本、明本作「賢」，兹從麗本及長房録五、智昇録二。

〔五六〕牛米自供養經　「經」字宋本、磧砂本、元本、明本脫，從麗本及長房録五、智昇録二補。

〔五七〕墮釋迦牧牛經　「墮」字宋本、磧砂本、元本、明本作「隨」，兹從麗本及長房録五。智昇録二作「墮」，注云：「或作隨字。」

〔五八〕案鉢經　「案」字宋本、磧砂本、元本、明本作「安」，兹從麗本及智昇録五。

〔五九〕壁四經　「壁」字宋本、磧砂本、元本、明本作「譬」，兹從麗本及長房録五、智昇録二。

〔六〇〕與脫經　「與」字宋本、磧砂本、元本、明本作「興」，兹從麗本及智昇録五。

〔六一〕心情心識經　「情」字宋本、磧砂本、元本、明本作「墮」，兹從麗本及長房録五、智昇録二。

〔六二〕六足阿毗曇經　「經」字麗本及智昇録五脫，兹從宋本、磧砂本、元本、明本。

〔六三〕禪行極意經　各本作「極」，長房録五、智昇録一作「檢」。

〔六四〕異出十善十惡經　「十惡」，宋本、磧砂本、元本、明本脫「十」字，從麗本及長房録七、智昇録三補。

出三藏記集卷第五

梁釋僧祐撰

新集抄經録第一

抄經者，蓋撮擧義要也。昔安世高抄出修行爲大道地經，良以廣譯爲難，故省文略說。及支謙出經，亦有孛抄。此並約寫胡本，非割斷成經也。而後人弗思，肆意抄撮，或棊散衆品，或芟剖正文。〔二〕既使聖言離本，復令學者逐末。竟陵文宣王慧見明深，亦不能免。若相競不已，則歲代彌繁，蕪黷法寶，不其惜歟。名部一成，難用刊削。其安公時抄，悉附本録，新集所獲，撰目如左。庶誡來葉，無効尤焉。

抄華嚴經　十四卷

抄方等大集經〔三〕　十二卷

抄菩薩地經　十二卷

抄法句譬經　三十八卷

抄阿差末經　四卷

抄淨度三昧經　四卷

抄摩訶摩耶經　三卷

抄胎經　三卷

抄央掘魔羅經　二卷

抄報恩經　二卷少上卷。

抄頭陀　二卷抄律中事。

抄義足經　二卷

抄法華藥王品　一卷

抄維摩詰所説佛國品　一卷

抄維摩詰方便品　一卷

抄維摩詰問疾品　一卷

抄安般守意經[一]　一卷

抄菩薩本業經　一卷

抄菩薩本業願行品　一卷

抄四諦經要數　一卷

抄法律三昧經　一卷

抄照明三昧不思議事經　一卷

抄諸佛要集經　一卷

抄大乘方等要慧經　一卷

抄普賢觀懺悔法　一卷

抄樂瓔珞莊嚴方便經　一卷

抄未曾有因緣經　一卷

抄阿毗曇五法行經　一卷
抄諸法無行經　一卷
抄無爲道經　一卷
抄分別經　一卷
抄德光太子經　一卷
抄魔化比丘經　一卷
抄優婆塞受戒品　一卷
抄優婆塞受戒法　一卷
抄貧女爲國王夫人經　一卷

從華嚴經至貧女爲國王夫人凡三十六部，並齊竟陵文宣王所抄。凡抄字在經題上者，皆文宣所抄也。

般若經問論集　二十卷卽大智論抄。或云要論，或云略論，或云釋論。

右一部，凡二十卷。廬山沙門釋慧遠以論文繁積，學者難究，故略要抄出。

抄成實論　九卷齊武帝永明七年十二月，竟陵文宣王請定林上寺釋僧柔、小莊嚴寺釋慧次等於普弘寺共抄出。
淨度三昧抄　一卷
律經雜抄　一卷

本起抄經　一卷

睒抄經　一卷舊録所載。

五百梵律經抄　一卷舊録所載。

大海深嶮抄經　一卷

上六抄經是舊抄，今並闕本。

抄爲法捨身經　六卷

抄字在上，似是文宣王所抄。今闕此經。

法苑經　一百八十九卷

此一經近世抄集，並撮撰羣經，以類相從。雖立號法苑經，終入抄數。今闕此經。

右抄經四十六部，凡三百五十二卷。其三十八部一百五十一卷並有經，其八部二百一卷今闕。

新集安公疑經録第二　安法師造

外國僧法，學皆跪而口受。同師所受，若十、二十轉，以授後學。若有一字異者，共相推校，〔四〕得便擯之，僧法無縱也。經至晉土，其年未遠，而喜事者以沙糅金，〔五〕斌斌如也，而無括正，何以別真僞乎！農者禾草俱存，〔六〕后稷爲之歎息；金匱玉石同緘，卞和爲之懷耻。安敢預學次，見涇渭雜流，〔七〕龍蛇並進，豈不耻之！今列意謂非佛經者如左，以示將來學士，共知鄙倍焉。〔八〕

寶如來經　二卷南海胡作。或云寶如來三昧經。

定行三昧經　一卷或云佛遺定行摩目揵所問經。〔九〕

真諦比丘慧明經　一卷或云慧明比丘經，或云清淨真諦經。

尼吒國王經　一卷或云尼吒黃羅國王經，或云黃羅王經。

胸有萬字經　一卷或云胸現萬字經。

薩和菩薩經〔一〇〕　一卷舊録云，國王薩和菩薩經。〔一一〕

善信女經　二卷或云善信經。

護身十二妙經　一卷一名度世護世經。

度護經　一卷或云度護法經。

毗羅三昧經　二卷

善王皇帝經　二卷或云善王皇帝功德尊經。或爲一卷。

唯務三昧經　一卷或作唯無三昧。

阿羅呵公經　一卷或云相國阿羅呵公經。
慧定普遍神通菩薩經　一卷舊録云，慧定普遍國土神通菩薩經。
陰馬藏經　一卷或云陰馬藏光明經。
大阿育王經　一卷云佛在波羅柰者。
四事解脱經　一卷或云四事解脱度人經。
大阿那律經　一卷非八念者。闕。
貧女人經　一卷名難陀者。舊録云，貧女難陀經。闕。
鑄金像經　一卷闕。〔二〕
四身經　一卷闕。
普慧三昧經　一卷闕。
阿秋那經　一卷舊録云，阿秋那三昧經。闕。
兩部獨證經　一卷闕。
法本齋經　一卷西涼州來。闕。
覓歷所傳大比丘尼戒經　一卷闕。〔三〕
右二十六部，三十卷。

新集疑經僞撰雜録第三

長阿含經云：「佛將涅槃，爲比丘説四大教法。若聞法律，當於諸經推其虚實，與法相違則非佛説。」又大涅槃經云：「我滅度後，諸比丘輩抄造經典，令法淡薄。」種智所照，驗於今矣。自像運澆季，浮競者多，或憑真以搆僞，或飾虚以亂實。昔安法師摘出僞經二十六部，又指慧達道人以爲深戒。古既有之，今亦宜然矣。祐校閲群經，廣集同異，約以經律，頗見所疑。夫真經體趣融然深遠，假託之文辭意淺雜，玉石朱紫，無所逃形也。今區别所疑，注之於録，并近世妄撰，亦標于末。並依倚雜經而自製名題，進不聞遠適外域，退不見承譯西賓，「我聞」興於户牖，印可出於胸懷，誑誤後學，良足寒心。既躬所見聞，寧敢默已。嗚呼來葉，慎而察焉！

比丘應供法行經　一卷此經前題云羅什出。祐案，經卷舊無譯名，兼羅什所出又無此經，故入疑録。

居士請僧福田經　一卷此經前題云曇無讖出，案讖所出無此經，故入疑録。

灌頂度星招魂斷絶復連經　一卷

決定罪福經　一卷

無爲道經　二卷

情離有罪經　一卷

燒香呪願經　一卷或云呪願經。

安墓呪經　一卷

觀月光菩薩記　一卷

佛鉢經　一卷或云佛鉢記，甲申年大水及月光菩薩出事。

彌勒下教　一卷在鉢記後。

九十六種道　一卷

右十二部經記，或義理乖背，或文偈淺鄙，故入疑録。庶耘蕪穢，以顯法寶。

灌頂經　一卷一名藥師琉璃光經，或名灌頂拔除過罪生死得度經。

右一部，宋孝武帝大明元年，秣陵鹿野寺比丘慧簡依經抄撰。此經後有續命法，所以遍行於世。

提謂波利經　二卷舊别有提謂經一卷。

右一部，宋孝武時，北國比丘曇靖撰。

寶車經　一卷或云妙好寶車菩薩經。

右一部，北國淮州比丘曇辯撰，青州比丘道侍改治。〔一四〕

菩提福藏法化三昧經　一卷

右一部，齊武帝時，比丘道備所撰。備易名道歡。

佛法有六義第一應知　一卷未得本。

六通無礙六根淨業義門　一卷未得本。

右二部，齊武帝時，比丘釋法願抄集經義所出。雖弘經義，異於僞造，然既立名號，則别成一部，懼後代疑亂，故明注于録。

佛所制名數經　五卷

右一部，齊武帝時，比丘釋王宗所撰。抄集衆經，有似數林；但題稱佛制，懼亂名實，故注于録。

衆經要攬法偈二十一首　一卷

右一部梁天監二年，比丘釋道歡撰。

右合二十部，二十六卷。

疑經兩録合四十六部，五十六卷。其三十八部失源，八部有人名。〔一五〕

新集安公注經及雜經志録第四

夫日月麗天，衆星助耀，雨從龍降，滮池佐潤，由是豐澤洪沾，大明焕赫也。而猶有燋火於雲夜，抱瓮於漢陰者，時有所不足也。佛之著教，真人發起，大行於外國，有自來矣。延及此土，當漢之末世，晉之盛德也。然方言殊音，文質從異，譯胡爲晉，出非一人。或善胡而質晉，或善晉而未備胡，衆經浩然，難以折中。竊不自量，敢預僧數，既荷佐化之名，何得素餐終日乎？輒以洒掃之餘暇，注衆經如左。非敢自必，必值聖心，庶望考文，時有合義。顧將來善知識，不咎其默守，冀抱瓮燋火，讜有微益。

光讚折中解　一卷

光讚抄解　一卷

般若放光品者，分別盡漏而不證八地也。源流浩汗，厥義幽邃，非彼草次可見宗廟之義也。安爲折疑准一卷，折疑略二卷，起盡解一卷。

道行品者，般若抄也。佛去世後，外國高明者撰也。辭句質複，首尾互隱，爲集異注一卷。

大、小十二門者，禪思之奧府也。爲各作注。〔一六〕大十二門二卷，小十二門一卷。今有。

了本生死者，四諦四信之玄藪也。爲注一卷。今有。

密迹金剛經，持心梵天經。右二經者，護公所出也。多有隱義，爲作甄解一卷。

賢劫八萬四千度無極者，大乘之妙目也。爲解一卷。

人本欲生經者，九止八脱之妙要也。爲注撮解一卷。今有。

安般守意，多念之要藥也。爲解一卷。今有。

陰持入者，世高所出殘經也。淵流美妙，至道直逕也。爲注二卷。今有。

大道地者，修行抄也，外國所抄，爲注一卷。

衆經衆行或有未曾共知者，安集之爲十法句義一卷，〔一七〕連雜解共卷。

義指者，外國沙門於此土所傳義也。云「諸部訓異，欲廣來學視聽」也。增之爲注一卷。

九十八結者，阿毗曇之要義，爲解一卷，連約通解共卷。

又爲三十二相解一卷。

三界諸天混然淆雜，安爲録一卷。今有。

此土衆經，出不一時，自孝靈光和已來，迄今晉康寧二年，近二百載。值殘出殘，遇全出全，非是一人，難卒綜理，爲之録一卷。今有。

答法汰難〔一八〕 二卷

答法將難 一卷

西域志 一卷

凡二十七卷。其諸天録、經録及答法汰難至西域志，〔一九〕雖非注經，今依安舊録附之于末。

僧法尼所誦出經入疑録。

寶頂經　一卷　永元元年出，時年九歲。

淨土經　七卷　永元元年出，時年九歲。

正頂經　一卷　永元元年出，時年九歲。

法華經　一卷　永元元年出，時年九歲。

藥草經　一卷　永元二年出，時年十歲。

太子經　一卷　永元二年出，時年十歲。

伽耶波經　一卷　永元二年出，時年十歲。

波羅奈經　二卷　中興元年出，時年十二。

優婁頻經　一卷　中興元年出，時年十二。

益意經　二卷　天監元年出，時年十三。智遠承旨。

般若得經　一卷　天監元年出，時年十三。智遠承旨。

華嚴瓔珞經　一卷　天監元年出，時年十三。智遠承旨。

踰陀衛經〔二〇〕　一卷　天監四年臺内華光殿出，時年十六。

阿那含經　二卷　天監四年出，時年十六。

妙音師子吼經　三卷　天監四年出，時年十六。借張家。

出乘師子吼經　一卷　天監三年出，時年十五。

勝鬘經　一卷　永元元年出，時年九歲。

優曇經　一卷　永元元年出，時年九歲。〔二一〕

妙莊嚴經　四卷　永元元年出，時年九歲。〔二二〕

維摩經　一卷江家出。

序七世經　一卷

右二十一種經，凡三十五卷。

經如前件。齊末太學博士江泌處女尼子所出。初尼子年在齠齓，有時閉目靜坐，誦出此經。或說上天，或稱神授，發言通利，有如宿習。令人寫出，俄而還止，經歷旬朔，續復如前。京都道俗咸傳其異。今上勑見，面問所以，其依事奉答，不異常人。然篤信正法，少修梵行，父母欲嫁之，誓而弗許。後遂出家，名僧法，住青園寺。祐既收集正典，檢括異聞，事接耳目，就求省視。其家秘隱，不以見示，唯得妙音師子吼經三卷，以備疑經之録。此尼以天監四年三月亡。有好事者得其文疏，前後所出經二十餘卷。〔二三〕厥舅孫質以爲真經，行疏勸化，收拾傳寫。既染毫牘，必存於世。昔漢建安末，濟陰丁氏之妻忽如中疾，便能胡語，又求紙筆，自爲胡書。復有西域胡人見其此書，云是經莂，〔二四〕推尋往古，不無此事。但義非金口，又無師譯，取捨兼懷，故附之疑例。

薩婆若陀眷屬莊嚴經　一卷二十餘紙。

右一部。梁天監九年，郢州頭陀道人妙光，戒歲七臘，矯以勝相，諸尼嫗人，僉稱聖道。彼州僧正議欲驅擯，遂潛下都，住普弘寺，〔二五〕造作此經。又寫在屏風，紅紗映覆，香花供養，雲集四部，嚫供煙塞。事源顯發，勑付建康辯覈疑狀。云抄略諸經，多有私意妄造，借書人路琰屬辭潤色。獄牒：「妙光巧詐，事應斬刑，路琰同謀，十歲讁戍。」即以其年四月二十一日，勑僧正慧超，令喚京師能講大法師、宿德如僧祐、曇准等二十人，共至建康前辯妙光事。超即奉旨，與曇准、僧祐、法寵、慧令、慧集、智藏、僧旻、法雲等二十人於縣辯問。妙光伏罪，事事如牒。衆僧詳議，依律擯治。天恩免死，恐於偏地復爲惑亂，長繫東冶。即收拾此經，得二十餘本，及屏風於縣燒除。然猶有零散，恐亂後生，故復略記。薩婆若陀長者，是妙光父名。妙光弟名金剛德體，弟子名師子。

法苑經　一百八十九卷

抄爲法捨身經　六卷

右二部。蓋近世所集，未詳年代人名。悉總集羣經，以類相從。既立號法苑，則疑於別經，故注記其名，以示後學。卷數雖多，猶是前録衆經，故不入部最之限。

小乘迷學竺法度造異儀記第五

夫至人應世，觀衆生根，根力不同，設教亦異。是以三乘立軌，隨機而發；五時説法，應契而化。沿麁以至妙，因小以及大，階漸殊時，教之體也。自正法稍遠，受學乖互，外域諸國，或偏執小乘，最後涅槃，顯明佛性，而猶執初教，可謂膠柱鼓瑟者也。

元嘉中，外國商人竺婆勒久停廣州，每往來求利。於南康郡生兒，仍名南康，長易字金伽。後得入道，爲曇摩耶舍弟子，改名法度。其人貌雖外國，實生漢土，天竺科軌，非其所諳。但性存矯異，欲以攝物，故執學小乘，云無十方佛，唯禮釋迦而已，大乘經典不聽讀誦。反抄著衣，以此爲法，常用銅鉢，無別應器。乃令諸尼作鎮肩衣，似尼師壇，縫之爲囊，恒著肩上，而不用坐，以表衆異。每至出路，相捉而行；布薩悔過，但伏地相向，而不胡跪。法度善閑漢言，至授戒先作胡語，不令漢知。案律之明文，授法資解，言不相領，不得法事。而竺度昧罔，面行詭術，明識之衆，咸共駭棄。唯宋故丹陽尹顔竣女宣業寺尼法弘，〔二六〕交州刺史張牧女弘光寺尼普明等信受其教，以爲眞實。雖出貴族，而識謝慧心，毁呰方等。既絶法雨，妄學詭科，乖背律儀，來苦方深，良可愍傷。

自正化東流，大乘日曜，英哲頂受，遍寓服膺。而使迷僞之人，專行偏教，莫或振止，〔二七〕何其甚哉！昔慧導拘滯，疑惑大品；曇樂偏執，非撥法華。罔天下之明，信己情之謬，關中大衆，固已指爲無間矣！至如彭城僧淵，誹謗涅槃，舌根銷爛，現表厥殃，大乘難誣，亦可驗也。尋三人之惑，並惡止其躬，而竺度之悖，以毒飲人。凡女人之性，智弱信强，一受僞教，則同惑相挻。故京師數寺遂塵異法，東境尼衆亦時染此風，將恐邪路易開，淄污不已。嗟乎！斯豈魔斷大乘，故先侮女人歟？此實開士之所痛悼，而法主所宜匡制也。大方便經云：「釋迦如來昔爲比丘，專以四阿含教化，謗毁方等，於無數劫，受大苦報，從阿鼻出，發大乘心，致成正覺。」後進之賢，宜思防斷。古今明誡，可不愼乎！

昔慧叡法師久歎愚迷，製此喻疑，防於今日。故存之録末，雖於録非類，顯證同矣。

喻疑第六

長安叡法師

夫應而不寂，感之者至，感有精麁，應亦不一。影響理也，若以方期之，非徒乖其圓，乃亦喪其方。故以備聞之悟，喻其所疑，疑非膏肓，庶必爲治。若治所不至，喻復其如之何，並可詳覽往喻。

昔漢室中興，孝明之世，無盡之照，始得輝光此壤，於二五之照，當是像法之初。自爾已來，西域名人安侯之徒，相繼而至，大化文言，漸得淵照邊俗，陶其鄙倍。漢末魏初，廣陵彭城二相出家，並能任持大照，尋味之賢，始有講次。而恢之以格義，迂之以配說。下至法祖、孟詳、法行、康會之徒，撰集諸經，宣暢幽旨，粗得充允，視聽暨今。附文求旨，義不遠宗，言不乖實，起之於亡師。及至苻并龜茲，三王來朝，持法之宗，亦並與經俱集。究摩羅法師至自龜茲，持律三藏集自罽賓，禪師徒衆尋亦並集關中。洋洋十數年中，當是大法後興之盛也。〔二八〕叡才常人鄙，而得厠對宗匠，陶譯玄典，法言無日不聞，聞之無要不記，故敢依准所聞，寄之紙墨，以宣所懷。

什公云：「大教興世五十餘年，言無不實，實無不益。益而爲言，無非教也；實而爲稱，無非寶也。寶以如意爲喻，教以正失爲體。若能體其隨宜之旨，則言無不深；若守其一照，則惑無不至。〔二九〕今此世界以雜爲名，則知本自離薄，本自離薄，則易爲風波。風波易以動，不淳易爲離，易動易離，故大聖隨宜而進，進之不以一途，三乘雜化由之而起。〔三〇〕三藏祛其染滯，般若除其虛妄，法華開一究竟，泥洹闡其實化，此三津開照，照無遺矣。」〔三一〕但優劣存乎人，〔三二〕深淺在其悟，任分而行，無所臧否，前五百年也。此五百年中，得道者多，不得者少，以多言之，故曰正法。後五百年，唯相是非，執競盈路，得道者少，不得者多，亦以多目之，名爲像法。像而非真，失之由人。由人之失，乃有非跋真言，斧戟實化，無擇起於胸中，不救出自脣吻。三十六國，小乘人也。此釁流於秦地，慧導之徒，遂復不信大品。既蒙什公入關，開託真照，般若之明，復得輝光末俗，朗兹實化。尋出法華，開方便門，令一實究竟，廣其津途，欣樂之家，景仰沐浴，真復不知老之將至。而曇樂道人以偏執之見，而復非之，自畢幽途，永不可誨。今大般泥洹經，法顯道人遠尋真本，於天竺得之，持至揚都，大集京師義學之僧百有餘人，禪師執本，參而譯之，詳而出之。此經云：「泥洹不滅，佛有真我。一切衆生，皆有佛性。皆有佛性，學得成佛。」佛有真我，故聖鏡特宗，而爲衆聖中王。泥洹永存，爲應照之本。大化不泯，真本存焉。而復致疑，安於漸照，而排跋真誨，任其偏執，而自幽不救，其可知乎？此正是法華開佛知見。開佛知見，今始可悟，金以瑩明，顯發可知。〔三三〕而復非之，大化之由，而有此心，經言闡提，真不虛也。

此大法三門，皆有成證。昔朱士行既襲真式，以大法爲己任，於雒中講小品，〔三四〕亦往往不通。乃出流沙，尋求大品。既至于填，果得真本，即遣弟子十人，送至雒陽，出爲晉音。未發之間，彼土小乘學者乃以聞王，云：「漢地沙門，乃以婆羅門書惑亂真言。王爲地主，若不折之，斷絕大法，聾盲漢地，王之咎也！」王即不聽。時朱士行乃求燒經爲證。王亦從其所求，積薪十車於殿階下，以火焚之。士行臨階而發誠誓：「若漢地大化應流布者，經當不燒；若其不應，命也如何！」言已投之，火卽爲滅，不損一字。遂得有此法華正本於于塡大國，輝光重壤，踴出空中，而得流此。

此大般泥洹經既出之後，而有嫌其文不便者，而更改之，人情小惑。有慧祐道人，私以正本雇人寫之。容書之家忽然火起，三十餘家，一時蕩然。寫經人於灰火之中求銅鐵器物，忽見所寫經本在火不燒，及其所寫一紙陌外亦燒，字亦無損。餘諸巾紙，寫經竹筒，皆爲灰燼。此三經者，如什公所言，是大化三門，無極真體，皆有神驗，無所疑也。

什公時雖未有大般泥洹文，已有法身經，明佛法身卽是泥洹，與今所出，若合符契。此公若得聞此，佛有真我，一切衆生，皆有佛性，便當應如白日朗其胸襟，甘露潤其四體，無所疑也。何以知之？每至苦問：「佛之真主亦復虛妄，積功累德，誰爲不惑之本？」或時有言：「佛若虛妄，誰爲真者？若是虛妄，積功累德，誰爲其主？」如其所探，今言佛有真業，衆生有真性，雖未見其經證，明評量意，便爲不乖。而亦曾問：「此土先有經言，一切衆生皆當作佛，此當云何？」答言：「法華開佛知見，亦可皆有爲佛性。若有佛性，復何爲不得皆作佛耶？但此法華所明，明其唯有佛乘，無二無三，不明一切衆生皆當作佛。皆當作佛，我未見之，亦不抑言無也。」若得聞此正言，真是會其心府，故知聞之必深信受。

同吾之肆學正法者，小可虛其衿帶，更聽往喻。如三十六國著小乘者，亦復自以爲日月之明，無以進於己也。而大心寥朗，乃能鄙其狂而偏執，自貽重罪。慧導之非大品，而尊重三藏，亦不自以爲照不周也。曇樂之非法華，憑陵其氣，自以爲是，天下悠悠，唯己一人言，其意亦無所與讓。今疑大般泥洹者，遠而求之，正當以一切衆生皆有佛性，爲不通真照。真照自可照其虛妄，真復何須其照？一切衆生既有僞矣，別有真性爲不變之本。所以陶練既精，真性乃發，恒以大慧之明，除其虛妄。虛妄既盡，法身獨存，爲應化之本。應其所化能成之緣，一人不度，吾終不捨。此義始驗，〔三五〕復何爲疑耶！若於真性法身而復致疑者，恐此邪心無處不惑。佛之真我尚復生疑，亦可不信佛有正覺之照，而爲一切種智也。般若之明，自是照虛妄之神器，復何與佛之真我？法身常存，一切皆有佛之真性。真性存焉，學不越涯，成不乖本乎？而欲以真照無虛言，言而亦無，佛我亦無，泥洹是邪見也。但知執此照惑之明，不知無惑之性，非其照也。爲欲以此誣調天下，天下之人何可誣也！所以遂不關默而驟明此照者，〔三六〕是惜一肆之上，而有鑠金之說；一市之中，而言有虎者三。易惑之徒，則將爲之所染。皆爲不救之物，亦不得已而言之，豈其好明人罪耶？實是蝮蛇螫手，不得不斬。幸有深識者，體其不默之旨；未深入者，尋而悟之，以求自清之路。如其已不可喻，吾復其如之何！

校勘記

〔一〕新集疑經僞撰雜録第三　「僞撰雜」三字各本脫，據後文標目補。

〔二〕或苽剖正文　「苽剖」二字麗本作「爪剖」，宋本、磧砂本、元本、明本作「苽部」，二者均有訛誤，兹從全梁文七一作「苽剖」。

〔三〕抄方等大集經　「經」字宋本、磧砂本、元本、明本脫，從麗本及智昇録十八補。

〔四〕共相推校　「校」字智昇録十八引作「核」。

〔五〕而喜事者以沙糅金　「糅」字各本作「標」，從智昇録十八引改。

〔六〕農者禾草俱存　「存」字麗本作「在」，兹從宋本、磧砂本、元本、明本及智昇録十八引。

〔七〕見涇渭雜流　「雜流」二字智昇録十八引作「淆雜」。

〔八〕共知鄙倍焉　「倍」字麗本作「信」，兹從宋本、磧砂本、元本、明本及智昇録十八引。

〔九〕或云佛遺定行摩目揵所問經　「遺」字智昇録十八作「遣」，「摩」字下法經録二、智昇録十八有「訶」字。

〔一〇〕薩和菩薩經　「菩」下「薩」字宋本、磧砂本、元本、明本脫，從麗本及智昇録十八補。

〔一一〕國王薩惒菩薩經　「菩」下「薩」字宋本、磧砂本、元本、明本脫，從麗本及智昇録十八補。

〔一二〕鑄金像經一卷闕　「闕」字宋本、磧砂本、元本、明本脫，從麗本補。

〔一三〕覓歷所傳大比丘尼戒經一卷闕　「闕」字宋本、磧砂本、元本、明本脫，從麗本補。

〔一四〕青州比丘道侍改治　「侍」字宋本、元本、明本作「恃」，兹從麗本、磧砂本及長房録九。

〔一五〕疑經兩録合四十六部五十六卷其三十八部失源八部有人名　按「疑經兩録」即指以上之新集安

公疑經録第二及新集疑經僞撰雜録第三，前者凡二十六部三十卷，後者凡二十部二十六卷，故共四十六部五十六卷。其中三十八部失撰人名，八部有撰人名也。

〔一六〕爲各作注　麗本、宋本、磧砂本、元本於「注」字下有「大作注」三字，從明本删。

〔一七〕安集之爲十法句義一卷　「十」字磧砂本、元本、明本作「二」，茲從麗本、宋本。

〔一八〕答法汰難　「法」字各本作「沙」，據長房録八改。

〔一九〕共諸天録經録及答法汰難至西域志　「法」字各本作「沙」，據上注亦應是「法」字，據改。

〔二〇〕踰陀衞經　「踰」字宋本、磧砂本、元本、明本作「喻」，茲從麗本及法經録二、長房録十一。

〔二一〕永元元年出時年九歲　麗本脱此九字，茲從宋本、磧砂本、元本、明本。

〔二二〕永元元年出時年九歲　麗本脱此九字，茲從宋本、磧砂本、元本、明本。

〔二三〕前後所出經二十餘卷　「經」字麗本及智昇録十八作「定」，宋本、磧砂本、元本、明本作「經」。

〔二四〕云是經莂　「經莂」磧砂本、元本、明本作「別經」，茲從麗本、宋本及智昇録十八。

〔二五〕住普弘寺　各本及智昇録十八作「普弘」，法經録二、長房録十一作「弘普」。

〔二六〕唯宋故丹陽尹顏竣女宣業寺尼法弘　「陽」字宋本、磧砂本、元本、明本作「楊」，茲從麗本。

〔二七〕莫或振止　「或」字宋本、磧砂本、元本、明本作「惑」，茲從麗本。

〔二八〕當是大法後興之盛也　「興」字下宋本、磧砂本、元本、明本重一「興」字，從麗本删。

〔二九〕則惑無不至　「惑」字宋本、磧砂本、元本、明本作「或」，茲從麗本。

〔三〇〕三乘雜化由之而起　「雜」字宋本、元本、明本作「離」，茲從麗本、磧砂本。

〔三一〕照無遺矣　「遺」字宋本、磧砂本、元本、明本作「匱」，茲從麗本。

〔三二〕但優劣存乎人　「存」字宋本、磧砂本、元本、明本作「在」，茲從麗本。

〔三三〕顯發可知　「知」字宋本、磧砂本、元本作「如」，兹從麗本、明本。
〔三四〕於雒中講小品　「雒」字下宋本、磧砂本、元本、明本有「陽」字，從麗本删。
〔三五〕此義始驗　「始」字麗本、宋本作「如」，兹從磧砂本、元本、明本。
〔三六〕所以遂不闢默而驟明此照者　「闢」字麗本作「開」，兹從宋本、磧砂本、元本、明本。

出三藏記集卷第六

梁釋僧祐撰

四十二章經序第一〔一〕

未詳作者

昔漢孝明皇帝夜夢見神人，身體有金色，項有日光，飛在殿前。意中欣然甚悅之。明日問羣臣，此爲何神也？有通人傅毅曰：「臣聞天竺有得道者，號曰佛，輕舉能飛，殆將其神也。」於是上悟，卽遣使者張騫、羽林中郎將秦景、博士弟子王遵等十二人，至大月支國寫取佛經四十二章，在第十四石函中，〔二〕登起立塔寺。於是道法流布，處處修立佛寺，遠人伏化，願爲臣妾者不可稱數。國內清寧，含識之類，蒙恩受賴，于今不絕也。

安般守意經序第二〔三〕

康僧會

夫安般者，諸佛之大乘，以濟衆生之漂流也。其事有六，以治六情。情有內外，眼、耳、鼻、口、身、心，〔四〕謂之內矣；色、聲、香、味、細滑、邪念，謂之外也。經曰諸海十二事，謂內外六情之受邪行，猶海受流，餓夫夢飯，蓋無滿足也。心之溢盪，無微不浹，恍惚髣髴，出入無間，視之無形，聽之無聲，逆之無前，尋之無後，深微細妙，形無絲髮，梵釋僊聖所不能照明。默種于此，〔五〕化生乎彼，非凡所覩，謂之陰也。猶以晦曀種夫粢芥，〔六〕閫手覆種，孳有萬億，旁人不覩其形，種家不知其數也。一朽乎下，萬生乎上，彈指之間，心九百六十轉，

一日一夕，十三億意。意有一身，心不自知，猶彼種夫也。[五]

是以行寂，繫意著息，數一至十，十數不誤，意定在之。小定三日，大定七日，寂無他念，泊然若死，謂之一禪。禪，棄也，棄十三億穢念之意。已獲數定，轉念著隨，蠲除其八，正有二意，意定在隨，由在數矣。垢濁消滅，心稍清淨，謂之二禪也。又除其一，注意鼻頭，謂之止也。得止之行，三毒、四趣、五陰、六冥諸穢滅矣。[七]煚然心明，[八]踰明月珠，婬邪污心，猶鏡處泥，穢垢污焉。偃以照天，覆以臨土聰叡聖達，萬土臨照，雖有天地之大，靡一夫而能覩。[九]所以然者，由其垢濁，衆垢污心，有踰彼鏡矣。若得良師剗刮瑩磨，薄塵微曀，蕩使無餘。舉之以照，毛髮面理，無微不察，垢退明存，使其然矣。情溢意散，念萬不識一矣。猶若於市，馳心放聽，廣采衆音，退宴存思，不識一夫之言。心逸意散，濁翳其聽也。若自閑處，心思寂寞，志無邪欲，側耳靖聽，萬句不失，片言斯著，心靖意清之所由也。行寂止意，懸之鼻頭，謂之三禪也。還觀其身，自頭至足，反覆微察，內體污露，森楚毛竪，猶覩膿涕。於斯具照天地人物，其盛若衰，無存不亡，信佛三寶，衆冥皆明，謂之四禪也。攝心還念，諸陰皆滅，謂之還也。穢欲寂盡，其心無想，謂之淨也。得安般行者，厥心卽明，舉眼所觀，無幽不覩。往無數劫，方來之事，人物所更，現在諸剎。其中所有世尊法化，弟子誦習，無遐不見，無聲不聞。怳惚髣髴，存亡自由，大彌八極，細貫毛氂，[一〇]制天地，住壽命，猛神德，壞天兵，動三千，移諸剎，入不思議，〔一一〕非梵所測，神德無限，六行之由也。

世尊初欲説斯經時，大千震動，人天易色，三日安般，無能質者。於是世尊化爲兩身，一曰何等，一曰尊主，演于斯義出矣。〔一二〕大士、上人、六雙、十二輩，靡不執行。

有菩薩名安清字世高，〔一三〕安息王嫡后之子，讓國與叔，馳避本土，翔而後進，〔一四〕遂處京師。其爲人也，博學多識，貫綜神模，七正盈縮，風氣吉凶，山崩地動，鍼脉諸術，覩色知病，鳥獸鳴啼，無音不照。懷二儀之弘仁，愍黎庶之頑闇，先挑其耳，却啓其目，欲之視明聽聰也。〔一五〕徐乃陳演正真之六度，譯安般之秘奥，學者塵興，靡不去穢濁之操，就清白之德者也。

余生末蹤，始能負薪，考妣徂落，三師凋喪，仰瞻雲日，悲無質受，睠言顧之，潸然出涕。宿祚未没，會見南陽韓林、潁川皮業、會稽陳慧，此三賢者，信道篤密，執德弘正，烝烝進進，志道不倦。余從之請問，〔一六〕規同矩合，義無乖異。陳慧注義，余助斟酌。非師不傳，不敢自由也。言多鄙拙，不究佛意，明哲衆賢，願共臨察。義有肬腨，加聖删定，共顯神融矣。

安般注序第三〔一七〕

釋道安

安般者，出入也。道之所寄，無往不因；〔一八〕德之所寓，無往不託。是故安般寄息以成守，四禪寓骸以成定也。寄息故有六階之差，寓骸故有四級之別。階差者，損之又損之，以至於無爲；級別者，忘之又忘之，以至於無欲也。無爲故無形而不因，無欲故無事而不適。無形而不因，故能開物；無事而不適，故能成務。成務者，即萬有而自彼；開物者，使天下兼忘我也。彼我雙廢者，守于唯守也。故修行經以斯二法而成寂。得斯寂者，舉足而大千震，揮手而日月捫，疾吹而鐵圍飛，微噓而須彌舞。斯皆乘四禪之妙止，御六息之大辯者也。

夫執寂以御有，崇本以動末，〔一九〕有何難也！安般居十念之一，於五根則念根也。故撰法句者，屬唯念品也。昔漢氏之末，有安世高者，博聞稽古，特專阿毗曇學。其所出經，禪數最悉，此經其所譯也。兹乃趣道之要徑，何莫由斯道也！魏初康會爲之注義。義或隱而未顯者，安竊不自量。敢因前人，爲解其下，庶欲蚊翮以助隨藍，霧潤以增巨壑也。

安般守意經序第四〔二〇〕

謝敷作

夫意也者，衆苦之萌基，背正之元本。荒迷放蕩，浪逸無涯，若狂夫之無所麗；愛惡充心，躭昏無節，若夷狄之無君。微矣哉，即之無像，尋之無朕，則毫末不足以喻其細；迅矣哉，儵踽惚怳，眴匝宇宙，〔二一〕則奔電不足以比其速。是以彈指之間九百六十轉，一日一夕十三億想。念必嚮報，〔二二〕成生死栽。〔二三〕一身所種，滋蔓彌劫。凡在三界倒見之徒，溺喪淵流，莫能自反。正覺慈愍，開示慧路，防其終凶之源漸，塞其忿欲之微兆，〔二四〕爲啓安般之要徑，泯生滅以冥寂。申道品以養恬，〔二五〕建十慧以入微，縶九神之逸足，〔二六〕防七識之洪流，故曰守意也。

若乃制伏麁垢，拂剗漏結者，亦有望見貿樂之士，閉色聲於視聽，遏塵想以禪寂，乘靜泊之禎祥，納色天之嘉祚。然正志荒於華樂，昔習没於交逸，福田矜執而日零，毒根迭興而罪襲。是以輪迴五趣，億劫難拔，嬰羅欲網，有劇深牢。由於無慧樂定，不惟道門，使其然也。

至於乘慧入禪，亦有三輩：或畏苦滅色，樂宿泥洹，志存自濟，不務兼利者，爲無著乘。或仰希妙相，仍有遺無，不建大悲，練盡緣縛者，則號緣覺。菩薩者，深達有本，暢因緣無。達本者有有自空，暢無者因緣常寂。自空故不出有以入無，常寂故不盡緣以歸空。住理而有非所縛，〔二七〕非縛故無無所脱。〔二八〕苟厝心領要，觸有悟理者，則不假外以靜內，不因禪而成慧。故曰阿惟越致，不隨四禪也。若欲塵翳心，慧不常立者，乃假以安般，息其馳想，猶農夫之淨地，明鏡之瑩剗矣。然則耘耨不以爲地，地淨而種滋；瑩剗非以爲鏡，鏡淨而照明。故開士行禪，非爲守寂，在遊心於玄冥矣。肇自發心，悲盟弘普，秉權積德，忘期安衆。衆雖濟而莫脱，將廢知而去筌矣。是謂菩薩不滅想取證也。此三乘雖同假禪靜，至於建志厥初，各有攸歸。故學者宜恢心宏模，植栽於始也。

漢之季世，有捨家開士安清字世高，安息國王之太子也。審榮辱之浮寄，齊死生乎一貫。遂脫屣於萬乘，抱玄德而遊化，演道教以發曚，表神變以諒之。〔二九〕于時俊乂歸宗，釋華崇實者，若禽獸之從麟鳳，鱗介之赴虬蔡矣。又博綜殊俗，善衆國音，傳授斯經，變爲晉文。其所譯出百餘萬言，探暢幽賾，淵玄難測。此安般典，其文雖約，義關衆經，自淺至精，衆行具舉，學之先要，孰踰者乎！行者欲凝神反朴，道濟無外，而不循斯法者，何異刖夫之陟太山，無翅而圖昇虛乎！釋迦如來妙慧足於曩劫，歷無數以潛化。至于衆生運會，圓滿告成，而猶現行六年，以爲教端者，誠以鎮一紛邪，〔三〇〕莫尚茲也。由是而觀，可不務歟！

敷染習沉冥，積罪歷劫，生與佛乖，弗覩神化。雖以微祚，得稟遺典，而情想繁蕪，道根未固。仰欣聖軌，未一暫履，夕惕戰懼，惄焉如擣。是以誠心諷誦，以鍾識習，每遭明叡，輒咨凝滯。然冥宗已遠，義訓小殊，乃採集英彥，戢而載焉。雖粗聞大要，未悟者衆。於是復率愚思，推檢諸數，尋求明證，遂相繼續，撰爲注義。并抄撮大安般、修行諸經事相應者，引而合之，或以隱顯相從，差簡搜尋之煩。經道弘深，既非愚淺所能裁衷，又辭意鄙拙，萬不暢一，祇增理穢，〔三一〕敢云足以闡融妙旨乎？實欲私記所識，以備遺忘而已耳。儻有覽者，願亮不逮，正其愚謬焉。

陰持入經序第五〔三〕

釋道安

陰持入者，世之深病也。馳騁人心，變德成狂，耳聾口爽，躭醉榮寵，抱癡投冥，酸號三趣。其爲病也，猶癩疾焉，入骨徹髓，良醫拱手；猶癲蹶焉，〔三〕來則冥然，莫有所識。大聖悼茲，痛心內發，忘身安，赴塗炭，含厚德，忍舞擊。觀羅密於重雲，止罝網于八極〔三〕，洪癡不得振其翼，巨愛不得逞其足。〔三五〕採善心於毫芒，拔兇頑於虎口。以大寂爲至樂，五音不能聾其耳矣；以無爲爲滋味，五味不能爽其口矣。曜形濁世，拯擢難計，陟降教終，潛淪無名。諸無著等，尋各騰逝。大弟子衆深懼妙法混然廢没，於是令迦葉集結，阿難所傳，凡三藏焉。該羅幽廓，難度難測也。世雄授藥，必因本病，病不能均，是故衆經相待乃備。非彥非聖，罔能綜練。自茲以後，神通高士各爲訓釋，或攬撰諸經以爲行式。譬瓔璣歟，擇彼珠珍，以色相發，佩之冠之，爲光爲飾。喻繪事歟，調別衆彩，以圖暉烈。諸明叡者，所撰亦然。此經則是其數也。

有捨家開士，出自安息，字世高。大慈流洽，播化斯土，譯梵爲晉，微顯闡幽。其所敷宣，專務禪觀，醇玄道數，深矣遠矣，是經其所出也。陰入之弊，人莫知苦，是故先聖照以止觀，陰結日損，成泥洹品。自非知機，其孰能與於此乎！從首至于九絶，都是四十五藥也。以慧斷知，入三部者，成四諦也。十二因緣訖淨法部者，成四信也。其爲行也，唯神矣，故不言而成；唯妙矣，故不行而至。統斯行者，則明白四達，立根得眼，成十力子，紹胄法王，奮澤大千。若取證則拔三結，住壽成道，徑至應真。此乃大乘之舟檝，泥洹之關路。于斯晉土，禪觀弛廢，學徒雖興，蔑有盡漏。何者？禪思守玄，練微入寂，在取何道，猶覘于掌。墮替斯要，而悕見證，不亦難乎！

安來近積罪，〔三六〕生逢百罹，〔三七〕戎狄孔棘，世乏聖導。潛遯晉山，孤居離衆，幽處窮壑。竊覽篇目，淺識獨見，滯而不達，夙宵抱疑，諮諏靡質。會太陽比丘竺法濟，并州道人支曇講，陟岨冒寇，重爾遠集。此二學士高朗博通，誨而不倦者也。遂與析槃暢礙，〔三八〕造茲注解。世不值佛，又處邊國，音殊俗異，規矩不同，又以愚量聖，難以逮也。冀未踐緒者，少有微補，非敢自必，析究經旨。

人本欲生經序第六〔三九〕

釋道安

人本欲生經者，照乎十二因緣而成四諦也。本者，癡也；欲者，愛也；生者，生死也。略舉十二之三以爲目也。〔四〇〕人在生死，莫不浪滯於三世，飄縈於九止，綢繆於八縛者也。〔四一〕十二因緣於九止，則第一人亦天也。四諦所鑒，鑒乎九止；八解所正，正乎八邪。邪正則無往而不恬，止鑒則無往而不愉。無往而不愉，故能洞照傍通；無往而不恬，故能神變應會。神變應會，則不疾而速；洞照傍通，則不言而化。不言而化，故無棄人；不疾而速，故無遺物。物之不遺，人之不棄，斯禪智之由也。故經曰：「道從禪智，得近泥洹。」豈虛也哉！誠近歸之要也。

斯經似安世高譯爲晉言也。言古文悉，義妙理婉。覩其幽堂之美，闕庭之富者或寡矣。〔四二〕安每覽其文，欲疲不能，〔四三〕所樂而玩者，〔四四〕三觀之妙也；所思而存者，想滅之辭也。敢以餘暇，爲之撮注。其義同而文別者，無所加訓焉。

了本生死經序第七〔四五〕

釋道安

夫四信妙輿者，衆祐之寶軒也，以運連縛倒見衆生。凡在三界，罔弗冠癡佩行嬰，〔四六〕舞生死而趣陰堂，揖讓色味，驂惑載疑，驅馳九止者也。既則狎賢侮聖，縱其姦慝，貪劔恚鉞，梟截玄路，羣誹上要，殃禍備嘗矣。世雄顧愍，深圖變謀，法旍曜於重霓，道鼓震於雷吼，寂干障乎八紘，〔四七〕慧戈陷乎三有。於是碎癡冠，決嬰佩，昇信車，入諦軌，則因緣息成四喜矣。故曰了本生死也。了，猶解也；本，則癡也，元也。如來指舉一隅，身子伸敷高旨，引興幽讚，美矣盛矣。

夫計身有命，則隨緣縛，謗佛毁信，若彌綸於幽室矣。夫解空無命，則成四諦，昭然立信，〔四八〕若日殿之麗乾矣。斯乃五十六藥之崇基，淵乎蓋衆行之宗也。開微成務，孰先者乎！佛始得道，隆建大哀，此經則十六之一也。其在天竺，三藏聖師莫不以爲教首而研幾也。

漢之季世，此經始降兹土，雅邃奥邈，少達旨歸者也。魏代之初，有高士河南支恭明爲作注解，〔四九〕探玄暢滯，真可謂入室者矣。俊哲先人，足以折中也。然童蒙之倫，猶有未悟，故仍前迹，附釋未訓，非苟穿鑿，以紫亂朱也。儻孤居始進者，可以辯惑焉。

十二門經序第八〔五〇〕

釋道安

十二門者，要定之目號，六雙之關徑也。定有三義焉：禪也，等也，空也。用療三毒，綢繆重病。嬰斯幽厄，其日深矣，貪囹恚圄，癡城至固，世人遊此，猶春登臺，甘處欣欣，如居華殿，嬉樂自娱，莫知爲苦，〔五一〕嘗酸速禍，困憊五道。夫唯正覺，乃識其謬耳。哀倒見之苦，〔五二〕傷蓬流之痛，爲設方便，防萌塞漸，關兹慧定，令自瀞滌，挫鋭解紛，返神玄路。苟非至德，其道不凝也。

夫邪僻之心，必有微著，是故禪法以四爲差焉。貪淫囹者，荒色悖蒸，不別尊卑，渾心躭愐，習以成狂，亡國傾身，莫不由之。虛迷空醉，不知爲幻，故以死屍散落自悟，漸斷微想，以至于寂，味乎無味，故曰四禪也。瞋恚固者，爭纖芥之虛聲，結瀝血之重咎，〔五三〕恩親絶於快心，交友腐於縱忿，含怒徹髓，不悛滅族。聖人見强梁者不得其死，故訓之以等。丹心讎親，至柔其志，受垢含苦，治之未亂，醇德邃厚，〔五四〕兕不措角，況人害乎？故曰四等也。愚癡城者，誹古聖，謗真諦，慢二親，輕師傅，斯病尤重矣。以慧探本，知從癡愛，分別末流，了之爲惑，練心攘慝，狂病瘳矣，故曰四空也。行者挹禪海之深醴，溉昏迷之盛火，激空淨之淵流，蕩癡塵之穢垢，則皎然成大素矣。行斯三者，則知所以宰身也。所以宰身者，則知所以安神也。所以安神者，則知所以度人也。

然則經無巨細，出自佛口，神心所制，言爲世寶。慧日既没，三界喪目，經藏雖存，淵玄難測，〔五五〕自非至精，孰達其微？於是諸開士應真，各爲訓解。釋其幽賾，辯其差貫，則爛然易見矣。窮神知化，何復加乎！從十二門已後，則是訓傳也。凡學者行十二門，却盡神足，滅外止黿，謂之成五道也。三向諸根，進消内結，謂盡諸漏也。始入盡漏，名不退轉。諸佛嘉歎，記其成號。深不可測，獨見曉焉；神不可量，獨能精焉。〔五六〕陵雲輕舉，淨光燭幽，移海飛嶽，風出電入。淺者如是，況成佛乎！是乃三乘之大路，何莫由斯定也。自始發跡，逮于無漏，靡不周而復始，習茲定也。行者欲崇德廣業，而不進斯法者，其猶無柯而求伐，不飯而求飽，〔五七〕難以獲矣。醒寤之士，得聞要定，不亦妙乎。

安宿不敏，生值佛後，又處異國，楷範多闕。仰希古列，滯而未究，寤寐憂悸，有若疾首。每惜茲邦禪業替廢，敢作注于句末。雖未足光融聖典，且發蒙者，儻易覽焉。安世高善開禪數，斯經似其所出，故録之于末。

大十二門經序第九〔五八〕

釋道安

夫婬息存乎解色，〔五九〕不係防閑也。有絶存乎解形，不係念空也。色解則冶容不能轉，〔六〇〕形解則無色不能滯。不轉者，〔六一〕雖天魔玉顏，窈窕艷姿，莫足傾之，之謂固也。不滯者，雖遊空無識，泊然永壽，莫足礙之，之謂真也。何者？執古以御有，心妙以了色，雖羣居猶芻靈，泥洹猶如幻，豈多制形而重無色哉！是故聖人以四禪防淫，淫無遺焉；〔六二〕以四空滅有，〔六三〕有無現焉。淫有之息，〔六四〕要在明乎萬形之未始有，百化猶逆旅也。怨憾之興，興於此彼，此彼既興，遂成仇敵。仇敵適成，勃然赫怒，赫怒已發，無所不至。至不可至，神幽想獄，乃毒乃辛，欣之甘之。是以如來訓之以等。等所難等，何往不等？等心既富，怨本息矣。豈非爲之乎未有，圖難於其易者乎！夫然，則三事凶躭，廢然息矣，十二重關，廓然闢矣。〔六五〕根立而道生，覺立而道成，莫不由十二門。立乎定根，以逆道休也。大人揮變，榮光四塞，彈撇安明，吹沫千刃，默動異刹，必先正受。明夫匪禪無以統乎無方而不留，匪定無以周乎萬形而不礙。禪定不愆，於神變乎何有也！至矣盡矣，蔑以加矣。

此經世高所出也。辭旨雅密，正而不豔，比諸禪經，最爲精悉。案經後記云：「嘉禾七年，在建鄴周司隸舍寫。」緘在篋匱，向二百年矣。冥然不行，無聞名者。比丘竺道護於東垣界賢者經中得之，〔六六〕送詣濩澤，乃得流布。得經之後，俄而其家遇火，護若不覩，爲灰炭矣。自然將喪斯禪也，後死者不得與聞此經也。此經也，八音所誨，四道作訓，約無乏，〔六七〕文重無簡矣。精義入神，何以上乎？前世又爲懸解，一家之傳，故筌而次之。然世高出經，貴本不飾，天竺古文，文通尚質，倉卒尋之，時有不達。今爲略注，繼前人之末，非敢亂朱，冀有以寤焉。

法鏡經序第十〔六八〕

康僧會

夫心者衆法之源，〔六九〕臧否之根，同出異名，禍福分流。以身爲車，以家爲國，周遊十方，〔七〇〕稟無倦息。家欲難足，猶海吞流，火之獲薪。六邪之殘，已甚於蒺蔾網之賊魚矣。女人佞等三魅，〔七一〕其善僞而信寡，斯家之爲禍也。〔七二〕尊邪穢，賤清真，連叢瑣，謗聖賢，興獄訟，喪九親，斯家之所由矣。是以上士耻其穢，懼其厲，爲之懾懾如也。默思遁邁，猶明哲之避無道矣。〔七三〕剔髮毁容，法服爲珍，靖處廟堂，練情攘穢，懷道宣德，闓導聾瞽。或有隱處山澤，枕石嗽流，專心滌垢，神與道俱。志寂齊乎無名，明化周乎羣生，〔七四〕賢聖競乎清靖，〔七五〕稱斯道曰大明，故曰法鏡。

騎都尉安玄、臨淮嚴浮調，〔七六〕斯二賢者，年在齠齓，弘志聖業，鉤深致遠，窮神達幽。愍世曚惑，不覩大雅，竭思譯傳斯經景模。都尉口陳，嚴調筆受，言既稽古，義又微妙。然時干戈未戢，〔七七〕志士莫敢或遑，大道陵遲，内學者寡。會覩其景化，〔七八〕可以拯塗炭之尤嶮，然義壅而不達，因閑竭愚，爲之注義。喪師歷載，莫由重質，心憤口悱，停筆愴如，追遠慕聖，涕泗并流。今記識闕疑，俟後明哲，庶有暢成，以顯三寶矣。

校勘記

〔一〕四十二章經序第一　法經録六著録四十二章經序一卷，無撰人名。經存，見大正藏第十七卷七八四號，序載卷首。

〔二〕在第十四石函中　「第」字各本脱，據卷首序補。

〔三〕安般守意經序第二　法經録六著録康僧會撰安般守意經序一卷，又安般守意經注解一卷。長房録五作安般經注解一卷，并製序。注存，見大正藏第十五卷六〇二號，序載卷首。

〔四〕眼耳鼻口身心　「口」字卷首序作「舌」。

〔五〕默種于此　「于」字宋本、磧砂本、元本、明本作「子」，兹從麗本及卷首序。

〔六〕猶以晦曀種夫染芥　「染芥」宋本、磧砂本、元本、明本作「染芬」，卷首序作「深芬」，茲從麗本。

〔七〕三毒四趣五陰六冥諸穢滅矣。「趣」字麗本、宋本作「走」，茲從磧砂本、元本、明本。

〔八〕㷀然心明　「㷀」字麗本作「昭」，卷首序作「⿱目火」，茲從宋本、磧砂本、元本、明本。

〔九〕靡一夫而能覩　「夫」字麗本作「大」，茲從宋本、磧砂本、元本、明本。

〔一〇〕細貫毛氂　「毛」字明本作「毫」，茲從麗本、宋本、元本及卷首序。

〔一一〕入不思議　「入」字麗本、磧砂本作「八」，茲從宋本、元本、明本。

〔一二〕一曰尊主演于斯義出矣　「曰」字麗本無，茲從宋本、磧砂本、元本、明本。「于」字磧砂本、元本、明本作「千」，茲從麗本、宋本。

〔一三〕有菩薩名安清字世高　「名」字各本作「者」，據卷首序改。

〔一四〕翔而後進　「進」字卷首序作「集」。

〔一五〕欲之視明聽聰也　「視明聽聰也」各本作「視聽明也」，據卷首序改。

〔一六〕余從之請問　「從之」各本作「之從」，據卷首序乙正。

〔一七〕安般注序第三　法經錄六著錄道安安般經注解一卷，長房錄八作安般守意解一卷，此即其序。解佚。

〔一八〕無往不因　「因」字宋本作「回」，茲從麗本、磧砂本、元本、明本。

〔一九〕崇本以動末　「崇」字麗本作「策」，茲從宋本、磧砂本、元本、明本。

〔二〇〕安般守意經序第四　按此爲謝敷所撰安般守意經注之序，注佚。

〔二一〕眴匝宇宙　「眴」字宋本、磧砂本、元本作「昫」，茲從麗本、明本。

〔二二〕念必嚮報　「嚮」字磧砂本、元本、明本作「響」，茲從麗本、宋本。

〔二三〕成生死栽　「栽」字磧砂本、元本、明本作「裁」，兹從麗本、宋本。

〔二四〕塞其忿欲之微兆　「其」字宋本、磧砂本、元本、明本脱，從麗本補。

〔二五〕申道品以養恬　「申」字宋本、磧砂本、元本、明本作「伸」，兹從麗本。申伸通。

〔二六〕繫九神之逸足　「足」字宋本、磧砂本、元本、明本作「定」，兹從麗本。

〔二七〕住理而有非所縛　「縛」字麗本作「緣」，兹從宋本、磧砂本、元本、明本。

〔二八〕非縛故無無所脱　「縛」字麗本作「緣」，兹從宋本、磧砂本、元本、明本。

〔二九〕表神變以諒之　「諒」字宋本、磧砂本、元本、明本作「源」，兹從麗本。

〔三〇〕誠以鎮一紛邪　「邪」字各本作「耶」，從全晉文一三八改。

〔三一〕祇增理穢　「增」字麗本、宋本、元本、明本作「僧」，兹從磧砂本。

〔三二〕陰持入經序第五　法經録六、長房録八著録釋道安撰陰持入經注解二卷，此卽其序。書佚。

〔三三〕猶癩蹶焉　「癩」字宋本、磧砂本、元本、明本作「蹎」，兹從麗本。

〔三四〕止罝網于八極　「罝」字宋本、磧砂本、元本作「置」，兹從麗本、明本。

〔三五〕巨愛不得逞其足　「巨」字麗本作「名」，兹從宋本、磧砂本、元本、明本。

〔三六〕安來近積罪　「來」字麗本、宋本、明本作「未」，兹從磧砂本、元本。

〔三七〕生逢百罹　「罹」字麗本、磧砂本作「羅」，兹從宋本、元本、明本。

〔三八〕遂與析槃暢礙　「析」字宋本、磧砂本、元本、明本作「折」，兹從麗本。

〔三九〕人本欲生經序第六　法經録六著録道安撰人本欲生經注解一卷，長房録八作人本欲生注撮解一卷，此卽其序。書存，見大正藏第三十三卷一六九三號，作人本欲生經注，序載卷首。

〔四〇〕略舉十二之三以爲目也　各本作「目」，卷首序作「因」。

〔四一〕綢繆於八縛者也　「於」字各本及卷首序脱，從全晉文一五八補。

〔四二〕闕庭之富者或寡矣　「者」字各本脱，從卷首序補。

〔四三〕欲疲不能　各本作「疲」，卷首序作「罷」。疲罷通。

〔四四〕所樂而玩者　「玩」字各本作「現」，從卷首序改。

〔四五〕了本生死經序第七　法經録六著録釋道安撰了本生死經注序一卷，又了本生死經注解一卷，長房録八亦載注解一卷。書佚。

〔四六〕罔弗冠癡佩行嬰　全晉文一五八無「行」字，按下文作「碎癡冠，決嬰佩」，則「行」字爲衍文。

〔四七〕寂干障乎八紘　「干」字各本作「千」，從全晉文一五八改。

〔四八〕昭然立信　「昭」字宋本、磧砂本、元本、明本作「照」，玆從麗本。

〔四九〕有高士河南支恭明爲作注解　法經録六著録支恭明撰了本生死經序一卷，又了本生死經注解一卷。長房録五載吴支謙，字恭明，了本生死經一卷，謙自注并製序。書佚。

〔五〇〕十二門經序第八　法經録六著録釋道安撰十二門禪經注解一卷，長房録八作小十二門注解。此即其序。書佚。

〔五一〕莫知爲苦　宋本、磧砂本、元本、明本作「莫」，麗本作「蔑」。

〔五二〕哀倒見之苦　各本作「見」，全晉文一五八作「懸」。

〔五三〕結瀝血之重咎　宋本、磧砂本、元本、明本作「瀝血」，麗本作「歷世」。

〔五四〕醇德邃厚　「醇」字磧砂本、元本、明本作「淳」，玆從麗本、宋本。醇淳通。

〔五五〕淵玄難測　宋本、磧砂本、元本、明本作「玄」，麗本作「言」。

〔五六〕獨能精焉　各本作「能」，全晉文一五八作「見」。

〔五七〕不飯而求飽　「求」字各本作「徇」，兹從全晉文一五八。

〔五八〕大十二門經序第九　法經録六著録釋道安撰大十二門經注解一卷，長房録八作二卷，此即其序。書佚。

〔五九〕夫婬息存乎解色　「存」字麗本作「在」，兹從宋本、磧砂本、元本、明本。

〔六〇〕色解則冶容不能轉　「轉」字磧砂本、元本、明本作「縛」，兹從麗本、宋本。

〔六一〕不轉者　「轉」字磧砂本、元本、明本作「縛」，兹從麗本、宋本。

〔六二〕淫無遺焉　「淫」字磧砂本作「有」，兹從麗本、宋本、元本、明本。

〔六三〕以四空滅有　「有」字磧砂本、元本作「淫」，兹從麗本、宋本、明本。

〔六四〕淫有之息　「有之」二字麗本、宋本作「之有」，兹從磧砂本、元本、明本。

〔六五〕廓然闢矣　「闢」字麗本作「闕」，兹從宋本、磧砂本、元本、明本。

〔六六〕比丘竺道護於東垣界賢者經中得之　「之」字各本脱，從全晉文一五八補。

〔六七〕四道作訓約無乏　「約」字上疑脱一「義」字。全晉文一五八作「四道作□，訓約無乏」。

〔六八〕法鏡經序第十　法經録六著録康僧會撰法鏡經序一卷，又法鏡經注解二卷。長房録五作法鏡經解子注二卷。注佚，序載大正藏第十二卷三二二號法鏡經卷首。

〔六九〕夫心者衆法之源　宋本、磧砂本、元本、明本作「源」，麗及卷首序作「原」。源原通。

〔七〇〕周遊十方　各本作「遊」，卷首序作「旋」。

〔七一〕女人佞等三魍　各本作「魍」，卷首序作「魅」。魍即鬽字，與魅同。

〔七二〕斯家之爲禍也　「斯」字各本脱，從卷首序補。

〔七三〕猶明哲之避無道矣　「猶」字各本作「由」，從全三國文七五改。

〔七四〕明化周乎羣生　宋本、磧砂本、元本、明本作「周」，麗本作「同」。

〔七五〕賢聖競乎清靖　各本作「乎清靖」，卷首序作「于清淨」。

〔七六〕臨淮嚴浮調　麗本、磧砂本作「浮」，宋本、元本、明本作「佛」。

〔七七〕然時干戈未戢　各本作「戢」，全三國文七五作「息」。

〔七八〕會覩其景化　「會」字麗本、宋本、明本作「聞」，兹從磧砂本、元本。

出三藏記集卷第七

梁釋僧祐撰

道行經序第一〔四〕

釋道安

大哉智度，萬聖資通，咸宗以成也。地含日照，〔五〕無法不周，不恃不處，累彼有名。既外有名，亦病無形，兩忘玄漠，塊然無主，此智之紀也。夫永壽莫美乎上乾，而齊之殤子；神偉莫美於凌虛，而同之涓滯；至德莫大乎真人，而比之朽種；高妙莫大乎世雄，而喻之幻夢。由此論之，亮爲衆聖宗矣。何者？執道御有，卑高有差，此有爲之域耳。非據真如，遊法性，冥然無名也。據真如，遊法性，冥然無名者，智度之奥室也。名教遠想者，智度之蘧廬也。然存乎證者，莫不契其無生而惶眩；〔六〕存乎迹者，莫不忿其蕩冥而誕誹。道動必反，優劣致殊，眩誹不其宜乎，不其宜乎！要斯法也，與進度齊軫，逍遥俱遊，千行萬定，〔七〕莫不以成。衆行得字而智進，全名諸法參相成者，〔八〕求之此列也。且其經也，進咨第一義以爲語端，退述權便以爲談首。〔九〕行無細而不歷，數無微而不極，言似煩而各有宗，義似重而各有主。璅見者慶其邇教而悦寤，宏喆者望其遠標而絶目。〔一〇〕陟者彌高而不能階，涉者彌深而不能測，謀者慮不能規，尋者度不能盡。既杳冥矣，真可謂大業淵藪，妙矣者哉！然凡論之者，考文以徵其理者，昏其趣者也；察句以驗其義者，迷其旨者也。何則？考文則異同每爲辭，尋句則觸類每爲旨。爲辭則喪其卒成之致，〔一一〕爲旨則忽其始擬之義矣。若率初以要其終，或忘文以全其質者，則大智玄通，居可知也。從始發意，逮一切智，曲成決著，八地無染，謂之智也，故曰遠離也。三脱照空，四非明有，統鑑諸法，因後成用，藥病雙亡，謂之觀也。明此二行，於三十萬言，其如視諸掌乎。顛沛造次，無起無此也。

佛泥曰後，外國高士抄九十章爲道行品。桓靈之世，朔佛齎詣京師，譯爲漢文。因本順旨，轉音如已，敬順聖言，了不加飾也。然經既抄撮，合成章指，〔一二〕音殊俗異，譯人口傳，自非三達，胡能一一得本緣故乎？由是道行頗有首尾隱者。古賢論之，往往有滯。仕行恥此，尋求其本，到于闐乃得。送詣倉垣，出爲放光品。斥重省刪，務令婉便，若其悉文，將過三倍。善出無生，論空特巧，〔一三〕傳譯如是，難爲繼矣。二家所出，足令大智煥爾闡幽。支讖全本，其亦應然。何者？抄經刪削，所害必多，委本從聖，乃佛之至誠也。安不量末學，庶幾斯心，載詠載玩，未墜于地。檢其所出，事本終始，猶令折傷玷缺，戢然無際。假無放光，何由解斯經乎？永謝先喆，所蒙多矣。今集所見，爲解句下。始況現首，終隱現尾，出經見異，銓其得否，舉本證抄，敢增損也。幸我同好，飾其瑕讁也。

道行經後記第二〔一四〕

未詳作者

光和二年十月八日，河南洛陽孟元士。口授天竺菩薩竺朔佛，時傳言譯者月支菩薩支讖，〔一五〕時侍者南陽張少安、南海子碧，勸助者孫和、周提立。正光二年九月十五日，洛陽城西菩薩寺中沙門佛大寫之。

放光經記第三〔一六〕二十卷者。

未詳作者

惟昔大魏潁川朱士行，以甘露五年出家學道爲沙門，出塞西至于闐國，寫得正品梵書胡本九十章，六十萬餘言。以太康三年遣弟子弗如檀，晉字法饒，送經胡本至洛陽。住三年，復至許昌。二年後至陳留界倉垣水南寺，以元康元年五月十五日，衆賢者共集議，晉書正寫。時執胡本者，于闐沙門無羅叉，〔一七〕優婆塞竺叔蘭口傳，祝太玄、周玄明共筆受。正書九十章，凡二十萬七千六百二十一言。時倉垣諸賢者等，大小皆勸助供養，至其年十二月二十四日寫都訖。經義深奧，又前後寫者參校不能善悉。至太安二年十一月十五日，沙門竺法寂來至倉垣水北寺求經本。寫時撿取現品五部并胡本，與竺叔蘭更共考校書寫，永安元年四月二日訖，於前後所寫校最爲差定，其前所寫可更取校。晉胡音訓暢義難通，諸開士大學文生書寫供養諷誦讀者，願留三思，恕其不逮也。

合放光光讚略解序第四〔一八〕

釋道安

放光、光讚，同本異譯耳。其本俱出于闐國持來，其年相去無幾。光讚，于闐沙門祇多羅以泰康七年齎來，護公以其年十一月二十五日出之。放光分，如檀以泰康三年于闐爲師送至洛陽，到元康元年五月乃得出耳。先光讚來四年，後光讚出九年也。

放光，于闐沙門無羅叉執胡，竺叔蘭爲譯，言少事約，删削復重，事事顯炳，焕然易觀也。而從約必有所遺於天竺辭及騰每大簡焉。〔一九〕

光讚，護公執胡本，聶承遠筆受，言准天竺，事不加飾。悉則悉矣，而辭質勝文也。每至事首，輒多不便，諸反覆相明，又不顯灼也。考其所出，事事周密耳。〔二〇〕互相補益，所悟實多。恨其寢逸涼土九十一年，幾至泯滅，乃達此邦也。斯經既殘不具，並放光尋出，大行華京，息心居士翕然傳焉。中山支和上遣人於倉垣斷絹寫之，持還中山。中山王及衆僧城南四十里幢旛迎經。其行世如是，是故光讚人無知者。昔在趙魏，迸得其第一品，知有玆經，而求之不得。至此，會慧常、進行、慧辯等將如天竺，路經涼州，寫而因焉。展轉秦雍，以晉泰元元年五月二十四日乃達襄陽。尋之玩之，欣有所益，輒記其所長，爲略解如左。

般若波羅蜜者，成無上正。真道之根也。正者，等也，不二入也。等道有三義焉：法身也，如也，真際也。故其爲經也，以如爲首，〔二一〕以法身爲宗也。如者，爾也，本末等爾，無能令不爾也。佛之興滅，綿綿常存，悠然無寄，故曰如也。法身者，一也，常淨也。有無均淨，未始有名，故於戒則無戒無犯，在定則無定無亂，處智則無智無愚，泯爾都忘，二三盡息，皎然不緇，故曰淨也，常道也。真際者，無所著也，泊然不動，湛爾玄齊，無爲也，無不爲也。萬法有爲，而此法淵默，故曰無所有者，是法之真也。由是其經萬行兩廢，觸章輒無也。何者？癡則無往而非微，終日言盡物也，故爲八萬四千塵垢門也。慧則無往而非妙，終日言盡道也，故爲八萬四千度無極也。所謂執大淨而萬行正，正而不害，妙乎大也。

凡論般若，推諸病之疆服者，理徹者也。尋衆藥之封域者，斷迹者也。高談其轍迹者，失其所以指南也。其所以指南者，若假號章之不住，五通品之不貢高，是其涉百辟而不失午者也。宜精理其轍迹，又思存其所指，則始可與言智已矣。何者？諸五陰至薩云若，則是菩薩來往所現法慧，可道之道也。諸一相無相，則是菩薩來往所現真慧，明乎常道也。可道，故後章或曰世俗，或曰說已也。常道，則或曰無爲，或曰復說也。此兩者同謂之智，而不可相無也。斯乃轉法輪之目要，般若波羅蜜之常例也。

須真天子經記第五〔三〕

未詳作者

須真天子經，太始二年十一月八日於長安青門内白馬寺中，天竺菩薩曇摩羅察口授出之。時傳言者安文惠、帛元信，手受者聶承遠、張玄伯、孫休達。十二月三十日未時訖。

普曜經記第六〔三〕

未詳作者

普曜經，永嘉二年，太歲在戊辰，五月，本齊菩薩沙門法護在天水寺手執胡本，〔四〕口宣晉言。時筆受者沙門康殊、帛法炬。

賢劫經記第七〔二五〕

未詳作者

賢劫經，永康元年七月二十一日，月支菩薩竺法護從罽賓沙門得是賢劫三昧，手執口宣。時竺法友從洛寄來。筆受者趙文龍。使其功德福流十方，普遂蒙恩，離於罪蓋。其是經者，次見千佛，稽首道化，〔二六〕受菩薩決，致無生忍，至一切法。十方亦爾。

般舟三昧經記第八〔二七〕

未詳作者

般舟三昧經，光和二年十月八日，天竺菩薩竺朔佛於洛陽出。〔二八〕菩薩法護。〔二九〕時傳言者月支菩薩支讖，授與河南洛陽孟福字元士，隨侍菩薩張蓮字少安筆受。令後普著。在建安十三年於佛寺中校定，悉具足。後有寫者，皆得南無佛。又言，建安三年，歲在戊子，〔三〇〕八月八日於許昌寺校定。

首楞嚴三昧经注序第九〔三一〕

未詳作者

首楞嚴三昧者，晉曰「勇猛伏定意」也。謂十住之人，志當而功顯，〔三二〕不爲而務成。蓋勇猛伏之名，生於希尚者耳。雖功高天下，豈係其名哉。直以忘宗而稱立，〔三三〕遺稱故名貴，〔三四〕訓三千，敷典誥，〔三五〕羣生瞻之而弗及，鑽之而莫喻，自非奇致超玄，胡可以應乎？聖録所謂勇猛者，誠哉難階也。定意者，謂迹絶仁智，有無兼忘，雖復寂以應感，惠澤倉生，〔三六〕何嘗不通以仁智，〔三七〕照以玄宗。所以寂者，未可得而分也，故其篇云，悉遍諸國亦無所分，而於法身不壞也。〔三八〕謂雖從感若流，身充宇宙，豈有爲之者哉！謂化者以不化爲宗，作者以不作爲主，爲主其自忘焉。像可分哉，若至理之可分，斯非至極也。可分則有虧，斯成則有散。所謂爲法身者，絶成虧，遺合散，靈鑒與玄風齊蹤，員神與太陽俱暢。其明不分，萬類殊觀，法身全濟，非亦宜乎？故曰不分無所壞也。

首楞嚴者，沖風冠乎知喪，洪緒在於忘言，微旨盡於七住，〔三九〕外迹顯乎三權。洞重玄之極奥，耀八特之化筌。〔四〇〕插高木之玄標，建十准以伺能，翫妙旨以調習，既習釋而知玄。遺慈故慈洽，棄照而照弘也。故有陶化育物，紹以經綸，自非領略玄宗，深達奇趣，〔四一〕豈云究之哉！沙門支道林者，道心冥乎上世，神悟發於天然。俊朗明徹，玄映色空，啓于往數，位敍三乘。余時復疇諮，豫聞其一，敢以不敏，係于句末。想望來賢，助刪定焉。安公經録云，中平二年十二月八日支讖所出。〔四二〕其經首略「如是我聞」，唯稱佛在王舍城靈鳥頂山中。

合首楞嚴經記第十〔四三〕胡文同，晉音「勇伏定意」。

支敏度　三經謝敷合注，共四卷。

此經本有記云，支讖所譯出。讖，月支人也。漢桓靈之世來在中國。其博學淵妙，才思測微，凡所出經，類多深玄，貴尚實中，不存文飾。〔四四〕今之小品、阿闍貰、屯真、般舟，悉讖所出也。

又有支越字恭明，亦月支人也。其父亦漢靈帝之世來獻中國。越在漢生，似不及見讖也。又支亮字紀明，資學於讖，故越得受業於亮焉。越才學深徹，內外備通，以季世尚文，時好簡略，故其出經，頗從文麗。然其屬辭析理，文而不越，約而義顯，真可謂深入者也。以漢末沸亂，南度奔吳，從黃武至建興中，所出諸經凡數十卷，〔四五〕自有別傳記録。亦云出此經，今不見復有異本也。然此首楞嚴自有小不同，辭有豐約，文有晉胡，較而尋之，要不足以爲異人別出也。恐是越嫌讖所譯者辭質多胡音，所異者，刪而定之；其所同者，述而不改。二家各有記録耳。此一本於諸本中辭最省便，又少胡音，遍行於世，即越所定者也。

至大晉之初，有沙門支法護，白衣竺叔蘭，並更譯此經，求之於義，互相發明。披尋三部，勞而難兼，欲令學者即得其對，今以越所定者爲母，護所出爲子，蘭所譯者槩之，其所無者輒於其位記而別之。或有文義皆同，或有義同而文有小小增減，不足重書者，亦混以爲同。雖無益於大趣，分部章句，差見可耳。

勇伏定記曰：元康元年四月九日，燉煌菩薩支法護手執胡經，口出首楞嚴三昧，聶承遠筆受。願令四輩攬綜奉宣，〔四六〕觀異同意。

首楞嚴經後記第十一〔四七〕

未詳作者

咸安三年，歲在癸酉，〔四八〕涼州刺史張天錫在州出此首楞嚴經。于時有月支優婆塞支施崙手執胡本。支博綜衆經，於方等三昧特善，其志業大乘學也。出首楞嚴、須賴、上金光首、如幻三昧，時在涼州，州內正聽堂湛露軒下集。〔四九〕時譯者龜兹王世子帛延善晉胡音。〔五〇〕延博解羣籍，內外兼綜。受者常侍西海趙瀟、會水令馬亦、內侍來恭政，〔五一〕此三人皆是俊德，有心道德。時在坐沙門釋慧常、釋進行。涼州自屬辭。辭旨如本，不加文飾，飾近俗，質近道，文質兼唯聖有之耳。

新出首楞嚴經序第十二〔五二〕

釋弘充

首楞嚴三昧者，蓋神通之龍津，聖德之淵府也。妙物希微，非器像所表；幽玄冥湛，豈情言所議。冠九位以虛昇，果萬行而圓就，量種智以窮賢，絕殆庶而靜統。用能靈臺十地，扃鐍法雲，罔象環中，神圖自外。然心雖澄一，應無不周，定必凝泊，在感斯至。故明宗本則三達同寂，論善救則六度彌綸，辯威劾則强魔慴淪，〔五三〕語衆變則百億星繁。至乃徵號龍上，〔五四〕晦跡塵光，像告諸乘，有盡無滅。斯皆參定之冥功，成能之顯事，權濟之樞綱，勇伏之宏要矣。

羅什法師弱齡言道，思通法門。昔紆步關右，譯出此經。自雲布已來，競辰而衍。中興啓運，世道載昌，宣傳之盛，日月彌懋。太宰江夏王該綜羣籍，討論淵敏，每覽茲卷，特深遠情。充以管昧，嘗厠玄肆，預遭先匠，啓訓音軌，參聽儒緯，髣髴文意。以皇宋大明二年，歲次奄茂，於法言精舍略爲注解，庶勉不習之傳，敢慕我聞之義。如必紕謬，以俟君子。

法句經序第十三〔五五〕

未詳作者

曇鉢偈者，衆經之要義。曇之言法，鉢者句也。而法句經別有數部，有九百偈，或七百偈及五百偈。偈者結語，猶詩頌也。是佛見事而作，非一時言，各有本末，布在衆經。佛一切智，厥性大仁，愍傷天下，出興于世，開現道義，所以解人，凡十二部經，總括其要，別有四部阿含。至去世後，阿難所傳，卷無大小，皆稱「聞如是」處佛所，究暢其說。是後五部沙門，各自鈔采經中四句六句之偈，比次其義，條別爲品。於十二部經靡不斟酌，無所適名，故曰法句。

夫諸經爲法言，法句者，猶法言也。近世葛氏傳七百偈，偈義致深，譯人出之，頗使其渾漫。唯佛難值，其文難聞。又諸佛興，皆在天竺，天竺言語與漢異音，云其書爲天書，語爲天語，名物不同，傳實不易。唯昔藍調、安侯世高、都尉、弗調，譯胡爲漢，審得其體，斯以難繼。〔五六〕後之傳者，雖不能密，猶尚貴其實，粗得大趣。始者維祇難出自天竺，以黄武三年來適武昌。僕從受此五百偈本，請其同道竺將炎爲譯。將炎雖善天竺語，未備曉漢，其所傳言，或得胡語，或以義出音，近於質直。僕初嫌其辭不雅，維祇難曰：「佛言『依其義不用飾，取其法不以嚴』。其傳經者，當令易曉，勿失厥義，是則爲善。」座中咸曰：「老氏稱『美言不信，信言不美』；仲尼亦云『書不盡言，言不盡意』。明聖人意深邃無極。今傳胡義，實宜徑達。」〔五七〕是以自竭，受譯人口，因循本旨，不加文飾，譯所不解，則闕不傳。故有脱失，多不出者。然此雖辭朴而旨深，文約而義博，事均衆經，章有本故，句有義説。其在天竺，始進業者，不學法句，謂之越敍。此乃始進者之鴻漸，深入者之奥藏也。可以啓蒙辨惑，誘人自立，學之功微，而所苞者廣，實可謂妙要者哉！昔傳此時有所不出，會將炎來，更從諮問，受此偈等，重得十三品，并校往故，有所增定，第其品目，合爲一部三十九篇，大凡偈七百五十二章。庶有補益，共廣聞焉。

阿維越致遮經記第十四〔五八〕晉言不退轉法輪經，四卷。〔五九〕

出經後記

太康五年十月十四日，菩薩沙門法護於燉煌從龜茲副使羌子侯得此梵書不退轉法輪經，口敷晉言，授沙門法乘使流布，一切咸悉聞知。

魔逆經記第十五〔六〇〕

出經後記

太康十年十二月二日，月支菩薩法護手執梵書，口宣晉言，聶道真筆受，於洛陽城西白馬寺中始出。折顯元寫，〔六一〕使功德流布，一切蒙福度脱。

慧印三昧及濟方等學二經序讚第十六〔六二〕

王僧孺撰

夫六畫相因，〔六三〕懸日月而無改；二字一吐，更天地而靡渝。雖書不盡言，言非書不闡；言不盡意，意非言不稱。是以諦聽善思，承茲利喜，俯首屈足，恭此受持。若讀若誦，已説今說，一音一偈，莫匪舟梁，一讚一稱，動成輪軌。況夫五力方圓，四攝無怠，開方便門，示真實相，流方等之妙説，得菩提之至因。沐此寶池，照茲法炬，香雲靡靡，慧露傍流，出伽耶之妙城，發娑羅之寶樹。建安殿下含章基性，育德成體，憓聲溢於秋水，美義光於冬日。〔六四〕事高祖丘免圃，名出前意後蒼。損己利人，忘我濟物，傍通兼善，無礙無私。若空谷之必應，如洪鍾之虛受，匡法弘道，以善爲樂。重以植顯因於永劫，襲妙果於茲生。託意紹隆，用心依止，妙達空有，深辨權實。而玉體不安，有虧涼暑，行仁莫顯，楚君日見其瘳；施德靡言，漢相方饗其樂。桂葉龜腦，固風寒之易銷，荔葩鸞骨，更騰飛之可孱。況復慧身方漸，善根宿樹，無勞湔腸滌胃，不待望色察聲。

有廣州南海郡民何規，以歲次協洽，月旅黃鍾，天監之十四年十月二十三日，采藥於豫章胡翼山，幸非放子逐臣，乃類尋仙招隱。登峯十所里，屑若有來。將循曲陌，先限清澗，或如止水，乍有潔流，方從揭厲，且就褰攬。未濟之間，忽不自覺，見澗之西隅有一長者，語規勿渡，規於時卽留。其人面色正青，徒跣捨屨，年可八九十。面已皺斂，鬚長五六寸，髭半於鬚。耳過於眉，眉皆下被，眉之長毛長二三寸，隨風相靡。脣色甚赤，語響而清。手爪正黃，指毛亦長二三寸。著赭布帔，下有赭布泥洹僧。手捉書一卷，遙投與規。規卽捧持，望禮三拜。語規：「可以此經與建安王。」兼言王之姓字。「此經若至，宜作三七日宿齋。若不曉齋法，可問下林寺副公。」副法師者，戒行精苦，恬惔無爲，遺嗜欲，等豪賤，蔬藿自充，禪寂無怠。此長者言畢便去。行十餘步間，忽不復覩。

規開卷敬視，名爲慧印三昧經。經旨以至極法身無相爲體，理出百非，義踰名相，寂同法相，妙等真如。言其慧冥此理，有若恒印，心照凝寂，故以三昧爲名。後又有濟諸方等學經，此下又題云：「天竺薩和韓日僧迦與海虎王。」經旨以流通至教，軌法有體，所以誡示大士化物方法，言若濟諸蒼氓，〔六五〕宜弘方等之教。方等者，大乘之通名，究竟之弘旨。其軸題云：「燉煌菩薩沙門支法護所出，竺法首筆受，共爲一卷，寫以流通。」軸用淳漆，書甚緊潔，點製可觀。究尋義趣，或微或顯，稱在羅閱山著陀鄰尼行，無來無去，非住非止。斯蓋鷲嶽鶴林之別記，寶殿孤園之後述，不殊玉檢，靡異寶函，理出希微，辭深鉤致，是唯正説，曾匪異端。雖王遵之得四十二章，安清之出百六十品，無以或異。

大王沐浴持奉，擎跪鑽習，多寫廣述，闡揚玄旨。孰匪醫王，即斯藥樹，不待眼瞬，〔六六〕無勞苦口，捨茲六術，屏此十巫。昔或授編書於圯上，受揣術於谷裏，乍有寓言，且或假夢，未有因應炳發，若此其至焉。受命下才，式旌上道，敢因淬賤，率此顓蒙。其辭曰：

雷音震響，録簡青編。匪言曷教，非迹靡傳。是資妙象，實寄幽筌。照之慧燭，濟以寶船。懇哉至矣，在應斯圓。覆其靉靆，浸此熙漣。救焚援溺，去蓋銷纏。灼灼應韓，英英河楚。松孤桂鬱，鸞栖鵬舉。照野光朝，潤山枯渚。濫源茲永，覆簣已多。鬱爲蕃幹，擢此天柯。寄誠梵表，託好禪阿。〔六七〕接足能仁，心直妙覺。用遺滯染，是袪塵濁。

靡向非真，何背非俗。一忘受想，將捐味觸。無德不訓，有感必召。吐彼神訣，〔六八〕示我玄要。既躅既已，留華及少。等以北恒，均之東耀。

祐少尋經律，竊閱諸部之奧，但一切變易，萬事遷訛，所以古今同異，觸類皆有，故魚謬爲魯，陶誤成陰。案晉末已來，關中諸賢經録云，慧印三昧經，支謙所出。濟方等大乘學經，法護所出。聖法印經後記云：「晉元康四年，菩薩沙門支法護於酒泉出此經，弟子竺法首筆受。」而何規所得經本，二經同卷，題方等於法護，亂三昧於支謙，實由編寫成然，非爲誣濫。而一往觀覽，容生疑惑，聊記所憶，存之末塵，故出別記。

聖法印經記第十七〔六九〕天竺名阿遮曇摩文圖。　出經後記

元康四年十二月二十五日，月支菩薩沙門法護，〔七〇〕於酒泉演出此經，弟子竺法首筆受。令此深法普流十方，大乘常住。〔七一〕

文殊師利淨律經記第十八〔七二〕　出經後記

經後記云：沙門竺法護於京師，遇西國寂志誦出此經。經後尚有數品，其人忘失，輒宜現者，轉之爲晉。更得其本，補令具足。太康十年四月八日，白馬寺中，聶道真對筆受，勸

助劉元謀、傅公信、侯彦長等。

王子法益壞目因緣經序第十九〔七三〕

竺佛念造

原夫善惡之運契，猶形影之相顧，〔七四〕受對明驗，〔七五〕凡三差焉，現世、中世、後世。播九色之深恩，以悦天妃之耳目；孤禽投王而全命，形受五刖之切酷。斯現報也。羣徒潛淪於幽壑，神陟淪漂而不改；身酸歷世之殃疊，不曉王子之喪目。斯中報也。阿蘭從禍於無想，〔七六〕嬰佩永惑於始終；終爲著翅之暴狸，〔七七〕飛沉受困而難計。斯後報也。故聖人降靈，必有所由，非務不豫，〔七八〕清白明矣。

玄鑒三世弱喪之流，深記來世壞形之累，趣使引入百練之室。〔七九〕自如來逝後，阿育登位，綱維閻浮，光被六合，〔八〇〕圖形神寺，八萬四千，羅漢御世，汎濟億數，國主師宗，玄化滂沛，萬民仰戴而不已，神祇欽賴而愈深。然王子法益，宿植洪業，生在王宫，容貌殊特，復受此對，〔八一〕靡知緣起。

會秦尚書令、輔國將軍、宗正卿、領城門校尉使者、司隸校尉姚旻者，南安郡人也。親姚韶之次兄，字景嶷，文爲儒表，則列勳於千載；武爲邈羣，則皎然而獨標。亢音通冥，〔八二〕則辯機而曠遠，執素縱情，則翺翔而無倫。德也純懿，範也難模，赫逸翰於羣才，震龍威於昆鋒。然愍永惑之叵救，傷愚黨之不寤，欲紹先勝之遺迹，竪玄宗於末俗。故請天竺沙門曇摩難提出斯緣本。秦建初六年，歲在辛卯，於安定城，二月十八日出，〔八三〕至二十五日乃訖。胡本三百四十三首盧也，傳爲漢文一萬八百八十言。〔八四〕佛念譯音，情義實難。或離文而就義，或正滯而傍通，或取解於誦人，或事略而曲備。冀將來之學士，令鑒罪福之不朽。設有毫氂潤色者，盡銘之於萌兆。故序之焉。

合微密持經記第二十〔八五〕

支恭明作〔八六〕

合微密持陀鄰尼總持三本：上本是陀鄰尼，下子是總持、微密持也。〔八七〕佛說無量門微密持經。佛說阿難陀目佉尼阿離陀鄰尼經。佛說總持經，一名成道降魔得一切智。二本後皆有此名，並不別出耳。

又別刻西臺曇斐記云：〔八八〕

此經凡有四本，三本並各二名，一本三名，備如後列。其中文句參差，或胡或漢音殊，或隨義制語，各有左右，依義順文，皆可符同。所爲異處，後列得法利、三乘階級人數，及動地、雨華、諸天妓樂供養，多不悉備，意所未詳。

一本一名無量門微密之持，〔八九〕二名成道降魔得一切智。此一本名行於世，爲常舊本。

一本一名阿難陀目佉尼呵離陀羅尼，〔九〇〕二名疾使人民得一切智。

一本一名無端底門總持之行，〔九一〕二名菩薩降却諸魔堅固於一切智。

一本一名出生無量門持，〔九二〕二名一生補處道行，三名成道降魔得一切智。此本備明法利及動地妓樂事。

四本皆各標前一名於經首，第二第三名不以題經也。後舍利弗請名，佛説名，皆備如前列。

校勘記

〔一〕合放光光讚略解序第四　「序」字各本均脱，據後文標目補。

〔二〕首楞嚴三昧經注序第九　「注」字宋本、磧砂本、元本、明本作「法」，從麗本及後文標目改。

〔三〕合微密持經記第二十　「經記」二字各本作「陀隣尼總持三本」，據後文標目改。

〔四〕道行經序第一　長房録八載釋道安撰道行集異注一卷，此即其序。注佚，序亦見大正藏第八卷二二四號道行般若經卷首。

〔五〕地含日照　「含」字宋本、磧砂本、元本、明本作「合」，兹從麗本。

〔六〕莫不契其無生而惶眩　「惶」字宋本、磧砂本、元本、明本作「煌」，兹從麗本及卷首序。此句全晉文一五八作「莫不矉其生無而惶眩」。

〔七〕千行萬定　宋本、磧砂本、元本、明本作「定」，麗本作「宜」，疑當作「名」，與下「全名」相應。

〔八〕全名諸法參相成者　「全」字麗本作「令」，兹從宋本、磧砂本、元本、明本。

〔九〕退述權便以爲談首　「退」字各本作「追」，從全晉文一五八改。

〔一〇〕宏喆者望其遠標而絶目　「目」字麗本作「息」，兹從宋本、磧砂本、元本、明本。

〔一一〕爲辭則喪其卒成之致　「卒」字麗本作「平」，兹從宋本、磧砂本、元本、明本。

〔一二〕合成章指　「指」字宋本、磧砂本、元本、明本作「投」，兹從麗本。

〔一三〕論空特巧　「特」字宋本、磧砂本、元本、明本作「持」，兹從麗本。

〔一四〕道行經後記第二　法經録六著録道行經後記一卷，無撰人名。經存，見大正藏第八卷二二四號後漢支婁迦讖譯道行般若經十卷，不載此後記。

〔一五〕時傳言譯者月支菩薩支讖　「讖」字宋本、磧砂本、元本、明本作「謙」，兹從麗本。

〔一六〕放光經記第三　法經録六著録放光經記一卷，無撰人名。經存，見大正藏第八卷二二一號西晉無羅叉譯放光般若經二十卷，不載此後記。

〔一七〕于闐沙門無羅叉　「無羅叉」各本均作「無叉羅」，按梁傳四朱士行傳及卷三譯經論，又長房録六、智昇録二均作「無羅叉」，此處當是傳寫之誤，兹乙正。下同。

〔一八〕合放光光讚略解序第四　法經録六著録釋道安撰光讚般若略解二卷，長房録八作光讚抄解一卷，此即其序。書佚。

〔一九〕於天竺辭及騰每大簡焉　按「及騰」疑爲「反騰」之訛，即道安所倡「五失本」之第五「反騰前辭」也。

〔二〇〕事事周密耳　宋本、磧砂本、元本、明本衹一「事」字，從麗本補。

〔二一〕以如爲首　宋本、磧砂本、元本、明本作「首」，麗本作「始」。

〔二二〕須真天子經記第五　法經録六著録須真天子經記一卷，無撰人名。大正藏第十五卷五八八號有西晉竺法護譯須真天子經四卷，不載此後記。

〔二三〕普曜經記第六　法經録六著録普曜經記一卷，無撰人名。大正藏第三卷一八六號有西晉竺法護譯普曜經八卷，不載此後記。

〔二四〕本齊菩薩沙門法護在天水寺手執胡本　宋本、磧砂本、元本、明本作「本齊」，麗本作「本齋」，二字不可解，疑爲「天竺」二字之訛。

〔二五〕賢劫經記第七　法經録六著録賢劫經記一卷，無撰人名。大正藏第十四卷四二五號有西晉竺法護譯賢劫經八卷，卷末載此後記。

〔二六〕稽首道化　「首」字各本作「受」，據卷末後記改。

〔二七〕般舟三昧經記第八　法經録六著録般舟三昧經記一卷，無撰人名。長房録四載後漢支婁迦讖譯般舟三昧經二卷，又載後漢竺佛朔譯般舟三昧經二卷，據本經記，實即一經。經存，見大正藏第十三卷四一八號，卷末不載此記。

〔二八〕天竺菩薩竺朔佛於洛陽出　「竺朔佛」宋本、磧砂本、元本、明本作「竺佛朔」，與本書卷二作「竺朔佛」者稱謂不一致，當係後人誤改，玆從麗本。

〔二九〕菩薩法護　全後漢文一〇六按語：「案菩薩法護當有誤，晉初有竺法護，非即此。」按此四字前後無著，或係後人傳寫闌入，當删。

〔三〇〕建安三年歲在戊子　按戊子爲建安十三年，則「三」字上當脱「十」字。

〔三一〕首楞嚴三昧經注序第九　法經録六著録首楞嚴經注序一卷，無撰人名，當即此序。注佚。

〔三二〕志當而功顯　「志」字各本作「忘」，從全晉文一六七改。
〔三三〕直以忘宗而稱立　「忘」字下宋本、磧砂本、元本、明本有「業」字，從麗本删。
〔三四〕遺稱故名貴　「貴」字宋本、磧砂本、元本、明本作「遺」，兹從麗本。
〔三五〕敷典誥　「敷」字麗本作「數」，兹從宋本、磧砂本、元本、明本。
〔三六〕惠澤蒼生　「澤」字下宋本、磧砂本、元本、明本有「者」字，從麗本删。
〔三七〕何嘗不通以仁智　「通」字下宋本、磧砂本、元本、明本有「惠」字，從麗本删。
〔三八〕而於法身不壞也　「而」字宋本、磧砂本、元本、明本脱，從麗本補。
〔三九〕微旨盡於七住　「住」字麗本作「位」，兹從宋本、磧砂本、元本、明本。
〔四〇〕耀八特之化筌　「筌」字麗本作「谷」，兹從宋本、磧砂本、元本、明本。
〔四一〕深達奇趣　「達」字麗本作「致」，兹從宋本、磧砂本、元本、明本。
〔四二〕中平二年十二月八日支讖所出　「日」字下宋本、磧砂本、元本、明本有「於」字，從麗本删。
〔四三〕合首楞嚴經記第十　法經録六著録支敏度撰合首楞嚴三昧經記一卷。長房録六載支敏度撰合首楞嚴經五本八卷，此卽其序。書佚。
〔四四〕不存文飾　「存」字宋本、磧砂本、元本、明本作「在」，兹從麗本。
〔四五〕所出諸經凡數十卷　「卷」字宋本、磧砂本、元本、明本作「本」，兹從麗本。
〔四六〕願今四輩攬綜奉宣　「攬」字宋本、磧砂本、元本、明本作「覽」，兹從麗本。
〔四七〕首楞嚴經後記第十一　「經」字各本脱，據本卷首標目補。智昇録四載前凉支施崙譯首楞嚴經二卷，此卽其後記。經佚。
〔四八〕咸安三年歲在癸酉　「咸安」各本作「咸和」，按咸和三年爲戊子歲（公元三二八年），時尚無前凉，則其號有誤。智昇録四引首楞嚴經後記作咸安三年癸酉（公元三七三年），據改。

〔四九〕時在涼州州内正聽堂湛露軒下集　智昇録四作「於涼州州内正廳堂後湛露軒下」。

〔五〇〕時譯者龜茲王世子帛延善晉胡音　「龜茲王世子」麗本作「歸茲王世子」，磧砂本作「龜茲王子世」，茲從宋本、元本、明本及智昇録四。龜茲亦譯歸茲。

〔五一〕受者常侍西海趙瀟會水令馬亦内侍來恭政　「馬亦」麗本作「馬奕」，茲從宋本、磧砂本、元本、明本及智昇録四。

〔五二〕新出首楞嚴經序第十二　道宣録十著録南齊釋弘充撰首楞嚴經注，此即其序。書佚。

〔五三〕辯威劾則强魔慴淪　「淪」字麗本作「縛」，茲從宋本、磧砂本、元本、明本。

〔五四〕至乃徵號龍上　「徵」字麗本作「微」，茲從宋本、磧砂本、元本、明本。

〔五五〕法句經序第十三　法經録六著録法句經序一卷，無撰人名。長房録五載吳維祇難譯法句經二卷，又載吳支謙譯法句經二卷。自本序觀之，二譯當已合之爲一，凡三十九品，即今大正藏第四卷二一〇號所收之維祇難等譯法句經二卷，卷首載此序，序當爲支謙所撰。

〔五六〕唯昔藍調安侯世高都尉弗調譯胡爲漢審得其體斯以難繼　按高僧傳一支婁迦讖傳云：「世稱安侯（安世高）、都尉（安玄）、佛調（嚴佛調）三人，傳譯號爲難繼。」則應爲安世高等三人。此處「藍調」二字，不知何指，當是傳寫有誤。

〔五七〕實宜徑達　「徑」字各本作「經」，據全三國文七五改。

〔五八〕阿維越致遮經記第十四　法經録六著録阿惟越致遮記一卷。長房録六載西晉竺法護譯阿惟越致經四卷，此即其後記。經存，見大正藏第九卷二六六號，作阿惟越致遮經三卷，卷末不載此記。

〔五九〕晉言不退轉法輪經　「經」字宋本、磧砂本、元本、明本脱，從麗本補。

〔六〇〕魔逆經記第十五　法經録六著録魔逆經記一卷，無撰人名。長房録五載西晉竺法護譯魔逆經一卷，此卽其後記。經存，見大正藏第十五卷五八九號，卷末不載此記。

〔六一〕折顯元寫　「折」字宋本、磧砂本、元本、明本作「析」，兹從麗本。

〔六二〕慧印三昧及濟方等學二經序讚第十六　長房録五載吳支謙譯慧印三昧經一卷，又卷六載竺法護譯濟諸方等學經一卷，二經均存，見大正藏第十五卷六三二號及第九卷二七四號。

〔六三〕夫六畫相因　「畫」字宋本、磧砂本、元本、明本作「書」，兹從麗本改。

〔六四〕美義光於冬日　「美義」麗本、宋本作「義美」，兹從磧砂本、元本、明本。

〔六五〕言若濟諸蒼氓　「氓」字麗本作「民」，兹從宋本、磧砂本、元本、明本。

〔六六〕不待眼瞬　「眼」字麗本、宋本、磧砂本、元本作「眠」，兹從明本。

〔六七〕託好禪阿　「阿」字磧砂本、元本、明本作「河」，兹從麗本、宋本。

〔六八〕吐彼神訣　「訣」字麗本、宋本、磧砂本、元本作「決」，兹從明本。

〔六九〕聖法印經記第十七　法經録六著録聖法印記一卷，無撰人名。長房録六載西晉竺法護譯聖法印經一卷。經存，見大正藏第二卷一〇三號，卷末載此記。

〔七〇〕月支菩薩沙門法護　麗本「法」字上有「曇」字，卷末後記與之同。

〔七一〕大乘常住　各本作「常住」，卷末後記作「常光」。

〔七二〕文殊師利淨律經記第十八　長房録六載西晉竺法護譯文殊師利淨律經一卷。經存，見大正藏第十四卷四六〇號。卷末不載此記。

〔七三〕王子法益壞目因緣經序第十九　「經」字宋本、磧砂本、元本、明本脱，據麗本及本卷首標目補。長房録八載苻秦曇摩難提譯王子法益壞目因緣經一卷，此卽其序。經存，見大正藏第五十卷二〇四五號，作阿育王息壞目因緣經，卷首載此序。
〔七四〕猶形影之相顧　各本作「顧」，卷首序作「須」。
〔七五〕受對明驗　各本作「明」，卷首序作「朗」。
〔七六〕阿蘭從禍於無想　「從」字卷首序作「縱」。「想」字麗本作「相」，兹從宋本、磧砂本、元本、明本及卷首序。
〔七七〕終爲著翅之暴狸　「終」字各本脱，據卷首序補。
〔七八〕非務不豫　「豫」字宋本、磧砂本、元本、明本作「務」，兹從麗本及卷首序。
〔七九〕趣使引入百練之室　「使」字各本脱，據卷首序補。
〔八〇〕光被六合　各本作「六合」，卷首序作「流洽」。
〔八一〕復受此對　「此」字麗本作「斯」，兹從宋本、磧砂本、元本、明本。卷首序此句作「後復受對」。
〔八二〕亢音通冥　各本作「凡音通實」，據卷首序改。
〔八三〕二月十八日出　「二」字宋本、磧砂本、元本、明本作「三」，兹從麗本、長房録八、智昇録四及卷首序。
〔八四〕傳爲漢文一萬八百八十言　「八百八十」四字各本作「八千」，從卷首序改。
〔八五〕合微密持經記第二十　法經録著録合微密持經記一卷，無撰人名。按此爲同一經三種異譯合勘之本，各家目録均不□，早佚。
〔八六〕支恭明作　按支恭明即支謙，三國吴人，無量門微密持經即其所譯。合經中有東晉佛陀跋陀羅譯之出生無量門持經及劉宋求那跋陀羅譯之阿難陀目佉尼呵離陀羅尼經，皆在支恭明之後，則題支恭明，顯係後人所妄加，應題未詳作者。

〔八七〕下子是總持微密持也　宋本、磧砂本、元本、明本「總持」下重「總持」二字，從麗本删。

〔八八〕又別剡西臺曇斐記云　曇斐，梁會稽人，住剡法華臺寺，辭辯高華，見重當世，梁傳卷八有傳，與僧祐同時。此段爲僧祐附入之文。

〔八九〕一本一名無量門微密之持　智昇録二著録吳支謙譯無量門微密持經一卷。經存，見大正藏第十九卷一〇一一號。

〔九〇〕一本一名阿難陀目佉尼呵離陀羅尼　智昇録五著録劉宋求那跋陀羅譯阿難陀目佉尼呵離陀經一卷。經存，見大正藏第十九卷一〇一三號。

〔九一〕一本一名無端底門總持之行　智昇録二著録吳代失譯無端底持經一卷，注云：舊録作無端底總持經。已佚。

〔九二〕一本一名出生無量門持　智昇録三著録東晉佛陀跋陀羅譯出生無量門持經一卷。經存，見大正藏第十九卷一〇一二號。

出三藏記集卷第八

梁釋僧祐撰

摩訶鉢羅若波羅蜜經抄序第一〔五〕

道安法師

昔在漢陰十有五載，講放光經歲常再遍。及至京師，漸四年矣，亦恒歲二，未敢墮息。然每至滯句，首尾隱没，釋卷深思，恨不見護公、叉羅等。會建元十八年，正車師前部王名彌第來朝，其國師字鳩摩羅跋提，獻胡大品一部，四百二牒，言二十千首盧。〔六〕首盧三十二字，胡人數經法也。〔七〕即審數之，凡十七千二百六十首盧，殘二十七字，都並五十五萬二千四百七十五字。天竺沙門曇摩蜱執本，佛護爲譯，對而檢之，慧進筆受。與放光、光讚同者，無所更出也。其二經譯人所漏者，隨其失處，稱而正焉。其義異不知孰是者，輒併而兩存之，往往爲訓其下，凡四卷。其一紙二紙異者，出別爲一卷，合五卷也。

譯胡爲秦，有五失本也：一者胡語盡倒，而使從秦，一失本也。二者胡經尚質，秦人好文，傳可衆心，非文不合，斯二失本也。三者胡經委悉，至於歎詠，叮嚀反覆，或三或四，不嫌其煩。而今裁斥，三失本也。四者胡有義説，正似亂辭，尋説向語，文無以異。或千五百，刈而不存，〔八〕四失本也。五者事已全成，將更傍及，反騰前辭，已乃後説。而悉除此，五失本也。然般若經三達之心，覆面所演，聖必因時，時俗有易，〔九〕而删雅古以適今時，一不易也。愚智天隔，聖人叵階，乃欲以千歲之上微言，傳使合百王之下末俗，二不易也。阿難出經，去佛未久，尊者大迦葉令五百六通迭察迭書。今離千年，而以近意量裁。彼阿羅漢乃兢兢若此，此生死人而平平若此，豈將不知法者勇乎？斯三不易也。涉兹五失，經三不易，譯胡爲秦，詎可不愼乎！正當以不聞異言，傳令知會通耳，何復嫌大匠之得失乎？是乃未所敢知也。

前人出經，支讖、世高，審得胡本難繫者也。叉羅、支越，斲鑿之巧者也。巧則巧矣，懼竅成而混沌終矣。若夫以詩爲煩重，以尚書爲質朴，而删令合今，則馬、鄭所深恨者也。近出此撮，欲使不雜，推經言旨，唯懼失實也。其有方言古辭，自爲解其下也。於常首尾相違句不通者，則冥如合符，厭如復折，〔一〇〕乃見前人之深謬，欣通外域之嘉會也。於九十章蕩然無措疑處，毫芒之間，泯然無微疹。已矣乎！

南摸一切佛，〔一一〕過去、未來、現在佛，如諸法明。天竺禮般若辭也。明，智也。外國禮有四種：一罽耶，二波羅南，三婆南，四南摸。南摸，屈體也，跪也。此四拜，拜佛、外道、國主、父母通拜耳。禮父母云南無薩迦，薩迦，供養也。

摩訶大也。鉢羅若智也。波羅度也。密無極。經抄天竺經無前題，前題皆云吉法。吉法竟是也。道安爲此首目題也。

大品經序第二〔一二〕

長安釋僧叡

摩訶般若波羅蜜者，出八地之由路，登十階之龍津也。夫淵府不足以盡其深美，故寄大以目之。水鏡未可以喻其澄朗，故假慧以稱之。造盡不足以得其涯極，故借度以明之。然則功託有無，〔一三〕度名所以立；照本靜末，慧日以之生；〔一四〕曠兼無外，大稱由以起。斯三名者，雖義涉有流，而詣得非心；跡寄有用，而功實非待。非心故以不住爲宗，非待故以無照爲本。本以無照，則凝知於化始；宗以非心，則忘功於行地。故啓章玄門，以不住爲始；

妙歸三慧，以無得爲終。〔一五〕假號照其真，應行顯其明，無生沖其用，功德旌其深。大明要終以驗始，漚和卽始以悟終。蕩蕩焉，真可謂大業者之通塗，畢佛乘者之要軌也。

夫寶重故防深，功高故校廣。囑累之所以慇懃，功德之所以屢增，良有以也。而經來茲土，乃以秦言譯之，典謨乖於殊制，名實喪於不謹。致使求之彌至，而失之彌遠；頓轡重關，而窮路轉廣。不遇淵匠，殆將墜矣。亡師安和尚鑿荒塗以開轍，標玄指於性空，落乖蹤而直達，殆不以謬文爲閡也。亹亹之功，思過其半，邁之遠矣。

鳩摩羅什法師慧心夙悟，超拔特詣，天魔干而不能迴，淵識難而不能屈。扇龍樹之遺風，震慧響於此世。秦王感其來儀，時運開其凝滯。以弘始三年，歲次星紀，冬十二月二十日至長安。秦王扣其虛關，匠伯陶其淵致。虛關既開，〔一六〕乃正此文言；淵致既宣，而出其釋論。渭濱流祇洹之化，西明啓如來之心，逍遥集德義之僧，京城溢道詠之音。末法中興，將始於此乎。

予既知命，遇此真化，敢竭微誠，屬當譯任。執筆之際。三惟亡師「五失」及「三不易」之誨，則憂懼交懷，惕焉若厲。雖復履薄臨深，未足喻也。幸冀宗匠通鑒，文雖左右，而旨不違中，遂謹受案譯，敢當此任。以弘始五年，歲在癸卯，四月二十三日，於京城之北逍遥園中出此經。法師手執胡本，口宣秦言，兩釋異音，交辯文旨。秦王躬覽舊經，驗其得失，諮其通途，坦其宗致。與諸宿舊義業沙門釋慧恭、僧䂮、僧遷、寶度、慧精、法欽、道流、僧叡、道恢、道標、道恒、道悰等五百餘人，詳其義旨，審其文中，然後書之。以其年十二月十五日出盡。校正檢括，明年四月二十三日乃訖。文雖粗定，以釋論檢之，猶多不盡。是以隨出其論，隨而正之。釋論既訖，爾乃文定。定之未已，已有寫而傳者；又有以意增損，私以般若波羅蜜爲題者。致使文言舛錯，前後不同。良由後生虚己懷薄，信我情篤故也。胡本唯序品、阿鞞跋致品、魔事品有名，餘者直第其品數而已。〔一七〕法師以名非佛制，唯存序品，略其二目。其事數之名與舊不同者，皆是法師以義正之者也。如「陰入持」等，名與義乖，故隨義改之。「陰」爲「衆」，「入」爲「處」，「持」爲「性」，「解脱」爲「背捨」，「除入」爲「勝處」，「意止」爲「念處」，「意斷」爲「正勤」，「覺意」爲「菩提」，「直行」爲「聖道」。諸如此比，改之甚衆。胡音失者，正之以天竺；秦言謬者，定之以字義。不可變者，即而書之。是以異名斌然，胡音殆半。斯實匠者之公謹，筆受之重慎也。幸冀遵實崇本之賢，推而體之，不以文樸見咎，煩異見情也。〔一八〕

注解大品序第三〔一九〕

梁皇帝

機事未形，六畫得其悔吝；玄象既運，九章測其盈虚。斯則鬼神不能隱其情狀，陰陽不能遁其變通。至如摩訶般若波羅蜜者，洞達無底，虛豁無邊，心行處滅，言語道斷。不可以數術求，不可以意識知。非三明所能照，非四辯所能論。此乃菩薩之正行，道場之直路，還源之真法，出要之上首。本來不然，畢竟空寂。寄大不能顯其博，名慧不能庶其用，假度不能機其通，借岸不能窮其實。若談一相，事絕百非，補處默然，等覺息行。始迺可謂無德而稱，以無名相作名相說。導涉求之意，開新發之眼，故有般若之字，彼岸之號。

頃者學徒罕有尊重，或時聞聽不得經味。帝釋誠言，信而有徵。此實賢衆之百慮，菩薩之魔事。故唱愈高和愈寡，知愈希道愈貴，致使正經沉匱於世。實由虛己情少，懷疑者多。虛己少則是我之見深，懷疑多則橫構之慮繁。然則雖繁慮紛紜，不出四種：一謂此經非是究竟，多引涅槃以爲碩訣；二謂此經未是會三，咸誦法華以爲盛難；三謂此經三乘通教，所說般若卽聲聞法；四謂此經是階級行，於漸教中第二時說。舊義如斯，迺無是非。較略四意，粗言所懷。涅槃是顯其果德，般若是明其因行。顯果則以常住佛性爲本，明因則以無生中道爲宗。以世諦言說，是涅槃是般若；以第一義諦言說，豈可復得談其優劣。法華會三以歸一，則三遣而一存，一存未免乎相，故以萬善爲乘體。般若卽三而不三，則三遣而一亡，然無法之可得，故以無生爲乘體。無生絕於戲論，竟何三之可會？所謂百花異色，共成一陰；萬法殊相，同入般若。言三乘通教，多執二文，今復開五意，以增所疑：一、聲聞若智若斷，皆是菩薩無生法忍；二、三乘學道，宜聞般若；三、三乘同學般若，俱成菩提；四、三乘欲住欲證，不離是忍；五、羅漢、辟支，從般若生。於此五義，不善分別，堅著三乘，教同一門。遂令朱紫共色，珉玉等價。若明察此說，深求經旨，連環既解，弄丸自息。謂第二時，是亦不然。人心不同，皆如其面，根性差別，復過於此，非可局以一教，限以五時。般若無生，非去來相，豈可以數量拘，〔二〇〕寧可以次第求？始於道樹，終於雙林，初中後時，常說智慧，復何可得名爲漸教？釋論言：「須菩提聞法華經中說，於佛所作少功德，乃至戲笑，漸漸必當作佛。又聞阿鞞跋致品中有退不退，又復聞聲聞人皆當作佛，是故今問爲畢定爲不畢定？」以此而言，去之彌遠。

夫學出離，非求語言，應定觀道，以正宗致。三乘不分，依何義說？相與無相，有如水火，二性相違，豈得共貫？雖一切聖人以無爲法，三乘入空，其行各異。聲聞以壞緣觀觀生滅空，緣覺以因緣觀觀法性空，菩薩以無生觀觀畢竟空。此則淄澠殊味，涇渭分流，非可以口勝，非可以力爭。欲及弱喪，去斯何適？值大寶而不取，遇深經而不求，亦何異窮子反走於宅中，獨姥掩目於道上。此迺惑行之常性，迷途之恒心。但好龍而觀畫，愛象而翫迹，荆山可爲流慟，法水所以大悲。經譬兔馬，論喻鹿犀，俱以一象配成三獸，用渡河以測境，因圍箭以驗智，格得空之淺深，量相心之厚薄。懸鏡在前，無待耳識，離婁既睇，豈勞相者？

若無不思議之理，豈有不思議之事。放瑞光於三千，集奇蓮於十方，變金色於大地，嚴華臺於虛空。表舌相之不虛，證般若之真實。所以龍樹、道安、童壽、慧遠，或以大權應世，〔二〕或以殆庶救時，莫不服膺上法，如說修行。況於細人，可離斯哉！

此經東漸，二百五十有八歲，始於魏甘露五年，至自于闐。叔蘭開源，彌天導江，鳩摩羅什澍以甘泉。三譯五校，可謂詳矣。龍樹菩薩著大智論訓解斯經，義旨周備。此實如意之寶藏，智慧之滄海，但其文遠曠，每怯近情。朕以聽覽餘日，集名僧二十人，與天保寺去寵等詳其去取；靈根寺慧令等兼以筆功，〔三〕探採釋論，以注經本，略其多解，取其要釋。此外或捃關河舊義，或依先達故語，時復間出，以相顯發。若章門未開，義勢深重，則參懷同事，廣其所見，使質而不簡，文而不繁，庶令學者有過半之思。

講般若經者多說五時，一往聽受，似有條理，重更研求，多不相符。唯仁王般若具書名部，世既以爲疑經，今則置而不論。僧叡小品序云：「斯經正文凡有四種，是佛異時適化之說，多者十萬偈，少者六百偈。」略出四種而不列名。釋論言般若部黨有多有少；光讚、放光、道行止舉三名，復不滿四。此土別有一卷，謂爲金剛般若，欲以配數，可得爲五。既不具得經名，復不悉時之前後，若以臆斷，易致譏嫌。此非義要，請俟多聞。

今注大品，自有五段，非彼所言五時般若。勸說以不住標其始，命說以無教通其道，顧說以無得顯其行，信說以甚深歎其法，廣說以不盡要其終。中品所以累教，末章所以三屬，義備後釋，不復詳言。設迺時曠正教，處無法名，猶且苦辛草澤，經歷嶮遠，翹心遏聽，澍意希夷，冀遲玄應，想像空聲。輕生以重半偈，賣身以尊一言，甘渫血而不疑，〔二三〕欣出髓而無悋。況復龍宮神珠，寶臺金鍱，〔二四〕難得之貨，難聞之法，遍布塔寺，充牣目前。豈可不伏心受持，虛懷鑽仰？使佛種相續，菩提不斷，知恩反復，更無他道。方以雪山，匹以香城，寧得同日語其優劣？率書所得，懼增來過，明達後進，幸依法行！

小品經序第四〔二五〕

釋僧叡作

般若波羅蜜經者，窮理盡性之格言，菩薩成佛之弘軌也。軌不弘則不足以冥羣異，一指歸；〔二六〕性不盡則物何以登道場，成正覺。正覺之所以成，羣異之所以一，何莫由斯道也！是以累教慇懃，三撫以之頻發；功德疊校，九增以之屢至。如問相標玄而玄其玄，幻品忘寄而忘其忘，道行坦其津，難問窮其源，隨喜忘趣以要終，照明不化以卽玄。章雖三十，貫之者道；言雖十萬，佩之者行。〔二七〕行凝然後無生，道足然後補處，及此而變一切智也。法華鏡本以凝照，般若冥末以解懸。解懸理趣，菩薩道也；凝照鏡本，告其終也。終而不泯，則歸途扶疎，有三實之跡；權應不夷，則亂緒紛綸，有惑趣之異。是以法華、般若，相待以期終，方便實化，冥一以俟盡。〔二八〕論其窮理盡性，夷明萬行，則實不如照；取其大明真化，解本無三，則照不如實。是故歎深則般若之功重，美實則法華之用微。此經之尊，三撫三囑，未足惑也。

有秦太子者，寓跡儲宮，擬韻區外。翫味斯經，夢想增至。准悟大品，深知譯者之失。會聞鳩摩羅法師神授其文，真本猶存，以弘始十年二月六日請令出之，至四月三十日校正都訖。考之舊譯，真若荒田之稼，芸過其半，未詎多也。斯經正文凡有四種，是佛異時適化廣略之説也。其多者云有十萬偈，少者六百偈。此之大品也，乃是天竺之中品也。隨宜之言，復何必計其多少，議其煩簡耶？胡文雅質，案本譯之，於麗巧不足，樸正有餘矣。幸冀文悟之賢，略其華而幾其實也。

大小品對比要抄序第五〔二九〕

支道林作

夫般若波羅蜜者，衆妙之淵府，羣智之玄宗，神王之所由，如來之照功。其爲經也，至無空豁，廓然無物者也。無物於物，故能齊於物；無智於智，故能運於智。是故夷三脱於重玄，齊萬物於空同，明諸佛之始有，盡羣靈之本無，登十住之妙階，趣無生之徑路。何者？賴其至無，故能爲用。夫無也者，豈能無哉？無不能自無，理亦不能爲理。理不能爲理，則理非理矣；無不能自無，則無非無矣。是故妙階則非階，無生則非生。妙由乎不妙，無生由乎生。是以十住之稱，興乎未足定號；般若之智，生乎教迹之名。是故言之則名生，設教則智存。智存於物，實無迹也；名生於彼，理無言也。何則？至理冥壑，歸乎無名。無名無始，道之體也。無可不可者，聖之慎也。苟慎理以應動，則不得不寄言。宜明所以寄，宜暢所以言。理冥則言廢，忘覺則智全。若存無以求寂，希智以忘心，智不足以盡無，寂不足以冥神。何則？故有存於所存，有無於所無。存乎存者，非其存也；希乎無者，非其無也。何則？徒知無之爲無，莫知所以無；知存之爲存，莫知所以存。希無以忘無，故非無之所無；寄存以忘存，故非存之所存。莫若無其所以無，忘其所以存。忘其所以存，則無存於所存；遺其所以無，則忘無於所無。忘無故妙存，妙存故盡無，盡無則忘玄，忘玄故無心。然後二迹無寄，無有冥盡。是以諸佛因般若之無始，明萬物之自然；衆生之喪道，溺精神乎欲淵。悟羣俗以妙道，漸積損以至無，〔三〇〕設玄德以廣教，守谷神以存虛，齊衆首於玄同，還羣靈乎本無。

蓋聞出小品者，道士也。嘗游外域，歲數悠曩，未見典載，而不詳其姓名矣。嘗聞先學共傳云，佛去世後，從大品之中抄出小品。世傳其人，唯目之以淳德，驗之以事應，明其至到而已，〔三一〕亦莫測其由也。夫至人也，覽通羣妙，凝神玄冥，靈虛響應，〔三二〕感通無方。建同德以接化，設玄教以悟神，述往迹以搜滯，演成規以啓源。或因變以求通，事濟而化息；適任以全分，分足則教廢。故理非乎變，變非乎理；教非乎體，體非乎教。故千變萬化，莫非理外。神何動哉，以之不動，故應變無窮；無窮之變，非聖在物。物變非聖，聖未始於變。故教遺興乎變，理滯生乎權，接應存乎物，〔三三〕理致同乎歸。而辭數異乎本，事備乎不同。不同之功，由之萬品，神悟遲速，莫不緣分。分闇則功重，言積而後悟，質明則神朗，觸理則玄暢。輕之與重，未始非分。是以聖人之爲教，不以功重而廢分，分易而存輕。故羣品所以悟，分功所以成，必須重以運通，因其宜以接分。此爲悟者之功重，非聖教之有煩。令統所以約，〔三四〕教功所以全，必待統以適任，約文以領玄。領玄則易通，因任則易從。而物未悟二本之不異，統致同乎宗，便以言數爲大小，源流爲精麁。文約謂之小，文殷謂之大，順常之爲通，因變之爲舞，〔三五〕守數之爲得，領統之爲失。而彼指文之徒，既見束教，頂著阿含，〔三六〕神匱分淺，才不經宗，儒墨大道，域定聖人，志局文句，詰教難權。謂崇要爲達諒，領統爲傷宗，須徵驗以明實，効應則疑伏。是以至人順羣情以徵理，取驗乎沸油；明小品之體本，塞羣疑幽滯。因物之徵驗，故示驗以應之。今不可以趣徵於一驗，目之爲淳德；効喪於事實，謂之爲常人。而未達神化之權，統玄應於將來，暢濟功於殊塗，運無方之一致。而察殊軌爲異統，觀奇化爲逆理，位大寶爲欣王，聚濟貨爲欲始。徒知至聖之爲教，而莫知所以教。是以聖人標域三才，玄定萬品，教非一途，應物萬方。或損教違無，寄通適會；或抱一御有，繫文明宗。崇聖典爲世軌，則夫體道盡神者，不可詰之以言教；游無蹈虚者，不可求之於形器。是以至人於物，遂通而已。

明乎小大之不異，暢玄標之有寄，因順物宜，不拘小介。〔三七〕或以大品辯茂事廣，喻引宏奥，雖窮理有外，終於玄同。然其明宗統一，會致不異，斯亦大聖之時教，百姓之分致。苟以分致之不同，亦何能求簡於聖哉？若以簡不由聖，豈不寄言於百姓。夫以萬聲鍾響，響一以持之；萬物感聖，聖亦寂以應之。是以聲非乎響，言非乎聖明矣。且神以知來，夫知來者，莫非其神也。機動則神朗，神朗則逆鑒，明夫來往，常在鑒内。是故至人鑒將來之希纂，明才致之不並，簡教迹以崇順，擬羣智之分向。闕之者易知，〔三八〕希之者易行。而大品言數豐具，辭領富溢，問對衍奥，而理統宏邃。雖玄宗易究，而詳事難備。是以明夫爲學之徒，須尋迹旨，闕其所往，究攬宗致，〔三九〕標定輿盡，〔四〇〕然後悟其所滯，統其玄領。或須練綜羣問，〔四一〕明其酬對，探幽研賾，盡其妙致。或以教衆數溢，諷讀難究，欲爲寫崇供養，力致無階。諸如此例，群仰分狹，闕者絶希。是故出小品者，參引王統，簡領羣目，筌域事數，標判由宗，以爲小品，而辭喻清約，運旨亹亹。然其往往明宗而標其會致，使宏統有所，於理無損，自非至精，孰其明矣。又察其津塗，尋其妙會，覽始原終，研極奥旨。領大品之王標，備小品之玄致，縹縹焉攬津乎玄味，精矣盡矣，無以加矣。斯人也，將神王於冥津，羣形於萬物，量不可測矣。宜求之於筌表，寄之於玄外。

惟昔聞之曰，夫大、小品者，出於本品，本品之文有六十萬言。今遊天竺，未適於晉。今此二抄亦興于大本，〔四二〕出者不同也，而小品出之在先。然斯二經雖同出於本品，而時往往有不同者。〔四三〕或小品之所具，大品所不載；大品之所備，小品之所闕。所以然者，或以二者之事同，互相以爲賴，明其本一，故不並矣。而小品致略玄總，事要舉宗，大品雖辭致婉巧，而不喪本歸。至於說者，或以專句推事，而不尋況旨；或多以意裁，不依經本。故使文流相背，義致同乖，羣義偏狹，喪其玄旨。或失其引統，錯徵其事，巧辭辯僞，以爲經體，雖文藻清逸，而理統乖宗。是以先哲出經，以胡爲本，小品雖抄，以大爲宗。推胡可以明理，徵大可以驗小。若苟任胸懷之所得，背聖教之本旨，徒常於新聲，〔四四〕苟競於異常，異常未足以徵本，新聲不可以經宗，而遺異常之爲談，而莫知傷本之爲至。傷本則失統，失統則理滯，理滯則或殆。若以殆而不思其源，困而不尋其本，斯則外不關於師資，內不由於分得。豈非仰資於有知，自塞於所尋，困蒙於所滯，自窮於所通。進不闇常，退不研新，說不依本，理不經宗。而忽詠先舊，毀呰古人，非所以爲學，輔其自然者哉！

夫物之資生，靡不有宗，事之所由，莫不有本。宗之與本，萬理之源矣。本喪則理絕，根朽則枝傾，此自然之數也，未紹不然矣。〔四五〕於斯也，徒有天然之才，淵識邈世，而未見大品，覽其源流，明其理統，而欲寄懷小品，率意造義，欲寄其分得，標顯自然，希邈常流，徒尚名賓。〔四六〕而竭其才思，玄格聖言，趣悦羣情，而乖本違宗，豈相望乎大品也哉！如其不悟，將恐遂其所惑，以罔後生。是故推考異同，驗其虛實，尋流窮源，各有歸趣。而小品引宗，時有諸異。或辭倒事同，而不乖旨歸；或取其初要，廢其後致；或筌次事宗，倒其首尾；或散在羣品，略撮玄要。時有此事，乖互不同。又大品事數甚衆，而辭曠浩衍，本欲推求本宗，明驗事旨，而用思其多勞，審功又寡。且稽驗廢事，不覆速急。是故余今所以例玄事以駢比，標二品以相對，明彼此之所在，辯大小之有先。〔四七〕雖理或非深奥，〔四八〕而事對之不同。故採其所究，精麁並兼，研盡事迹，使驗之有由。故尋源以求實，趣定於理宗。是以考大品之宏致，驗小品之總要，搜玄没之所存，求同異之所寄。□□有在，〔四九〕尋之有軌爾。乃也貫綜首尾，推步玄領，究其槃結，辨其凝滯。使文不違旨，理無負宗，棲驗有寄，辨不失徵。且於希詠之徒，浪神游宗，陶冶玄妙，推尋源流，關虛考實，不亦夷易乎！若其域乖體極，對非理標，或其所寄者，願俟將來摩訶薩，幸爲研盡，備其未詳也。

正法華經記第六〔五〇〕

太康七年八月十日，燉煌月支菩薩沙門法護手執胡經，口宣出正法華經二十七品〔五一〕，授優婆塞聶承遠、張仕明、張仲政共筆受，竺德成、竺文盛、嚴威伯、續文承、趙叔初、張文龍、陳長玄等共勸助歡喜。九月二日訖。天竺沙門竺力、龜茲居士帛元信共參校，元年二月六日重覆。又元康元年，長安孫伯虎以四月十五日寫素解。

正法華經後記第七〔五二〕

未詳作者

永熙元年八月二十八日，比丘康那律於洛陽寫正法華品竟。時與清戒界節優婆塞張季博、董景玄、劉長武、長文等手執經本，詣白馬寺對，與法護口校古訓，講出深義。以九月大齋十四日，於東牛寺中施檀大會，講誦此經，竟日盡夜。無不咸歡，重已校定。

法華宗要序第八〔五三〕

釋慧觀

夫本際冥湛，則神根凝一；涉動離淳，則精麁異陳。於是心轡競策，塵想爭馳，〔五四〕翳有淺深，則昏明殊鏡。是以從初得佛，暨于此經，始應物開津，故三乘別流。別流非真，則終期有會；會必同源，故其乘唯一，唯一無上，故謂之妙法。頌曰：

是乘微妙，清淨第一。於諸世間，最無有上。

夫妙不可明，必擬之有像。像之美者，蓮華爲上。蓮華之秀，分陀利爲最，妙萬法而爲言，故喻之分陀利。其爲經也，明發曚不可以語極，〔五五〕釋權應之所由；御終不可以秘深，則開實以顯宗致。權應既彰，則扃心自廢；〔五六〕宗致既顯，則真悟自生。故能令萬流合注，三乘同往。同往之三，會而爲一，乘之始也。覺慧成滿，乘之盛也。滅景澄神，乘之終也。雖以萬法爲乘，然統之有主，舉其宗要，則慧收其名。〔五七〕故經以真慧爲體，妙一爲稱。是以釋迦玄音始發，讚佛智甚深；多寶稱善，歎平等大慧。頌曰：

爲説佛慧故，諸佛出世間。唯此一事實，餘二則非真。

然則佛慧乃一之正實，乘之體成，妙之至足，華之開秀者也。雖寄華宣微，而道玄像表，稱之曰妙，而體絶精麁。頌曰：

是法不可示，言辭相寂滅。〔五八〕

二乘所以息慮，補處所以絶塵，唯佛與佛乃能究盡。〔五九〕故恒沙如來，感希聲以雲萃；〔六〇〕已逝之聖，振餘靈而現證。信佛法之奧區，窮神之妙境，其此經之謂乎，此經之謂乎！

觀少習歸一之言，長味會通之要，然緬思愈勤，而幽旨彌潛。未嘗不面靈鷲以遐想，臨辭句而增懷。諒由枝説差其本，謬文乖其正也。

有外國法師鳩摩羅什，超爽俊邁，奇悟天拔，量與海深，辯流玉散。繼釋蹤以嗣軌，秉神火以霜燭，紐頹綱於將絶，拯漂溺於已淪，耀此慧燈，來光斯境。秦弘始八年夏，於長安大寺集四方義學沙門二千餘人，更出斯經，與衆詳究。什自手執胡經，口譯秦語，曲從方言，而趣不乖本。卽文之益，亦已過半。雖復霄雲披翳，陽景俱暉，未足喻也。什猶謂語現而理沉，事近而旨遠。又釋言表之隱，以應探賾之求。雖冥扉未開，固已得其門矣。夫上善等潤，靈液尚均，是以仰感囑累，俯慨未聞，故採述旨要，流布未聞。庶法輪遐軫，往所未往，十方同悟，究暢一乘。故序之云爾。

法華經後序第九〔六一〕

僧叡法師

法華經者，諸佛之秘藏，衆經之實體也。以華爲名者，照其本也。稱分陀利者，美其盛也。所興既玄，其旨甚婉。自非達識傳之，罕有得其門者。夫百卉藥木之英，物實之本也。〔六二〕八萬四千法藏者，道果之原也。〔六三〕故以喻焉。諸華之中，蓮華最勝。華尚未敷名屈摩羅，〔六四〕敷而將落名迦摩羅，處中盛時名分陀利。未敷喻二道，將落譬泥洹，榮曜獨足以喻斯典。至如般若諸經，深無不極，故道者以之而歸；大無不該，故乘者以之而濟。然其大略，皆以適化爲本。應務之門，不得不以善權爲用。權之爲化，悟物雖弘，於實體不足。皆屬法華，固其宜矣。

尋其幽旨恢廓宏邃，所該甚遠。豈徒説實歸本，畢定殊途而已耶。乃實大明覺理，囊括古今。云佛壽無量，永劫未足以明其久也；分身無數，萬形不足以異其體也。然則壽量定其非數，分身明其無實，普賢顯其無成，多寶昭其不滅。夫邁玄古以期今，則萬世同一日；即百化以悟玄，則千途無異轍。夫如是者，則生生未足以言其在，〔六五〕永寂亦未可言其滅矣。

尋幽宗以絶往，則喪功於本無；控心轡於三昧，則忘期於二地。經流兹土，雖復垂及百年，譯者昧其虚津，靈關莫之或啓；談者乖其准格，幽蹤罕得而履。〔六六〕徒復搜研皓首，並未有窺其門者。秦司隸校尉、左將軍安城侯姚嵩，擬韻玄門，宅心世表，注誠斯典，信詣彌至。每思尋其文，深識譯者之失。既遇鳩摩羅法師，爲之傳寫，指其大歸，真若披重霄而高蹈，登崑崙而俯眄矣。于時聽受領悟之僧八百餘人，皆是諸方英秀，一時之傑也。是歲弘始八年，歲次鶉火。

持心經後記第十〔六七〕 出經後記

持心經，太康七年三月十日，燉煌開士竺法護在長安説出梵文，授承遠。

思益經序第十一〔六八〕 釋僧叡法師

此經天竺正音名毗絁沙真諦，是他方梵天殊特妙意菩薩之號也。詳聽什公傳譯其名，翻覆展轉，意似未盡。良由未備秦言，名實之變故也。察其語意，會其名旨，當是「持意」，非「思益」也。直以未喻「持」義，遂用「益」耳。其言益者，超絶殊異，妙拔之稱也。思者，進業高勝，自强不息之名也。舊名「持心」，最得其實。又其義旨，舊名「等御諸法」。梵天坦其津塗，世尊照其所明，普華獎其非心，文殊泯以無生。落落焉，真可謂法輪再轉於閻浮，法鼓重聲於宇内，甘露流津於季末，靈液沾潤於遐裔者矣。

而恭明前譯，頗麗其辭，仍迷其旨。是使宏標乖於謬文，至味淡於華豔。雖復研尋彌稔，而幽旨莫啓。幸遇鳩摩羅什法師於關右，既得更譯梵音，正文言於竹帛，又蒙披釋玄旨，曉大歸於句下。于時諮悟之僧二千餘人，大齋法集之衆，欣豫難遭之慶。近是講肆之來，〔六九〕未有其比。于時予與道恒謬當傳寫之任，輒復疏其言，記其事，以貽後來之賢。豈期必勝其辯，必盡其意耶？庶以所録之言，粗可髣髴其心耳！不同時事之賢，儻欲令見其高座所説之旨，〔七〇〕故具載之于文，不自加其意也。

維摩詰經序第十二〔七一〕

釋僧肇

維摩詰不思議經者，蓋是窮微盡化，妙絶之稱也。其旨淵玄，非言象所測；道越三空，非二乘所議。超羣數之表，絶有心之境，眇莽無爲而無不爲，罔知所以然而能然者，不思議也。何則？夫聖智無知，而萬品俱照；法身無像，而殊形並應；至韻無言，而玄籍彌布；冥權無謀，而動與事會。故能統濟羣方，開物成務，利見天下，於我無爲。而惑者覩感照因謂之智，觀應形則謂之身，覿玄籍便謂之言，見變動乃謂之權。夫道之極者，豈可以形言權智而語其神域哉！然羣生長寢，非言莫曉，道不孤運，弘之由人。是以如來命文殊於異方，召維摩於他土，爰集毗耶，共弘斯道。此經所明，統萬行則以權智爲主，樹德本則以六度爲根，濟蒙惑則以慈悲爲首，語宗極則以不二爲門。〔七二〕凡此衆説，皆不思議之本也。至若借座燈王，請飯香土，手接大千，室包乾像，不思議之迹也。然幽關難啓，聖應不同，非本無以垂迹，非迹無以顯本，本迹雖殊，而不思議一也。故命侍者，標以爲名焉。

大秦天王儁神超世，玄心獨悟，弘至治於萬機之上，揚道化於千載之下。每尋翫茲典，以爲栖神之宅。而恨支竺所出，理滯於文，常懼玄宗，墜於譯人。〔七三〕北天之運，運通有在也。以弘始八年，歲次鶉火，命大將軍常山公、左將軍安城侯，與義學沙門千二百人，於常安大寺請羅什法師重譯正本。什以高世之量，冥心真境，既盡環中，又善方言。時手執胡文，口自宣譯。道俗虔虔，一言三復，陶冶精求，務存聖意。其文約而詣，其旨婉而彰，微遠之言，於茲顯然。余以闇短，時豫聽次，雖思乏參玄，然麤得文意。〔七四〕輒順所聞，而爲注解，略記成言，述而無作。庶將來君子，異世同聞焉。

合維摩詰經序第十二〔七五〕

支敏度作

蓋維摩詰經者，先哲之格言，弘道之宏標也。其文微而婉，厥旨幽而遠。可謂唱高和寡，故舉世罕覽。然斯經梵本，出自維耶離。在昔漢興，始流茲土，于時有優婆塞支恭明。逮及於晉，有法護、叔蘭。此三賢者，並博綜稽古，研機極玄，殊方異音，兼通開解。先後譯傳，別爲三經，同本、人殊、出異。或辭句出入，先後不同；或有無離合，多少各異；或方言訓古，字乖趣同；或其文胡越，其趣亦乖；或文義混雜，在疑似之間。若此之比，其塗非一。若其偏執一經，則失兼通之功；廣披其三，則文煩難究。余是以合兩令相附，以明所出爲本，以蘭所出爲子，分章斷句，使事類相從。令尋之者瞻上視下，讀彼案此，足以釋乖迂之勞，易則易知矣。若能參考校異，極數通變，則萬流同歸，百慮一致。庶可以闢大通於未寤，闔同異於均致。若其配不相疇，儻失其類者，俟後明喆君子，刊之從正。

毗摩羅詰提經義疏序第十四〔七六〕

僧叡法師

此經以毗摩羅詰所説爲名者，尊其人，重其法也。五百應真之所稱述，一切菩薩之所歎伏，文殊師利對揚之所明答，普現色身之要言，皆其説也。借座於燈王，致飯於香積，接大衆於右掌，内妙樂於忍界，阿難之所絶塵，皆其不可思議也。高格邁于十地，故彌勒屈之而虛己；崇墉超於學境，故文殊已還，並未有闚其庭者。法言恢廓，指玄門以忘期；觀品夷照，總化本以冥想。落落焉，聲法鼓於維耶，而十方世界，無不悟其希音。恢恢焉，感諸佛於一室，而恒沙正覺，無不應其虛求。予始發心，啓蒙於此，諷詠研求，以爲喉襟。禀玄指於先匠，亦復未識其絶往之通塞也。既蒙鳩摩羅什法師正玄文，摘幽指，始悟前譯之傷本，謬文之乖趣耳。至如以不來相爲辱來，不見相爲相見，未緣法爲始神，緣合法爲止心。諸如此比，無品不有，無章不爾。然後知邊情諭誐，難可以參契真言，厠懷玄悟矣。

自慧風東扇，法言流詠已來，雖曰講肆，〔七七〕格義迂而乖本，六家偏而不卽。性空之宗，以今驗之，最得其實。然鑪冶之功，微恨不盡，當是無法可尋，非尋之不得也。何以知之？

此土先出諸經，於識神性空，明言處少，存神之文，其處甚多。中百二論，文未及此，又無通鑒，誰與正之？先匠所以輟章於遐慨，思決言於彌勒者，良在此也。自提婆已前，天竺義學之僧並無來者，於今始聞宏宗高唱。敢預希味之流，無不竭其聰而注其心，然領受之用易存，憶識之功難掌。自非般若朗其聞慧，總持銘其思府，焉能使機過而不遺，神會而不昧者哉！故因紙墨以記其文外之言，借衆聽以集其成事之說。煩而不簡者，貴其事也。質而不麗者，重其意也。其指微而婉，其辭博而晦，自非筆受，胡可勝哉。是以即於講次，疏以爲記，冀通方之賢，不咎其煩而不要也。

自在王經後序第十五〔七八〕

僧叡法師

此經以菩薩名號爲題者，蓋是思益、無盡意、密迹諸經之流也。以其圓用無方，故名自在，勢無與等，故稱爲王。標准宏廓，固非思之所及；幽旨玄凝，尋者莫之髣髴。此土先出方等諸經，皆是菩薩道行之式也。般若指其虛標，勇伏明其必制，法華泯一衆流，大哀旌其拯濟。雖各有其美，而未備此之所載。

秦大將軍、尚書令常山公姚顯，真懷簡到，〔七九〕徹悟轉詣。聞其名而悅之，考其旨而虛襟。思弘斯化，廣其流津。以爲斯文既布，便若菩薩常住，不去此世。奔誠發自大心，欣躍不能自替。遂請鳩摩羅法師譯而出之，得此二卷。於菩薩希蹤卓犖之事，朗然昭列矣。〔八〇〕是歲弘始九年，歲次鶉首。

大涅槃經序第十六〔八一〕

涼州釋道朗作

大般涅槃者，蓋是法身之玄堂，正覺之實稱，衆經之淵鏡，萬流之宗極。其爲體也，妙存有物之表，周流無窮之內，任運而動，見機而赴。任運而動，則乘虛照以御物，〔八二〕寄言蹄以通化；見機而赴，則應萬形而爲像，即羣情而設教。至乃形充十方，而心不易慮；教彌天下，情不在己。厠流塵蟻而弗下，彌蓋羣聖而不高，功濟萬化而不恃，明踰萬日而不居。渾然與太虛同量，泯然與法性爲一。夫法性以至極爲體，至極則歸于無變，所以生滅不能遷其常。生滅不能遷其常，故其常不動；非樂不能虧其樂，故其樂無窮。或我生於謬想，非我起於因假。因假存于名數，故至我越名數而非無。越名數而非無，故能居自在之聖位，而非我不能變。非淨生於虛淨，故真淨水鏡於萬法。水鏡於萬法，故非淨不能渝。是以斯經解章，〔八三〕叙常樂我淨爲宗義之林，開究玄致爲涅槃之源。用能闡秘藏於未聞，啓靈管以通照，拯四重之瘝疽，〔八四〕拔無間之疣贅。闡秘藏則羣識之情暢，審妙義之在己；〔八五〕啓靈管則悟玄光之潛映，神珠之在體。然四重無間，誹謗方等，斯乃衆患之痒痟，瘡疣之甚者。故大涅槃以無瘡疣爲義名，斯經以大涅槃爲宗目。宗目舉則明統攝於衆妙，言約而義備。義名立則照三乘之優劣，至極之有在。然冥化無朕，妙契無言，任之沖境，則理不虛運。是以此經開誠言爲教本，廣衆喻以會義，建護法以涉初，覩秘藏以窮源，暢千載之固滯，散靈鷲之餘疑。至於理微幽蟠，微于微者，則諸菩薩弘郢匠之功，曠舟船之濟，請難雲構，〔八六〕翻覆周密，由使幽途融坦，宗歸豁然。是故誦其文而不疲，語其義而不倦，甘其味而無足，飡其音而不厭。始可謂微言興詠於真丹，高韻初唱于赤縣，梵音震響於聾俗，真容巨曜於今日。而寡聞之士，偏執之流，不量愚見，敢評大聖無涯之典，遂使是非興於諍論，譏謗生于快心。先覺不能返其迷，衆聖莫能移其志，方將沉蔽八邪之網，〔八七〕長淪九流之淵。不亦哀哉！不亦哀哉！

天竺沙門曇摩讖者，中天竺人，婆羅門種。天懷秀拔，領鑒明邃，機辯清勝，內外兼綜。將乘運流化，先至燉煌，停止數載。大沮渠河西王者，至德潛著，建隆王業，雖形處萬機，每思弘大道，爲法城塹。會開定西夏，斯經與讖自遠而至，自非至感先期，孰有若茲之遇哉。讖既達此，以玄始十年，歲次大梁，十月二十三日，河西王勸請令譯。讖手執梵文，口宣秦言。其人神情既鋭，而爲法殷重，臨譯敬慎，殆無遺隱，搜研本正，務存經旨。唯恨梵本分離，殘缺未備耳。余以庸淺，預遭斯運，夙夜感戢，欣遇良深。聊試標位，敘其宗格，豈謂必然，闕其宏要者哉。

此經梵本正文三萬五千偈，於此方言數減百萬言。今數出者一萬餘偈。如來去世，後人不量愚淺，抄略此經，分作數分，隨意增損，雜以世語，緣使違失本正，如乳之投水。下章言，〔八八〕雖然，猶勝餘經，足滿千倍。佛涅槃後，初四十年，此經於閻浮提宣通流布，大明於世。四十年後，隱没於地。至正法欲滅，餘八十年，乃得行世，雨大法雨。自是已後，尋復隱没。至于千載，像教之末，雖有此經，人情薄淡，無心敬信。遂使羣邪競辯，曠塞玄路，當知遺法將滅之相。

大涅槃經記序第十七〔八九〕

未詳作者

此大涅槃經，初十卷有五品。其梵本是東方道人智猛從天竺將來，暫憩高昌。有天竺沙門曇無讖，廣學博見，道俗兼綜，遊方觀化，先在燉煌。河西王宿植洪業，素心冥契，應王公，躬統士衆，西定燉煌。會遇其人，神解悟識，請迎詣州，安止内苑。遣使高昌，取此梵本，命讖譯出。此經初分唯有五品，次六品已後，其本久在燉煌。讖因出經下際，知部黨不足，訪募餘殘，有胡道人應期送到。此經梵本都二萬五千偈，後來梵本，想亦近具足。但頃來國家殷猥，未暇更譯，遂少停滯。諸可流布者，經中大意，宗塗悉舉，無所少也。今現已有十三品，作四十卷，爲經文句。執筆者一承經師口所譯，不加華飾。其經初後所演，佛性廣略之間耳，〔九〇〕無相違也。每自惟省，雖復西垂，深幸此遇，遇此大典，開解常滯，非言所盡。以諸家譯經之致大不允，其旨歸疑謬後生，是故竊不自辭，輒作徒勞之舉，冀少有補益。諮參經師，採尋前後，略舉初五品爲私記。餘致准之，悉可領也。祐尋此序與朗法師序及識法師傳小小不同，未詳孰正，故復兩存。

六卷泥洹經記第十八〔九一〕

出經後記

摩竭提國巴連弗邑阿育王塔天王精舍優婆塞伽羅先，見晉土道人釋法顯遠遊此土，爲求法故，深感其人，卽爲寫此大般泥洹經如來秘藏。願令此經流布晉土，一切衆生，悉成平等如來法身。義熙十三年十月一日於謝司空石所立道場寺出此方等大般泥洹經，至十四年正月一日校定盡訖。禪師佛大跋陀手執胡本，寶雲傳譯。于時座有二百五十人。

二十卷泥洹經記第十九〔九二〕

出智猛遊外國傳〔九三〕

智猛傳云：「毗耶離國有大小乘學不同。帝利城次華氏邑有婆羅門，氏族甚多。其稟性敏悟，歸心大乘，博覽衆典，無不通達。家有銀塔，縱廣八尺，高三丈，四龕，銀像高三尺餘。多有大乘經，種種供養。婆羅門問猛言：「從何來？」答言：「秦地來。」又問：「秦地有大乘學否？」即答：「皆大乘學。」其乃驚愕雅歎云：「希有！將非菩薩往化耶？」智猛即就其家得泥洹胡本，還於涼州，出得二十卷。」

校勘記

〔一〕注解大品序第三　麗本、宋本、磧砂本、元本作大品注經序第三，茲從明本及後文標目改。

〔二〕正法華經記第六　「經」字各本脱，據後文標目補。

〔三〕正法華經後記第七　「經」字麗本、宋本、磧砂本、元本脱，據明本及後文標目補。

〔四〕大涅槃經記序第十七　各本「記」字下有「序」字，後文標目闕。

〔五〕摩訶鉢羅若波羅蜜經抄序第一　長房録八載苻秦曇摩蜱譯摩訶鉢羅般若波羅蜜經五卷，智昇録四作摩訶般若波羅蜜鈔經，此即其序。經存，見大正藏第八卷二二六號，作摩訶般若鈔經五卷，前秦曇摩蜱共竺佛念譯，卷首不載此序。

〔六〕言二十千首盧　「首」字麗本作「失」，茲從宋本、磧砂本、元本、明本，下同。

〔七〕胡人數經法也　「人」字宋本、磧砂本、元本、明本脱，從麗本補。

〔八〕或千五百刈而不存　「刈」字磧砂本、元本、明本作「剗」，茲從麗本、宋本。

〔九〕時俗有易　「時」字宋本、磧砂本、元本、明本脱，從麗本補。

〔一〇〕猒如復折　「折」字宋本、磧砂本、元本、明本作「析」，茲從麗本。

〔一一〕南摸一切佛　麗本作「南摸」，宋本、磧砂本、元本、明本作「南無」，「摸」與「無」同音。

〔一二〕大品經序第二　法經録六著録釋僧叡撰大品經序一卷。長房録八載姚秦鳩摩羅什譯摩訶般若波羅蜜經三十卷，此即其序。經存，見大正藏第八卷二二三號，作二十七卷，卷首不載此序。

〔一三〕然則功託有無　「託」字宋本、磧砂本、元本、明本作「訖」，兹從麗本。

〔一四〕慧日以之生　「日」字麗本作「目」，兹從宋本、磧砂本、元本、明本。

〔一五〕以無得爲終　各本作「得」，全晉文一六〇作「待」。

〔一六〕虚關既開　「開」字麗本作「闢」，兹從宋本、磧砂本、元本、明本。

〔一七〕餘者直第其品數而已　「品」字麗本作「事」，兹從宋本、磧砂本、元本、明本。

〔一八〕煩異見情也　「情」字麗本作「慎」，兹從宋本、磧砂本、元本、明本。

〔一九〕注解大品序第三　道宣録十著録梁高祖武皇帝注摩訶般若經一百卷，此即其序。注佚。

〔二〇〕豈可以數量拘　各本脱「可」字，從全梁文六補。

〔二一〕或以大權應世　「或」字各本作「咸」，從支本改。

〔二二〕靈根寺慧令等兼以筆功　「靈」字麗本作「雲」，宋本、磧砂本、元本、明本作「靈」。按梁傳七僧瑾傳，於京師起靈根寺，以爲禪慧棲止。則作「靈」爲是。

〔二三〕甘渫血而不疑　「渫」字宋本、磧砂本、元本、明本作「歃」，兹從麗本。

〔二四〕寶臺金鍱　「鍱」字宋本、磧砂本、元本、明本作「牒」，兹從麗本。

〔二五〕小品經序第四　法經録六著録釋僧叡撰小品經序一卷。長房録八載姚秦鳩摩羅什譯小品般若波羅蜜經十卷。經存，見大正藏第八卷二二七號，卷首載此序。

〔二六〕一指歸　各本作「指其歸」，從全晉文一六〇改。

〔二七〕佩之者行　「佩」字麗本及卷首序作「倍」，兹從宋本、磧砂本、元本、明本。

〔二八〕冥一以俟盡　「俟」字各本作「俠」，從卷首序改。

〔二九〕大小品對比要抄序第五　書佚，僅存此序。

〔三〇〕漸積損以至無　「以」字各本脫，據全晉文一五七補。

〔三一〕明其至到而已　「至到」二字磧砂本、元本、明作「致」，茲從麗本、宋本。

〔三二〕靈虛響應　宋本、磧砂本、元本、明本作「靈虛」，麗本作「虛靈」。

〔三三〕接應存乎物　「乎」字各本脫，據全晉文一五七補。

〔三四〕令統所以約　「令」字麗本、磧砂本、元本作「今」，茲從宋本、明本。

〔三五〕因變之爲舞　「舞」字麗本作「潕」，茲從宋本、磧砂本、元本、明本。

〔三六〕頂著阿含　「頂」字宋本、磧砂本、元本、明本作「頃」，茲從麗本。

〔三七〕不拘小介　「介」字宋本、磧砂本、元本、明本作「派」，茲從麗本。

〔三八〕闕之者易知　「易」字下各本有「統」字，從全晉文一五七刪。

〔三九〕究攬宗致　「攬」字宋本、磧砂本、元本、明本作「覽」，茲從麗本。下同。

〔四〇〕標定興盡　「定」字宋本、磧砂本、元本、明本作「之」，茲從麗本。

〔四一〕或須練綜羣問　「綜」字宋本、磧砂本、元本、明本作「紘」，茲從麗本。

〔四二〕今此二抄亦興于大本　宋本、磧砂本、元本、明本「興」字下有「於」字，從麗本刪。

〔四三〕而時往往有不同者　各本只一「往」字，從全晉文一五七補。

〔四四〕徒常於新聲　「徒常」二字麗本、宋本、磧砂本、元本作「徙常」，明本作「徒常」，全晉文一五七作「徒嘗」，疑爲「徒賞」之訛。

〔四五〕未紹不然矣　宋本、磧砂本、元本、明本作「未紹」，麗本作「末紹」，疑爲「未始」之訛。

〔四六〕徒尚名賓　各本作「名賓」，全晉文一五七作「名實」。

〔四七〕辯大小之有先　「先」字麗本作「光」，兹從宋本、磧砂本、元本、明本。

〔四八〕雖理或非深奥　「或」字宋本、磧砂本、元本、明本作「惑」，兹從麗本。

〔四九〕□□有在　各本「有在」二字直連上文，文意不接，其間當有脱文，兹從全晉文一五七，以「□□」標之。

〔五〇〕正法華經記第六　法經録六著録正法華經記一卷，無撰人名。長房録六載西晉竺法護譯正法華經十卷，此即其後記。經存，見大正藏第九卷二六三號。卷末不載此記。

〔五一〕口宣出正法華經二十七品　磧砂本、元本、明本「宣」字下有「傳」字，從麗本、宋本删。

〔五二〕正法華經後記第七　法經録六著録正法華後記，無撰人名。大正藏本正法華經卷末亦不載此後記。

〔五三〕法華宗要序第八　法經録六著録釋慧觀撰妙法蓮華經宗要序一卷。梁傳卷七慧觀傳云：「乃著法華宗要序以簡〔鳩摩羅〕什，什曰，善男子所論甚快。」

〔五四〕塵想爭馳　「爭」字各本作「諍」，從全宋文六三改。

〔五五〕明發矇不可以語極　「矇」字宋本、磧砂本、元本、明本作「蒙」，兹從麗本。

〔五六〕則扃心自廢　「扃」字磧砂本作「局」，兹從麗本、宋本、元本、明本。「廢」字宋本作「發」，兹從麗本、磧砂本、元本、明本。

〔五七〕則慧收其名　「收」字宋本、磧砂本、元本、明本作「牧」，兹從麗本。

〔五八〕言辭相寂滅　「辭」字宋本、磧砂本、元本、明本作「詞」，兹從麗本。下同。辭詞通。

〔五九〕唯佛與佛乃能究盡　「盡」字麗本作「焉」，兹從宋本、磧砂本、元本、明本。

〔六〇〕感希聲以雲萃　「雲」字麗本、宋本作「靈」，兹從磧砂本、元本、明本。

〔六一〕法華經後序第九　法經録六著録釋僧叡撰法華經後序一卷。長房録八載姚秦鳩摩羅什譯妙法蓮華經七卷，僧叡筆受并製序。經存，見大正藏第九卷二六二號，卷末載此序。

〔六二〕物實之本也　「物」字上宋本、磧砂本、元本、明本有「萬」字，從麗本及卷末序删。

〔六三〕道果之原也　「原」字宋本、磧砂本、元本、明本作「源」，兹從麗本及卷末序。

〔六四〕華尚未敷名屈摩羅　「尚」字各本作「而」，兹從卷末序改。

〔六五〕則生生未足以言其在　麗本及卷末序無「言」字，「在」作「存」。兹從宋本、磧砂本、元本、明本。各本「其」字皆作「期」，從全晉文一六〇改。

〔六六〕幽蹤罕得而履　「蹤」字宋本、磧砂本、元本、明本作「跡」，兹從麗本及卷末序。

〔六七〕持心經後記第十　「後」字各本均脱，據本卷首標目補。法經録六著録持心經後記一卷，無撰人名。長房録六載西晉竺法護譯持心經六卷。經存，大正藏第十五卷五八五號作持心梵天所問經四卷，卷末不載此記。

〔六八〕思益經序第十一　法經録六著録釋僧叡撰思益經序一卷。長房録八載姚秦鳩摩羅什譯思益經四卷。經存，大正藏第十五卷五八六號作思益梵天所問經，卷首不載此序。

〔六九〕近是講肆之來　「肆」字各本作「肄」，從全晉文一六〇改。

〔七〇〕儻欲令見其高座所説之旨　「令」字宋本、磧砂本、元本、明本作「全」，兹從麗本。

〔七一〕維摩詰經序第十二　法經録六著録釋僧肇撰維摩經注解五卷，此即其序。大正藏第三十八卷一七七五號作注維摩詰經十卷，卷首載此序。

〔七二〕語宗極則以不二爲門　「門」字各本作「言」，從卷首序改。

〔七三〕常懼玄宗墜於譯人　各本作「懼」，卷首序作「恐」。

〔七四〕然庵得文意　「庵」字宋本、磧砂本、元本、明本作「庶」，玆從麗本。

〔七五〕合維摩詰經序第十三　道宣録十著録支敏度撰合維摩詰經序，長房録六載西晉支敏度撰合維摩詰經五卷，此卽其序。經佚。

〔七六〕毗摩羅詰提經義疏序第十四　宋本、磧砂本、元本、明本作「提」，麗本作「堤」。道宣録十著録釋僧叡撰毗摩羅詰經義疏序。疏佚。

〔七七〕雖曰講肆　「肆」字各本作「肄」，從全晉文一六〇改。

〔七八〕自在王經後序第十五　法經録六著録釋僧叡撰自在王經序一卷。長房録八載姚秦鳩摩羅什譯自在王經二卷。經存，大正藏第十三卷四二〇號作自在王菩薩經，卷末不載此序。

〔七九〕真懷簡到　「真」字宋本、磧砂本、元本、明本作「其」，玆從麗本。

〔八〇〕朗然昭列矣　「昭」字麗本、宋本作「照」，玆從磧砂本、元本、明本。

〔八一〕大涅槃經序第十六　長房録九載北涼曇摩讖譯大般涅槃經四十卷。經存，見大正藏第十二卷三七四號，卷首載此序。

〔八二〕則乘虛照以御物　「虛」字磧砂本、元本、明本作「靈」，玆從麗本、宋本及卷首序。

〔八三〕是以斯經解章　「解」字麗本作「觸」，玆從宋本、磧砂本、元本、明本及卷首序。

〔八四〕拯四重之瘭疽　各本作「瘭」，卷首序作「癰」。

〔八五〕審妙義之在己　磧砂本、元本、明本作「義」，麗本、宋本及卷首序作「我」。

〔八六〕請難雲構　「請」字各本作「清」，從卷首序改。

〔八七〕方將沉蔽八邪之網　「蔽」字宋本、磧砂本、元本、明本作「弊」，玆從麗本及卷首序。

〔八八〕下章言 全宋文六二按語：「當有脱誤。」按此句語意未盡，下有脱文也。

〔八九〕大湼槃經記序第十七 「序」字各本闕，據卷首標目補 法經録六著録大湼槃經記一卷，無撰人名。按此爲大般湼槃經前五品注釋之序言，書已佚。

〔九〇〕佛性廣略之間耳 「間」字各本作「聞」，從支本改。

〔九一〕六卷泥洹經記第十八 「經」字各本脱，從本卷首標目補。法經録六著録六卷泥洹記一卷，無撰人名。長房録七載東晉釋法顯譯大般泥洹經六卷。經存，見大正藏第十二卷三七六號，卷末不載此記。

〔九二〕二十卷泥洹經記第十九 法經録六著録二十卷泥洹記一卷，注云：見智猛傳。長房録九載劉宋釋智猛譯般泥洹經二十卷，此卽其後記。經佚。

〔九三〕出智猛遊外國傳 梁傳三智猛傳，記猛以元嘉「十六年七月造傳，記所遊歷。」卽此傳，早佚。則此記爲智猛所撰。

出三藏記集卷第九

梁釋僧祐撰

優婆塞戒經記第十一〔二〕　出經後記
菩提經注序第十二〔三〕　僧馥法師
關中出禪經序第十三　長安叡法師
廬山出修行方便禪經統序第十四〔四〕　慧遠法師
禪要秘密治病經記第十五〔五〕　出經後記
修行地不淨觀經序第十六〔六〕　慧觀法師
勝鬘經序第十七　釋慧觀作〔七〕
勝鬘經序第十八　慈法師
文殊師利發願經記第十九　出經後記
賢愚經記第二十　釋僧祐撰
八吉祥經後記第二十一　出經後記
無量義經序第二十二　劉虬作
譬喻經序第二十三　康法邃作
百句譬喻經前記第二十四　出經前記

華嚴經記第一〔八〕

華嚴經胡本凡十萬偈。昔道人支法領從于闐得此三萬六千偈，以晉義熙十四年，歲次鶉火，三月十日，於揚州司空謝石所立道場寺，請天竺禪師佛度跋陀羅手執梵文，譯胡爲晉，沙門釋法業親從筆受。時吳郡内史孟顗、右衛將軍褚叔度爲檀越。至元熙二年六月十日出訖。

凡再校胡本，〔九〕至大宋永初二年，辛丑之歲，十二月二十八日校畢。

十住經含注序第二〔一〇〕

釋僧衛作

夫冥壑以沖虛靜用，百川以之本；至極以無相標玄，品物以之宗。故法性住湛一以居妙，寂紛累以運通；靈根朗圓燭以遂能，乘涉動以開用。然能要有資，用必有本。用必有本，故御本則悟涉無方；能要有資，故悟虛則遂其通塞。〔一一〕通則苞鏡六合，而有無圓照；塞則用隨緣感，而應必慮偏。照圓則神功造極，慮偏則顛覆興焉。故四瀆開溢，則洪川灌壑；玄象差轍，則三光晦曜。因此而推，固知運通有宗，化積有本。夫運通之宗，因緣開其會，無相極其終；化積之本，十道啓其謀，心術兆其始。故心術憑無則靈照通而大乘廓，滯有則神慮塞而九宅開矣。然推而極之，則唯心與法；引而張之，〔一二〕則綿彰八極。請辯而目焉。

夫萬法浩然，宗一無相，靈魄彌綸，統極圓照。斯蓋目體用爲萬法，言性虛爲無相，稱動王爲心識，謂靜御爲智照。故滯有慮塞，則曰心曰識；憑虛照通，〔一三〕則曰智曰見。見者正見也，始曉之偏目也。智者正偏知也，體極之圓號也。正見創入轍之始，正偏標體極之終。四者蓋精魄彌綸，水鏡萬法，雖數隨緣感，然靈照常一而不變者也。夫體用無方，則用實異照。故亂識爲塵，穢心爲欲，〔一四〕開見謂寶，廓智謂種。穢心故五欲爲酖醴之室，開見故三寶爲荆石之門，亂識故六塵爲幻惑之肆，廓智故一切種爲驪龍之淵。四者實萬法浩然，同實異照，雖感應交映，而宗一無相者也。故識御六塵以曚性，心赴五欲以昏慮，〔一五〕見憑四諦以洗鑒，智撫無相以通照。然則境雖□□，理故心緣，〔一六〕精魄彌綸，體故靈照。靈照故統名一心，所緣故總號一法。若夫名隨數變，則浩然無際，統以心法，則未始非二。故十住爲經，將窮賾心術之原本，〔一七〕遂真悟之始辯。神功啓于化彰，八萬歸於圓照，使靈機無隱伏之數，大造無虛竊之名。爾乃落滯識以反鑒，貞真慧以居宗，開十道運其用，恬無相遠其通。合三義以廓能，則表宏稱謂菩提。菩提者，統極十道之尊號，〔一八〕括囊通物之妙稱，乃十住啓靈照之圓極，遠弘大通之逸軌。故十住者，靜照息機，反鑒之容目者也。夫所以冠大業之始唱，統十地之通目，表稱十住，諒義存於茲焉，義存於茲焉。然則十住之興，蓋廓明神覺之嚮牖，〔一九〕發瑩真慧之砥礪，如來反流盡源之舟輿，世雄撫會誕化之天府。乃衆經之宗本，法藏之淵源。實鑒始領終之水鏡，光宣佛慧之日月者也。

夫致弘不可以言象窮，道玄不可以名數極。故文約而義豐，辭婉而旨弘，兆百行開于心轍，啓八萬舉其一隅。非夫探鉤玄，覃研機，孰能亢於貞鑒，〔二〇〕敬於希微，開拔英悟，返于三隅者哉！悲夫守習之迷，雖服膺舊聞，不翫斯要，譬負日月而彌昏，面玄津而莫濟矣。當請引而擢焉。夫舉高必詣遠，致深則興玄。故廓六天以妙處，引法雲以勝衆。蓋衆非勝無以扣其玄，〔二一〕處非妙不足光其道，道光要有方，玄扣必得人。故位妙處以殊方，則境絶衆穢；開玄肆以引衆，則英彥蓋時。處極六天，則寶映七珍；衆舉法雲，則體鏡九宅。廓六變以開運，朗耀世之宏觀，叩三說以開奧，〔二二〕撫玄中之統韻。發五請以宣到，〔二三〕慮衆誠以彌淳，遞二七以運感，互交用於玄端。開神轍于三轉之際，兆靈覺於九識之淵。匹夫衆經以比興，固不得同日而語，〔二四〕開八萬以辯用，焉可共劫而言。非夫體苞三義，道總兩端，孰有若斯之弘哉！孰有若斯之弘哉！以此而斷，其道淵矣，其致玄矣。

夫以金剛之幽植，總神辯以居用，猶曰不可究其深，況自降茲者乎？然道不獨運，弘必由人，故令千載之下，靈液有寄焉。夫外國法師鳩摩羅耆婆者，挺天悟於命世，邁英風于季俗，乘冥寄而孤遊，因秦運以弘道，撫玄節於希聲，暢微言于象外。可以祛故納新，非擬三益；悟宗入轍，幾于過半。遲啓其願，彌遣其會，以鉛礫之質，厠南金之肆，誠悟無返三之機，思無稽玄之謀，然存聞賞事，庶無惑焉。故撫經靜慮，慼尋疇昔，每苦其文約而致弘，言婉而旨玄，使靈燭映于隱數，大宗昧于編文。神標繇是以權範，玄風自兹用澆淳。至于閑詣靖惟，扣膺津門，則何常不遥然長慨，撫頹薄以興懷哉！故遂撰記上聞，略爲注釋，豈曰淵壑之待晨露，蓋以申其用己之心耳。〔二五〕庶後來明哲，有以引而補焉。

漸備經十住梵名並書敍第三〔二六〕

未詳作者〔二七〕

波牟提陀　晉曰一住。

維摩羅　晉曰二住。

波拔迦羅　晉曰三住。

阿至摸　晉曰四住。

頭闍耶　晉曰五住。

阿比目佉　晉曰六住。

頭羅迦摩　晉曰七住。

阿遮羅　晉曰八住。

抄頭摩提　晉曰九住。

曇摩彌迦　晉曰十住。

漸備經晉曰十住名：

第一住名悅豫。

第二住名離垢。

第三住名興光。

第四住名輝耀。

第五住名難勝。

第六住名目前。〔二八〕

第七住名玄妙。

第八住名不動。

第九住名善哉意。

第十住名法雨。

漸備經十住行：

第一住今亡。

第二住說戒行。

第三住說十二門五通事。

第四住說三十七品事。

第五住說四諦事。

第六住說十二因緣事。

第七住說權智事。

第八住說神足變化事。

第九住說神足教化事。

第十住亦說神足教化事。

漸備經，護公以元康七年出之。其經有五卷，五萬餘言。第一卷說一住事，今無此一卷。今現有二住以上至十住，爲十品。

漸備經十住與本業大品異，說事委悉於本業大品，不知何以噎於涼州。昔涼州諸道士釋教道、竺法彥義，〔二九〕斯二道士，並皆博學，以經法爲意，不知何以不集此經，又亦不聞其有所說，始知博聞之難。爲人興顯經且亦是大經，說事廣大，義理幽深，乃是衆經之美望，辭敘茂贍，真有奇聞。而帛法巨亦是博學道士，昔鄴中亦與周旋，不知何以復不集此經，又不聞其言，博聞强記信難。有護公出須賴經，雖不見，恒聞彥說之。張天錫更出首楞嚴，故當應委於先者。

元康七年十一月二十一日，沙門法護在長安市西寺中出漸備經，手執梵本，譯爲晉言。護公，菩薩人也，尋其餘音遺迹，使人仰之彌遠。夫諸方等無生、諸三昧經，類多此公所出，真衆生之冥梯。大品出來雖數十年，先出諸公略不綜習，不解諸公何以爾？諸公才明過人，當能留心思研。心以爲至業者，故當極有所得。先出諸公故恨太簡，於文句殊多可恨。大品頃來東西諸講習無不以爲業，於文句猶不同，覺其轉深，但才分有限，思尋有極，幽旨作□非短思所盡。〔三〇〕然文句故可力爲，方欲研之，窮此一生，冀有微補。

漸備經恨不得上一卷，冀因緣冥中之助，忽復得之。漸備所說十住位分衆行，各有階級，目下殊異於衆經，方欲根悉研尋之。如今茫茫猶涉大海，不知第一住中何說。彼或有因緣，信使君不可不持作意，盡尋求之理。大品上兩卷若有可尋之階，亦勤以爲意。

護公出光讚，計在放光前九年，不九年當八年，不知何以遂逸在涼州，不行於世。尋出經時，乃在長安出之，而都不流行，乃不知其故。吾往在河北，唯見一卷，經後記云十七章，年號日月亦與此記同，但不記處所，所以爲異。然出經時人云聶承遠筆受，帛元信、沙門法度，此人皆長安人也。以此推之，略當必在長安出。此經梵本亦言于闐沙門祇多羅所齎來也。此同如慧常等涼州來疏，正似涼州出，未詳其故。或乃護公在長安時，經未流宣，唯持至涼州，未能乃詳審。泰元元年，歲在丙子，五月二十四日，此經達襄陽。釋慧常以酉年，因此經寄互市人康兒，〔三一〕展轉至長安。長安安法華遣人送至互市，互市人送達襄陽，付沙門釋道安。襄陽時齊僧有三百人，使釋僧顯寫送與揚州道人竺法汰。

漸備經以泰元元年十月三日達襄陽，亦是慧常等所送，與光讚俱來。頃南鄉間人留寫，故不與光讚俱至耳。首楞嚴、須賴並皆與漸備俱至涼州，道人釋慧常，歲在壬申，於內苑寺中寫此經，以酉年因寄，至子年四月二十三日達襄陽。首楞嚴經事事多於先者，非但第一第二第九，〔三二〕此章最多，近三四百言許，於文句極有所益。須賴經亦復小多，〔三三〕能有佳處。云有五百戒，不知何以不至，此乃最急，四部不具，於大化有所闕。般若經乃以善男子善女人爲教首，而戒立行之本，百行之始，猶樹之有根，常以爲深根。若有緣便盡訪求之理，先梵本有至信，因之勿零落。

菩薩善戒菩薩地持二經記第四〔三四〕

僧祐撰

祐尋舊録，此經十卷，是宋文帝世三藏法師求那跋摩於京都譯出。經文云，此經名善戒，名菩薩地，名菩薩毗尼摩夷，名如來藏，名一切善法根本，名安樂國，名諸波羅蜜聚，凡有七名。第一卷先出優波離問受戒法，第二卷始方有「如是我聞」，次第列品乃至三十。而復有別本，題爲菩薩地經。檢此兩本，文句悉同，唯一兩品分品、品名，小小有異，義亦不殊。既更不見有異人重出，推之應是一經。而諸品亂雜，前後參差，菩薩地本分爲三段：第一段十八品，第二段有四品，第三段有八品。未詳兩本孰是三藏所出正本也。

又菩薩地持經八卷，有二十七品，亦分三段：第一段十八品，第二段四品，第三段五品。是晉安帝世，曇摩讖於西涼州譯出。經首禮敬三寶，無「如是我聞」，似撰集佛語。文中不出有異名。而今此本或題云菩薩戒經，或題云菩薩地經，與三藏所出菩薩善戒經，二文雖異，五名相涉，故同一記。又此二經明義相類，根本似是一經，異國人出，故成別部也。並次第明六度，品名多同，製辭各異。祐見菩薩地經一本，其第四卷第十戒品，乃是地持經中戒品，又少第九施品，當是曝曬誤雜。後人不悉，便爾傳寫，其本脱多，恐方亂惑，若細尋內題，了然可見。若有菩薩地經闕無第九施品者，卽誤是本也。

大集虛空藏無盡意三經記第五〔三五〕

僧祐撰

祐尋舊録，大集經是晉安帝世天竺沙門曇摩讖於西涼州譯出，有二十九卷，首尾有十二段説，共成一經。第一瓔珞品，第二陀羅尼自在王，第三寶女，第四不眴，第五海慧，第六無言，第七不可說，第八虛空藏，第九寶幢，第十虛空目，第十一寶髻，第十二無盡意。更不見異人別譯，而今別部唯有二十四卷。尋其經文餘悉同，唯不可說菩薩品後，寶幢分前，中間闕，無虛空藏所問品五卷。又經唯盡寶髻菩薩品，復無最末無盡意所說不可思議品四卷，略無二品九卷，分所餘二十卷爲二十四卷耳。

又尋兩本並以海慧菩薩品爲第五，越至無言菩薩品第七，無第六品，未詳所以。又檢録，別有大虛空藏經五卷成者，即此經虛空藏品，當是時世有益，甄爲異部。又別有無盡意經四卷成者，〔三六〕亦是此經末無盡意品也。但護公録復出無盡意經四卷，未詳與此本同異。

如來大哀經記第六〔三七〕

未詳作者

元康元年七月七日，燉煌菩薩支法護手執胡經，經名如來大哀，口授聶承遠，道真正書晉言，以其年八月二十三日訖。護親自覆校。當令大法光顯流布，其有覽者，疾得總持，暢澤妙法。

長阿含經序第七〔三八〕

釋僧肇作

夫宗極絶於稱謂，賢聖以之沖默；玄旨非言不傳，釋迦所以致教。是以如來出世，大教有三：約身口則防之以禁律，明善惡則導之以契經，演幽微則辯之以法相。然則三藏之作也，本於殊應，會之有宗，則異途同趣矣。禁律，律藏也，四分十誦。法相，阿毗曇藏也，四分五誦。契經，四阿含藏也：增一阿含四分八誦，中阿含四分五誦，雜阿含四分十誦，此長阿含四分四誦，合三十經以爲一部。阿含，秦言法歸。法歸者，蓋是萬善之淵府，總持之林苑。其爲典也，淵博弘富，韞而彌廣，〔三九〕明宣禍福賢愚之迹，剖判真僞異齊之原，〔四〇〕歷記古今成敗之數，墟域二儀品物之倫。道無不由，法無不在。譬彼巨海，百川所歸，故以法歸爲名。開析脩途，所記長遠，故以長爲目。翫兹典者，長迷頓曉，邪正難辨，顯如晝夜；報應冥昧，照若影響；劫數雖遼，近猶朝夕；六合雖曠，現若目前。斯可謂朗大明於幽室，惠五目於衆瞽，不闚户牖，而智無不周矣。

大秦天王滌除玄覽，高韻獨邁，恬智交養，道世俱濟。每懼微言翳於殊俗。以右將軍、使者、司隸校尉晉公姚爽，質直清柔，玄心超詣，尊尚大法，妙悟自然。上特留懷，每任以法事。以弘始十二年，歲在上章掩茂，請罽賓三藏沙門佛陀耶舍出律藏四分四十卷，十四年訖。十五年歲在昭陽奮若，出此長阿含訖。涼州沙門佛念爲譯，秦國道士道含筆受。時集京夏名勝沙門於第校定。恭承法言，敬受無差，〔四一〕蠲華崇朴，務存聖旨。余以嘉遇，猥參聽次，雖無翼善之功，而預親承之末，故略記時事，以示來賢焉。〔四二〕

中阿含經序第八〔四三〕

釋道慈

中阿含經記云：「昔釋法師於長安出中阿含、增一、阿毗曇、廣說、僧伽羅叉、阿毗曇心、婆須蜜、三法度、二衆從解脫緣。」此諸經律凡百餘萬言，並違本失旨，名不當實，依悕屬辭，句味亦差。良由譯人造次，未善晉言，故使爾耳。會燕秦交戰，關中大亂。於是良匠背世，故以弗獲改正。乃經數年，至關東小清，冀州道人釋法和、罽賓沙門僧伽提和，招集門徒，俱遊洛邑。四五年中，研講遂精。其人漸曉漢語，然後乃知先之失也，於是和乃追恨先失，卽從提和更出阿毗曇及廣說也。自是之後，此諸經律漸皆譯正，唯中阿含、僧伽羅叉、婆須蜜、從解脫緣未更出耳。

會僧伽提和進遊京師，應運流化，法施江左。于時晉國大長者尚書令、衛將軍東亭侯優婆塞王元琳，常護持正法以爲己任，卽檀越也。爲出經故，造立精舍，延請有道釋慧持等義學沙門四十許人，施諸所安，四事無乏。又預請經師僧伽羅叉長供數年，然後乃以晉隆安元年丁酉之歲，十一月十日，於揚州丹陽郡建康縣界，在其精舍更出此中阿含。請罽賓沙門僧伽羅叉令講胡本，請僧伽提和轉胡爲晉，豫州沙門道慈筆受，吴國李寶、唐化共書。至來二年戊戌之歲，六月二十五日草本始訖。

此中阿含，凡有五誦，都十八品，有二百二十二經，合五十一萬四千八百二十五字，分爲六十卷。時遇國大難，未即正書，乃至五年辛丑之歲，方得正寫，校定流傳。其人傳譯准之先出，大有不同。於此二百二十二經中，若委靡順從，則懼失聖旨；若從本制名，類多異舊，則逆忤先習，不愜衆情。〔四四〕是以其人不得自專，時有改本，從舊名耳。然五部異同，孰知其正？而道慈愚意，怏怏於違本。故諸改名者，皆抄出注下，新舊兩存，别爲一卷，與目録相連，以示於後。將來諸賢，令知同異，得更採訪。脱遇高明外國善晉胡方言者，〔四五〕訪其得失，刊之從正。

增一阿含經序第九〔四六〕

釋道安作

四阿含義同。中阿含首以明其指，不復重序也。增一阿含者，比法條貫，〔四七〕以數相次也，數終十，今加其一，〔四八〕故曰增一也。且數數皆增，以增爲義也。其爲法也，多録禁律，繩墨切厲，乃度世檢括也。外國巖岫之士，江海之人，於四阿含多詠味茲焉。

有外國沙門曇摩難提者，兜佉勒國人也。齠齓出家，孰與廣聞，誦二阿含，温故日新。周行諸國，無土不涉。以秦建元二十年來詣長安，外國鄉人咸皆善之，武威太守趙文業求令出焉。佛念譯傳，曇嵩筆受。歲在甲申夏出，至來年春乃訖。爲四十一卷，分爲上下部，上部二十六卷，全無遺忘，下部十五卷，失其録偈也。余與法和共考正之，僧䂮、僧茂助校漏失，四十日乃了。此年有阿城之役，伐鼓近郊，而正專在斯業之中，全具二阿含一百卷，鞞婆沙、婆和須蜜、僧伽羅刹傳，此五大經，自法東流，出經之優者也。

四阿含，四十應真之所集也。十人撰一部，題其起盡，爲録偈焉。懼法留世久，遺逸散落也。斯土前出諸經，班班有其中者。今二阿含，〔四九〕各爲新録一卷，全其故目，注其得失，使見經尋之差易也。合上下部四百七十二經，凡諸學士撰此二阿含，其中往往有律語，外國不通與沙彌、白衣共視也。而今已後，幸共護之，使與律同，此乃兹邦之急者也。斯諄諄之誨，幸勿藐藐聽也。廣見而不知護禁，乃是學士通中創也。中本起，康孟祥出。出大愛道品，乃不知是禁經比丘尼法，堪慊切直割而去之，〔五〇〕此乃是大鄙可痛恨者也。此二經有力道士乃能見，當以著心焉。如其輕忽不以爲意者，幸我同志，鳴鼓攻之可也。

四阿含暮抄序第十〔五一〕

未詳作者〔五二〕

阿含暮者，秦言趣無也。阿難既出十二部經，又採撮其要逕至道法爲四阿含暮，與阿毗曇及律並爲三藏焉。身毒學士以爲至德未墜於地也。有阿羅漢名婆素跋陀，抄其膏腴以爲一部，九品四十六葉，斥重去複，文約義豐，真可謂經之瓔鬘也。百行美妙，辨是與非，〔五三〕莫不悉載也。幽奥深富，行之能事畢矣。

有外國沙門，字因提麗，先齎詣前部國，秘之佩身，不以示人。其王彌第求得諷之，遂得布此。余以壬午之歲八月，東省先師寺廟於鄴寺，令鳩摩羅佛提執胡本，佛念、佛護爲譯，僧導、曇究、僧叡筆受，至冬十一月乃訖。此歲夏出阿毗曇，冬出此經，一年之中具二藏也。深以自幸，但恨八九之年始遇斯經，恐韋編未絶，不終其業耳。若加數年，將無大過也。近勑譯人，直令轉胡爲秦，解方言而已，經之文質，所不敢易也。又有懸數懸事，皆訪其人，爲注其下。時復以意消息者爲章。〔五四〕章注修妬路者，其人注解，別經本也。其有直言修妬路者，引經證，非注解也。

優婆塞戒經記第十一〔五五〕

出經後記

太歲在丙寅，夏四月二十三日，河西王世子、撫軍將軍、録尚書事大沮渠興國，與諸優婆塞等五百餘人，共於都城之內，請天竺法師曇摩讖譯此在家菩薩戒，至秋七月二十三日都訖，秦沙門道養筆受。願此功德，令國祚無窮，將來之世，值遇彌勒，初聞悟解，逮無生忍。十方有識，咸同斯誓。

菩提經注序第十二〔五六〕

釋僧叡

夫萬法無相而有二諦，聖人無知而有二名。二諦者，俗也、道也。二名者，權也、智也。二名以語默爲稱，二諦以緣性爲言，緣性兩陳而其實不乖，語默誠異而幽旨莫二。故般若經曰：「色卽是空，空卽是色。」見緣起爲見法也。

菩提經者，諸佛之要藏，十住之營統。其文雖約，而義貫衆典；其旨雖玄，而曉然易覽。〔五七〕猶日月麗天，則羣像自朗；示之一隅，則三方自釋也。經之爲體，論緣性則以二諦爲宗，語玄會則以權智爲主，言菩提則以無得爲玄，明發意則以冥期爲妙。婉約而弘深，莫不備矣。耆婆法師入室之祕說也。〔五八〕親承者寡，故罕行於世。家師順得之於始會，〔五九〕余雖不敏，謬聞於第五十。性疎多漏，故事語而書紳。豈曰注解，自貽來哂，庶同乎我者，領之文外耳。

關中出禪經序第十三〔六〇〕

僧叡法師

禪法者，向道之初門，泥洹之津徑也。此土先出修行、大小十二門、大小安般，雖是其事，既不根悉，又無受法，學者之戒，蓋闕如也。鳩摩羅法師以辛丑之年十二月二十日，自姑臧至長安。予即以其月二十六日從受禪法。既蒙啓授，乃知學有成准，〔六一〕法有成修。〔六二〕首楞嚴經云：「人在山中學道，無師道終不成。」是其事也。尋蒙抄撰衆家禪要，得此三卷，初四十三偈，是鳩摩羅羅陀法師所造，後二十偈，是馬鳴菩薩之所造也。其中五門，是婆須蜜、僧伽羅叉、漚波崛、僧伽斯那、勒比丘、馬鳴、羅陀禪要之中，抄集之所出也。六覺中偈，是馬鳴菩薩修習之以釋六覺也。初觀婬、恚、癡相及其三門，皆僧伽羅叉之所撰也。息門六事，諸論師説也。菩薩習禪法中，後更依持世經，益十二因緣一卷，要解二卷，别時撰出。

夫馳心縱想，則情愈滯而惑愈深；繫意念明，則澄鑒朗照而造極彌密。心如水火，擁之聚之，則其用彌全；決之散之，則其勢彌薄。故論云：「質微則勢重，質重則勢微。」如地質重故勢不如水，水性重故力不如火，火不如風，風不如心。心無形故力無上，神通變化，八不思議，心之力也。心力既全，乃能轉昏入明，明雖愈於不明，而明未全也。明全在于忘照，照忘然後無明非明，無明非明，爾乃幾乎息矣。幾乎息矣，慧之功也。故經云：「無禪不智，無智不禪。」然則禪非智不照，照非禪不成。大哉禪智之業，可不務乎！

出此經後，至弘始九年閏月五日，重求檢校，懼初受之不審，差之一毫，將有千里之降。詳而定之，輒復多有所正，既正既備，〔六三〕無間然矣。

廬山出修行方便禪經統序第十四〔六四〕

釋慧遠

夫三業之興，以禪智爲宗，雖精麁異分，而階藉有方。是故發軫分逵，塗無亂轍，革俗成務，功不待積。靜復所由，則幽緒告微，淵博難究，然理不云昧，庶旨統可尋。試略而言，禪非智無以窮其寂，智非禪無以深其照。然則禪智之要，〔六五〕照寂之謂。其相濟也，照不離寂，寂不離照，感則俱遊，應必同趣，功玄於在用，〔六六〕交養於萬法。其妙物也，運羣動以至壹而不有，廓大象於未形而不無，無思無爲，而無不爲。是故洗心靜亂者以之研慮，悟徹入微者以之窮神也。若乃將入其門，機在攝會，理玄數廣，道隱於文，則是阿難曲承音詔。遇非其人，必藏之靈府。何者？心無常規，其變多方，數無定像，待感而應。是故化行天竺，緘之有匠，幽關莫開，罕闚其庭。從此而觀，理有行藏，道不虛授，良有以矣。

如來泥曰未久，阿難傳其共行弟子末田地，末田地傳舍那婆斯。此三應真，咸乘至願，冥契于昔，功在言外，經所不辨。必闇軌元匠，孱焉無差。其後有優波崛，弱而超悟，智絕世表，〔六七〕才高應寡，觸理從簡。八萬法藏，所存唯要，五部之分，始自於此。因斯而推，固知形運以廢興自兆，神用則幽步無跡，妙動難尋，涉麁生異，可不慎乎！可不察乎！

自兹已來，感於事變，懷其舊典者，五部之學，並有其人。咸懼大法將頹，理深共慨，〔六八〕遂各述讚禪經，以隆盛業。其爲教也，無數方便，以求寂然，寂乎唯寂，其揆一耳。而尋條求根者衆，統本運末者寡，或將暨而不至，或守方而未變。是故經稱滿願之德，高普事之風。原夫聖旨非徒全其長，亦所以救其短。若然，五部殊業，存乎其人。人不繼世，道或隆替，廢興有時，則互相升降，小大之目，其可定乎。又達節善變，出處無際，晦名寄跡，無聞無示。若斯人者，復不可以名部分，既非名部之所分，亦不出乎其外，別有宗明矣。

每慨大教東流，禪數尤寡，三業無統，斯道殆廢。頃鳩摩耆婆宣馬鳴所述，乃有此業。雖其道未融，蓋是爲山於一簣。欣時來之有遇，感寄趣於若人，捨夫制勝之論，而順不言之辯。遂誓被僧那，以至寂爲己任，懷德未忘，故遺訓在兹。其爲要也，圖大成於未象，〔六九〕開微言而崇體。悟惑色之悖德，杜六門以寢患，達忿競之傷性，齊彼我以宅心。於是異族同氣，幻形告疎，入深緣起，見生死際。爾乃闢九關於龍津，超三忍以登位。垢習凝於無生，形累畢於神化。故曰：「無所從生，靡所不生，於諸所生，而無不生。」

今之所譯，出自達磨多羅與佛大先。其人西域之俊，禪訓之宗，搜集經要，勸發大乘，弘教不同，故有詳略之異。達磨多羅闔衆篇於同道，開一色爲恒沙。其爲觀也，明起不以生，滅不以盡，雖往復無際，而未始出於如。故曰：「色不離如，如不離色；〔七〇〕色則是如，〔七一〕如則是色。」佛大先以爲澄源引流，固宜有漸。是以始自二道，開甘露門，釋四義以反迷，啓歸塗以領會。分別陰界，導以止觀，〔七二〕暢散緣起，使優劣自辨。然後令原始反終，妙尋其極，其極非盡，亦非所盡，乃曰無盡，入于如來無盡法門。〔七三〕非夫道冠三乘，智通十地，孰能洞玄根於法身，歸宗一於無相，靜無遺照，動不離寂者哉！

禪要祕密治病經記第十五〔七四〕

出經後記

河西王從弟大沮渠安陽侯於于闐國衢摩帝大寺，〔七五〕從天竺比丘大乘沙門佛陀斯那。〔七六〕其人天才特拔，諸國獨步。〔七七〕誦半億偈，〔七八〕兼明禪法，內外綜博，無籍不練，故世人咸曰人中師子。沮渠親面稟受，憶誦無滯。以宋孝建二年九月八日，〔七九〕於竹園精舍書出此經，至其月二十五日訖。尼慧濬爲檀越。〔八〇〕

修行地不淨觀經序第十六〔八一〕

慧觀法師

夫禪典之妙，蓋是三乘之所遊，反迷悟惑者，託幽途以啓真城。塹三業之固宅，廣六度以澄神，散結賊於曠野，研四變以遊心。焰三慧爲炬明，浪沖源以殊分，〔八二〕金剛戟以練魔，定慧相和以測真如。是智依定則癡妄虧而宵落，定由智則七淵湛然而淳清。〔八三〕清融九服則玄庭有階，〔八四〕階級相乘則鑪冶成妙。義之有本，〔八五〕本之有方，尋根傳訓，則冥一俱當。雖利鈍有殊，濟苦一量，若契會同趣，則聖性同照。聖性同照，則累患永遼。故知禪智爲出世之妙術，實際之義標也。

夫禪智之爲道，言約理備，究析中道，對治萬法，善惡相乘，迭轉孰止，互有廢興。館閫匠徹，略位其宗，以揆大方，異世同文。上聖爲慈悲之主，留法藏於千載，示三乘之軌轍，知會通之至階，汰龕蜂於曩劫，曲成衆豔之靈蠙。密典相傳以至今，接有緣以八背，未始失其會，隨機猶掌迴。所謂澹智常寂而不失，照雖萬機，寂化一用。故能窮諸法實，擬想玄扉，遊志妙極，躡神光於無間者哉。禪典要密，宜對之有宗。若漏失根原，〔八六〕則枝尋不全；羣盲失旨，則上慢幽昏，可不懼乎！若能審其本根，冥訓道成，實觀會古，則萬境齊明，沖途豁爾而融，體玄象於無形。然後知凡聖異流，心行無邊。然棄本尋條之士，各以升降小異，俱會其宗，〔八七〕遂迷穴見。偶變其津塗，昏遊長夜，永與理隔，不亦哀哉！

自頃來禪訓實少，〔八八〕尠得其中。每以殊形難保，遷動不常，便啓誠三寶，搜求玄要，依四百論扣其關旨。會遇西來宗匠，綜習大法，尋本至終，冥隅一開，千載之下，優曇再隆，可不欣乎！遂乃推究高宗承嗣之範，云佛涅槃後，阿難曲奉聖旨，流行千載，先與同行弟子摩田地，摩田地傳與舍那婆斯。此三應真，大願弘覆，冥構于昔，神超事外，慈在寧濟，潛行救物，偶會無差。佛在世時，有外學五通仙人，往至佛所，請求出家，乘俗高勝，志存遠寄，便言：「若我入道，智慧辯才與身子等者，爾乃當於至尊法中修習梵行。」佛知其本根，於後百年當弘大事，便答仙人：「汝今出家，智慧淺薄，不及身子。」仙人卽退。後百年中，其人出世，奇識博達，遇物開悟，遂出家學道，尋得應真。三明内照，六通遠振，辯才無礙，摧諸異論，所度人衆，其量無邊。於諸法藏，開託教文，諸賢遂見，乃有五部之異。是化運有方，開徹有期。〔八九〕五部既舉，則深淺殊風，遂有支派之別。〔九〇〕既有其別，可不究本，詳而後學耶？

此一部典，名爲具足清淨法場。傳此法至於罽賓，轉至富若蜜羅。富若蜜羅亦盡諸漏，具足六通。後至弟子富若羅，亦得應真。此二人於罽賓中爲第一教首。富若蜜羅去世已來五十餘年，弟子去世二十餘年，曇摩多羅菩薩與佛陀斯那俱共諮得高勝，宣行法本。佛陀斯那化行罽賓，爲第三訓首。有於彼來者，親從其受法教誨，見其涅槃。其涅槃時遺教言：〔九一〕「我所化人衆數甚多，入道之徒具有七百，富若羅所訓爲教師者十五六人。」如今於西域中熾盛教化，受學者衆。

曇摩羅從天竺來，以是法要傳與婆陀羅，婆陀羅傳與佛陀斯那。〔九二〕佛陀斯那愍此旃丹無真習可師，故傳此法本流至東州。亦欲使了其真僞，塗無亂轍，成無虛構，必加厚益。斯經所云：「開四色爲分，界一色無量緣，宗歸部津，〔九三〕則發趣果然。」其猶朝陽暉首，萬類影旋；師子震吼，則衆獸伏焉；聖王輪寶，諸雄悚然。攬斯法界，〔九四〕廓清虛津，入有不惑，處無不沉。自非道超羣方，〔九五〕智鑒玄中，孰能立無言之辯於靈沼之淵，寄言述於七覺之林？可謂無名於所名，而物無不名；無形於所形，而物無不形；無事於所事，而物無不事者哉！

勝鬘經序第十七〔九六〕

釋慧觀作

勝鬘經者，蓋方廣之要路，〔九七〕超昇之洪軌。故其爲教也，〔九八〕創基覆簣，而雲峯已構；沖想一興，而淵悟載豁。言踰常訓，旨越舊篇。故發心希聖，而神儀曜靈；歸無別章，而歎德斯備；誠感聲發，而尊號嚮集。然後勒心切戒，曠志僧那，善攝靡遺，大乘斯御。馳輪幽轍，長驅永路，期運剋終，誕登玄極，玄極無二，故萬流歸一。故曰三乘皆入一乘。〔九九〕所謂究竟第一義乘。一誠無辯，而義有區分，名由義生，〔一〇〇〕故稱謂屢轉。三五之興，蓋由此也。爾其奥也，窮無始之前，以明解惑之本，究來際之末，〔一〇一〕挹泥洹之妙。文寡義豐，彌綸羣籍，宇宙不足以擬其廣，太虚不能以議其量。淵兮其不可測也，廓兮其不可極也。將求本際之源，〔一〇二〕追返流之極者，必至於此焉。

司徒彭城王殖根遐劫，龍現兹生，依跡上台，協讚皇極。而神澄世表，志光玄猷，闡斯幽典，誠期愈曠。凡厥道俗，莫不響悦。請外國沙門求那跋陀羅手執正本，口宣梵音，山居苦節，通悟息心。釋寶雲譯爲宋語。德行諸僧慧嚴等一百餘人，考音詳義，以定厥文。大宋元嘉十三年，歲次玄枵，八月十四日，初轉梵輪，訖于月終。公乃廣寫雲布，以澤未洽，將興後世，同往高會道場。故略叙法要，以染同慕之懷云爾。

勝鬘經序第十八〔一〇三〕

慈法師〔一〇四〕

勝鬘經者，蓋是方等之宗極者也，所以存于千載。功由人弘，故得以元嘉十二年，歲在乙亥，有天竺沙門名功德賢，業素敦尚，貫綜大乘，遠載梵本，來遊上京，庇迹祇洹，招學鑽訪。〔一〇五〕才雖不精絶，義粗輝揚，遂播斯旨，乃上簡帝王。〔一〇六〕于時有優婆塞何尚之，〔一〇七〕居丹陽尹，〔一〇八〕爲佛法檀越。登集京輦敏德名望，〔一〇九〕便於郡内請出此經。既會賢本心，又謹傳譯，字句雖質，而理妙淵博，殆非常情所可厝慮。

時竺道生義學弟子竺道攸者，〔一一〇〕少習玄宗，偏蒙旨訓。後侍從入廬山，温故傳覆，可謂助鳳耀德者也。法師至元嘉十一年，於講座之上遷神異世，道攸慕深情慟，有若天墜。於是奉訣墳隴，遂遁臨川三十許載。經出之後，披尋反覆，既悟深旨，仰而歎曰：「先師昔義，闇與經會；但歲不待人，經襲義後。若明匠在世，剖析幽賾者，豈不使異經同文，解無餘向者哉！輒敢解釋，兼翼宣遺訓，故作注解，凡有五卷。」時人以爲文廣義隱，所以省者息心玄門。至大明四年，孝武皇帝以其師習有承，勑出爲都邑法師。慈因得諮覲，粗問此經首尾，又尋其注意，竊謂義然。今聊撮其要解，撰爲二卷，庶使後賢，共見其旨焉。

文殊師利發願經記第十九〔一一一〕

晉元熙二年，歲在庚申，於揚州鬬場寺禪師新出。云：「外國四部衆禮佛時，多誦此經，以發願求佛道。」

賢愚經記第二十〔一二〕

釋僧祐新撰

十二部典，蓋區別法門。曠劫因緣，既事照於本生；智者得解，亦理資於譬喻。賢愚經者，可謂兼此二義矣。河西沙門釋曇學、威德等凡有八僧，〔一三〕結志遊方，遠尋經典。於于闐大寺遇般遮于瑟之會。般遮于瑟者，漢言五年一切大衆集也。三藏諸學，各弘法寶，説經講律，依業而教。學等八僧隨緣分聽，於是競習胡音，析以漢義，精思通譯，各書所聞，還至高昌，乃集爲一部。既而踰越流沙，齎到涼州。于時沙門釋慧朗，河西宗匠，道業淵博，總持方等。以爲此經所記，源在譬喻，譬喻所明，兼載善惡；善惡相翻，則賢愚之分也。前代傳經，已多譬喻，故因事改名，號曰賢愚焉。

元嘉二十二年，歲在乙酉，始集此經。京師天安寺沙門釋弘宗者，戒力堅淨，志業純白。此經初至，隨師河西，時爲沙彌，年始十四，親預斯集，躬覩其事。洎梁天監四年，春秋八十有四，凡六十四臘，京師之第一上座也。經至中國，則七十年矣。祐總集經藏，訪訊遐邇，〔一四〕躬往諮問，面質其事。宗年耆德峻，心直據明，故標講爲録，〔一五〕以示後學焉。

八吉祥經後記第二十一〔一六〕

八吉祥經，宋元嘉二十九年，太歲壬辰，正月三日，天竺國大乘比丘釋求那跋陀羅於荆州城内譯出此經，至其月六日竟。使持節、侍中、都督荆湘雍益梁寧南北秦八州諸軍事、司空、荆州刺史、領南蠻校尉南譙王優婆塞劉義宣爲檀越。

無量義經序第二十二〔一七〕

荆州隱士劉虬作

無量義經者，取其無相一法，廣生衆教，含義不貲，故曰無量。夫三界羣生隨業而轉，一極正覺任機而通。流轉起滅者，必在苦而希樂，此叩聖之感也。順通示現者，亦施悲而用慈，即救世之應也。根異教殊，其階成七：先爲波利等説五戒，所謂人天善根，一也。次爲拘隣等轉四諦，所謂授聲聞乘，二也。次爲中根演十二因緣，所謂授緣覺乘，三也。次爲上根舉六波羅蜜，所謂授以大乘，四也。衆教宜融，〔一八〕羣疑須導，次説無量義經，既稱得道差品，復云未顯真實，使發求實之冥機，用開一極之由緒，五也。故法華接唱，顯一除三，順彼求實之心，去此施權之名，六也。雖權開而實現，猶掩常住之正義，在雙樹而臨崖，乃暢我淨之玄音，七也。過此以往，法門雖多，撮其大歸，數盡於此。亦由衆聲不出五音之表，百氏並在六家之內。其無量義經，雖法華首載其目，〔二九〕而中夏未覩其說。每臨講肆，未嘗不廢談而歎，想見斯文。

忽有武當山比丘慧表，生自羌胄，僞帝姚略從子。國破之日，爲晉軍何澹之所得。數歲聰黠，澹之字曰螟蛉，養爲假子。俄放出家，便勤苦求道，南北遊尋，不擇夷險。以齊建元三年，復訪奇搜秘，遠至嶺南。於廣州朝亭寺遇中天竺沙門曇摩伽陀耶舍，手能隸書，口解齊言，欲傳此經，未知所授。表便慇懃致請，心形俱至，淹歷旬朔，僅得一本，仍還嶠北，齎入武當。以今永明三年九月十八日頂戴出山，見校弘通。奉覿真文，欣敬兼誠，詠歌不足，手舞莫宣。輒虔訪宿解，抽刷庸思，謹立序注云。

自極教應世，與俗而差，神道救物，稱感成異。玄圃以東，號曰太一，罽賓以西，字爲正覺。〔三〇〕東國明殃慶於百年，西域辨休咎於三世，〔三一〕希無之與修空，其揆一也。有欲於無者，既無得無之分，施心於空者，豈有入空之照。而講求釋教者，或謂會理可漸，或謂入空必頓。請試言之，以筌幽寄。

立漸者，以萬事之成，莫不有漸。堅冰基於履霜，九仞成於累土。〔三二〕學人之入空也，雖未圓符，譬如斬木，去寸無寸，去尺無尺，三空稍登，寧非漸耶？立頓者，以希善之功，莫過觀於法性。〔三三〕法性從緣，非有非無，忘慮於非有非無，理照斯一者，乃曰解空。存心於非有非無，境智猶二者，未免於有。有中伏結，非無日損之驗，空上論心，未有入理之効。而言納羅漢於一聽，判無生於終朝，是接誘之言，非稱實之說，妙得非漸，理固必然。既二談分路，兩意爭途，一去一取，莫之或正。

尋得旨之匠，起自支安。支公之論無生，以七住爲道慧。陰足十住，則羣方與能，在迹斯異，語照則一。安公之辯異觀，三乘者始簣之因稱，〔一二四〕定慧者終成之實録。此謂始求可隨根而三，入解則其慧不二。譬喻亦云：「大難既夷，乃無有三；險路既息，其化即亡。」此則名一爲三，非有三悟明矣。生公云：「道品可以泥洹，非羅漢之名。六度可以至佛，非樹王之謂。」斬木之喻，木存故尺寸可漸；無生之證，生盡故其照必頓。案三乘名教，皆以生盡照息，去有入空。以此爲道，不得取象於形器也。〔一二五〕

今無量義，亦以無相爲本。若所證實異，豈曰無相，若入照必同，寧曰有漸？非漸而云漸，密筌之虛教耳。如來亦云：「空拳誑小兒，以此度衆生。」微文接麁，漸說或允；忘象得意，頓義爲長。聊舉大較，談者擇焉。

譬喻經序第二十三〔一二六〕

康法邃造

譬喻經者，皆是如來隨時方便四說之辭，敷演弘教訓誘之要。牽物引類，轉相證據，互明善惡罪福報應，皆可寤心，免彼三塗。如今所聞，億未載一，而前後所寫，互多複重。今復撰集，事取一篇，以爲十卷。比次首尾，皆令條別，趣使易了，於心無疑。願率土之賢，有所遵承，永升福堂，爲將來基。

出經前記

百句譬喻經前記第二十四〔二七〕

永明十年九月十日，中天竺法師求那毗地出。修多羅藏十二部經中抄出譬喻聚爲一部，凡一百事，天竺僧伽斯法師集行大乘，爲新學者撰説此經。

校勘記

〔一〕十注經含注序第二　「含」字宋本、磧砂本、元本、明本作「合」，兹從麗本。

〔二〕優婆塞戒經記第十一　「經」字下各本有「序」字，據後文標目删。

〔三〕菩提經注序第十二　各本脱「注」字，據後文標目補。

〔四〕廬山出修行方便禪經統序第十四　各本脱「統」字，據後文標目補。

〔五〕禪要秘密治病經記第十五　各本脱「治病」二字，據後文標目補。

〔六〕修行地不淨觀經序第十六　各本脱「經」字，據後文標目補。

〔七〕釋慧觀作　各本作「未詳作者」，據後文標目改。麗本作「法慈法師」，當係下篇勝鬘經序第十八之作者誤植於此。

〔八〕華嚴經記第一　長房録七載東晉佛䭾跋陀羅譯華嚴經五十卷。經存，大正藏第九卷二七八號作大方廣佛華嚴經六十卷，卷末載此後記。

〔九〕凡再校胡本　卷末後記無自「凡」字下二十五字。又劉宋永初二年爲「辛酉」，而非「辛丑」。

〔一〇〕十住經含注序第二　宋本、磧砂本、元本、明本及法經録六作「合注」，兹從麗本作「含注」。梁傳五曇翼傳附僧衞傳云：「尤善十住，乃爲之注解。」即指此。注佚。

〔一一〕故悟虚則遂其通塞　「塞」字各本脱，據下文「塞則用遂緣感」句補。

〔一二〕引而張之　「引」字宋本、磧砂本、元本、明本作「別」，兹從麗本。

〔一三〕憑虚照通　「虚」字宋本、磧砂本、元本、明本作「靈」，兹從麗本。

〔一四〕穢心爲欲　「爲」字各本無，據前後文意補。

〔一五〕心赴五欲以昏慮　「赴」字磧砂本、元本、明本作「起」，兹從麗本、宋本。

〔一六〕然則境雖□□理故心緣　各本「雖」下接「理」字。全晉文一六五按語：「下缺數語。」按此句與下文爲對應之句，則「雖」字下應有二字脱文。

〔一七〕將窮賾心術之原本　「賾」字麗本、宋本作「頤」，兹從磧砂本、元本、明本。

〔一八〕統極十道之尊號　「統」字宋本、磧砂本、元本、明本作「包」，兹從麗本。

〔一九〕蓋廓明神覺之嚮牖　「嚮牖」二字麗本作「響像」，磧砂本、元本作「向牖」，明本作「向牗」，兹從宋本。

〔二〇〕孰能亢於貞鑒　「於」字各本脱，據上下文意補。

〔二一〕蓋衆非勝無以扣其玄　「衆」字各本脱，據上文「引法雲以勝衆」補。

〔二二〕叩三說以開奥　「奥」字宋本、磧砂本、元本、明本作「輿」，兹從麗本。

〔一三〕發五請以宣到　「宣」字磧砂本、元本作「宗」，玆從麗本、宋本、明本。

〔一四〕固不得同日而語　「固」字宋本、磧砂本、元本、明本脱，從麗本補。

〔一五〕蓋以申其用己之心耳　「申」字宋本、磧砂本、元本、明本作「伸」，玆從麗本。

〔一六〕漸備經十住梵名並書叙第三　法經録六著録漸備經序一卷，無撰人名。長房録六載西晉竺法護譯漸備一切智德經十卷。經存，大正藏第十卷二八五號作漸備一切智德經五卷，卷首不載此序。

〔一七〕未詳作者　漸備經與光讚經同爲晉泰元元年自涼州持來。光讚序爲道安所作（見本書卷七），自此序内容觀之，當亦道安所撰。

〔一八〕第六住名目前　「目前」二字漸備一切智德經卷一及卷三皆作「目見」。

〔一九〕昔涼州諸道士釋教道竺法彦義　下文稱「彦説之」，則「義」字爲衍文。

〔二〇〕幽旨作□非短思所盡　各本「作」下接「非」字。全晉文一六七於「作」下注云：「案有脱誤。」玆以「□」標之。疑爲「意」字。

〔二一〕因此經寄互市人康兒　「互」字宋本、磧砂本、元本、明本作「牙」，玆從麗本。下同。

〔二二〕非但第一第二第九　各本脱「但」字，從全晉文一六七補。

〔二三〕須賴經亦復小多　「賴」字各本作「羅」，從全晉文一六七改。

〔二四〕菩薩善戒菩薩地持二經記第四　長房録十載劉宋求那跋摩譯菩薩善戒經二十卷，又卷九載曇摩讖譯菩薩地持經十卷，二經俱存，見大正藏第三十卷一五八二號、一五八一號。

〔二五〕大集虚空藏無盡意三經記第五　法經録六著録釋僧祐撰大集虚空藏無盡意三經記一卷。長房録九載北涼曇摩讖譯大方等大集經三十一卷，虚空藏經五卷，又卷六載西晉竺法護譯無盡意經四卷。大集經、虚空藏經存，在大正藏第十三卷三九七號隋僧就所合之大方等大集經六十卷中。餘一經佚。

〔三六〕又別有無盡意經四卷成者　各本脱「有」字，據全梁文七一補。

〔三七〕如來大哀經記第六　法經録六著録如來大哀經記一卷，無撰人名。長房録六載西晉竺法護譯大哀經七卷。經存，大正藏第十三卷三九八號作八卷，卷末不載此記。

〔三八〕長阿含經序第七　法經録六著録釋僧肇撰長阿含經序一卷。長房録八載姚秦佛馱耶舍譯長阿含經二十二卷。經存，見大正藏第一卷一號，卷首載此序。

〔三九〕韞而彌廣　各本作「温而彌曠」，茲從卷首序。

〔四〇〕剖判真僞異齊之原　「齊」字各本作「濟」，據卷首序改。

〔四一〕敬受無差　麗本作「敬無差舛」，宋本無「受」字，茲從磧砂本、元本、明本及卷首序。

〔四二〕以示來賢焉　「賢」字各本作「覽」，從卷首序改。

〔四三〕中阿含經序第八　長房録七載東晉瞿曇僧伽提婆譯中阿含經六十卷。經存，見大正藏第一卷二六號，卷首載此序。

〔四四〕不愜衆情　「愜」字宋本作「怗」，磧砂本、元本、明本作「協」，茲從麗本。

〔四五〕脱遇高明外國善晉胡方言者　「胡」字各本作「梵」，茲從卷首序。

〔四六〕增一阿含經序　「經」字麗本、宋本、磧砂本、元本脱，從明本及本卷首標目補。法經録六著録釋道安撰增一阿含經序一卷。長房録七載東晉瞿曇僧伽提婆譯增一阿含經五十卷。經存，見大正藏第二卷一二五號，作五十一卷，卷首載此序。

〔四七〕比法條貫　「比」字麗本、宋本作「皆」，茲從磧砂本、元本、明本及卷首序。

〔四八〕今加其一　「今」字磧砂本、元本、明本及卷首序作「令」，兹從麗本、宋本。

〔四九〕今二阿含　各本「今」字下有「爲」字，從全晉文一五八删。

〔五〇〕堪慊切直割而去之　「直」字磧砂本、元本、明本作「真」，兹從麗本、宋本。

〔五一〕四阿含暮抄序第十　法經録六著録四阿含暮抄序一卷，無撰人名。長房録八載苻秦鳩摩羅佛提譯四阿含暮抄經二卷。經存，大正藏第二十五卷一五〇五號作四阿含暮抄解，卷首載此序。

〔五二〕未詳作者　按大正藏本四阿含暮抄解經題下注云：「此土篇目題皆在首，是故道安爲斯題。」題爲道安所定。又就此序内容觀之，中有「八九之年」等語，則序亦道安所撰也。

〔五三〕辨是與非　「辨」字宋本、磧砂本、元本、明本作「辯」，兹從麗本。

〔五四〕時復以意消息者爲章　「爲」字下磧砂本、元本、明本有「其」字，從麗本、宋本删。

〔五五〕優婆塞戒經記第十一　長房録九載北凉曇摩讖譯優婆塞戒經十卷。經存，見大正藏第二十四卷一四八八號，作七卷。卷末不載此後記。

〔五六〕菩提經注序第十二　長房録九載姚秦鳩摩羅什譯菩提經一卷。經存，大正藏第十四卷四六四號作文殊師利問菩提經。注佚。

〔五七〕而曉然易覽　各本脱「而」字，據全宋文六三補。

〔五八〕耆婆法師入室之祕説也　耆婆法師即鳩摩羅什，見本書卷十四鳩摩羅什傳。

〔五九〕家師順得之於始會　梁傳六晉釋道祖傳：「〔曇〕順本黄龍人，少受業什公。」此家師順即僧叡之師曇順，曾從鳩摩羅什受菩提經旨者也。

〔六〇〕關中出禪經序第十三　法經録六著録釋僧叡撰關内出禪經序一卷。長房録八載姚秦鳩摩羅什譯禪經三卷。經存，大正藏第十五卷六一四號作坐禪三昧經二卷，卷首不載此序。

〔六一〕乃知學有成准　「有成」二字磧砂本、元本、明本脫，從麗本、宋本補。

〔六二〕法有成修　「修」字麗本作「條」，茲從宋本、磧砂本、元本、明本。

〔六三〕既正既備　「既正」二字宋本、磧砂本、元本、明本脫，從麗本補。

〔六四〕廬山出修行方便禪經統序第十四　法經録六著録釋慧遠撰廬山修行方便禪經序一卷。長房録七載東晉佛馱跋陀羅譯達磨多羅禪經二卷。經存，見大正藏第十五卷六一八號，卷首載此序。

〔六五〕然則禪智之要　各本脫「然」字，從卷首序補。

〔六六〕功玄於在用　「於在」二字磧砂本、元本、明本作「在於」，從麗本、宋本及卷首序乙正。

〔六七〕智絶世表　「絶」字各本作「終」，從卷首序改。

〔六八〕理深共慨　「共」字各本作「其」，從全晉文一六二改。

〔六九〕圖大成於未象　「未」字各本作「末」，從卷首序改。

〔七〇〕如不離色　全晉文一六二此句下有「色不離如」四字，各本無。

〔七一〕色則是如　全晉文一六二此句下有「如不離色」四字，各本無。

〔七二〕導以止觀　「止」字各本作「正」，從卷首序改。

〔七三〕入于如來無盡法門　「如來」二字宋本、磧砂本、元本、明本脫，從麗本及卷首序補。

〔七四〕禪要祕密治病經記第十五　法經録六著録禪要祕密經記一卷，無撰人名。長房録十載劉宋沮渠京聲譯治禪病祕要法經二卷。經存，大正藏第十五卷六二〇號作治禪病祕要法，卷末載此記。

〔七五〕河西王從弟大沮渠安陽侯於于闐國衢摩帝大寺　卷末記於「弟」字下有「優婆塞」三字。

〔七六〕從天竺比丘大乘沙門佛陀斯那　各本作「從」，卷末記作「金剛阿練若住處」。佛陀斯那即佛大先。

〔七七〕諸國獨步　各本作「諸國」，卷末記作「國中」。

〔七八〕誦半億偈　卷末記「誦」字上有「口」字。

〔七九〕以宋孝建二年九月八日　卷末記無「宋」字。

〔八〇〕尼慧濬爲檀越　卷末記無此六字。慧濬，比丘尼傳卷二有傳。

〔八一〕修行地不淨觀經序第十六　智昇錄三載東晉佛陀跋陀羅譯達摩多羅禪經二卷，一名不淨觀經，亦名修行方便禪經。卽修行地不淨觀經。經存，見大正藏第十五卷六一八號，卷首不載此序。

〔八二〕浪冲源以殊分　「冲」字宋本、磧砂本、元本、明本作「中」，茲從麗本。

〔八三〕定由智則七淵湛然而淳清　「清」字磧砂本、元本、明本作「淳」，茲從麗本、宋本。

〔八四〕清融九服則玄庭有階　磧砂本、元本、明本脫「清」字，從麗本、宋本補。

〔八五〕義之有本　各本脫「有」字，據支本補。

〔八六〕若漏失根原　「原」字宋本、磧砂本、元本、明本作「源」，茲從麗本。

〔八七〕俱會其宗　「宗」字麗本作「穴」，茲從宋本、磧砂本、元本、明本。

〔八八〕自頃來禪訓實少　「少」字宋本、磧砂本、元本、明本脫，從麗本補。

〔八九〕開徹有期　「徹」字磧砂本、元本、明本作「濬」，茲從麗本、宋本。

〔九〇〕遂有支派之別　「派」字麗本作「流」，茲從宋本、磧砂本、元本、明本。

〔九一〕其涅槃時遺教言　「其涅槃」三字麗本脫，茲從宋本、磧砂本、元本、明本。

〔九二〕婆陀羅傳與佛陀斯那　各本脫「傳」字，從全宋文六三補。

〔九三〕宗歸部津　「津」字磧砂本、元本、明本作「律」，茲從麗本、宋本。

〔九四〕攬斯法界　「攬」字宋本、磧砂本、元本、明本作「覽」，茲從麗本。

〔九五〕自非道超羣方　「超」字麗本、宋本、磧砂本、元本作「起」，兹從明本。

〔九六〕勝鬘經序第十七　法經録六著録釋慧觀撰勝鬘經序一卷。長房録十載劉宋求那跋陀羅譯勝鬘師子吼一乘大方便經一卷。經存，大正藏第十二卷三五三號作勝鬘師子吼一乘大方便方廣經，卷首不載此序。

〔九七〕蓋方廣之要路　「路」字各本作「略」，從全宋文六三改。

〔九八〕故其爲教也　「故」字各本作「欲」，從全宋文六三改。

〔九九〕故曰三乘皆入一乘　「三」字宋本、磧砂本、元本、明本作「二」，兹從麗本。

〔一〇〇〕名由義生　「由」字宋本、磧砂本、元本、明本作「曰」，兹從麗本。

〔一〇一〕究來際之末　「末」字宋本、磧砂本、元本、明本作「味」，兹從麗本。

〔一〇二〕將求本際之源　「求」字元本、明本作「來」，兹從麗本、宋本、磧砂本。

〔一〇三〕勝鬘經序第十八　法經録六著録釋慧慈撰勝鬘經序一卷。此爲勝鬘經注之序。注佚。

〔一〇四〕慈法師　「慈」字上宋本、磧砂本、元本、明本有「法」字，兹從麗本。按梁傳七劉宋釋道猷傳：「後有豫州沙門道慈，善維摩、法華。祖述猷義，删其所注勝鬘以爲兩卷，今行於世。」則應作道慈法師。

〔一〇五〕招學鑽訪　「鑽」字宋本、磧砂本、元本、明本作「讚」，兹從麗本。

〔一〇六〕乃上簡帝王　「王」字各本作「主」，從全宋文六四改。

〔一〇七〕于時有優婆塞何尚之　「尚」字宋本、磧砂本、元本、明本作「上」，兹從麗本。

〔一〇八〕居丹陽尹　「居」字宋本、磧砂本、元本、明本作「尸」，兹從麗本。

〔一〇九〕登集京輦緻德名望　「京」字宋本、磧砂本、元本、明本作「華」，兹從麗本。

〔一一〇〕時竺道生義學弟子竺道攸者　竺道攸即釋道猷，吴人，注勝鬘經五卷。

〔一一一〕文殊師利發願經記第十九　法經録六著録文殊師利發願記一卷。長房録七載東晉佛馱跋陀羅譯文殊師利發願偈經一卷。經存，大正藏第十卷二九六號作文殊師利發願經，卷末不載此記。

〔一一二〕賢愚經記第二十　法經録六著録釋僧祐撰賢愚經記一卷。長房録九載北涼曇覺共威德譯賢愚經十五卷。經存，見大正藏第四卷二〇二號，作十三卷，卷末不載此記。

〔一一三〕河西沙門釋曇學威德等凡有八僧　各本作「曇學」，長房録九作「曇覺」。「威」字宋本、磧砂本、元本、明本作「成」，兹從麗本。

〔一一四〕訪訊遐邇　「訊」字宋本、磧砂本、元本、明本作「告」，兹從麗本。

〔一一五〕故標講爲録　「講」字宋本、磧砂本、元本、明本作「諜」，兹從麗本。

〔一一六〕八吉祥經後記第二十一　麗本脱「後」字，宋本、磧砂本、元本、明本脱「經後」二字，據本卷首標目補。長房録十載劉宋求那跋陀羅譯八吉祥經一卷，經佚。

〔一一七〕無量義經序第二十二　長房録十一載南齊曇摩伽陀耶舍譯無量義經一卷。經存，見大正藏第九卷二七六號，卷首載此序。

〔一一八〕衆教宜融　「宜」字磧砂本、明本作「冥」，卷首序作「宣」，兹從麗本、宋本、元本。

〔一一九〕雖法華首載其目　「載」字各本及卷首序作「戴」，從全齊文二〇改。

〔一二〇〕字爲正覺　「覺」字宋本、磧砂本、元本、明本及卷首序作「學」，兹從麗本。

〔一二一〕西域辨休咎於三世　「辨」字宋本、磧砂本、元本、明本及卷首序作「辯」，兹從麗本。

〔一二二〕九仞成於累土　「九仞成」各本作「九成作」，兹從卷首序。

〔一二三〕莫過觀於法性　「於」字宋本、磧砂本、元本、明本及卷首序脱，從麗本補。

〔二四〕三乘者始簣之因稱　「因」字宋本、磧砂本、元本、明本及卷首序作「日」，兹從麗本。

〔二五〕不得取象於形器也　「象」字宋本、磧砂本、元本、明本及卷首序作「像」，兹從麗本。

〔二六〕譬喻經序第二十三　長房録七載東晉康法邃集譬喻經十卷，此卽其序。經佚。

〔二七〕百句譬喻經前記第二十四　「前」字各本脱，據本卷首標目補。長房録十一載南齊求那毗地譯百句譬喻集經十卷。經存，大正藏第四卷二〇九號作百喻經四卷，卷首載此記。

出三藏記集卷第十

梁釋僧祐撰

道地經序第一〔五〕　釋道安

夫道地者，應真之玄堂，升仙之奧室也。無本之城，杳然難陵矣；〔六〕無爲之牆，邈然難踰矣。微門妙闥，少闚其庭者也。蓋爲器也猶海與，行者日酌之而不竭，返精者無數而不滿。其爲像也，含弘靜泊，綿綿若存，寂寥無言，辯之者幾矣。怳惚無行，求矣漭乎其難測。

聖人有以見因華可以成實，覩末可以達本，乃爲布不言之教，陳無轍之軌，闡止啓觀，式成定諦。髦彥六雙，率由斯路，歸精谷神，於乎羨矣。夫地也者，苞潤施毓，〔七〕稼穡以成；鏐鐐瓊琛，罔弗以載。有喻止觀，莫近於此，故曰道地也。

昔在衆祐，三達遐鑒，八音四辯，赫奕敷化，識病而療，聲典難算。至如來善逝而大訓絕，五百無著遷而靈教乖。於是有三藏沙門，厥名衆護，仰惟諸行，〔八〕布在羣籍；俯愍發進，不能悉洽。祖述衆經，撰要約行，目其次序，以爲一部二十七章。其於行也，要猶人首與，可終身戴，不可須臾下；猶氣息與，可終身通，不可須臾閉。息閉則命殞，首下則身殰。若行者暫去斯法，姦宄之慝入矣。〔九〕

有開士世高者，安息王元子也。禪國高讓，納萬乘位，〔一〇〕克明俊德，〔一一〕改容修道。越境流化，爰適此邦，其所傳訓，淵微優邃。又析護所集者七章譯爲漢文，音近雅質，敦兮若樸，或變質從文，或因質不飾。皇矣世高，審得厥旨。

夫絕愛原、滅榮冀、息馳騁，莫先於止；了癡惑、達九道、見身幻，莫首於觀。大聖以是達五根，登無漏，揚美化，易頑俗，莫先於止，靡不由茲也。真可謂盛德大業，至矣哉！行自五陰，盡于成壞，則是苦諦漏盡之迹也。神足章者，則是禪思五通之要也。五十五觀者，則是四非常度三結之本也。

人之處世，曚昧未祛，熙熙甘色，如饗太牢。由處穢海，幽厄九月，既生迍邅，罹遘百凶，尋旋老死，嬰苦萬端，漂溺五流，莫能自返。聖人深見，以爲苦證，遊神八路，長陟永安。專精稽古，則逸樂若此；〔一二〕開情縱欲，〔一三〕則酸毒若彼。二道顯著，宜順所從。石以淬璧，〔一四〕剝堅截剛；素質精染，〔一五〕五色炳燦。由是論之，可不勉哉！

予生不辰，值皇綱紐絶，玁狁猾夏，山左蕩没。避難濩澤，師殞友折，周爰諮謀，顧靡所詢。時鴈門沙門支曇講，鄴都沙門竺僧輔，此二仁者，聰明有融，信而好古，冒嶮遠至，得與酬酢。尋章察句，造此訓傳，希權與進者，暫可微寤。蚊蚋奮翼以助隨嵐，蟻蟺增封嵩岳之頂，豈其能益於高猛哉！探賾奥邈，唯八輩難之，況末學小子，庶幾茲哉！然天竺聖邦，道岨遼遠，幽見碩儒，少來周化。先哲既逝，來聖未至，進退狼跋，咨嗟涕洟。故作章句，申己丹赤。冀諸神通，照我顒顒，〔一六〕必枉靈趾，燭謬正闕也。

沙彌十慧章句序第二〔一七〕　嚴佛調所造

昔在佛世，經法未記，言出尊口，弟子誦習，辭約而義博，說鮮而妙深。佛既泥曰，微言永絶，猶穀水消竭，日月隕墜。於是衆賢共使阿難演其所聞，凡所著出十二部經。其後高明各爲注說，章句解故，或以十數。

有菩薩者，出自安息，字世高。韜弘稽古，靡經不綜，愍俗童蒙，示以橋梁。於是漢邦敷宣佛法，凡厥所出數百萬言。或以口解，或以文傳，唯沙彌十慧，未聞深說。夫十者數之終，慧者道之本也，物非數不定，行非道不度。其文郁郁，其用亹亹，廣彌三界，近觀諸身。調以不敏，得充賢次，學未浹聞，行未中四，夙罹殉咎，遘和上憂。長無過庭善誘之教，悲窮自潛，〔一八〕無所繫心。於是發憤忘食，因閑歷思，遂作十慧章句。不敢自專，事喻衆經，上以達道德，下以慰己志。創奥博尚之賢，〔一九〕不足留意；未升堂室者，可以啓蒙焉。

十法句義經序第三〔二〇〕

道安法師

夫有欲之激，百轉千化，摇蕩成教，亦何得一端乎？是故正覺因心所遷，即名爲經。邪止名正，亂止名定。方圓隨器，合散從俗。隨器故因質而立名，從俗故緣對而授藥。立名無常名，則神道矣；授藥無常藥，則感而通故矣。即已不器，又通其故，則諸行汎然，因法而結也。一二三至十，存乎其人，〔二一〕病有衆寡，以人爲目耳。譬藥分劑，有單有複，診脉視色，投藥緣疾，法參相成，不其然乎！

自佛即幽，阿難所傳，分爲三藏，纂乎前緒，部別諸經。小乘則爲阿含。四行中，阿含者，數之藏府也。阿毗曇者，數之苑藪也。其在赤澤，碩儒通人，不學阿毗曇者，蓋闕如也。

夫造舟而濟者，其體也安，粹數而立者，其業也美。是故般若啓卷，必數了諸法，卒數以成經，斯乃衆經之喉襟，爲道之樞極也。可不務乎？可不務乎？

於戲！前徒不忘玄數者，鶖鷺子也，于兹繼武，有自來矣。篤斯業者，或不成也。爰晉土者，世高其俊也，偉哉數學，淵源流清，抱德惠和，播馨此域，安雖希高迹，末由也已。然旋焉周焉，臧焉修焉，未墜地也。并一不惑，以成積習，移志蹈遠，移質緣以高尚，欲疲不能也。人亦有言曰：「聖人也者，人情之積也。」聖由積靡，爐錘之間，惡可已乎！

經之大例，皆異説同行。異説者，明夫一行之歸致；同行者，其要不可相無，則行必俱行。全其歸致，則同處而不新；不新故頓至而不惑，俱行故叢萃而不迷也。所謂知異知同，是乃大通；既同既異，是謂大備也。以此察之，義焉廋哉！義焉廋哉！

夫玄覽莫美乎同異，而得其門者或寡矣。明白莫過乎辯數，而入其室者鮮矣。昔嚴調撰十慧章句，康僧會集六度要目，每尋其迹，欣有寤焉。然猶有闕，文行未録者，今抄而第之，名曰十法句義。若其常行之注解，若昔未集之貽後，同我之倫，儻可察焉。

三十七品經序第四〔三〕

沙門竺曇無蘭撰

三十七品者，三世諸佛之舟輿，聲聞、支佛亦皆乘之而得度，三界衆生靡不載之。故經曰：「大乘道之興，一切度天人。」然則三十七品，或離或合，在一增，四法而有四意止、四神足、無四意斷；五法則有五根、五力；七法無七覺意；八法而有八等。則爲五經也。依如此比，當應爲七經，如此則離也。而諸經多合，唯一增爾耳。中阿含身意止有安般出入息事，將是行四意止時，有亂意起者，執對行藥也。

又諸經三十七品文辭不同，余因閑戲尋省諸經，撮采事備辭巧便者，差次條貫伏其位，使經體不毁，而事有異同者，得顯于義。又以三三昧連之乎末，以具泥洹四十品。五根中云，四禪、四諦有目無文，故復屬之於後。令始涉者覽之易悟，不亦佳乎！又以諸經之異者注于句末也。

小安般三十七品後，則次止觀；律法義决三十七品後，次四諦；小十二門後，次三向；爾爲泥洹四十品。止觀、四諦成道之行，不可以相無也。是故集止觀、三三昧、四禪、四諦繫之於三十七品後，欲令行者覽之易見而具行也。〔三〕

序二百六十五字，本二千六百八十五字，子二千九百七十字。凡五千九百二十字。除後六行八十字不在計中。晉泰元二十一年，歲在丙申，六月，沙門竺曇無蘭在揚州謝鎮西寺撰。

舍利弗阿毗曇序第五〔二四〕

釋道標

阿毗曇，秦言無比法，出自八音，亞聖所述。作之雖簡，成命曲備，重徽曠濟，神要莫比，眞祇洹之微風，反衆流之宏趣。然佛後闇昧，競執異津，或有我有法，或無我有法，乖悖淳風，虧曚聖道。有舍利弗，玄哲高悟，神貫翼從，德備左面，智參照來。其人以爲是非之起，〔二五〕大猷將隱，既曰像法，任之益滯。是以敢於佛前所聞經法，親承卽集，先巡隄防，遮抑邪流，〔二六〕助宣法化。故其爲經也，先立章以崇本，後廣演以明義。之體四焉：問分也，非問分也，攝相應分也，緒分也。問分者，寄言扣擊，明夫應會。非問分者，假韻默通，唯宣法相。攝相應分者，總括自他，釋非相無。緒分者，遠述因緣，以彰性空。性空彰則反迷至矣，非相無則相與用矣，法相宣則邪觀息矣，應會明則極無遺矣。四體圓足，二諦義備，故稱無比法也。此經於先出阿毗曇，雖文言融通，而旨各異制。〔二七〕又載自空以明宗極，〔二八〕故能取貴於當時，而垂軌於千載，明典振於遠維，四衆率爾同仰。是使徇有者袪妄見之惑，向化者起卽隆之動。〔二九〕迢迢焉，〔三〇〕故冥宗之遺緒也。亹亹焉，故歸輪之所契也。此經標明曩代，〔三一〕靈液西畛，淳教彌於閬風，玄門扇於東嶺。〔三二〕惟秦天王沖姿叡聖，冥根樹於既往，實相結於皇極，王德應符，闡揚三寶。聞兹典誥，夢想思覽，雖曰悠邈，感之愈勤。會天竺沙門曇摩蜱多、曇摩耶舍等義學來遊，秦王既契宿心，〔三二〕相與辯明經理。〔三三〕起清言於名教之域，散衆微於自無之境，超超然誠韻外之致，愔愔然覆美稱之實，於是詔令傳譯。然承華天哲，道嗣聖躬，玄味遠流，妙度淵極，特體明旨，遂讚其事。經師本雖闇誦，誠宜謹備，以秦弘始九年，命書梵文。至十年，尋應令出。但以經趣微遠，非徒開言所契，〔三四〕苟彼此不相領悟，直委之譯人者，恐津梁之要，未盡於善。停至十六年，經師漸閑秦語，令自宜譯。皇儲親管理味，言意兼了，復所向盡，然後筆受。即復内呈上，〔三五〕討其煩重，領其指歸。故令文之者修飾，義之者綴潤，并校至十七年訖。若乃文外之功，勝契之妙，誠非所階，未之能詳，並求之衆經，考之諸論，新異之美，自宜之於文，惟法住之實，如有表裏。然原其大體，有無兼用，微文淵富，義旨顯灼。斯誠有部之永塗，大乘之靡趣，先達之所宗，後進之可仰。標以近質，綜不及遠，情未能已，猥參斯典，希感之誠，脱復微序，庶望賢哲，以恕其鄙。

僧伽羅剎經序第六〔三六〕秦言衆護。

道安法師〔三七〕

僧伽羅剎者，須賴國人也。佛去世後七百年生此國。出家學道，遊教諸邦，至揵陀越土，甄陀罽貳王師焉。〔三八〕高明絶世，多所述作，此土修行經、大道地經，其所集也。又著此經，憲章世尊，自始成道，迄于淪虛，行無巨細，必因事而演，遊化夏坐，莫不曲備。雖普耀、本行、度世諸經載佛起居，至謂爲密；今覽斯經，所悟復多矣。傳其將終，言：〔三九〕「我若立根得力大士誠不虛者，立斯樹下，手援其葉，而棄此身。使那羅延力大象之勢，無能移余如毛髮也。正使就耶維者，當不燋此葉。」言然之後，便卽立終。罽貳王自臨而不能動，遂以巨絙象挽，未始能搖。卽就耶維，炎葉不傷。尋升兜術，與彌勒大士高談彼宮，將補佛處賢劫第八。

以建元二十年，罽賓沙門僧伽跋澄齎此經本來詣長安，武威太守趙文業請令出焉。佛念爲譯，慧嵩筆受。正値慕容作難於近郊；然譯出不衰。〔四〇〕余與法和對檢定之，十一月三十日乃了也。此年出中阿含六十卷，增一阿含四十六卷。伐鼓擊柝之中，而出斯一百五卷，窮通不改其恬，詎非先師之故迹乎！

僧伽羅刹集經後記第七〔四一〕

未詳作者

大秦建元二十年十一月三十日，罽賓比丘僧伽跋澄於長安石羊寺口誦此經及毗婆沙。佛圖羅刹翻譯，秦言未精，沙門釋道安，朝賢趙文業，研覈理趣，每存妙盡，遂至留連，至二十一年二月九日方訖。且婆須蜜經及曇摩難提口誦增一阿含并幻網經，使佛念爲譯人。念迺學通內外，才辯多奇。常疑西域言繁質，謂此土好華，每存瑩飾，文句減其繁長。

安公趙郎之所深疾，窮校考定，〔四二〕務存典骨。既方俗不同，許其五失胡本，出此以外，毫不可差。五失如安公大品序所載。余既預衆末，聊記卷後，使知釋趙爲法之至。

婆須蜜集序第八〔四三〕

未詳作者〔四四〕

婆須蜜菩薩大士，次繼彌勒作佛，名師子如來也。從釋迦文降生鞞提國，爲大婆羅門梵摩渝子，厥名鬱多羅。父命觀佛，尋侍四月，具覩相表、威變、容止，還白所見。父得不還。已出家學道，〔四五〕改字婆須蜜。佛般涅槃後，遊教周妬國、槃奈國〔四六〕，高才蓋世，奔逸絶塵，撰集斯經焉。別七品爲一犍度，盡十三犍度，其所集也。後四品一犍度，訓釋佛偈也。凡十一品十四犍度也。該羅深廣，與阿毗曇並興外國。傍通大乘，特明盡漏，博涉十法，百行之能事畢矣。尋之渀然，猶滄海之無涯，可不謂之廣乎？陟之瞠爾，猶崑岳之無頂，可不謂之高乎？寶渚極目，厭夜光之珍；〔四七〕巖岫舉睫，厭天智之玉。懿乎富也，〔四八〕何過此經？外國升高座者，未墜於地也。集斯經已，入三昧定，如彈指頃，神升兜術。彌妬路、彌妬路刀利及僧伽羅刹適彼天宮，斯二三君子，皆次補處人也。彌妬路刀利者，光炎如來也。僧伽羅刹者，柔仁佛也。茲四大士集乎一堂，對揚權智，賢聖默然，洋洋盈耳，不亦樂乎！

罽賓沙門僧伽跋澄，以秦建元二十年，持此經一部來詣長安。〔四九〕武威太守趙政文業者，學不厭士也，求令出之。佛念譯傳，跋澄、難陀、禘婆三人執胡本，慧嵩筆受。以三月五日出，至七月十三日乃訖，胡本十二千首盧也。余與法和對校修飾，武威少多潤色。此經說三乘爲九品，特善修行，以止觀逕十六最悉。每尋上人之高韻，未嘗不忘臭味也，恨闚數仞之門晚，懼不悉其宗廟之美，〔五〇〕百官之富也。

阿毗曇序第九〔五一〕

釋道安

阿毗曇者，秦言大法也。衆祐有以見道果之至賾，擬性形容，執乎真像，謂之大也。有以道慧之至齊，觀如司南，察乎一相，謂之法，故曰大法也。中阿含世尊責優陀耶曰：「汝致詰阿毗曇乎？」夫然，佛以身子五法爲大阿毗曇也。戒定慧名無漏也。

佛般涅槃後，迦旃延義第一也。以十二部經浩博難究，撰其大法爲一部，八犍度四十四品也。其爲經也，富莫上焉，邃莫加焉。要道無行而不由，可不謂之富乎？至德無妙而不出，可不謂之邃乎？富邃洽備故，故能微顯闡幽也。其說智也周，其說根也密，其說禪也悉，其說道也具。周則二八用各適時，密則二十迭爲賓主，悉則昧滓遍遊其門，具則利鈍各別其所。以故爲高座者所咨嗟，三藏者所鼓舞也。其身毒來諸沙門，莫不祖述此經，憲章鞞婆沙，詠歌有餘味者也。然乃在八荒之外，葱嶺之表，雖欲從之，末由見也。〔五二〕

以建元十九年，罽賓沙門僧迦禘婆，誦此經甚利，來詣長安，比丘釋法和請令出之。佛念譯傳，慧力、僧茂筆受，和理其指歸。自四月二十日出，至十月二十三日乃訖。其人檢校譯人，頗雜義辭，龍蛇同淵，金鍮共肆者，彬彬如也。和憮然恨之，〔五三〕余亦深謂不可，遂令更出。夙夜匪懈，四十六日而得盡定，損可損者四卷焉。至於事須懸解起盡之處，皆爲細其下。胡本十五千七十二首盧，四十八萬二千三百四言。秦語十九萬五千二百五十言。其人忘因緣一品，云「言數可與十門等也」。

周覽斯經，有碩人所尚者三焉：以高座者尚其博，以盡漏者尚其要，以研機者尚其密。密者，龍象翹鼻，鳴不造耳，非人中之至恬，其孰能與於此也！要者，八忍、九斷，巨細畢載，非人中之至練，其孰能致於此也！博者，衆微衆妙，六八曲備，非人中之至懿，其孰能綜於此也！其將來諸學者，遊槃於其中，何求而不得乎！

阿毗曇心序第十〔五四〕

未詳作者

釋和尚昔在關中，令鳩摩羅跋提出此經。其人不閑晉語，以偈本難譯，遂隱而不傳。至於斷章，直云修妬路。及見提婆，乃知有此偈。以偈檢前所出，又多首尾隱沒，互相涉入，譯人所不能傳者彬彬然，是以勸令更出。以晉泰元十六年，歲在單閼，貞于重光。其年冬，於潯陽南山精舍，提婆自執胡經，先誦本文，然後乃譯爲晉語，比丘道慈筆受。至來年秋，復重與提婆校正，以爲定本。時衆僧上座竺僧根、支僧純等八十人，地主江州刺史王凝之，優婆塞西陽太守任固之爲檀越，並共勸佐而興立焉。

阿毗曇心序第十一〔五五〕

釋慧遠法師

阿毗曇心者，三藏之要頌，詠歌之微言，管統衆經，領其宗會，故作者以心爲名焉。有出家開士，字曰法勝，淵識遠鑒，探深研機，龍潛赤澤，獨有其明。其人以爲阿毗曇經源流廣大，難卒尋究，非贍智宏才，莫能畢綜，是以探其幽致，別撰斯部。始自界品，訖于問論，凡二百五十偈，以爲要解，號之曰心。其頌聲也，擬象天樂，若雲籥自發，〔五六〕儀形羣品，觸物有寄。若乃一吟一詠，狀鳥步獸行也；一弄一引，類乎物情也。情與類遷，則聲隨九變而成歌；氣與數合，則音協律呂而俱作。拊之金石，則百獸率舞；奏之管絃，則人神同感。斯乃窮音聲之妙會，極自然之衆趣，不可勝言者矣。

又其爲經，標偈以立本，述本以廣義。先弘内以明外，譬由根而尋條，可謂美發於中，暢於四肢者也。發中之道，要有三焉：一謂顯法相以明本，二謂定己性於自然，三謂心法之生，必俱遊而同感。俱遊必同於感，則照數會之相因；己性定於自然，則達至當之有極；法相顯於真境，則知迷情之可反。心本明於三觀，則覩玄路之可遊。然後練神達思，水鏡六府，洗心淨慧，擬跡聖門。尋相因之數，卽有以悟無，推至當之極，每動而入微矣。〔五七〕

罽賓沙門僧伽提婆，少翫兹文，味之彌久，兼宗匠本，正關入神，要其人情悟所參，亦已涉其津矣。會遇來遊，因請令譯。提婆乃手執胡本，口宣晉言。臨文誠懼，一章三復。遠亦寶而重之，敬慎無違。然方言殊韻，難以曲盡，儻或失當，俟之來賢，幸諸明哲，正其大謬。

晉太元十六年出。

三法度經序第十二〔五八〕

釋慧遠法師

三法度經者，蓋出四阿含。四阿含則三藏之契經，十二部之淵府也。以三法爲統，以覺法爲道。開而當名，變而彌廣。法雖三焉，而類無不盡，覺雖一焉，而智無不周。觀諸法而會其要，辯衆流而同其源。斯乃始涉之鴻漸，舊學之華苑也。

有應真大人，厥號山賢，恬思閑宇，智周變通。感達識之先覺，愍後蒙之未悟，故撰此三法，因而名云。自德品暨于所依，凡三章九真度，斯其所作也。其後有大乘居士，字僧伽先，以爲山賢所集，雖辭旨高簡，然其文猶隱，故仍前人章句，爲之訓傳。演散本文，以廣其義，顯發事類，以弘其美，幽讚之功，於斯乃盡。自兹而後，道光于世，其教行焉。於是振錫趣足者，仰玄風而高蹈；禪思入微者，挹清流而洗心。高座談對之士，擬之而後言；博識淵有之賓，由之而瞻聞也。

有遊方沙門，出自罽賓，姓瞿曇氏，字僧伽提婆。昔在本國，預聞斯道，雅翫神趣，懷佩以遊。其人雖不親承二賢之音旨，而諷味三藏之遺言，志在分德，誨人不倦，每至講論，嗟詠有餘。遠與同集，勸令宣譯。提婆於是自執胡經，轉爲晉言，雖音不曲盡，而文不害意，依實去華，務存其本。自昔漢興，逮及有晉，道俗名賢，並參懷聖典，其中弘通佛教者，傳譯甚衆。或文過其意，或理勝其辭，以此考彼，殆兼先典。後來賢哲，若能參通晉胡，善譯方言，幸復詳其大歸，以裁厥中焉。

三法度經記第十三〔五九〕

出經後記

比丘釋僧伽先，志願大乘，學三藏摩訶鞞耶伽蘭，兼通一切書。記此三法度，三品九真度，撰說出此經。〔六〇〕持此福祐一切衆生，令從苦得安，見諦解脫。

八犍度阿毗曇根犍度後別記第十四〔六一〕

未詳作者

斯經序曰：「其人忘因緣一品，故闕文焉。」近自罽賓沙門曇摩卑闇之，來經蜜川，僧伽禘婆譯出此品，八犍度文具也。而卑云八犍度是體耳，別有六足，可自百萬言。卑誦一足，今無譯可出，慨恨良深。泰元十五年正月十九日，〔六二〕於揚州瓦官佛圖記。

鞞婆沙序第十五十四卷者。〔六三〕

釋道安法師

阿難所出十二部經，於九十日中佛意三昧之所傳也。其後別其逕，至小乘法爲四阿含，阿難之功於斯而已。迦旃延子撮其要行，引經訓釋，爲阿毗曇四十四品，要約婉顯，外國重之。優波離裁之所由爲毗尼，與阿毗曇、四阿含並爲三藏，身毒甚珍，未墜於地也。其後曇摩多羅刹集修行，亦大行於世也。又有三羅漢：一名尸陀槃尼，二名達悉，三名鞞羅尼，撰鞞婆沙，廣引聖證，言輒據古，釋阿毗曇焉。其所引據，皆是大士眞人，佛印印者也。達悉迷而近煩，鞞羅要而近略，尸陀最折中焉。其在身毒，登無畏座，僧中唱言，何莫由斯道也。其經猶大海與，深廣浩汗，千寶出焉；猶崑岳與，嵬峩幽藹，百珍之藪，資生之徒，於焉斯在。茲經如是，何求而不有乎？

有秘書郎趙政文業者，好古索隱之士也。常聞外國尤重此經，思存想見，然乃在崑岳之右，艽野之西，〔六四〕眇爾絶域，末由也已。會建元十九年，罽賓沙門僧伽跋澄諷誦此經，四十二處，是尸陀槃尼所撰者也。來至長安，趙郎飢虚在往，求令出焉。其國沙門曇無難提筆受爲梵文，弗圖羅刹譯傳，敏智筆受爲此秦言，趙郎正義起盡。自四月出，至八月二十九日乃訖。胡本一萬一千七百五十二首盧，長五字也，凡三十七萬六千六十四言也。秦語爲十六萬五千九百七十五字。經本甚多，其人忘失。唯四十事，是釋阿毗曇十門之本，而分十五事爲小品迴著前，以二十五事爲大品而著後。此大小二品，全無所損。其後二處是忘失之遺者，令第而次之。

趙郎謂譯人曰：「爾雅有釋古、釋言者，明古今不同也。昔來出經者，多嫌胡言方質，而改適今俗，此政所不取也。何者？傳胡爲秦，以不閑方言，求知辭趣耳，何嫌文質？文質是時，幸勿易之，經之巧質，有自來矣。唯傳事不盡，乃譯人之咎耳。」衆咸稱善。斯真實言也。遂案本而傳，不令有損言遊字，時改倒句，餘盡實録也。余欣秦土忽有此經，挈海移岳，奄在茲域，載玩載詠，欲疲不能，遂佐對校，一月四日，然後乃知大方之家富，昔見之至狹也。〔六五〕恨八九之年，方闚其牖耳。願欲求如意珠者，必牢裝强伴，勿令不周滄海之實者也。

毗婆沙經序第十六六十卷者。〔六六〕

釋道梴作〔六七〕

毗婆沙者，蓋是三藏之指歸，九部之司南。司南既准，則羣迷革正；指歸既定，則邪輪輟駕。自釋迦遷暉，六百餘載，時北天竺有五百應真，以爲靈燭久潛，神炬落耀，含生昏喪，重夢方始。雖法勝、迦旃延撰阿毗曇以拯頹運，〔六八〕而後進之賢尋其宗致，儒墨競搆，是非紛然。〔六九〕故乃澄神玄觀，搜簡法相，造毗婆沙，抑止衆說。〔七〇〕或卽其殊辯，或標之銓評，理致淵曠，文蹄豔博。使西域勝達之士，莫不資之以鏡心，鑒之以朗識。而溟瀾潛灑，將洽殊方，然理不虛運，弘之由人。大沮渠河西王者，天懷遐廓，標誠沖寄。雖迹纏紛務，而神棲玄境，用能丘壑廊廟，館第林野。是使淵叟投竿，巖逸來廷，息心升堂，玄客入室。誠詣既著，理感不期。有沙門道泰，才敏自天，沖氣疎朗，博關奇趣，遠參異言。往以漢土方等既備，幽宗粗暢，其所未練，唯三藏九部。故杖策冒嶮，爰至葱西。綜攬梵文，義承高旨。并獲其梵本十萬餘偈。既達涼境，王卽欲令宣譯。然懼寰中之固，將或未盡，所以側席虛襟，企矚明勝。

時有天竺沙門浮陀跋摩，周流敷化，會至涼境。其人開悟淵博，神懷深邃，研味鑽仰，逾不可測。〔七一〕遂以乙丑之歲四月中旬，於涼城內苑閑豫宮寺，請令傳譯。理味沙門智嵩、道朗等三百餘人，考文詳義，務存本旨，除煩即實，質而不野。王親屢迴御駕，陶其幽趣，使文當理詣，片言有寄。至丁卯歲七月上旬都訖，通一百卷。會涼城覆没，淪湮遐境，所出經本，零落殆盡。今涼王信向發中，深探幽趣，〔七二〕故每至新異，悕仰奇聞。其年歲首，更寫已出本六十卷，令送至宋臺，宣布未聞。庶令日新之美，敞於當時；福祚之興，垂于來葉。梃以微緣，〔七三〕得參聽末。欣遇之誠，竊不自默，粗列時事，以貽來哲。〔七四〕

雜阿毗曇心序第十七〔七五〕

未詳作者

如來泥洹數百年後，有尊者法勝，於佛所説經藏之中，抄集事要爲二百五十偈，號阿毗曇心。其後復有尊者達摩多羅，覽其所製，以爲文體不足，理有所遺，乃更搜採衆經，復爲三百五十偈，補其所闕，號曰雜心。新舊偈本凡有六百，篇第之數，則有十一品。篇號仍舊爲稱，唯有擇品一品全異於先。尊者多羅復即自廣引諸論，敷演其義，事無不列，列無不辯，〔七六〕微言玄旨，於是昭著。自兹之後，道隆於世，涉學之士，莫不寶之，以爲美談。〔七七〕

於宋元嘉三年，徐州刺史太原王仲德請外國沙門伊葉波羅於彭城出之。擇品之半及論品一品，有緣事起，不得出竟。至元嘉八年，復有天竺法師名求那跋摩，得斯陀含道，善練兹經，來遊揚都，更從校定，諮詳大義。余不以闇短，厠在二集之末，輒記所聞，以訓章句，庶於覽者，有過半之益耳。

後出雜心序第十八〔七八〕

焦鏡法師

昔如來泥洹之後，於秦漢之間，有尊者法勝造阿毗曇心本，凡有二百五十偈，以爲十品。後至晉中興之世，復有尊者達摩多羅，更增三百五十偈，以爲十一品，號曰雜心。十品篇目仍舊爲名，唯別立擇品篇以爲異耳。位序品次，依四諦爲義：界品直說法相，以擬苦諦；行、業、使三品多論生死之本，以擬集諦；賢聖所說斷結證滅之義，以擬滅諦；智、定二品多說無漏之道，以擬道諦。自後諸品，雜明上事，更無別體也。

於宋元嘉十一年甲戌之歲，有外國沙門名曰三藏，觀化遊此。其人先於大國綜習斯經，於是衆僧請令出之。即以其年九月，於宋都長干寺集諸學士，法師雲公譯語，法師觀公筆受。考校治定，周年乃訖。鏡以不才，謬預聽末，雖思不及玄，而時有淺解。今謹率所聞，以示後生，至於折中，以俟明哲。於會稽始寧山徐支江精舍撰訖。〔七九〕

大智釋論序第十九〔八〇〕

釋僧叡

夫萬有本於生生，而生生者無生；變化兆於物始，而始始者無始。然則無生無始，物之性也。生始不動於性，而萬有陳於外，悔吝生於內者，其唯邪思乎？正覺有以見邪思之自起，故阿含爲之作；知滯有之由惑，故般若爲之照。然而照本希夷，津涯浩汗，理超文表，趣絕思境。以言求之，則乖其深；以智測之，則失其旨。二乘所以顛沛於三藏，新學所以曝鱗於龍門者，〔八一〕不其然乎！

是以馬鳴起於正法之餘，龍樹生於像法之末。正餘易弘，故直振其遺風，瑩拂而已。像末多端，故乃寄跡凡夫，示悟物以漸，又假照龍宮，以朗搜玄之慧，託聞幽秘，以窮微言之妙。爾乃憲章智典，作茲釋論。其開夷路也，則令大乘之駕，方軌而直入；其辨實相也，則使妄見之惑，不遠而自復。其爲論也，初辭擬之，必標衆異以盡美；卒成之終，則擧無執以盡善。釋所不盡，則立論以明之；論其未辨，則寄折中以定之。使靈篇無難喻之章，千載悟作者之旨。信若人之功矣。

有鳩摩羅耆婆法師者，少播聰慧之聞，長集奇拔之譽，才擧則亢標萬里，言發則英辯榮枯。常仗茲論爲淵鏡，〔八二〕憑高致以明宗。以秦弘始三年，歲次星紀，十二月二十日，自姑臧至長安。秦王虛襟，既已蘊在昔見之心，豈徒則悅而已。晤言相對，則淹留終日，研微造盡，則窮年忘倦。又以晤言之功雖深，而恨獨得之心不曠；造盡之要雖玄，而惜津梁之勢未普。遂以莫逆之懷，相與弘兼忘之惠。乃集京師義業沙門，命公卿賞契之士，五百餘人集於渭濱逍遙園堂。鑾輿佇駕於洪涘，禁禦息警於林間，躬覽玄章，考正名於胡本，諮通津要，坦夷路於來踐。經本既定，乃出此釋論。論之略本有十萬偈，偈有三十二字，并三百二十萬言。胡夏既乖，又有煩簡之異，三分除二，得此百卷，於大智二十萬言，玄章婉旨，朗然可見。歸途直達，無復惑趣之疑，以文求之，無間然矣。故天竺傳云：「像正之末，微馬鳴、龍樹，道學之門，其淪胥溺喪矣。」〔八三〕其故何耶？實由二未契微，邪法用盛，虛言與實教並興，嶮徑與夷路爭轍。始進者化之而流離，向道者惑之而播越，非二匠其孰與正之。是以天竺諸國爲之立廟，宗之若佛。又稱而詠之曰：「智慧日已頹，斯人令再曜。世昏寢已久，斯人悟令覺。」若然者，真可謂功格十地，道侔補處者矣，傳而稱之，不亦宜乎！

幸哉，此中鄙之外，忽得全有此論。胡文委曲，皆如初品。法師以秦人好簡，故裁而略之。若備譯其文，將近千有餘卷。法師於秦語大格，唯譯一往，〔八四〕方言殊好，猶隔而未通。苟言不相喻，則情無由比。不比之情，則不可以託悟懷於文表；不喻之言，亦何得委殊塗於一致。理固然矣。進欲停筆爭是，則校競終日，卒無所成。退欲簡而便之，則負傷手穿鑿之譏。以二三唯案譯而書，都不備飾，〔八五〕幸冀明悟之賢，略其文而挹其玄也。

大智論記第二十〔八六〕

出論後記〔八七〕

究摩羅耆婆法師以秦弘始三年，歲在辛丑，十二月二十日至常安。四年夏，於逍遥園中西門閣上，爲姚天王出釋論，七年十二月二十七日乃訖。其中兼出經本、禪經、戒律、百論、禪法要解，向五十萬言，并此釋論一百五十萬言。論初品三十四卷，解釋一品，是全論具本。〔八八〕二品已下，法師略之，取其要足以開釋文意而已，不復備其廣釋，得此百卷。若盡出之，將十倍於此。

大智論抄序第二十一〔八九〕

釋慧遠作

夫宗極無爲以設位，而聖人成其能；昬明代謝以開運，而盛衰合其變。是故知嶮易相推，理有行藏；屈伸相感，數有往復。由之以觀，雖冥樞潛應，圓景無窮，不能均四象之推移，一其會通。況時命紛謬，世道交淪，而不深根固蔕，寧極以待哉！若達開塞之有運，時來非由遇，則正覺之道，不虛凝於物表；弘教之情，亦漸可識矣。

有大乘高士，厥號龍樹，生于天竺，出自梵種。積誠曩代，〔九〇〕契心在兹，接九百之運，撫頽薄之會，悲蒙俗之茫昧，蹈險跡而弗悋。於是卷陰衡門，雲翔赤澤，慨文明之未發，思或躍而勿用。〔九一〕乃喟然歎曰：「重夜方昏，非螢燭之能照，雖白日寢光，猶可繼以朗月。」遂自誓落簪，表容玄服，隱居林澤，守閑行禪，靖慮研微，思通過半。因而悟曰：「聞之於前論，大方無垠，或有出乎其外者。」俄而迴步雪山，啓神明以訴志，將歷古仙之所遊，忽遇沙門於巖下，請質所疑，始知有方等之學。及至龍宮，要藏秘典，靡不管綜。滯根既拔，則名冠道位，德備三忍。然後開九津於重淵，朋鱗族而俱遊，學徒如林，英彥必集。由是外道高其風，名士服其致，大乘之業，於茲復隆矣。

其人以般若經爲靈府妙門宗一之道，三乘十二部由之而出，故尤重焉。然斯經幽奧，厥趣難明，自非達學，尠得其歸。故敘夫體統，辨其深致，若意在文外，而理蘊於辭，輙寄之賓主，假自疑以起對，名曰問論。其爲要也，發軫中衢，啓惑智門，以無當爲實，無照爲宗。無當則神凝於所趣，無照則智寂於所行。寂以行智，則羣邪革慮，是非息焉；神以凝趣，則二諦同軌，玄轍一焉。非夫正覺之靈，撫法輪而再轉，孰能振大業於將頹，紐遺綱之落緒，令微言絕而復嗣，玄音輟而復詠哉！

雖弗獲與若人並世，叩津問道，至於研味之際，未嘗不一章三復，欣於有遇。其中可以開蒙朗照，水鏡萬法，固非常智之所辨。請略而言：生塗兆於無始之境，變化搆於倚伏之場。咸生於未有而有，滅於既有而無。推而盡之，則知有無迴謝於一法，相待而非原；生滅兩行於一化，映空而無主。於是乃卽之以成觀，反鑒以求宗。鑒明則塵累不止，而儀像可覩；觀深則悟徹入微，而名實俱玄。將尋其要，必先於此。然後非有非無之談，方可得而言。

嘗試論之：有而在有者，有於有者也；無而在無者，無於無者也。有有則非有，無無則非無。何以知其然？無性之性，謂之法性，法性無性，因緣以之生。生緣無自相，雖有而常無。常無非絶有，猶火傳而不息。夫然，則法無異趣，始末淪虚，畢竟同爭，有無交歸矣。故遊其樊者，〔九二〕心不待慮，智無所緣，不滅相而寂，不修定而閑，非神遇以期通，〔九三〕焉識空空之爲玄。斯其至也，斯其極也，過此以往，莫之或知。

又論之爲體，位始無方而不可詰，觸類多變而不可窮。或開遠理以發興，或導近習以入深，或闔殊塗於一法而弗雜，或闢百慮於同相而不分。此以絶夫壘瓦之談，〔九四〕而無敵於天下者也。爾乃博引衆經以贍其辭，暢發義音以弘其美。美盡則智無不周，辭博則廣大悉備。是故登其涯而無津，挹其流而弗竭，汪汪焉莫測其量，洋洋焉莫比其盛。雖百川灌河，未足語其辯矣；雖涉海求源，未足窮其邃矣。若然者，非夫淵識曠度，孰能與之潛躍？非夫越名反數，孰能與之澹漠？非夫洞幽入冥，孰能與之冲泊哉？

有高座沙門，字曰童壽，宏才博見，智周羣籍，翫服斯論，佩之彌久。雖神悟發中，必待感而應。于時秦主姚王，敬樂大法，招集名學，以隆三寶，德洽殊俗，化流西域。是使其人聞風而至，既達關右，卽勸令宣譯。童壽以此論深廣，難卒精究，因方言易省，故約本以爲百卷。計所遺落，殆過參倍。而文藻之士猶以爲繁，咸累於博，罕既其實。譬大羹不和，雖味非珍；神珠内映，雖寶非用。信言不美，固有自來矣。若遂令正典隱於榮華，玄樸虧於小成。則百家競辯，九流爭川，方將幽淪長夜，背日月而昬逝，不亦悲乎！於是靜尋所由，以求其本，則知聖人依方設訓，文質殊體。若以文應質，則疑者衆；以質應文，則悅者寡。是以化行天竺，辭樸而義微，言近而旨遠。義微則隱昧無象，旨遠則幽緒莫尋，故令翫常訓者牽於近習，束名教者惑於未聞。若開易進之路，則階藉有由；曉漸悟之方，則始涉有津。遠於是簡繁理穢，以詳其中，令質文有體，義無所越。輒依經立本，繫以問論，正其位分，使類各有屬。謹與同止諸僧，共別撰以爲集要，凡二十卷。雖不足增暉聖典，庶無大謬。如其未允，請俟來哲！

校勘記

〔一〕道安法師　各本作「未詳作者」，據後文標目改。

〔二〕三法度經序第十二　「經」字麗本、宋本、磧砂本、元本脫，據明本及後文標目補。

〔三〕三法度經記第十三　「經」字麗本、宋本、磧砂本、元本脫，據明本及後文標目補。

〔四〕六十卷毗婆沙經序第十六　「經」字各本脱，據後文標目補。

〔五〕道地經序第一　長房録四著録後漢安世高譯大道地經二卷。又卷八載道安撰大道地注解一卷，此即注解之序。經存，大正藏第十五卷六〇七號作道地經一卷。注佚。

〔六〕杳然難陵矣　「陵」字磧砂本、元本、明本作「陵」，兹從麗本、宋本。

〔七〕苞潤施毓　「苞」字宋本、磧砂本、元本、明本作「包」，兹從麗本。苞包通。

〔八〕仰惟諸行　「惟」字宋本、磧砂本、元本作「雅」，兹從麗本、明本。

〔九〕姦宄之慝入矣　「宄」字宋本作「軌」，磧砂本、明本作「究」，兹從麗本、元本。「慝」字各本作「匿」，從全晉文一五八改。

〔一〇〕納萬乘位　「納」字磧砂本、元本作「紬」，兹從麗本、宋本、明本。

〔一一〕克明俊德　「俊」字麗本、宋本作「畯」，兹從磧砂本、元本、明本。俊畯通。

〔一二〕則逸樂若此　「逸」字宋本、磧砂本、元本、明本作「佚」，兹從麗本。逸佚通。

〔一三〕開情縱欲　「開」字磧砂本作「闢」，兹從麗本、宋本、元本、明本。

〔一四〕石以淬璧　「淬璧」麗本作「淬碎」，宋本作「濯辟」，磧砂本作「淬璧」，兹從元本、明本。

〔一五〕素質精染　「染」字麗本作「深」，兹從宋本、磧砂本、元本、明本。

〔一六〕照我顒顒　「顒顒」麗本作「喁喁」，兹從宋本、磧砂本、元本、明本。

〔一七〕沙彌十慧章句序第二　長房録四載沙彌十慧，佛調自撰出并注序。此即其序，注佚。

〔一八〕悲窮自潛　麗本作「潛」，宋本、磧砂本、元本、明本作「潛」。

〔一九〕創奥博尚之賢　「博」字下宋本、磧砂本、元本、明本有「崇」字，從麗本删。

〔二〇〕十法句義經序第三　法經録六著録釋道安撰十法句義序一卷。長房録八載衆經十法連雜解一卷，此卽其序。書佚。

〔二一〕存乎其人　「存」字宋本、磧砂本、元本、明本作「在」，玆從麗本。

〔二二〕三十七品經序第四　法經録六著録曇無蘭撰三十七品序一卷。長房録七載東晉竺曇無蘭譯三十七品經一卷，此卽其序。經佚。

〔二三〕欲令行者覽之易見而具行也　「具」字各本作「其」，從全晉文一五九改。

〔二四〕舍利弗阿毗曇序第五　法經録六著録釋道標撰舍利弗阿毗曇序一卷。長房録八載姚秦曇摩耶舍譯舍利弗阿毗曇三十卷。經存，見大正藏第二十八卷一五四八號。卷首載此序。

〔二五〕其人以爲是非之起　「起」字各本作「越」，從卷首序改。

〔二六〕遮抑邪流　「遮」字麗本作「謙」，宋本、明本作「庶」，玆從磧砂本、元本及卷首序。

〔二七〕而旨各異制　「旨」字下各本有「格」字。又麗本、宋本、明本無「制」字，玆從卷首序。全晉文一六三作「旨格異制」。

〔二八〕又載自空以明宗極　「又」字磧砂本、元本、明本作「文」，玆從麗本、宋本。

〔二九〕向化者起卽隆之勳　「勳」字各本作「動」，玆從卷首序。

〔三〇〕迢迢焉　「迢迢」二字麗本、宋本、元本作「苕苕」，玆從磧砂本、明本。

〔三一〕玄門扇於東嶺　「門」字各本作「問」，玆從卷首序。

〔三二〕秦王既契宿心　「王」字宋本、磧砂本、元本、明本作「主」，玆從麗本。

〔三三〕相與辯明經理　「理」字下宋本、磧砂本、元本、明本有「趣」字，玆從麗本及卷首序删。

〔三四〕非徒開言所契　「開」字各本作「闢」，玆從卷首序。

〔三五〕卽復内呈上　「呈上」麗本作「逆止」，玆從宋本、磧砂本、元本、明本。

〔三六〕僧伽羅刹經序第六　法經録六著録僧伽羅刹經集序一卷，無撰人名。長房録八載苻秦僧伽跋澄譯僧伽羅刹集經三卷。經存，見大正藏第四卷一九四號，卷首載此序。

〔三七〕道安法師　麗本、宋本作「未詳作者」，兹從磧砂本、元本、明本。

〔三八〕甄陀罽貳王師焉　「貳」字麗本作「賓」，卷首序作「膩」，兹從宋本、磧砂本、元本、明本。即迦膩色迦王。

〔三九〕傳其將終言　「言」字各本脱，從全晉文一五八補。

〔四〇〕然譯出不衰　「衰」字各本作「襄」，從全晉文一五八改。

〔四一〕僧伽羅刹集經後記第七　大正藏第四卷一九四號僧伽羅刹集經，卷末不載此後記。

〔四二〕窮校考定　「窮」字疑「躬」字之訛。

〔四三〕婆須蜜集序第八　長房録八載苻秦僧伽跋澄譯婆須蜜經十卷。經存，大正藏第二十八卷一五四九號作尊婆須蜜菩薩所集論，卷首載此序。

〔四四〕未詳作者　自序文内容觀之，當是釋道安所撰。

〔四五〕已出家學道　「道」字宋本、磧砂本、元本、明本脱，從麗本補。

〔四六〕遊教周妬國槃奈國　「槃奈國」宋本、磧砂本、元本、明本作「槃奈園」，兹從麗本。

〔四七〕厭夜光之珍　「厭」字麗本、宋本作「猶」，兹從磧砂本、元本、明本。下同。

〔四八〕懿乎富也　「懿」字麗本、宋本作「磬」，兹從磧砂本、元本、明本。

〔四九〕持此經一部來詣長安　「持」字麗本作「轉」，宋本、磧砂本、元本、明本作「傳」，從卷首序改。

〔五〇〕懼不悉其宗廟之美　「不悉」二字各本作「失」，從卷首序改。

〔五一〕阿毗曇序第九　法經録六著録釋道安撰阿毗曇序一卷。長房録八載苻秦僧伽提婆譯阿毗曇八犍度三十卷。經存，大正藏第二十六卷一五四三號作阿毗曇八犍度論，卷首載此序。

〔五二〕末由見也　「末」字麗本、宋本、磧砂本、元本作「未」，兹從明本。

〔五三〕和憮然恨之　「憮」字各本作「撫」，從卷首序改。

〔五四〕阿毗曇心序第十　法經録著録阿毗曇心序一卷，無撰人名。長房録七載東晉僧伽提婆譯阿毗曇心論四卷。經存，見大正藏第二十八卷一五五〇號，卷首不載此序。

〔五五〕阿毗曇心序第十一　法經録六著録釋慧遠撰阿毗曇心序一卷。大正藏第二十八卷一五五〇號卷首不載此序。

〔五六〕若雲籥自發　「雲」字宋本、磧砂本、元本、明本作「靈」，兹從麗本。

〔五七〕每動而入微矣　各本脱「每」字，從全晉文一六二補。

〔五八〕三法度經序第十二　「經」字麗本、宋本、磧砂本、元本脱，從明本補。法經録六著録釋慧遠撰三法度序一卷。長房録七載東晉僧伽提婆譯三法度論二卷。經存，大正藏第二十五卷一五〇六號作三卷，卷首不載此序。

〔五九〕三法度經記第十三　法經録六著録三法度記一卷，無撰人名。大正藏第二十五卷一五〇六號作三法度論，卷末不載此記。

〔六〇〕撰説出此經　「説」字宋本、磧砂本、元本、明本作「記」，兹從麗本。

〔六一〕八犍度阿毗曇根犍度後別記第十四　法經録六著録八犍度阿毗曇後別記一卷，無撰人名。此記言補譯因緣一品，即阿毗曇八犍度論第六根犍度中緣跋渠一品，見大正藏第二十六卷一五四三號之卷二三、二四。卷二四末載此記。

〔六二〕泰元十五年正月十九日　「泰元」宋本、磧砂本、元本、明本作「秦建元」，兹從麗本。

〔六三〕鞞婆沙序第十五　法經錄六著錄釋道安撰十四卷鞞婆序一卷。長房錄八載苻秦僧伽提婆譯毗婆沙阿毗曇十四卷。經存，大正藏第二十八卷一五四七號作鞞婆沙論，卷首不載此序。

〔六四〕艽野之西　「艽」字磧砂本、元本、明本作「芁」，兹從麗本、宋本。

〔六五〕昔見之至狹也　「狹」字各本作「夾」，從支本改。

〔六六〕毗婆沙經序第十六　法經錄六著錄釋道梴撰鞞婆沙序一卷。長房錄九著錄北涼浮陀跋摩譯阿毗曇毗婆沙論六十卷。經存，見大正藏第二十八卷一五四六號，卷首載此序。

〔六七〕釋道梴作　「梴」字宋本、磧砂本、元本作「挻」，明本作「埏」，兹從麗本及卷首序。下同。

〔六八〕雖法勝迦旃延撰阿毗曇以拯頽運　「法」字磧砂本、元本、明本作「前」，兹從麗本、宋本。

〔六九〕是非紛然　各本作「然」，卷首序作「拏」，亦作「如」。

〔七〇〕抑止衆說　「止」字各本作「正」，從卷首序改。

〔七一〕逾不可測　「逾」字各本作「喻」，從卷首序改。

〔七二〕深探幽趣　「深探」宋本、磧砂本、元本、明本作「探深」，卷首序作「探練」，兹從麗本。

〔七三〕梴以微緣　「微」字各本作「後」，從卷首序改。

〔七四〕以貽來哲　卷首序於「哲」字下有下列一段：「如來滅後，法勝比丘造阿毗曇心四卷，又迦旃延子阿毗曇，有八犍度，凡四十四品。後五百應真造毗婆沙，重釋八犍度，當且譯時大卷一百。太武破沮渠已後，零落收拾得六十卷，後人分作一百一十卷，唯釋三犍度在，五犍度盡失。」按此九十字當爲後人所題，附於序後，非道梴本文。

〔七五〕雜阿毗曇心序第十七　法經錄六著錄雜阿毗曇序一卷，無撰人名。長房錄十載劉宋求那跋摩譯雜阿毗曇心十三卷。經佚。

〔七六〕列無不辯　「辯」字宋本、磧砂本、元本、明本及全宋文六四作「辨」，玆從麗本。

〔七七〕以爲美談　「談」字磧砂本、元本、明本作「説」，玆從麗本、宋本。

〔七八〕後出雜心序第十八　法經録六著録焦鏡撰後出雜阿毗曇心序一卷。長房録十載劉宋僧伽跋摩譯雜阿毗曇毗婆沙十四卷。經存，大正藏第二十八卷一五五二號作雜阿毗曇心論十一卷。此爲焦鏡注釋之序。注佚。

〔七九〕於會稽始寧山徐支江精舍撰訖　「訖」字宋本、磧砂本、元本、明本作「記」，玆從麗本。

〔八〇〕大智釋論序第十九　長房録八載姚秦鳩摩羅什譯大智度論一百卷。經存，見大正藏第二十五卷一五〇九號，卷首載此序。

〔八一〕新學所以曝鱗於龍門者　各本作「新」，卷首序作「雜」。

〔八二〕常仗玆論爲淵鏡　「爲」字麗本、宋本、磧砂本、元本及卷首序作「焉」，玆從明本。

〔八三〕其淪湑溺喪矣　「溺」字宋本、磧砂本、元本、明本作「弱」，玆從麗本及卷首序。

〔八四〕唯譯一往　麗本作「唯識一法」，玆從宋本、磧砂本、元本、明本及卷首序。

〔八五〕都不備飾　「都」字磧砂本、明本作「鄙」，玆從麗本、宋本、元本及卷首序。

〔八六〕大智論記第二十　法經録六著録大智釋論記一卷，無撰人名。大正藏第二十五卷一五〇九號大智度論卷末載此記。

〔八七〕出論後記　各本無「記」字，磧砂本、明本作「出後論」，玆從本卷首標目改。

〔八八〕是全論具本　「具」字各本作「其」，從卷末記改。

〔八九〕大智論抄序第二十一　長房録七載東晉釋慧遠撰大智論要略二十卷，此即其序。書佚。

〔九〇〕積誠曩代　「積」字宋本、磧砂本、元本、明本作「精」，玆從麗本。

〔九一〕思或躍而勿用 「或」字麗本作「忽」，宋本、磧砂本、元本、明本作「惑」，從全晉文一六二改。

〔九二〕故遊其樊者 「樊」字宋本、磧砂本、元本、明本作「奧」，兹從麗本。

〔九三〕非神遇以期通 麗本「非」作「不」，「期」作「斯」，兹從宋本、磧砂本、元本、明本。

〔九四〕此以絶夫壘瓦之談 「壘瓦」麗本作「疊凡」，兹從宋本、磧砂本、元本、明本。

出三藏記集卷第十一

梁釋僧祐撰

中論序第一〔五〕

釋僧叡

中論有五百偈，龍樹菩薩之所造也。以中爲名者，昭其實也，〔六〕以論爲稱者，盡其言也。實非名不悟，故寄中以宣之；言非釋不盡，故假論以明之。其實既宣，其言既明，於菩薩之行，道場之照，朗然懸解矣。夫滯惑生於倒見，三界以之而淪溺；偏悟起於厭智，耿介以之而致乖。故知大覺在乎曠照，小智纏乎隘心。照之不曠，則不足以夷有無，一道俗；知之不盡，則未可以涉中途，泯二際。道俗之不夷，二際之不泯，菩薩之憂也。是以龍樹大士，折之以中道，使惑趣之徒，望玄指而一變；括之以即化，令玄悟之賓，喪諮詢於朝徹。蕩蕩焉，真可謂坦夷路於冲階，〔七〕敞玄門於宇內，扇慧風於陳枚，〔八〕流甘露於枯悴者矣。夫柏梁之構興，〔九〕則鄙茅茨之側陋。覩斯論之宏曠，則知偏悟之鄙倍。幸哉！此區區赤縣，忽得移靈鷲以作鎮，險詖之邊情，乃蒙流光之餘惠。而今而後，談道之賢，始可與論實矣。云天竺諸國，敢豫學者之流，無不翫味斯論，以爲喉衿，其染翰申釋者甚亦不少。今所出者是天竺梵志，〔一〇〕名賓羅伽，秦言青目，之所釋也。其人雖信解深法，而辭不雅中。其中乖闕煩重者，法師皆裁而裨之，於經通之理盡矣。文或左右，未盡善也。百論治外以閑邪，斯文祛内以流滯，大智釋論之淵博，十二門觀之精詣。尋斯四者，真若日月入懷，無不朗然鑒徹矣。予翫之味之，不能釋手，遂復忘其鄙拙，託悟懷於一序，并目品義題之於首，豈期能釋耶，蓋是欣自同之懷耳！

中論序第二〔一一〕

曇影法師〔一二〕

夫萬化非無宗，而宗之者無相；虛宗非無契，而契之者無心。故至人以無心之妙慧，而契彼無相之虛宗。内外並冥，緣智俱寂，豈容名數於其間哉！但以悕玄之質，趣必有由，非名無以領數，非數無以擬宗，故遂設名而召之，立數而辯之。然則名數之生，生於累者，可以造極而非其極。苟曰非極，復何常之有耶！是故如來始逮真覺，應物接麁，啓之以有，後爲大乘，乃說空法，化適當時，所悟不二。流至末葉，像教之中，人根膚淺，道識不明，遂廢魚守筌，存指忘月，覩空教便謂罪福俱泯，聞說相則謂之爲眞。是使有無交興，生滅迭爭，斷常諸邊，紛然競起。

時有大士，厥號龍樹，爰託海宮，逮無生忍。意在傍宗，載隆遺教，故作論以折中。其立意也，則無言不窮，無法不盡。然統其要歸，則會通二諦，以眞諦故無有，俗諦故無無。眞故無有，則雖無而有；俗故無無，則雖有而無。雖有而無，則不累於有；雖無而有，則不滯於無。不滯於無，則斷滅見息；不存於有，則常等冰消。寂此諸邊，故名曰中；問答析微，所以爲論。是作者之大意也。亦云中觀，直以觀辯於心，論宣於口耳。

羅什法師以秦弘始十一年於大寺出。

百論序第三[一三]　釋僧肇

百論者，蓋是通聖心之津塗，開眞諦之要論也。佛泥洹後八百餘年，有出家大士，厥名提婆，玄心獨悟，俊氣高朗，道映當時，神超世表。故能闢三藏之重關，坦十二之幽路，擅步迦夷，爲法城塹。于時外道紛然，異端競起，邪辯逼眞，殆亂正道。乃仰慨聖教之淩遲，俯悼羣迷之縱惑，將遠拯沉淪，故作斯論，所以防正閑邪，大明於宗極者矣。是以正化以之而隆，邪道以之而替。非夫領括衆妙，孰能若斯？論有百偈，故以百爲名。理致淵玄，統羣籍之要；文義婉約，〔一四〕窮制作之美。然至趣幽簡，尠得其門。有婆藪開士者，明慧内融，妙思奇拔，遠契玄蹤，爲之訓釋。使沉隱之義，彰於徽翰，〔一五〕諷味宣流，被於來葉。文藻焕然，宗塗易曉。其爲論也，言而無黨，〔一六〕破而無執。儻然靡據，而事不失真；蕭焉無寄，而理自玄會。返本之道，著乎兹矣。

有天竺沙門鳩摩羅什，器量淵弘，俊神超邈，鑽仰累年，轉不可測，常味詠斯論，以爲心要。先雖親譯，而方言未融，致令思尋者躊躇於謬文，標位者乖迕於歸致。大秦司隸校尉安城侯姚嵩，風韻清舒，沖心簡勝，博涉内外，理思兼通。少好大道，長而彌篤，雖復形羈時務，而法言不輟，每撫兹文，所慨良多。以弘始六年，歲次壽星，集理味沙門，與什考校正本，陶練覆疏，務存論旨。使質而不野，簡而必詣，宗致劃爾，無間然矣。論凡二十品，品各有五偈，後十品其人以爲無益此土，故闕而不傳。冀明識君子，詳而覽焉。

十二門論序第四〔一七〕

僧叡法師

十二門論者，蓋是實相之折中，道場之要軌也。十二者，〔一八〕總衆枝之大數也；門者，開通無滯之稱也；論之者，欲以窮其源盡其理也。若一理之不盡，則衆異紛然，有惑趣之乖；一源之不窮，則衆塗扶疎，有殊致之迹。殊致之不夷，〔一九〕乖趣之不泯，〔二〇〕大士之憂也。

是以龍樹菩薩開出者之由路，作十二門以正之。正之以十二，則有無兼暢，事無不盡。事盡於有無，則忘功於造化；理極於虛位，則喪我於二際。然則喪我在乎落筌，筌忘存乎遺寄，筌我兼忘，始可以幾乎實矣。幾乎實矣，則虛實兩冥，得失無際。冥而無際，則能忘造次於兩玄，泯顛沛於一致，整歸駕於道場，畢趣心於佛地。恢恢焉，真可謂運虛刃於無間，奏希聲於宇內，濟溺喪於玄津，〔二一〕出有無於域外者矣。遇哉，後之學者，夷路既坦，幽塗既開，真得振和鸞於北溟，馳白牛以南迴，悟大覺於夢境，卽百化以安歸。夫如是者，焉復知曜靈之方盛，〔二二〕玄陸之未晞也哉！〔二三〕叡以鄙倍之淺識，猶敢明識虛關，希懷宗極，庶日用之有宜，冀歲計之能殖，況才之美者乎？不勝景仰之至。敢以鈍辭短思，序而申之，并目品義，題之於首。豈其能益也，庶以此心，〔二四〕開疾進之路耳。〔二五〕

羅什法師以秦弘始十一年於大寺出之。

成實論記第五〔二六〕

出論後記

大秦弘始十三年，歲次豕韋，九月八日，尚書令姚顯請出此論，至來年九月十五日訖。外國法師拘摩羅耆婆手執胡本，口自傳譯，曇晷筆受。

略成實論記第六〔二七〕

新撰〔二八〕

成實論十六卷，羅什法師於長安出之，曇䂮筆受，曇影正寫。影欲使文玄，後自轉爲五翻，餘悉依舊本。

齊永明七年十月，文宣王招集京師碩學名僧五百餘人，請定林僧柔法師、謝寺慧次法師於普弘寺迭講，欲使研覈幽微，學通疑執。即座仍請祐及安樂智稱法師，更集尼衆二部名德七百餘人，續講十誦律，志令四衆淨業還白。公每以大乘經淵深，漏道之津涯，〔二九〕正法之樞紐。而近世陵廢，莫或敦修，棄本逐末，喪功繁論。故即於律座，令柔次等諸論師抄比成實，簡繁存要，略爲九卷，使辭約理舉，易以研尋。八年正月二十三日解座，設三業三品，別施奬有功勸不及，上者得三十餘件，中者得二十許種，下者數物而已。即寫略論百部流通，教使周顒作論序，今録之于後。

抄成實論序第七

周顒作

尋夫數論之爲作也，雖製興於晚集，非出于一音，然其所以開家命部，莫不各有弘統。皆足以該領名數，隆讚方等，契闊顯益，不可訾言。

至如成實論者，總三乘之祕數，窮心色之微闡。摽因位果，解惑相馳，凡聖心樞，罔不畢見乎其中矣。又其設書之本，位論爲家，抑揚含吐，咸有憲章，則優柔闕採，動開奬利。自發聚之初首，至道聚之末章，〔三〇〕其中二百二品，鱗綵相綜，莫不言出於奧典，義溺於邪門。故必曠引條繩，碎陳規墨，料同洗異，峻植明塗，裨濟之功，實此爲著者也。既宜劾於正經，〔三一〕無染乎異學，雖則近派小流，實乃有變方教。是以今之學衆，皆云志存大典，而發跡之日，無不寄濟此塗，乘津騖永，本期長路。其書言精理贍，思味易躭，頃遂赴蹈爭流，重跰相躡。又卷廣義繁，致功難盡，故夐往不旋，終妨正務。頃泥洹、法華雖或時講，維摩、勝鬘頗參餘席，至於大品精義，師匠蓋疎，十住淵弘，世學將殄。皆由寢處於論家，求均于弱喪，〔三二〕是使大典榛蕪，義種行輟，興言悵悼，側寐忘安。

成實既有功於正篆，事不可闕，學者又遂流於所赴，此患宜裁。今欲內全成實之功，外蠲學士之慮，故銓引論才，備詳切緩。刊文在約，降爲九卷。删賒採要，取効本根，則方等之助無虧，學者之煩半遺。得使功歸至典，其道彌傳，波若諸經，無墜於地矣。業在心源，庶無裁削之累，令典故全，豈有妨於好學。相得意於道心，可不謀而隨喜也！

訶梨跋摩傳第八〔三〕

江陵玄暢作

余尋訶梨跋摩述論明經，樞機義奧，後進所馳。荆州暢公製傳，頗徵事跡。故復兼録，附之序末。雖於類爲乖，而顯證是同焉。

訶梨跋摩者，宋稱師子鎧，佛泥洹後九百年，出在中天竺，婆羅門子也。若人之生也，固亦命世而誕，幼則神期秀拔，長則思周變通。至若世典圍陀，並是陰陽奇術，提舍高論，又亦外詰情辯，皆經耳而究其幽，遇心而盡其妙。直以世訓承習，弗爲心要也。遇見梵志，導以真軌，遂抽簪革服，爲薩婆多部達摩沙門究摩羅陀弟子。其師既器而非凡，即訓以名典，迦旃延所造大阿毗曇，乃有數千偈，而授之曰：「此論蓋是衆經之統例，三藏之要目也。若能專精尋究，則悟道不遠。」於是跋摩敬承鑽習，功不踰月，皆精其文義。乃慨焉而歎曰：「吾聞佛旨虚寂，非名相所議；神澄妙絶，罕常情攸測。故爲先達之所遵崇，我亦注心歸仰。如今之所禀，唯見浮繁妨情，支離害志，紛紜名相，竟無妙異。若以爲先聖應期適時之漸，斯則教之流，非化之源矣。」遂乃敷載之中，窮三藏之旨，考九流之源，方知五部創流盪之基，迦旃啓偏競之始，紛綸遺蹤，謀方百轍。由使歸宗者昧其繁文，尋教者惑其殊軌。夫源同末異，乃將衰之徵，然頽綱不振，亦弘道者之憂也。遂抗言五異，辯正衆師，務遵洪範，嘗而不讓。至乃敏捷鋒起，苞籠羣達，辯若懸河，清對無滯。

于時衆師雷動，相視闕如。後以他日集而議曰：「此子恃明，凌轢舊德，據言有本，未易可傾。邁年值此，運也如何！」或有論者曰：「豈唯此子才明過人，抑亦吾等經論易窮耳。意謂學無自足，闇則諮明。明昧之分，已自可知，何爲苟守偏識，不師廣見耶？」諸耆德曰：「相與誠復慕明情深，而忝世宗仰，于茲久矣。當不能忽廢舊業，問道少年明矣。何者？夫根同葉散，像數自然，五部之興，有自來矣。但當敦其素業，〔三四〕祗而行之，既生屬千載之末，孰能遠軌正法之初哉！且跋摩抽簪之始，受道吾黨，中參異學，已自離羣。夫師祖不同，所以五部不雜。〔三五〕黜異之制，〔三六〕蓋先師舊典。幸可述其獨見之明，以免雷同之衆。」跋摩既宏才放達，廣心遠度，雖衆誚交誼，傲然容豫，深體忘懷，明遊常趣。神用閑邃，擇木改步。

時有僧祇部僧，住巴連弗邑，並遵奉大乘，云是五部之本。久聞跋摩才超羣彥，爲衆師所忌，相與慨然，要以同止。遂得研心方等，鋭意九部，採訪微言，搜簡幽旨。於是博引百家衆流之談，〔三七〕以檢經奧通塞之辯。澄汰五部，商略異端。考覈迦旃延，斥其偏謬。除繁棄末，慕存歸本，造述明論，厥號成實。崇附三藏，准列四真，大明筌極，爲二百二品。志在會宗，光隆遺軌，〔三八〕庶廢乖競，共遵通濟。斯論既宣，淵懿嚮萃，旬日之間，傾震摩竭。

于時天竺有外道論師，云是優樓佉弟子。明鑒縱達，每述譏正之辯，歷國命訓，莫能制者。聞華氏王崇敬三寶，將阻其信情，又欲振名殊方，遂杖策恒南，直至摩竭。王聞不悦，卽宜募境内，有能辯屈之者，當奉爲國師。闔境豪彦，皆憚其高名，咸曰：「才非跋摩，孰堪斯舉！」王聞甚悦，卽勑奉迎。跋摩既至，王便請昇論堂，令與外道決其兩正。于時外道志氣干雲，乃慠然而詠曰：「吾大宗樓迦，偉藉世師，繁文則六諦同貫，簡旨則知異于神。神爲知主，唯斷爲宗。敢有抗者，斬首謝焉！」跋摩既宏才邈世，覩之杪然，神期淩霄，容無改顔。乃慨然對曰：「異哉子之談也！子所以跨遊殊方，將欲崇其神而長其知也。又以斷爲宗，而自誣其旨。子無知乎？神可亡乎？神既非知，爲神知知，知神乎？若神知知，知神者誰？知若知神，知亦神乎？」外道乃退自疑曰：「理必若斷，我無知矣。知若知神，神非宗矣。」於是沉惟謝屈，心形俱伏。王及臣民慶快非恒，卽與率土奉爲國師。王乃譴其舊衆，昔忌名賢。本衆相視，懷愧闕然，咸共追遜，固請舊居。王又曰：「夫制邪歸正，其德弘矣。但弘教之賢，業尚殊背，乖迕遺筌，濁亂像軌，請以檢一，令謬昧欽明。」王卽宣告，號爲像教大宗。由使八方論士，淵異之徒，感思舊決，明契而萃。

跋摩以絶倫之才，超羣之辯，每欲師聖附經，藉同黜異。遂博舉三藏開塞之塗，大杜五部乖競之路，〔三九〕難其所執，釋其所難。明辯恢廓，苞羅衆説，理亂叩機，神王若無。於是羣方名傑，莫能異見，咸廢殊謀，受道真軌，淳化以之而隆，邪黨以之再騫。非夫神契實津，道參沖旨，孰能盪定羣異，令廢我求通者哉！所以粗述始末，垂諸好事云爾。

造諸數論大師傳，並集在薩婆多部。此師既不入彼傳，故附於此。

菩薩波羅提木叉後記第九〔四〇〕

未詳作者

夫窮像於玄原之無始，萬行始於戒信之玄兆。是故天竺鳩摩羅什法師心首持誦。什言此戒出梵網經中。而什法師少翫大方，齊異學於迦夷。淳風東扇，故弘始三年，秦王道契百王之業，奉心大法。於逍遥觀中，三千學士與什參定大小乘經五十餘部，唯菩薩十戒四十八輕最後誦出。時融影三百人等一時受行，修菩薩道。豈唯當時之益，乃有累劫之津也。故慧融書三千部，流通於後代，持誦相授。屬諸後學好道之君子，願未劫不絕，共見千佛，龍華同坐。

比丘尼戒本所出本末序第十〔四一〕

出戒本前　晉孝武帝世出〔四二〕

拘夷國寺甚多，修飾至麗。王宮彫鏤，立佛形像，與寺無異。有寺名達慕藍，百七十僧。北山寺名致隸藍，六十僧。劍慕王新藍，五十僧。温宿王藍，七十僧。右四寺佛圖舌彌所統，寺僧皆三月一易屋、床坐，或易藍者。未滿五臘，一宿不得無依止。王新僧伽藍。九十僧。有年少沙門字鳩摩羅，乃才大高，明大乘學，與舌彌是師徒，而舌彌阿含學者也。〔四三〕阿麗藍，百八十比丘尼。輸若干藍，五十比丘尼。阿麗跋藍。三十尼道。〔四四〕右三寺比丘尼統，依舌彌受法戒。比丘尼，外國法不得獨立也。此三寺尼，多是葱嶺以東王侯婦女，爲道遠集斯寺，用法自整，大有檢制。亦三月一易房，或易寺。出行非大尼三人不行。多持五百戒，亦無師一宿者輒彈之。

今所出比丘尼大戒本，此寺常所用者也。舌彌乃不肯令此戒來東。僧純等求之至勤，每嗟此後出法整，唯之斯戒，末乃得之。其解色以息婬，不在止治容也。不欲以止竊，不在謹封藏也。解色則無情於外形，何計飾容與不飾乎？不欲則無心於珠玉，何須慢藏與緘縢乎？所謂無關而不可開，無約而不可解也。內揵既爾，〔四五〕外又毁容麁服，進退中規，非法不視，非時不飡，形如朽柱，心若濕灰，斯戒之謂也。豈非聖人善救人，故無棄人也哉！然女人之心弱而多放，佛達其微，〔四六〕防之宜密，是故立戒每倍於男也。大法流此五百餘年，比丘尼大戒了於其文。以此推之，外國道士亦難斯人也。

法汰頃年鄙當世爲人師，處一大域，而坐視令無一部僧法，推求出之，竟不能具。吾昔得大露精比丘尼戒，而錯得其藥方一匣，持之自隨二十餘年，無人傳譯。近欲參出，殊非尼戒，方知不相關通至於此也。賴僧純於拘夷國來，得此戒本，令佛念、曇摩持、慧常傳，始得具斯一部法矣。然弘之由人，不知斯人等能遵行之不耳。

此戒文與今戒往往不同，尼衆學猶作尸叉吉利。

比丘大戒序第十一〔四七〕

釋道安作

世尊立教，法有三焉：一者戒律也，二者禪定也，三者智慧也。斯三者，至道之由户，泥洹之關要也。戒者，斷三惡之干將也；禪者，絶分散之利器也；慧者，齊藥病之妙醫也。具此三者，於取道乎何有也！夫然，用之有次，在家出家，莫不始戒以爲基址也。何者？戒雖檢形，形乃百行舟輿也，須臾不矜不莊，則傷戒之心入矣。傷戒之心入，而後欲求不入三惡道，未所前聞也，故如來舉爲三藏之首也。外國重律，每寺立持律，月月相率説戒。説戒之日，終夜達曉，諷乎切教，以相維攝。犯律必彈，如鷹隼之逐烏雀也。

大法東流，其日未遠，我之諸師，始秦受戒，又乏譯人，考校者尠。先人所傳，相承謂是，至澄和上多所正焉。余昔在鄴，少習其事，未及檢戒，遂遇世亂，每以怏怏不盡於此。至歲在鶉火，自襄陽至關右，見外國道人曇摩侍諷阿毗曇，〔四八〕於律特善。遂令涼州沙門竺佛念寫其梵文，道賢爲譯，慧常筆受。經夏漸冬，其文乃訖。

考前常行世戒，其謬多矣。或殊失旨，或粗舉意。昔從武遂法潛得一部戒，其言煩直，意常恨之。而今侍戒規矩與同，猶如合符，出門應轍也。〔四九〕然後乃知淡乎無味，乃真道味也。〔五〇〕而嫌其丁寧，文多反復，〔五一〕稱卽命慧常，令斥重去複。〔五二〕常乃避席謂：「大不宜爾。戒猶禮也，禮執而不誦，重先制也，慎舉止也。戒乃逕廣長舌相三達心制，八輩聖士珍之寶之，師師相付，一言乖本，有逐無赦。外國持律，其事實爾。此土尚書及與河洛，其文樸質，無敢措手，明祇先王之法言而慎神命也。〔五三〕何至佛戒，聖賢所貴，而可改之以從方言乎？恐失四依不嚴之教也。與其巧便，寧守雅正。譯胡爲秦，東教之士猶或非之，〔五四〕願不刊削以從飾也。」衆咸稱善。於是案胡文書，唯有言倒，時從順耳。前出戒十三事中起室與檀越議，三十事中至大姓家及綺紅錦繡衣及七因緣法，如斯之比，失旨多矣。將來學者，審欲求先聖雅言者，宜詳覽焉。〔五五〕諸出爲秦言，便約不煩者，皆蒲萄酒之被水者也。

外國云，戒有七篇，而前出戒皆八篇。今戒七悔過後曰尸叉罽賴尼，尸叉罽賴尼有百七事明也，如斯則七篇矣。又侍尸叉罽賴尼有百一十事，余嫌其多。侍曰：「我持律許口受，十事一記，無長也。」尋僧純在丘慈國佛陀舌彌許得比丘尼大戒來，出之正與侍同，百有一十，爾乃知其審不多也。然則比丘戒不止二百五十，阿夷戒不止五百也。

比丘大戒本

欲說戒，維那出堂前唱：「不淨者出。」次曰：「庚跋門怒鉢羅鞞處。」可大沙門入。三唱。然後入，唱：「行籌。」曰：「頞籔舍陀，寂靜。阿素，生也。舍羅遮麗吏，〔五六〕行籌。布薩陀，說戒。心蜜栗楴，一心。婆檢鞞度，〔五七〕定也。舍羅姑隸怒，〔五八〕把籌。」說戒者乃曰：「僧和集會，未受大戒者出。僧何等作爲？」答：「說戒。」「不來者囑授清淨說。」〔五九〕小住潔向說竟。說已，那春夏冬若干日已過去。隨時計日。

僧盡共思惟：

一切生死過，求於度世道。若精進持戒，同亦當歸死。
不精進持戒，同亦當歸死。寧持戒而死，不犯戒而生。
譬如駛水流，日月不常住。人命疾於彼，去者不復還。

自此偈以後，有布薩羯磨及戒文，不復具寫。

大比丘二百六十戒三部合異序第十二〔六〇〕

竺曇無蘭

夫戒者，人天所由生，三乘所由成，泥洹之關要也。是以世尊授藥，以戒爲先焉。戒者，乃三藏之一也。若不以戒自禁，馳心於六境，而欲望免於三惡道者，其猶如無舟而求渡巨海乎。〔六一〕亦如魚出于深淵，鴻毛入于盛火，希不死燋者，〔六二〕未之有也。行者以戒自嚴，猛意五十八法者，取道也何難哉！

蘭自染化，務以戒律爲意。昔在於廬山中竺僧舒許得戒一部，〔六三〕持之自隨，近二十年，每一尋省，恨文質重。會曇摩侍所出戒，規矩與同，然侍戒衆多施有百一十事，爾爲戒有二百六十也。釋法師問侍，侍言：「我從持律許口受，一一記之，莫知其故也。」尼戒衆多施亦爾，百有一十。三十事中第二十一，二百五十者云：「長鉢過十日捨墮。」續言：「是比丘當持此鉢與比丘僧。」二十二，二百六十者云：「鉢破綴齊，五更未得新鉢，故者當歸衆僧。」推其理旨，宜如二百五十者，在長鉢後事與破鉢并者爲重長也。余以長鉢後事注於破鉢下，以子從母故也。九十事中多參錯，事不相對，復徙就二百六十者，令事類相對。亦時有不相似者，重飯食無餘因緣墮，應對重飯不屬人言不足，此除因緣事與別請并，故以對別請。此一戒在重飯，一戒在別請，亦爲有餘緣則得重飯，亦得越次受請也。不舒手受食，自恐怖教人恐怖，〔六四〕此二戒無對，將傳寫脱耶？胡本闕乎？〔六五〕衆多施亦有不相對、不相似者，莫知所以也。

余因閑暇，爲之三部合異，粗斷起盡，以二百六十戒爲本，二百五十者爲子，以前出常行戒全句繫之於事末。而亦有永乖不相似者，有以一爲二者，有以三爲一者。余復分合，令事相從。然此三戒，或能分句失旨，賢才聰叡，若有覽者，〔六六〕加思爲定，恕余不逮。

比丘僧詳定後，〔六七〕後從長安復持本來，更得重校，時有損益，最爲定。

比丘大戒二百六十事三部合異二卷

欲說戒，維那出堂前唱：「不淨者出。」次曰：「庾跋門怒鉢羅鞞處。」然後入，唱：「行籌。」說戒者乃曰：「僧和集會，未受大戒者出。僧何等作爲？」衆僧和聚會，悉受無戒，於僧有何事。答：「說戒。」僧答言，布薩。「不來者囑授清淨說。」〔六八〕諸人者當說當來之淨，答言說淨。說已，那春夏冬若干日已過去。

僧盡共思惟：

一切生死過，求於度世道。若精進持戒，同亦當歸死。
不精進持戒，同亦當歸死。寧持戒而死，不犯戒而生。
譬如駛水流，日月不常住。人命疾於彼，去者不復還。

自此偈以後，有布薩羯磨及戒文也。

此二百六十戒，七佛偈與常行戒偈同，子戒偈同，子戒本無偈想亦同，故不出也。而此戒來至揚州，汰法師嫌文質重，有所删削。此是其本，〔六九〕未措手向質重者也。

晉泰元六年，歲在辛巳，六月二十五日，比丘竺曇無蘭在揚州丹陽郡建康縣界謝鎮西寺合此三戒，〔七〇〕到七月十八日訖。故記之。

關中近出尼二種壇文夏坐雜十二事並雜事共卷前中後三記第十二〔七一〕

卷初記云：「太歲己卯，鶉尾之歲，〔七二〕十一月十一日，在長安出此比丘尼大戒，其月二十六日訖。〔七三〕僧純於龜兹佛陀舌彌許得戒本，〔七四〕曇摩侍傳，佛念執胡，慧常筆受。」

卷中間尼受大戒法後記云：「此土無大比丘尼戒，乏斯一部僧法久矣。吳土雖有五百戒比丘尼，而戒是覓歷所出，尋之殊不似聖人所制。法汰、道林聲鼓而攻之，〔七五〕可謂匡法之棟梁也。法汰去年亦令外國人出少許，復不足。慧常涼州得五百戒一卷，直戒戒複之，似人之所作，其義淺近。末乃僧純、曇充拘夷國來，〔七六〕從雲慕藍寺於高德沙門佛圖舌彌許得此比丘尼大戒及授戒法，受坐已下至劍慕法。遂令佛圖卑爲譯，曇摩侍傳之，乃知真是如來所制也。而不止五百數，比丘戒有二百六十，問侍所以，言莫知其故也。然以理推之，二百五十及五百，是舉全數耳。又授比丘尼大戒文少，將卽用授大比丘法而出其異也。八籤賴夷無二，亦當依此足之耳。〔七七〕亦當略授十七僧迦衛尸沙一章也。又授比丘尼大戒，尼三師教授師，更與七尼壇外問内法。壇外問内法，於事爲重，故外國師云：『壇外問，當言正爾。上埸衆僧中當問汝，汝當爾答。壇上問，則言，今衆僧中問汝也，正爾。』今曇充還拘夷訪授比丘尼大戒，定法須報以爲式也。授六法文無乏也，二師而已，無教授師也。上壇僧尼名多益善。」

卷後又記云：「秦建元十五年十一月五日，歲在鶉尾，比丘僧純、曇充從丘慈高德沙門佛圖舌彌許，得此授大比丘尼戒儀及二歲戒儀。從受坐至囑授諸雜事，令曇摩侍出，佛圖卑爲譯，慧常筆受。凡此諸事，是所施行之急者。若爲人師而不練此，此無異於土牛後人也。

涼州道人竺道曼，於丘慈因此異事，來與燉煌道人，此沙門各各所住祠，或二百或三百人爲一部僧。比丘尼向三百人，凡有五祠。各各從所使僧祠依准爲界內，無共說戒法也。常暮說戒。說戒之日，比丘尼差三人往白所依僧云：『今日當說戒。』僧即差二人往詣比丘尼。僧知人數，還白大僧云：『比丘尼凡有若干，於某祠清淨說戒，普共聞知。』如是三白，比丘尼便自共行籌說戒，如法僧事。曇充云：「大齊說律六十日竟，尼亦寄聽。若遇說戒，亦寄聽戒，唯不與舍羅籌耳。七月十五日，各於所止處受歲如法，遣三人詣所依僧，承受界分齊耳。其餘如僧法。此與尼戒違，將是不知也。

比丘尼當三受戒五百戒。比丘尼滿十二歲乃中爲師。初受十戒時，索二女師。當使持律沙門授戒，乃付女師，令教道之。次受二百五十戒，年滿二十，直使女三師授之耳。威儀俯仰，如男子受戒法無異也。彌離尼受六法，無三師。沙彌亦無三師，二師而已耳。六法云二百五十，謬傳

之也。〔七八〕

受戒後周一年無誤失，乃得受戒五百戒。後受戒時，三師十僧如中受時，直使前持律師更授二百五十事，合前爲五百耳。直授之，不如中受時問威儀委曲也。戒文如男子戒耳，事事如之，無他異也。授戒立三尼師，一持律比丘僧，授戒場四住屋下。〔七九〕此言十僧後授不委曲，與授文反，未詳所出也。」

摩得勒伽後記第十四〔八〇〕

出經後記

宋元嘉十二年，歲在乙亥，揚州聚落丹陽郡秣陵縣平樂寺三藏與弟子共出此律，〔八一〕從正月起至九月二十二日草成，二十五日寫畢。白衣優婆塞張道、孫敬信執寫。

善見律毗婆沙記第十五〔八二〕

出律前記〔八三〕

齊永明十年，歲次實沉，三月十日，禪林比丘尼淨秀，聞僧伽跋陀羅法師於廣州共僧禕法師譯出胡本善見毗婆沙律一部十八卷。京師未有，渴仰欲見。僧伽跋陀羅其年五月還南，憑上寫來。以十一年，歲次大梁，四月十日得律還都，頂禮執讀，敬寫流布。仰惟世尊泥洹已來年載，至七月十五日受歲竟，於衆前謹下一點，年年如此。感慕心悲，不覺流淚。

千佛名號序第十六〔八四〕出賢劫經。

沙門竺曇無蘭抄

賢劫經說二千一百諸度無極竟，喜王菩薩仍問：「今此會中，寧有大士得此定竟，入斯八千四百諸度無極，及八萬四千度無極法，入八萬四千諸三昧門乎？」佛答言：「有，不但此諸開士也，當來賢劫一千如來亦得入也。除四正覺。」喜王白佛：「唯願世尊說諸佛名字姓號。」佛爲喜王說諸佛號字，號字一千，數之有長，而興立、發意二品重說，皆齊慧業而止。以此二品檢之，有以二字爲名者，三字名者，有以他字足成音句，非其名號。亦時有字支異者，想梵本一耳，〔八五〕將是出經人轉其音辭，令有左右也。長而有者，或當以四五六字爲名號也。興立、發意不盡名，自慧業以下難可詳也。余今別其可了，各爲佛名；意所不了，則全擧之，又以字異者注之於下。然或能分合失所，深見達士，其有覺省，可爲改定，恕余不逮。

校勘記

〔一〕抄成實論序第七　各本作「成實論抄序第七」，據後文標目改。
〔二〕比丘尼戒本所出本末序第十　「所」字各本脱，據後文標目補。

〔三〕釋道安作　各本作「出戒前記」，據後文標目改。

〔四〕大比丘二百六十戒三部合異序第十二　「序」字宋本、磧砂本、元本作「中」，從麗本、明本及後文標目改。

〔五〕中論序第一　長房録八載姚秦鳩摩羅什譯中論四卷，僧叡製序。經存，見大正藏第三十卷一五六四號，卷首載此序。

〔六〕昭其實也　「昭」字宋本、磧砂本、元本、明本及卷首序作「照」，茲從麗本。

〔七〕真可謂坦夷路於沖階　「坦」字各本作「理」，從卷首序改。

〔八〕扇慧風於陳枚　「枚」字麗本作「槁」，茲從宋本、磧砂本、元本、明本及卷首序。

〔九〕夫柏梁之構興　「柏梁」二字宋本、磧砂本、元本、明本及卷首序作「百欅」，「柏」字從支本改，「梁」字從麗本改。

〔一〇〕今所出者是天竺梵志　「今」字各本脱，從卷首序補。

〔一一〕中論序第二　此亦爲鳩摩羅什譯本之序，大正藏第三十卷一五六四號不載此序。

〔一二〕曇影法師　「曇」字麗本、宋本、磧砂本、元本脱，據明本及本卷首標目補。

〔一三〕百論序第三　長房録八載姚秦鳩摩羅什譯百論二卷。經存，見大正藏第三十卷一五六九號，卷首載此序。

〔一四〕文義婉約　「義」字磧砂本、元本、明本及卷首序作「旨」，茲從麗本、宋本。

〔一五〕彰於徽翰　「徽」字宋本、磧砂本、元本、明本作「微」，茲從麗本及卷首序。

〔一六〕言而無黨　「黨」字各本作「當」，從卷首序改。

〔一七〕十二門論序第四　長房録八載姚秦鳩摩羅什譯十二門論一卷，僧叡製序。經存，見大正藏第三十卷一五六八號，卷首載此序。

〔一八〕十二者　各本「二」字下有「門」字，從卷首序刪。

〔一九〕有殊致之迹殊致之不夷　「迹殊致之」四字宋本、磧砂本、元本、明本脱，據麗本及卷首序補。

〔二〇〕乖趣之不泯　「之」字宋本、磧砂本、元本、明本脱，從麗本及卷首序補。

〔二一〕濟溺喪於玄津　「溺」字宋本、磧砂本、元本、明本作「弱」，兹從麗本。

〔二二〕焉復知曜靈之方盛　「焉」字宋本作「要」，磧砂本、元本、明本及卷首序作「惡」，兹從麗本。

〔二三〕玄陸之未晞也哉　「晞」字各本作「希」，兹從卷首序。

〔二四〕庶以此心　「心」字麗本、磧砂本作「微」，兹從宋本、元本、明本及卷首序。

〔二五〕開疾進之路耳　「疾」字麗本作「自」，兹從宋本、磧砂本、元本、明本及卷首序。

〔二六〕成實論記第五　長房録八載姚秦鳩摩羅什譯成實論十六卷。經存，見大正藏第三十二卷一六四六號，卷末不載此記。

〔二七〕略成實論記第六　此爲南齊釋僧柔、釋慧次抄成實論之題記。書佚。

〔二八〕新撰　全梁文七一作釋僧祐撰，是。

〔二九〕漏道之津涯　「漏」字麗本作「滿」，兹從宋本、磧砂本、元本、明本。

〔三〇〕至道聚之末章　「末」字宋本、磧砂本、元本、明本作「本」，兹從麗本。

〔三一〕既宣効於正經　「宣効」各本作「効宣」，從全齊文二十改。

〔三二〕求均于弱喪　「求」字宋本、磧砂本、元本、明本作「永」，兹從麗本。

〔三三〕訶梨跋摩傳第八　「傳」字下各本有序字，據本卷首標目刪。法經録六著録釋玄暢撰訶梨跋摩傳一卷，當即此篇。

〔三四〕但當敦其素業　「當」字宋本、磧砂本、元本、明本作「常」，茲從麗本。

〔三五〕所以五部不雜　「雜」字麗本作「離」，茲從宋本、磧砂本、元本、明本。

〔三六〕黜異之制　「黜」字宋本、磧砂本、元本、明本作「點」，茲從麗本。

〔三七〕於是博引百流衆家之談　「引」字宋本、磧砂本、元本、明本作「弘」，茲從麗本。

〔三八〕光隆遺軌　「光」字宋本、磧砂本、元本、明本作「先」，茲從麗本。

〔三九〕大杜五部乖競之路　「杜」字宋本、磧砂本、元本、明本作「壯」，茲從麗本。

〔四〇〕菩薩波羅提木叉後記第九　法經録六著録菩薩波羅提木叉記一卷，無撰人名。長房録八載姚秦鳩摩羅什譯十誦比丘戒本一卷。經存，大正藏第二十三卷一四三六號作十誦比丘波羅提木叉戒本，卷末不載此記。

〔四一〕比丘尼戒本所出本末序第十　長房録八載姚秦竺佛念譯十誦比丘尼戒所出本末一卷，經佚。此爲其序。

〔四二〕出戒本前晉孝武帝世出　此序不記撰人名，疑是釋道安所撰。

〔四三〕而舌彌阿含學者也　「者」字宋本、磧砂本、元本、明本脱，從麗本補。

〔四四〕三十尼道　「三」字宋本、磧砂本、元本、明本作「二」，茲從麗本。

〔四五〕内揵既爾　「揵」字宋本、磧砂本、元本、明本作「健」，茲從麗本。

〔四六〕佛達其微　「微」字宋本、磧砂本、元本、明本作「徵」，茲從麗本。

〔四七〕比丘大戒序第十一　長房録八載苻秦曇摩持譯十誦比丘戒本一卷，此即其序。經佚。

〔四八〕見外國道人曇摩侍諷阿毗曇　按曇摩侍即上文比丘尼戒本之曇摩持，二字傳寫有不同，未詳何者爲確。

〔四九〕出門應轍也　「轍」字麗本、宋本、磧砂本、元本作「徹」，兹從明本及全晉文一五八。
〔五〇〕乃真道味也　「真」字各本作「直」，從全晉文一五八改。
〔五一〕文多反復　「反」字宋本、磧砂本、元本、明本作「及」，「復」字磧砂本、元本、明本作「複」，從麗本、宋本改。
〔五二〕令斥重去複　「斥」字麗本、宋本作「斤」，兹從磧砂本、元本、明本。
〔五三〕明祇先王之法言而慎神命也　「慎」字麗本作「順」，兹從宋本、磧砂本、元本、明本及全晉文一五八。
〔五四〕東教之士猶或非之　「或」字宋本、磧砂本、元本、明本作「惑」，兹從麗本。
〔五五〕宜詳覽焉　「覽」字宋本、磧砂本、元本、明本作「攬」，兹從麗本。
〔五六〕舍羅遮麗吏　「舍」字、「吏」字麗本作「含」字、「史」字，兹從宋本、磧砂本、元本、明本。
〔五七〕婆楡鞞度　「婆」字宋本、磧砂本、元本、明本作「娑」，兹從麗本。
〔五八〕舍羅姞隸怒　「舍」字麗本作「含」，兹從宋本、磧砂本、元本、明本。
〔五九〕不來者囑授清淨説　「囑」字宋本、磧砂本、元本、明本作「屬」，兹從麗本。
〔六〇〕大比丘二百六十戒三部合異序第十二　長房録七載東晉曇無蘭撰二百六十戒三部合異二卷。此卽其序。書佚。
〔六一〕其猶如無舟而求渡巨海乎　「渡」字宋本、磧砂本、元本、明本作「度」，兹從麗本。
〔六二〕希不死燋者　「希」字宋本、磧砂本、元本、明本作「悕」，兹從麗本。
〔六三〕昔在於廬山中竺僧舒許得戒一部　「在」、「中」二字疑爲衍文。
〔六四〕自恐怖教人恐怖　「自恐怖」宋本、磧砂本、元本、明本脱「怖」字，從麗本補。

〔六五〕胡本闕乎　「胡」字麗本作「故」，磧砂本、元本、明本作「梵」，兹從宋本。

〔六六〕若有覽者　「覽」字各本作「攬」，從支本改。

〔六七〕比丘僧詳定後　「詳」字麗本作「祥」，兹從宋本、磧砂本、元本、明本。「定」字麗本、宋本脱，從磧砂本、元本、明本補。

〔六八〕不來者囑授清淨説　「囑」字宋本、磧砂本、元本、明本作「屬」，兹從麗本。

〔六九〕此是其本　「其」字宋本、磧砂本、元本、明本脱，從麗本補。

〔七〇〕比丘竺曇無蘭在揚州丹陽郡建康縣界謝鎮西寺合此三戒　「陽」字宋本、磧砂本、元本、明本作「楊」，兹從麗本。

〔七一〕關中近出尼二種壇文夏坐雜十二事並雜事共卷前中後三記第十三　長房録八載苻秦曇摩持譯比丘尼大戒本一卷，又教授比丘尼二歲壇文一卷，均佚。上三記當即出于其中也。

〔七二〕太歲己卯鶉尾之歲　「尾」字宋本、磧砂本、元本、明本作「火」，「鶉火」於辰爲「午」，非是。兹從麗本，「鶉尾」於辰爲巳，則上「己卯」應作「己巳」始合。

〔七三〕其月二十六日訖　「訖」字宋本、磧砂本、元本、明本作「記」，兹從麗本。

〔七四〕僧純於龜兹佛陀舌彌許得戒本　各本脱「得」字，據前後文意補。

〔七五〕法汰道林聲鼓而攻之　「攻」字各本作「正」，從全晉文一六六改。

〔七六〕末乃僧純曇充拘夷國來　「乃」字宋本、磧砂本、元本、明本作「及」，兹從麗本。

〔七七〕亦當依此足之耳　「此」字各本作「比」，麗本作「比丘」，從全晉文一六六改。

〔七八〕謬傳之也　「也」字宋本、磧砂本、元本、明本脱，從麗本補。

〔七九〕授戒場四住屋下　「授」字宋本、磧砂本、元本、明本作「持」，兹從麗本。

〔八〇〕摩得勒伽後記第十四　「後」字各本脱，據本卷首標目補。長房録十載劉宋僧伽跋摩譯摩得勒伽毗尼十卷。經存，大正藏第二十三卷一四四一號作薩婆多部毗尼摩得勒伽，卷末不載此後記。

〔八一〕揚州聚落丹陽郡秣陵縣平樂寺三藏與弟子共出此律　「陽」字宋本、磧砂本、元本作「楊」，從麗本、明本改。「秣」字麗本、宋本、磧砂本、元本作「袜」，從麗本改。

〔八二〕善見律毗婆沙記第十五　法經録六著録釋僧祐撰善見律毗婆沙記一卷。長房録十一載南齊僧伽跋陀羅譯善見毗婆娑律十八卷。經存，大正藏第二十四卷一四六二號作善見律毗婆沙，卷首不載此記。

〔八三〕出律前記　據法經録六，此記是釋僧祐撰。

〔八四〕千佛名號序第十六　長房録六載西晉竺法護譯賢劫經七卷。經存，大正藏第十四卷四二五號作八卷，其中有千佛興立品、千佛發意品，此千佛名號即據二品輯出，而爲序以説明之。

〔八五〕想梵本一耳　「想」字麗本、宋本作「相」，兹從磧砂本、元本、明本。

出三藏記集卷第十二

梁釋僧祐撰

雜録序

雜録序

夫靈源啓潤，則萬流脈散，玄根毓萌，則千條雲積。〔三〕何者？本大而末盛，基遠而緒長也。自尊經神運，秀出俗典，由漢屆梁，世歷明哲。雖復緇服素飾，並異跡同歸。至於講議讚析，〔四〕代代彌精，注述陶練，人人競密。所以記論之富，盈閣以牣房；書序之繁，充車而被軫矣。

宋明皇帝摽心淨境，〔五〕載飡玄味，迺勑中書侍郎陸澄撰録法集。陸博識洽聞，苞舉羣籍，銓品名例，隨義區分，凡十有六帙，一百有三卷。〔六〕其所閲古今，亦已備矣。今即其本録以相綴附，雖非正經，而毗讚道化，可謂聖典之羽儀，法門之警衞。足以輝顯前緒，昭進後學。〔七〕是以寄于三藏集末，以廣枝葉之覽焉。

宋明帝勑中書侍郎陸澄撰法論目録序第一〔八〕

論或列篇立第，兼明衆義者，今總其宗致，不復擿分。合之則體全，別之則文亂。

置難形神，援譬薪火。庾闡發其議，謝瞻廣其意。然桓譚未及聞經，先著此言，有足奇者，宜其綴附也。

牟子不入教門，而入緣序，以特載漢明之時，〔九〕像法初傳故也。魏祖答孔，是知英人開尊道之情；習生貽安，則見令主弘信法之心。所以有取二書，指存兩事。又支遁敷翰遠國，述江南僧業，故兼録。

卽色遊玄論支道林。王敬和問，支答。

辯著論支道林。

釋卽色本無義支道林。王幼恭問，支答。

不真空論釋僧肇。

本無難問郗嘉賓。竺法汰難，并郗答，往反四首。

郗與法濬書

郗與開法師書〔一〇〕

郗與支法師書

心無義桓敬道。王稚遠難，桓答。

釋心無義劉遺民。

法性論上下釋慧遠。

實相義釋道安。

問實相王稚遠，外國法師答。
問如法性真際釋慧遠，什法師答。
問實法有釋慧遠，鳩摩羅什答。〔一二〕
問分破空釋慧遠，鳩摩羅什答。〔一三〕
實相論釋曇無成。
實相通塞論釋道含。〔一三〕
會通論支曇諦。
支書與郗嘉賓
會通論上下釋慧義。
始元論釋僧宗。
略論諸經
勝鬘經序釋慧觀。
百論序釋僧叡。
百論序釋僧肇。

右法論第一帙〔一四〕法性集十五卷

涅槃無名論釋僧肇。
佛性論上下釋僧宗。
問涅槃有神不王稚遠，什答。〔一五〕
問滅度權實王稚遠，什法師答。〔一六〕
問清淨國王稚遠，什法師答。
涅槃三十六問〔一七〕竺道生。
釋八住初心欲取泥洹義竺道生。
與諸道人論大般泥洹義〔一八〕范伯倫。
論經目
大涅槃經序
辯佛性義竺道生。王問并竺答。〔一九〕
佛性集釋慧靜。
佛性論
右法論第二帙覺性集七卷
道行指歸支道林。何敬問，支答。

道行指歸云是安公述，相傳云。〔二〇〕
般若無名論釋僧肇。劉遺民難，肇答。
問佛成道時何用王稚遠，什答。〔二一〕
問般若法王稚遠，什法師答。〔二二〕
問般若稱王稚遠，什法師答。
問般若知王稚遠，什法師答。
問般若是實相智非王稚遠，什法師答。
問般若薩婆若同異王稚遠，什法師答。
問無生法忍般若同異王稚遠，什法師答。
問禮事般若王稚遠，什法師答。
問佛慧王稚遠，什法師答。
問權智同異王稚遠，什法師答。
問菩薩發意成佛王稚遠，什法師答。
般若折疑略序〔二三〕釋道安。
大品經序釋道安。

大品經序釋僧叡。
大智釋論序釋僧叡。
般若經問論序釋慧遠。
中論序釋僧叡。
小品經序釋僧叡。
合維摩詰經序支敏度。
道行品注序釋道安。
維摩詰經注序釋僧肇。
毗摩羅詰經義疏序釋僧叡。
自在王經後序釋僧叡。
思益經義疏序釋僧叡。
與釋慧遠書論真人至極荀問，釋慧遠答。〔二四〕
與諸道人論般若義范伯倫。
右法論第三帙般若集六卷
問法身王稚遠，什答。

問法身釋慧遠，什答。
重問法身釋慧遠，什答。
問真法身像類釋慧遠，什答。
問真法身壽釋慧遠，什答。
問法身應感釋慧遠，什答。
問法身非色釋慧遠，什答。
問修三十二相釋慧遠，什答。
問釋慧嚴法身二義竺僧弼。〔一五〕
丈六卽真論釋僧肇。
通佛影迹顔延年。
通佛頂齒爪顔延年。
通佛衣鉢顔延年。
通佛二氈不燃顔延年。

右法論第四帙法身集四卷

問法身佛盡本習釋慧遠，什答。

問成佛時斷何累王稚遠，什答。

右法論第五帙解脱集一卷

法華經後序釋僧叡。

妙法蓮華經序釋慧遠。

妙法蓮華經宗要序釋慧觀。

與竺道生書劉遺民。

法華經論

辯三乘論支道林。

無三乘統略釋慧遠。

問釋道安三乘并書竺法汰。

問三乘一乘什答。

問得三乘王稚遠，什師答。〔二六〕

問三歸王稚遠，什師答。〔二七〕

問辟支佛王稚遠，什師答。〔二八〕

四阿含暮抄序

長阿含經序釋僧肇。
三法度經序釋慧遠。
正誣論
了本生死經注序
法句經序
明佛論宗少文。
譬道論孫興公。
座右銘支道林。
道學誡支道林。
切悟章支道林。
支道林答謝長遐書
離識觀顏延年。
張景胤與從弟景玄書論西方，并答。
奉法要郗嘉賓。
七衆法

通神呪郗嘉賓。

明惑論郗嘉賓。

問菩薩生五道中王稚遠，什師答。〔二九〕

問七佛王稚遠，什答。〔三〇〕

問不見彌勒不見千佛王稚遠，什法師答。〔三一〕

右法論第六帙教門集十二卷

優婆塞五學跡略論上下三藏法師。

法社節度序釋慧遠。

外寺僧節度序釋慧遠。

節度序釋慧遠。

般若臺衆僧集議節度序支道林。

比丘尼節度序釋慧遠。

咸康六年門下議并詔及何次道議二首

晉成帝詔及何次道議四首詔是庾季堅作。

桓敬道書與八座論道人敬王者八座答。

桓敬道與王稚遠書往反九首
桓敬道與釋慧遠書往反三首
桓敬道僞詔沙門不復敬天子并卞嗣之等答往反十首
桓敬道沙汰沙門教
釋慧遠答桓敬道書論料簡沙門事
宋武爲相時沙汰道人教
沙門不敬王者論釋慧遠。
問佛法不老王稚遠，什答。
與釋慧遠書論沙門袒服鄭道子。
沙門袒服論釋慧遠。何無忌難，遠答。
與禪師書論踞食鄭道子。
與王司徒諸人書論據食范伯倫。釋慧義答，范重答。
與道生慧觀二法師書范伯倫。
論據食表并詔四首范伯倫。
右法論第七帙戒藏集八卷

本起四禪序并注支道林。
安般守意經注序康會。
十二門經注序釋道安。
十二門注序
陰持入經注序
人本欲生經注序
禪經序釋僧叡。
禪經序釋慧遠。
釋神足釋慧遠。
問念佛三昧釋慧遠，什答。
安書禪慧宣諸弘信顏延年。
聞慧思修禪定義在家習定法
右法論第八帙定藏集四卷
阿毗曇心序釋慧遠。
阿毗曇序

阿毗曇五法行義謝慶緒。
阿毗曇心略解數
阿毗曇心雜數林
問竺道生諸道人佛義范伯倫。
衆僧述范問
范重問道生往反三首
傅季友答范伯倫書
辯宗論謝靈運。
法勗問往反六首
僧維問往反六首
慧驎述僧維問往反六首
驎維問往反六首〔三二〕
竺法綱釋慧林問往反十一首
王休元問往反十四首
竺道生答王問一首

漸悟論釋慧觀。

沙門竺道生執頓悟

謝康樂靈運辯宗述頓悟

沙門釋慧觀執漸悟

明漸論釋曇無成。

右法論第九帙慧藏集七卷

問遍學外國法師答。

問遍學釋慧遠，什答。

重問遍學釋慧遠，什答。

問羅漢受釋慧遠，什答。

論三行上郗嘉賓。

叙通三行郗嘉賓。

論三行下郗嘉賓。

郗與謝慶緒書往反五首

法勗問往反六首

僧雜問往反六首
慧驎述僧雜往反六首
郗與傅叔玉書往反三首
答菟郎書一首〔三三〕
王季琰書往反四首
與仰法師書并答二首
道地經注序
略解三十七品次第什法師。
本業略例支道林。
本業經注序支道林。
論十住上下傅叔玉。
書與謝慶緒論十住往反四首二首分爲下卷。
傅叔玉重書并謝答三十二字〔三四〕
十住義釋曇遇。
實相標格論

問住壽釋慧遠，什答。

問釋道安六通竺汰。

右法論第十帙雜行集十卷

十報法統略

釋三報論釋慧遠。

述竺道生善不受報義釋僧璩。釋鏡難，璩答。

全生論郗嘉賓。

殺生問桓敬道。殷伯道答，桓難。

明報應論釋慧遠。

報應論卞湛。范伯倫難，卞答。

業報論

右法論第十一帙業報集六卷

神本論支曇諦。

命源論釋慧靜。

識三本論謝慶緒。

支道人書與謝論三識并答

戴安道書與謝論三識并答往反三首

四執論

問精神心意識〔三五〕王稚遠，什答。

問十數法王稚遠，什法師答。

辯心意識釋慧遠。

釋神名釋慧遠。

驗寄名釋慧遠。

問論神釋慧遠。

問釋道安神竺法汰。〔三六〕

問神識王稚遠，什答。

五陰三達釋郗嘉賓。

問後識追憶前識釋慧遠，什答。

神不更受形論庾仲初。

更生論羅君章。孫安國難，羅答。

習鑿齒難。

神不滅論 鄭道子。

桓君山新論論形神

書與何彥德論感果生滅五往反 顏延年。

山巨源問〔三七〕

摯元禮諮〔三八〕

顏答山摯二難

右法論第十二帙 色心集九卷

問四相 釋慧遠。

物不遷論 釋僧肇。

申無生論 釋曇無成。

右法論第十三帙 物理集三卷

牟子 一云蒼梧太守牟子博傳。

舊首楞嚴經後序

支法護像讚 支道林。

答孔文舉書魏武帝。
與釋道安書習鑿齒。
與釋道安書伏玄度。
與高句驪國道人書支道林。
右法論第十四帙緣序集二卷〔三九〕
難沙門于法龍釋道彥，法龍答。
答謝宣明難佛理范伯倫。
論檢顏延年。
答或人問〔四〇〕顏延年。
關中法濟道人與涼州同學書
達性論何承天。
顏延年釋何五往反道人問，顏答。〔四一〕
均善論釋慧琳。
何承天與宗少文書五往反演均善論。
斷家養論何彥德。

釋慧琳難

廣何顔延年。

顔重與何書

右法論第十五帙雜論集六卷

辯教論桓敬道。

婚農無傷論釋慧琳。

照極明化論顧長康。

問難釋慧琳。

右法論第十六帙邪論集三卷

齊太宰竟陵文宣王法集録序第二

夫五時九部之契，三請四答之機，〔四二〕玄哉邈乎，奥不可議已。然法海無涯，航而知大；慧藏不極，採而得寶。是以弘誓之士，隨時斟酌，馬鳴抽其幽宗，龍樹振其絶緒，提婆析其名數，訶梨總其條理。並翼讚妙典，俘翦外學，〔四三〕迷津見衢，長夜逢曉。故智慧之日，名飛於摧邪；功德之月，績翔於闡化，亦已盛矣。但羣萌殊業，根力異品，運季道澆，信淡識淺。

至於披瞽發聾，事資懇勵，〔四四〕藥愚針惑，宜務切近。是以後代敷訓，顯晦不一，或颺言以汎解，或提耳而指授。所以卷舒教義，抑揚風軌，豈滯恒方，期於悟俗而已。

齊太宰竟陵文宣王淨刹萌因，忍土現果，慧自天成，道爲期出。孝忠淳和之深，仁智博愛之厚，率由而極，因心則至。若乃棲神二諦，宅業三寶，瞻前卓爾，望後不羣。用能降帝子之尊，灼淨土之操，屏朱觀之貴，下白屋之禮。磨踵以拯俗，刻髓以徇道。望億劫以長駈，凌千載而獨上。若乃闡經律，弘福施，濟蒼黎，毓翾動，未嘗不慮積昏明，慈洽巨細。感靈瑞於顯徵，通覺應於宵夢，固已葳蕤民譽，〔四五〕昭晢神聽矣。至於苞括儒訓，洞鏡釋典，〔四六〕空有雙該，內外咸照。常欲廣彼洲渚，熾此法燈，駐四生之風波，燭九居之霾霧，指來際以爲期，總大千以爲任。故惻隱垂教，〔四七〕慇懃敷道。於是銳臨雲之思，壯談天之文，網羅字輪，儀形法印。是以淨住命氏，啓入道之門；華嚴瓔珞，標出世之術；決定要行，進趣乎金剛；戒果莊嚴，克成乎甘露。爾其衆經注義，法塔讚頌，僧制藥記之流，導文願疏之屬。莫不誠在言前，理出辭表，大者鈎深測幽，小者馳辯感俗，森成條章，鬱爲卷帙。可謂開士住心，道場初跡，冠一代之妙化，垂千祀之勝範者也。〔四八〕祐昔以道緣，預屬嘉會，律任法使，謬荷其寄，齋堂梵席，時枉其請。哲人徂謝，而道心不亡，靜尋遺篇，僾乎如在。遂序茲集録，以貽來世云爾。

淨住子十卷

右第一帙上

淨住子十卷

右第二帙下

華嚴瓔珞二卷

右第三帙

諸佛名十卷

右第四帙

諸菩薩名二卷

右第五帙

菩薩決定要行十卷

右第六帙

注優婆塞戒三卷

右第七帙

戒果莊嚴一卷

注遺教經一卷

右第八帙

維摩義略五卷

右第九帙

雜義記十卷

右第十帙上〔四九〕

雜義記十卷

右第十一帙下〔五〇〕

僧制一卷

清信士女法制三卷

右第十二帙

禮佛文二卷

右第十三帙

西州法雲小莊嚴普弘寺講并述羊常弘廣齋共卷

抄成實論序并上定林講共卷

華嚴齋記一卷

施藥記一卷
捨身記一卷
妃捨身記一卷
發願疏一卷
會稽荆雍江郢講記一卷
内典序并讚一卷
述放生東宫齋述受戒共卷
僧得施三業施食法共卷
右第十四帙
宣白僧尼疏與暢疏并與州郡書求内典共卷
法門讚一卷
講淨住記一卷
受維摩注名一卷
與僚佐書并教誡左右一卷
拜揚州刺史發願一卷

與何祭酒書讚去滋味一卷
讚梵唄偈文一卷
開優婆塞經題一卷

右第十五帙

大司馬捨身并施天保二衆一卷
佛牙記一卷
答疑惑書并稚珪書一卷
教宣約受戒人一卷
八日禪靈寺齋并頌一卷
龍華會并道林齋一卷
布薩并天保講一卷
淨住子次門一卷
梵唄序一卷
轉讀法并釋滯一卷
示諸朝貴法制啓二卷

示諸朝貴釋滯啓答二卷
寶塔頌并石像記一卷
受戒并弘法式一卷
右第十六帙十六帙合一百十六卷
自書經目録
大字維摩經一部十四卷
細字維摩經一部六卷
妙法蓮華經一部十四卷
般舟三昧經一部二卷
無量壽經一部四卷
十地經一部十卷
華嚴經一部六卷
大泥洹經五卷
虚空藏經二卷
泥洹受持品一卷

護身經一卷
觀世音經一卷
普賢經一卷
金剛般若經一卷
八吉祥神呪經一卷
出生無量門持經一卷
呵色慾經一卷

齊竟陵王世子撫軍巴陵王法集序

蓋聞世諦善論，法海所總，嚴飾文辭，初位是攝。自大化東漸，沿世詠歌，魏來雜製，間出羣集。至於才中含章，思入精理，固法門之羽纛，梵聲之金石也。齊竟陵文宣王世子故撫軍巴陵王，稟璿華於峴峯，〔五一〕敏明璣於珠海，慧發觽辰，識表綺歲，〔五二〕孝友淳至，機穎朗徹。故幼無弱弄，夙有老成，甫在志學，固已總括墳典矣。雅好辭賦，允登高之才；藉意隸書，均臨池之敏。業盈竹素，慮滿風月。是時齊方有德，文宣翼讚，康衢既熙，慧教傍遠。世子以枝葉之慶，藩守浙河，下車風舉，〔五三〕昇席治立，含靜臺以御己，垂蘭蕙以振俗。〔五四〕郡富名山，巖多靈寺，故勝業愈高，清心彌往。每遊踐必訓，思若淵泉，信足以揄揚至道，炳發玄極。觀其摛賦經聲，述頌繡像，千佛願文，捨身弘誓，四城、九相之詩，釋迦十聖之讚，並英華自凝，新聲間出。故僕射范雲篤賞文會，雅相嗟重，以爲後進之佳才也。

至隆昌之時，始兆無妄，永元之末，運屬道消。葛藟失庇，磐石傾蔚，虎兕出柙，宗室致猜。而樂天知命，夷憂味道，在艱不虧其貞，處約無改其節。鏡因果而靡晦，洞真俗其如曉，專精於大覺之門，懔烈於經典之奧。於是下帷墐户，注解百論，拔出幽旨，妙盡纖典。乃躬算縑素，手寫方等。所書大經，凡有十部，鋒刃勁削，〔五五〕風趣妍靡。論其思理所徹，業藝所貫，有踰箕裘之能，克副青藍之敏矣。

夫深宮寡識，著自格言，粱肉多驕，〔五六〕聞之前記。而能拔類獨立，超然高舉，豈非内鑄堅芳之性，外瑩過庭之風哉！以法而説，譬金龍之嗣信相，由俗而議，邁允恭之紹陳思。可謂開士宿因，栴檀眷屬，無忝堂構，克勝負荷者也。余昔緣法事，亟覩清徽，〔五七〕及律集稽川，屢延供禮。惜乎早世，文製未廣。今撰録法詠，以繼文宣内集。使千祀之外，知蘭菊之無絶焉。

巴陵雜集目録

造千佛願

繡佛頌

捨身序并願

　右上卷

釋迦讚

十弟子讚十首

爲會稽西方寺作禪圖九相詠十首

四城門詩四首

法詠歎德二首

佛牙讚

經聲賦

會稽寶林寺禪房閑居頌

　右下卷

　自寫經目録并注〔五八〕

法華經一部七卷

維摩經一部三卷

無量壽經二部〔五九〕四卷
金剛般若經三部〔六〇〕三卷
請觀世音經一部〔六一〕一卷
八吉祥經一部〔六二〕一卷
波若神呪一部一卷
右十部
注百論一部

釋僧祐法集總目録序第三

嘗聞瀝泣助河之談，捧土埤岱之論，雖誚發於古，而愧集於今矣。僧祐漂隨前因，報生閻浮，幼齡染服，早備僧數。而慧解弗融，禪味無紀，剎那之息徒積，錙毫之勤未基。是以懼結香朝，慙動鍾夕，茫茫塵劫，空閲斬籌。然竊有堅誓，志是大乘，頂受方等，遊心四含。加以山房寂遠，泉松清密，以講席間時，僧事餘日，廣訊衆典，〔六三〕披覽爲業。或專日遺飡，或通夜繼燭，短力共尺波爭馳，淺識與寸陰競晷。雖復管窺迷天，蠡測惑海，然遊目積心，頗有微悟。遂綴其聞，誠言法寶，仰稟羣經，傍採記傳，事以類合，義以例分。顯明覺應，故序；釋迦之譜；區辯六趣，故述世界之記；訂正經譯，故編三藏之録；尊崇律本，故銓師資之傳；彌綸福源，故撰法苑之篇；護持正化，故集弘明之論。且少受律學，刻意毗尼，旦夕諷持，四十許載，春秋講説，七十餘遍。既稟義先師，弗敢墜失，標括章條，爲律記十卷，并雜碑記撰爲一帙。總其所集，凡有八部。冀微啓於今業，庶有藉於來津。豈曰善述，庶非妄作。但理遠識近，多有未周。明哲儻覽，取諸其心，使道場之果，異跡同臻焉。

釋迦譜五卷

右一部第一帙

世界記五卷

右一部第二帙

出三藏記集十卷

右一部第三帙

薩婆多部相承傳五卷

右一部第四帙

法苑集十卷

右一部第五帙

弘明集十卷

右一部第六帙

十誦義記十卷

右一部第七帙

法集雜記傳銘七卷〔六四〕

右一部第八帙

釋迦譜目録序第四〔六五〕

釋僧祐撰

蓋聞菩提之爲極也，神妙寂通，圓智湛照，道絶於形識之封，理畢於生滅之境。形識久絶，豈實誕於王宫；生滅已畢，寧真謝於堅固哉。但羣萌長寢，同歸大覺，緣來斯化，感至必應。若應而不生，誰與悟俗？化而無名，何以導世？是以標號釋迦，擅種刹利，〔六六〕體域中之尊，冠人天之秀。然後脱屣儲宫，貞觀道樹，〔六七〕捨金輪而馭大千，明玉毫而制法界，此其所以垂跡也。爰自降胎，至于分塔，瑋化千條，〔六八〕靈瑞萬變。並義炳經典，事盈記傳。而羣言參差，首尾散出，事緒舛駮，同異莫齊。散出首尾，宜有貫一之區；莫齊同異，必資會通之契。故知博訊難該，〔六九〕而總集易覽也。

祐以不敏，業謝多聞，時因疾隙，頗存尋翫。遂乃披經案記，原始要終，敬述釋迦譜記，列爲五卷。若夫胤裔託生之源，得道度人之要，泥洹塔像之徵，遺法將滅之相。總衆經以正本，綴世記以附末。使聖言與俗説分條，古聞共今跡相證。萬里雖邈，有若躬踐，千載誠隱，無隔面對。今抄集衆經，述而不作，庶脱尋訪，力半功倍。敬率丹心，略敷誓願。

釋迦始祖劫初刹利相承姓緣譜第一〔七〇〕出長阿含經。

釋迦始祖賢劫初姓瞿曇緣譜第二〔七一〕出十二遊經。

釋迦六世祖始姓釋迦氏緣譜第三〔七二〕出長阿含經。

釋迦降生釋種成佛緣譜第四出普耀經。

釋迦在七佛末種姓衆數同異譜第五出長阿含經。

釋迦同三千佛緣譜第六出藥王藥上觀經。

釋迦内外族姓名譜第七出長阿含經。

釋迦弟子姓釋緣譜第八出增一阿含經。

釋迦四部名聞弟子譜第九出增一阿含經。

右第一卷

釋迦從弟調達出家緣記第十〔七三〕出中本起經。

釋迦從弟阿那律跋提出家記第十一出曇無德律。
釋迦從弟孫陀羅難陀出家緣記第十二出出耀經。
釋迦子羅云出家緣記第十三出未曾有經。
釋迦姨母大愛道出家緣記第十四出中本起經。
釋迦父淨飯王泥洹記第十五出淨飯王泥洹經。
釋迦母摩訶摩耶夫人記第十六〔七四〕出佛昇忉利天爲母說法經。〔七五〕
釋迦姨母大愛道泥洹記第十七出佛母泥洹經。
釋種滅宿業緣記第十八出長阿含經。

右第二卷

釋迦竹園精舍緣記第十九出曇無德律。
釋迦祇洹精舍緣記第二十出賢愚經。
釋迦髮爪塔緣記第二十一出十誦律。
釋迦天上四塔記第二十二出集經抄。
優塡王造釋迦栴檀像記第二十三〔七六〕出增一阿含經。
波斯匿王造金像記第二十四〔七七〕出增一阿含經。

阿育王弟出家造石像記第二十五出求離牢獄經。

釋迦留影在石室記第二十六出觀佛三昧經。

右第三卷

釋迦雙樹般涅槃記第二十七出大涅槃經。

釋迦八國分舍利記第二十八出雙卷泥洹經。

釋迦天上龍宮舍利寶塔記第二十九〔七八〕出菩薩處胎經。

釋迦龍宮佛髭塔記第三十出阿育王經。

右第四卷

阿育王造八萬四千塔記第三十一出雜阿含經。

釋迦獲八萬四千塔宿緣記第三十二出賢愚經。

釋迦法滅盡緣記第三十三出雜阿含經。

釋迦法滅盡相記第三十四出法滅盡經。

右第五卷

世界記目録序第五〔七九〕

釋僧祐撰

夫三界定位，六道區分，麁妙異容，苦樂殊跡。觀其源始，不離色心；檢其會歸，莫非生滅。生滅輪迴，是曰無常；色心影幻，斯謂苦本。故涅槃喻之於大河，法華方之於火宅。聖人超悟，息駕反源，拔出三有，然後爲道也。

尋世界立體，四大所成，業和緣合，與時而興，數盈災起，復歸乎滅。所謂壽短者謂其長，壽長者見其短矣。夫虚空不有，故厥量無邊，世界無窮，故其狀不一。然則大千爲法王所統，小千爲梵主所領，須彌爲帝釋所居，鐵圍爲藩牆之域，大海爲八維之浸，日月爲四方之燭。總總羣生，於兹是宅，瑣瑣含識，莫思塗炭。沉俗而觀，則迂誕之奢言，大道而察，乃掌握之近事耳。但世宗周孔，雅伏經書。然辯括宇宙，臆度不了。易稱天玄，蓋取幽深之名，莊説蒼蒼，近在遠望之色。於是野人信明，謂旻青如碧，儒士據典，謂乾黑如漆。青黑誠異，乖體是同，儒野雖殊，不知一也。是則俗尊天名，而莫識天實，豈知六欲之嚴麗，十梵之光明哉！至於准步地勢，則虚信章亥；圖度日月，則深委筭術。未值一隅，差以千里。雖復夏革説地，不過户牖之間；鄒子談天，甫在奥㝔之内。鍊石既誣，〔八〇〕鼇足亦詭。俗書徒繁，竟無顯説，世士蒙昧，莫詳厥體。是以憑惠獨慮，闞六合之相持；桓譚拒問，率五藏以爲喻。通人碩學，思鬱理窮，況乃牆見，其能辯乎！嗟夫！區界現事，猶莫之知，不思妙義，固其已矣。

竊惟方等大典，多説深空，唯長含、樓炭，辯章世界，而文博偈廣，難卒檢究。且名師法匠，職競玄義，事源委積，未必曲盡。祐以庸固，志在拾遺，故抄集兩經，以立根本，兼附雜典，互出同異，撰爲五卷，名曰世界集記。將令三天階序，焕若披圖，六趣羣分，照如臨鏡。庶溺俗者發蒙，服道者瑩解，共建慧眼之因，俱成覺智之業焉。

三千大千世界名數記第一出長阿含。
諸世界海形體記第二出華嚴經。
大小劫名譬喻記第三出樓炭經。
劫初世界始成記第四出長阿含。
大海須彌日月記第五出長阿含。
四天下地形人物記第六出長阿含。
劫初四姓種緣記第七出長阿含。

右第一卷

轉輪聖王記第八出長阿含。

欲界六天記第九出長阿含。

色界十八天記第十出長阿含。

無色界四天記第十一出長阿含。

乾闥婆甄那羅記第十二出長阿含。

右第二卷

阿須輪鬭戰記第十三出長阿含。

世界諸神及餓鬼記第十四出長阿含。

龍金翅象師子十二獸記第十五出大集經。

右第三卷

大小地獄閻羅官屬記第十六出長阿含。

右第四卷

世界雲雨雷電記第十七出長阿含。

世界樹王華藥記第十八出長阿含。

小劫飢兵疫三災記第十九〔八二〕出長阿含。

大劫火水風三災記第二十出長阿含。

右第五卷

薩婆多部師資記目録序第六〔八二〕

釋僧祐撰

大聖遷輝，歲紀綿邈，法僧不墜，其唯律乎！初集律藏，一軌共學，中代異執，五部各分。既分五部，則隨師傳習，唯薩婆多部偏行齊土，蓋源起天竺，流化罽賓，前聖後賢，重明疊耀。或德昇住地，或道證四果，或顯相標瑞，或晦跡同凡，皆秉持律儀，闡揚法化。舊記所載，五十三人。自兹以後，叡哲繼出，並嗣徽於在昔，垂軌於當今。季世五衆，依斯立教，遺風餘烈，炳然可尋。

夫蔭樹者護其本，飲泉者敬其源。寧可服膺玄訓，而不記列其人哉！祐幼齡憑法，年踰知命，仰前覺之弘慈，奉先師之遺德。猥以庸淺，承業十誦，諷味講説，三紀于兹。每披聖文以凝感，望遐蹤以翹心。〔八三〕遂搜訪古今，撰薩婆多記。其先傳同異，則並録以廣聞；後賢未絶，則製傳以補闕。總其新舊九十餘人。使英聲與至教永被，懋實共日月惟新，此撰述之大旨也。條序餘部，則委之明勝，疾恙惛漠，則辭之銓藻。〔八四〕儻有覽者，略文取心。

末田地羅漢第三譯曰中也。
舍那婆斯羅漢第四
優波掘羅漢第五
慈世子菩薩第六
迦旃延羅漢第七
婆須蜜菩薩第八
吉栗瑟那羅漢第九
長老脇羅漢第十
馬鳴菩薩第十一
鳩摩羅馱羅漢第十二
韋羅羅漢第十三
瞿沙菩薩第十四
富樓那羅漢第十五
後馬鳴菩薩第十六
達磨多羅菩薩第十七

蜜遮伽羅漢第十八
難提婆秀羅漢第十九
瞿沙羅漢第二十
般遮尸棄羅漢第二十一
羅睺羅羅漢第二十二
彌帝麗尸利羅漢第二十三
達磨達羅漢第二十四
師子羅漢第二十五
因陀羅摩那羅漢第二十六
瞿羅忌梨婆羅漢第二十七
婆秀羅羅漢第二十八
僧伽羅叉菩薩第二十九
優波羶馱羅漢第三十
婆難提羅漢第三十一
那伽難羅漢第三十二

達磨尸梨帝羅漢第三十三譯曰法勝。
龍樹菩薩第三十四
提婆菩薩第三十五
婆羅提婆菩薩第三十六
破樓提婆第三十七
婆修跋摩第三十八
毗栗惠多羅第三十九〔八五〕
毗樓第四十
毗闍延多羅菩薩第四十一〔八六〕
摩帝麗菩薩第四十二
訶梨跋暮菩薩第四十三
婆秀槃頭菩薩第四十四譯曰青目。
達磨達帝菩薩第四十五
旃陀羅羅漢第四十六
勒那多羅菩薩第四十七

槃頭達多第四十八〔八七〕
弗若蜜多羅漢第四十九
婆羅多羅第五十
不若多羅第五十一
佛馱先第五十二
達磨多羅菩薩第五十三
右五十三人第一卷
長安城内齊公寺薩婆多部佛大跋陀羅師宗相承略傳
阿難羅漢第一
末田地羅漢第二
舍那婆斯羅漢第三
優波掘羅漢第四
迦旃延菩薩第五
婆須蜜菩薩第六
吉栗瑟那羅漢第七

勒比丘羅漢第八
馬鳴菩薩第九
瞿沙菩薩第十
富樓那羅漢第十一
達磨多羅菩薩第十三
寐遮迦羅漢第十三〔八〕
難提婆秀羅漢第十四
巨沙第十五
般遮尸棄第十六
達摩浮帝羅漢第十七
羅睺羅第十八
沙帝貝尸利第十九
達磨巨沙第二十
師子羅漢第二十一
達磨多羅第二十二

因陀羅摩那羅漢第二十三
瞿羅忌利羅漢第二十四
鳩摩羅大菩薩第二十五
衆護第二十六
優波羶大第二十七
婆婆難提第二十八
那迦難提第二十九
法勝菩薩第三十
婆難提菩薩第三十一
破樓求提第三十二
婆修跋慕第三十三
比栗瑟嵬彌多羅第三十四〔八九〕
比樓第三十五
比闍延多羅菩薩第三十六
摩帝戾拔羅菩薩第三十七

阿梨跋慕菩薩第三十八
波秀槃頭菩薩第三十九
達磨呵帝菩薩第四十
旃陀羅羅漢第四十一
勒那多羅菩薩第四十二
槃頭達多第四十三
不若多羅第四十四
佛大尸致利羅漢第四十五
佛馱悉達羅漢第四十六
又師以鬘爲證不出名羅漢第四十七
婆羅多羅菩薩第四十八
佛大先第四十九
曇摩多羅第五十
達摩悉大第五十一
羅睺羅第五十二

燿律師傳第六
璩律師傳第七
猷律師傳第八
光律師傳第九
遠律師傳第十
具律師傳第十一
穎律師傳第十二
道律師傳第十三
嵩律師傳第十四
熙律師傳第十五
度律師傳第十六
暉律師傳第十七
暢律師傳第十八
獻律師傳第十九
稱律師傳第二十

右第四卷

右第五卷

法苑雜緣原始集目録序第七〔九〇〕

釋僧祐撰

夫經藏浩汗，記傳紛綸。所以導達羣方，開示後學，設教緣跡，焕然備悉，訓俗事源，鬱爾咸在。然而講匠英德，鋭精於玄義；新進晚習，專志於轉讀。遂令法門常務，月修而莫識其源；僧衆恒儀，日用而不知其始。不亦甚乎！

余以率情，業謝多聞，六時之隟，頗好尋覽。〔九一〕於是檢閲事緣，討其根本，遂綴翰墨，以藉所好，庶辯始以驗末，明古以證今。至於經唄道師之集，龍華聖僧之會，菩薩禀戒之法，止惡興善之教。或制起帝皇，或功積黎庶，並八正基跡，〔九二〕十力遠路。雖事寄形跡，而勳遍空界，宋、齊之隆，實弘斯法。大梁受命，道冠百王，〔九三〕神教傍通，慧化冥被。自幼届老，備觀三代，常願一乘寶訓，與天地而彌新；四部盛業，隨日月而長照。是故記錄舊事，以彰勝緣，〔九四〕條例叢雜，故謂之法苑，區以類別，凡爲十卷。豈足簡夫淵識，蓋布之眷屬而已。

優塡王栴檀像波斯匿王紫金像記第一 出增一阿含。

迦蘭陀長者初造竹園精舍緣記第二 出過去因果經。

須達長者初造髮爪塔記第三 出十誦律。

佛初留影在石室記第四 出觀佛三昧經。

忉利天上初造髮衣鉢牙四塔記第五 出集經抄。

天上龍宮初造舍利寶塔記第六 出菩薩處胎經。

龍宮初造佛髭塔記第七 出阿育王經。

閻浮提初分舍利起十塔記第八 出十誦律。

剎上懸幡散華記第九 出迦葉詰阿難經。

懸幡續明緣記第十 出普廣經。

緣路列燈記第十一 出受決經。

伏敵寶幢緣記第十二 出長阿含。

旋塔圍遶記第十三出提謂經。
七層燈五色幡放生記第十四出灌頂經。
燈王供養緣記第十五出悲華經。
燒身臂指緣記第十六出法華經。
灌佛散華緣記第十七出灌佛經。〔九五〕
灌嚫宿緣記第十八出譬喻經。
將幡緣記第十九出阿育王經。
佛剃刀淨髮緣記第二十出如來獨證自誓三昧經。
佛初著袈裟緣記第二十一〔九六〕出如來獨證自誓三昧經。
佛師子座緣記第二十二出譬喻經。

右二十二首佛寶集卷第一

初集大乘法藏緣記第一出胎經。
初集小乘三藏緣記第二出大智論。
打揵槌緣記第三出十誦律。
登高座緣記第四出十誦律。

法師捉象牙裝扇講緣記第五出善見毗婆沙。
行般舟三昧念佛緣記第六出般舟經。
禪法禪杖禪鎮緣記第七出十誦律。
齋主讚歎緣記第八出十誦律。
八關齋緣記第九出八關齋經。
月六齋緣記第十出大智論。
八王日齋緣記第十一出淨度三昧經。
歲三長齋緣記第十二出正齋經。
菩薩六法行緣記第十三出菩薩受齋經。
菩薩齋法緣記第十四出菩薩受齋經。
三七忌日緣記第十五出普廣經。
法社建功德邑記第十六出法社經。
盂蘭盆緣記第十七出目連問經。
放生緣記第十八出雜阿含第四卷。
救生命緣記第十九出金光明經。

施曠野鬼食緣記第二十出大涅槃經。
鬼子母緣記第二十一出鬼子母經。

右二十一首法寶集上卷第二

呪用楊枝淨水緣記第一〔九七〕出請觀世音經。
百結緣記第二出灌頂百結神王護身呪經。
讀呪受持五事緣記第三出大涅槃經。
結呪壇緣記第四出百結神王護身灌頂經。
神印緣記第五出大灌頂經。
策卜緣記第六出梵天神策經。〔九八〕
彌勒六時懺悔法緣記第七出彌勒問本願經。
常行五法緣第八出五戒論。
普賢六根悔法第九出普賢觀經。
觀世音菩薩所說救急消災滅罪治病要行法第十出觀世音經。
虛空藏懺悔記第十一出虛空藏經。
方廣陀羅尼七衆悔法緣記第十二出彼經。

金光明懺悔法第十三出金光明經。

常行道讚歎呪願第十四出福田經。

受食呪願緣記第十五出普耀經。

受施粥呪願緣記第十六出僧祇律。

七種施福勝記第十七出福田經。

嚫施緣記第十八出增一阿含經。

阿育王捨施還贖取緣記第十九出雜阿含、阿育王經。

布施呪願緣第二十出辯意經。

爲亡人設福呪願文第二十一出僧祇律。

生子設福呪願文第二十二出僧祇律。

作新舍呪願文第二十三出僧祇律。

遠行設福呪願文第二十四出僧祇律。

取婦設福呪願文第二十五出僧祇律。

菩薩發願第二十六出菩薩本業經。

無常呪願第二十七出中本起經。

梵書緣記第二十八出經抄。

六十四書緣記第二十九出普耀經。

右二十九首法寶集下卷第三

初度五比丘緣記第一出中本起經。

初度比丘尼記第二出中本起經。

初度優婆塞優婆夷記第三出彌沙塞律。

國王初見佛緣記第四出因果經。

比丘上下坐緣記第五出十誦律。

布薩緣記第六出五分律。

行舍羅緣記第七出彌沙塞律。

安居緣記第八出十誦律。〔九九〕

自恣法緣記第九出五分律。

新歲緣記第十出新歲經。

吉祥草緣記第十一出普耀經。

功德衣開戒利緣記第十二出五分律。

比丘著割截衣緣記第十三出十誦律。
比丘受三衣緣記第十四出大善權經。
比丘不離三衣緣記第十五出十誦律。
比丘著壞色衣緣記第十六出十誦律。
比丘點淨衣緣記第十七出十誦律。
比丘著納衣緣記第十八出十誦律。
佛受石鉢緣記第十九出瑞應本起經。
錫杖緣記第二十出十誦律。
比丘斷酒緣記第二十一出五分律。
斷三種見聞疑緣記第二十二出十誦律。

右二十二首僧寶集上卷第四

一切斷食肉緣記第一出大涅槃經。
制斷食蒜等五辛記第二出十誦律。
嚼楊枝緣記第三〔一〇〇〕出十誦律。
斷掘地傷草木緣記第四出僧祇律。

初造福德舍緣記第五出雜阿含。
漉水囊緣記第六出十誦律。
比丘洗手緣記第七出僧祇律。
比丘受食緣記第八出十誦律。
食先普供養緣記第九出維摩經。
唱等供僧跋緣記第十出十誦律。
毗舍佉母設粥緣記第十一出十誦律。
浴僧緣記第十二出温室經。
臘月八日浴緣記第十三出譬喻經。
供養聖僧緣記第十四出賓頭盧經。
僧次請僧緣記第十五出十誦律。
經行法式緣記第十六出十誦律。
施僧淨人緣記第十七出十誦律。
看病比丘緣記第十八出十誦律。
比丘泥洹輩緣記第十九出佛泥洹經。

比丘遣人代齋會并作淨法緣記第二十出十誦律。

比丘欲食當先燒香唄讚緣記第二十一出大遺教經。

優婆塞造作衣服鉢器及受飲食先應供養緣記第二十二出優婆塞戒經。

右二十二首僧寶集下卷第五

帝釋樂人般遮瑟歌唄第一出中本起經。

佛讚比丘唄利益記第二出十誦律。

億耳比丘善唄易了解記第三出十誦律。

婆提比丘響徹梵天記第四出增一阿含。

上金鈴比丘妙聲記第五出賢愚經。

音聲比丘尼記第六出僧祇律。

法橋比丘現感妙聲記第七出志節傳。

陳思王感漁山梵聲製唄記第八

支謙製連句梵唄記第九

康僧會傳泥洹唄記第十康僧會傳。

覓歷高聲梵記第十一唄出須賴經。

藥練夢感梵音六言唄記第十二唄出超日明經。
齊文皇帝製法樂梵舞記第十三
齊文皇帝製法樂讚第十四
齊文皇帝令舍人王融製法樂歌辭第十五
竟陵文宣撰梵禮讚第十六
竟陵文宣製唱薩願讚第十七
舊品序元嘉以來讀經道人名并銘第十八
竟陵文宣王第集轉經記第十九新安寺釋道興。
導師緣記第二十〔一〇一〕
安法師法集舊制三科第二十一
右二十一首經唄導師集卷第六
宋明皇帝初造龍華誓願文第一周顒作。
京師諸邑造彌勒像三會記第二
齊竟陵文宣王龍華會記第三
右三首龍華像會集卷第七〔一〇二〕

齊文皇帝造白山丈八石像并禪崗像記第一

太尉臨川王成就攝山龕大石像記第二

齊文皇帝造栴檀木畫像記第三

河西釋慧豪造靈鷲寺山龕像記第四

宋明帝陳太妃造法輪寺大泥像并宣福卧像記第五

齊文皇帝造繡丈八像并仇池繡像記第六

禪林寺淨秀尼造織成千佛記第七

宋路昭太后造普賢菩薩記第八〔一〇三〕

光宅寺丈九無量壽金像記第九

婆利國獻真金像記第十

皇帝造純銀像記第十一

佛牙并齊文宣王造七寶臺金藏記第十二

右十二首雜圖像集下卷第九

定林上寺建般若臺大雲邑造經藏記第一

定林上寺太尉臨川王造鎮經藏記第二

建初寺立般若臺經藏記第三
天安大寺造千佛名經記第四
齊武皇帝供聖僧靈瑞記第五
宋明皇帝四城門請僧次記第六
京師諸寺無遮齋講并勝集記第七
右七首經藏正齋集卷第十
菩薩戒初至次第受法記第一
宋明帝受菩薩戒自誓文第二
竟陵文宣王受菩薩戒記第三
天保寺集優婆塞講記第四
文宣王集優婆塞布薩記第五
宋齊勝士受菩薩戒名録第六
右六首受菩薩戒集第十一
齊高武二皇帝勑六齋斷殺記第一
齊武皇帝勑斷鍾山玄武湖漁獵記第二

皇帝修慈去滋味記第四
皇帝宫内建講記第五
皇帝勑撰經義疏記第六
皇帝勑淨名誌上出入記第七
皇帝天監五年四月八日樂遊大會記第八
皇帝後堂誌上啓建講記并序第九
皇帝與誌上往復注并序第十
皇帝後堂講法華誌上論難第十一
右十一首大梁功德集上卷第十三
皇帝造光宅寺竪刹大會記并臨川王啓事并勑答第一〔一〇五〕
皇帝勑諸僧抄經撰義翻胡音造録立藏等記第二
皇帝注大品經記第三
皇帝造十無盡藏記第四
皇帝遣諸僧詣外國尋禪經記第五
右五首大梁功德集下卷第十四依序十卷，據歷檢本十四卷。〔一〇六〕

弘明集目録序第八〔一〇七〕

釋僧祐撰

夫覺海無涯，懸鏡圓照。化妙域中，實陶鑄於堯舜；理擅繫表，乃埏埴乎周孔矣。然道大信難，聲高和寡。須彌峻而藍風起，寶藏積而怨賊生。昔如來在世，化震大千，猶有四魔稽忿，〔一〇八〕六師懷毒。況乎像季，其可勝哉！

自大法東漸，歲幾五百，緣各信否，運亦崇替。正見者敷讚，邪惑者謗訕。至於守文曲儒，〔一〇九〕則拒爲異教；〔一一〇〕巧言左道，則引爲同法。拒有拔本之迷，〔一一一〕引有朱紫之亂，遂令詭論稍繁，訛辭孔熾。夫鶡鴠鳴夜，不翻白日之光；精衛銜石，無損滄海之勢。然以闇亂明，以小罔大，雖莫動毫髮，而有塵眎聽。〔一一二〕將令弱植之徒，隨僞辯而長迷；倒置之倫，逐邪說而永溺。此幽塗所以易墜，淨境所以難陟者也。

祐以末學，志深弘護，靜言浮俗，憤慨于心。遂以藥疾微閒，山棲餘暇，撰古今之明篇，總道俗之雅論。其有刻意翦邪，建言衛法，製無大小，莫不畢採。又前代勝士，書記文述，有益三寶，亦皆編録，類聚區分，列爲十卷。〔一一三〕夫道以人弘，教以文明，弘道明教，故謂之弘明集。兼率淺懷，附論于末，庶以涓埃，微裨瀛岱。但學孤識寡，愧在褊局，〔一一四〕博練君子，惠增廣焉。

牟子理惑

右第一卷

孫綽喻道論

宗炳明佛論〔一五〕

右第二卷

宗居士炳答何中丞承天書難白黑論〔一六〕

顔光禄延之難何中丞承天達性論

右第三卷

明徵士僧紹正二教論

周剡令顒難張長史融門律〔一七〕

右第四卷

道恒法師釋駮論

慧通法師折夷夏論〔一八〕

僧愍法師戎華論

玄光法師辯惑論

劉勰滅惑論

右第五卷

羅君章更生論
孫盛難羅重答
鄭道子神不滅論
遠法師沙門不敬王者論五篇
遠法師沙門袒服論
何鎭南難并答
遠法師答桓玄明報應論
遠法師因俗疑善惡無現驗三報論

右第六卷

何司空尚之答宋文皇帝讚揚佛法事
高明二法師荅李交州淼難佛不見形事并李書
司徒文宣王與孔中丞稚珪釋疑惑書并牋荅〔二九〕

右第七卷

晉尚書令何充等執沙門不應敬王者奏三首并詔二首
廬山慧遠法師答桓玄論沙門不應敬王者書一首并桓玄書二首
廬山慧遠法師與桓玄論料簡沙門書一首并桓玄教一首
支道林法師與桓玄論州符求沙門名籍書一首
道恒道標二法師答僞秦主姚略勸罷道書三首并姚主書三首
僧䂮僧遷鳩摩耆婆三法師答姚主書停恒標奏一首〔三〇〕并姚主書三首
廬山慧遠法師答桓玄勸罷道書一首并桓玄書一首
僧巖法師辭青州刺史劉善明舉其秀才書三首并劉書三首

右第八卷

奉法要郗嘉賓。
日燭王該作。

右第九卷

弘明論後序釋僧祐。〔三一〕

右第十卷

十誦律義記目録序第九〔一二二〕

釋僧祐撰

夫戒律者，蓋四雙之雲梯，五衆之鎔範也。性以止制爲本，體以無作爲相，始袪十惡，終圓萬善。在昔覺世，因事制戒，心跡俱防，輕重備設。持戒堅淨，則羅睺惟最；曉律精明，則波離爲首。至于泥曰，遺囑慇懃，金色迦葉結集斯藏，洲渚所依，莫踰兹典。逮至中葉，學同説異，五部之路，森然競分。仰惟十誦源流，聖賢繼踵，師資相承，業盛東夏。但至道難凝，微言易爽，果向之人，猶跡有兩説，況在凡識，孰能壹論？是以近代談講，多有同異。

大律師穎上，積道河西，振德江東，綜學月朗，砥行冰潔。行以尸羅爲基，學以十誦爲本。且幼選明師，歷事名勝，校理精密，無幽不貫。常以此律廣授二部，教流於京寓之中，聲高於宋、齊之世，可謂七衆之宗師，兩代之元匠者矣。是以講肆之座，環春接冬，稟業之徒，雲聚波沓。僧祐藉法乘緣，少預鑽仰，扈錫侍筵，〔一二三〕二十餘載。雖深言遠旨，未敢庶幾，而章條科目，竊所早習。每服佩思尋，懼有墜失，遂集其舊聞，爲義記十卷。夫心識難均，意見多緒。竊同蒭蕘，時綴毫露。輒布其別解，録之言末。〔一二四〕蓋率其木訥，指序條貫而已。昔少述私記，辭句未整，而好事傳寫，數本兼行。今删繁補略，〔一二五〕後撰爲定。敬述先師之旨，匪由庸淺之説。〔一二六〕明哲儻覽，採其正意焉。

初事第二事兩戒
右第一卷
第三事訖二不定法
右第二卷
三十尼薩耆事
右第三卷
九十事初盡第二誦
右第四卷
三誦
右第五卷
七法
右第六卷
八法
右第七卷
雜誦尼律

右第八卷

增一誦

右第九卷

優波離善誦

右第十卷

法集雜記銘目録序第十〔二七〕　釋僧祐撰

祐少長山居，遊息淨衆，雖業勤罔立，而誓心無墜。常願覺道流於忍土，正化隆於像運，是以三寶勝跡，必也詳録，四衆福緣，每事述記。所撰法集，已爲七部，至於雜記碎文，條例無附，輒別爲一帙，以存時事。其山寺碑銘，僧衆行記，文自彼製，而造自鄙衷。竊依前古，總入于集，雖俗觀爲煩，而道緣成業矣。

佛牙記　一卷

胡音漢解傳譯記　一卷

鍾山定林上寺碑銘　一卷劉勰

鍾山定林上寺絶跡京邑五僧傳　一卷

建初寺初創碑銘　一卷劉勰

獻統上碑銘　一卷沈約

僧柔法師碑銘　一卷劉勰

右七卷共帙

校勘記

〔一〕法苑雜緣原始集目録序第七　「雜緣原始集」五字各本脱，據後文標目補。

〔二〕法集雜記銘目録序第十　按以上目録十則，應置于下雜録序之後，始與本書卷一、卷二之體例相合。此列于序文之前，當是撰者之疏忽。

〔三〕則千條雲積　各本作「積」，道宣録十引作「結」。

〔四〕至於講議讚析　「至於」二字各本脱，據道宣録十引補。

〔五〕宋明皇帝摽心淨境　「摽」字宋本、磧砂本、元本、明本作「投」，從麗本及道宣録十引改。

〔六〕一百有三卷　「卷」字下道宣録十引有「名爲續法論」五字。

〔七〕昭進後學　「昭」字宋本、磧砂本、元本、明本作「照」，茲從麗本。

〔八〕宋明帝勅中書侍郎陸澄撰法論目録序第一　「撰」字下道宣録十有「續」字。按下所載，當是摘引，非序全文。

〔九〕以特載漢明之時　「特」字各本作「持」，據道宣録十引改。

〔一〇〕郗與開法師書　「開」字宋本、磧砂本、元本、明本作「闕」，從麗本及道宣録十改。謂于法開也。

〔一一〕鳩摩羅什答　道宣録十作「什法師答」。
〔一二〕鳩摩羅什答　道宣録十作「什法師答」。
〔一三〕釋道含　「含」字宋本、磧砂本、元本、明本作「合」，從麗本及道宣録十改。
〔一四〕右法論第一帙　「右」字下道宣録十有「續」字。以下各帙均作「續法論」，不再出校。「續」字恐有誤。
〔一五〕什答　道宣録十作「什法師答」。
〔一六〕什法師答　「什」字麗本作「竺」，宋本、磧砂本、元本、明本脱，道宣録十作「什」字。
〔一七〕浧槃三十六問　「問」字宋本、磧砂本、元本、明本作「門」，兹從麗本。
〔一八〕與諸道人論大般泥洹義　「般泥洹」三字道宣録十作「浧槃」。
〔一九〕王問并竺答　道宣録十「王」字下有「稚遠」二字，無「并」字。
〔二〇〕云是安公述相傳云　「云是安公述」道宣録十作「亡是公述」。「相傳云」宋本、磧砂本、元本、明本無「云」字，兹從麗本。
〔二一〕什答　道宣録十作「什法師答」。
〔二二〕什法師答　宋本、磧砂本、元本、明本作「法師答」，脱「什」字，從麗本及道宣録十補。下九篇均同此。
〔二三〕般若折疑略序　「折」字磧砂本、元本、明本及道宣録十作「析」，兹從麗本、宋本。
〔二四〕荀問釋慧遠答　「荀問」二字各本脱，據道宣録十補。
〔二五〕問釋慧嚴法身二義竺僧弼　道宣録十作「問法身二義，竺僧弼問，釋慧嚴答」。
〔二六〕什師答　「什」字各本作「法」，從道宣録十改。

〔二七〕什師答　「什」字各本作「法」，從道宣録十改。
〔二八〕什師答　「什」字各本作「法」，從道宣録十改。
〔二九〕什師答　「什」字各本作「法」，從道宣録十改。
〔三〇〕什答　「什」字宋本、磧砂本、元本、明本作「法師」，從麗本及道宣録十改。
〔三一〕什法師答　「什」字宋本、磧砂本、元本、明本脱，從麗本及道宣録十補。
〔三二〕驎雜問往反六首　「雜」字宋本、磧砂本、元本作「新」，從麗本及道宣録十改。
〔三三〕答英郎書一首　道宣録十作「答英郎中書一首，并答」。
〔三四〕傅叔玉重書并謝答三十二字　各本作「三」，道宣録十作「四」。
〔三五〕問精神心意識　「精」字宋本、磧砂本、元本、明本作「釋」，從麗本及道宣録十改。
〔三六〕竺法汰　「法」字宋本、磧砂本、元本、明本脱，從麗本及道宣録十補。
〔三七〕山巨源問　「巨」字宋本、磧砂本、元本、明本及道宣録十作「伯」，從麗本改。
〔三八〕摯元禮諮　「元」字宋本、磧砂本、元本、明本作「無」，從麗本及道宣録十改。
〔三九〕緣序集二卷　「緣」字宋本、磧砂本、元本、明本作「録」，從麗本及道宣録十改。
〔四〇〕答或人問　「或」字宋本、磧砂本、元本、明本作「惑」，從麗本及道宣録十改。
〔四一〕道人問顔答　道宣録十作「延問，何答」。
〔四二〕三請四答之機　「四答」各本作「四卷」，誤，兹改。
〔四三〕俘翦外學　「翦」字各本作「剪」，據淨住子淨行法門卷首所載此序改。翦剪通。
〔四四〕事資懇勵　「勵」字宋本、磧砂本、元本、明本作「厲」，兹從麗本。勵厲通。
〔四五〕固已葳蕤民譽　「葳」字宋本、磧砂本、元本、明本作「威」，兹從麗本。「蕤」字麗本、宋本作「蕤」，茲從磧砂本、元本、明本。

〔四六〕洞鏡釋典　「洞」字宋本、磧砂本、元本、明本作「藻」，從麗本及淨住子淨行法門卷首所載此序改。

〔四七〕故惻隱垂教　「垂」字宋本、磧砂本、元本、明本作「乘」，從麗本及淨住子淨行法門卷首所載此序改。

〔四八〕垂千祀之勝範者也　「垂」字宋本、磧砂本、元本、明本作「乘」，從麗本及淨住子淨行法門卷首所載此序改。

〔四九〕右第十帙上　「上」字宋本、磧砂本、元本、明本脱，從麗本補。

〔五〇〕右第十一帙下　「下」字宋本、磧砂本、元本、明本脱，從麗本補。

〔五一〕稟璿華於峴峯　「峴」字宋本、磧砂本、元本、明本作「琨」，茲從麗本。

〔五二〕識表綺歲　「綺」字磧砂本、元本、明本作「觭」，茲從麗本、宋本。

〔五三〕下車風舉　「車」字磧砂本、元本、明本作「專」，全梁文七二作「襜」，茲從麗本、宋本。

〔五四〕垂蘭蕙以振俗　「蘭」字宋本作「蕳」，磧砂本、元本、明本作「簡」，茲從麗本。

〔五五〕鋒刃勁削　「刃勁」宋本、磧砂本、元本、明本作「刃刊」，茲從麗本。

〔五六〕粱肉多驕　「粱」字麗本、宋本、磧砂本、元本作「梁」，茲從明本。

〔五七〕亟覩清徽　「徽」字宋本、磧砂本、元本、明本作「暉」，茲從麗本。

〔五八〕自寫經目録并注　「并注」二字宋本、磧砂本、元本、明本脱，從麗本補。

〔五九〕無量壽經二部　「經」字各本脱，據前後文補。

〔六〇〕金剛般若經三部　「經」字麗本、宋本、磧砂本、元本脱，茲從明本。

〔六一〕請觀世音經一部　「經」字麗本、宋本、元本脱，兹從磧砂本、明本。

〔六二〕八吉祥經一部　「經」字麗本、宋本、磧砂本、元本脱，兹從明本。

〔六三〕廣訊衆典　「訊」字磧砂本、元本、明本作「評」，兹從麗本、宋本。

〔六四〕法集雜記傳銘七卷　宋本、磧砂本、元本、明本作「七卷」，麗本作「十卷」。

〔六五〕釋迦譜目録序第四　法經録六、長房録十一著録釋僧祐撰釋迦譜四卷。書存，大正藏第五十卷二〇四〇號作五卷，卷首載此序。

〔六六〕擅種刹利　「擅」字各本作「檀」，從卷首序改。

〔六七〕貞觀道樹　「貞」字麗本、宋本作「直」，卷首序作「真」，兹從磧砂本、元本、明本。

〔六八〕瑋化千條　「瑋」字各本作「偉」，據卷首序改。

〔六九〕故知博訊難該　「知博」二字各本作「傳」，據卷首序改。

〔七〇〕釋迦始祖劫初刹利相承姓緣譜第一　「姓緣」二字各本脱，據金陵刻經處本釋迦譜目録補。

〔七一〕釋迦始祖賢劫初姓瞿曇緣譜第二　「賢」字各本脱，據金陵刻經處本釋迦譜目録補。

〔七二〕釋迦六世祖始姓釋迦氏緣譜第三　「釋迦氏」各本脱「迦」字，據金陵刻經處本釋迦譜目録補。

〔七三〕釋迦從弟調達出家緣記第十　「從弟」二字各本作「從兄」，據金陵刻經處本釋迦譜目録改。

〔七四〕釋迦母摩訶摩耶夫人記第十六　「摩訶」二字各本脱，據金陵刻經處本釋迦譜目録補。

〔七五〕出佛昇忉利天爲母説法經　「爲母説法」四字各本脱，據金陵刻經處本釋迦譜目録補。

〔七六〕優填王造釋迦栴檀像記第二十三　「栴檀」二字各本作「金」，據金陵刻經處本釋迦譜目録改。

〔七七〕波斯匿王造金像記第二十四　「王」字下各本有「女」字，據金陵刻經處本釋迦譜目録删。

〔七八〕釋迦天上龍宮舍利寶塔記第二十九　「龍宮」二字各本脱，據金陵刻經處本釋迦譜目録補。

〔七九〕世界記目録序第五　法經録六著録釋僧祐撰世界記傳十卷。長房録十一作世界記。書佚。
〔八〇〕鍊石既誣　「鍊」字宋本、磧砂本、元本、明本作「練」，從麗本改。
〔八一〕小劫飢兵疫三災記第十九　「疫」字宋本、磧砂本、元本、明本作「病」，兹從麗本。
〔八二〕薩婆多部師資記目録第六　「師資」二字各本脱，據本卷首標目補。法經録六著録釋僧祐撰薩婆師諮傳三卷。長房録十一作薩婆多師資傳五卷。書佚。
〔八三〕望遐蹤以翹心　「蹤」字麗本、宋本作「路」，兹從磧砂本、元本、明本。
〔八四〕則辭之銓藻　「則」字宋本、磧砂本、元本、明本脱，從麗本補。
〔八五〕毗栗惠多羅第三十九　「栗」字宋本、磧砂本、元本、明本作「票」，兹從麗本。
〔八六〕毗闍延多羅菩薩第四十一　「第」字磧砂本、元本、明本脱，從麗本、宋本補。
〔八七〕槃頭達多第四十八　「槃」字宋本、磧砂本、元本、明本作「盤」，兹從麗本。
〔八八〕寐遮迦羅漢第十三　「寐」字宋本、磧砂本、元本、明本作「寤」，兹從麗本。
〔八九〕比栗瑟嵬彌多羅第三十四　「栗」字宋本、磧砂本、元本、明本作「票」，兹從麗本。
〔九〇〕法苑雜緣原始集目録第七　法經録六著録釋僧祐撰法苑集記十卷。長房録十一作法苑集。書佚。
〔九一〕頗好尋覽　「好」字麗本作「存」，兹從宋本、磧砂本、元本、明本。
〔九二〕並八正基跡　「跡」字宋本、磧砂本、元本、明本作「趾」，兹從麗本。
〔九三〕道冠百王　「道」字各本作「導」，誤，兹改。
〔九四〕以彰勝緣　「彰」字宋本、磧砂本、元本、明本作「章」，兹從麗本。彰章通。
〔九五〕出灌佛經　「佛」字宋本、磧砂本、元本、明本作「頂」，兹從麗本。
〔九六〕佛初著袈裟緣記第二十一　「記」字宋本、磧砂本、元本、明本脱，從麗本補。

〔九七〕呪用楊枝淨水緣記第一　「記」字宋本、磧砂本、元本、明本脱，從麗本補。

〔九八〕出梵天神策經　「神」字各本脱，兹補。

〔九九〕出十誦律　「誦」字宋本、磧砂本、元本、明本作「頌」，兹從麗本。

〔一〇〇〕嚼楊枝緣記第三　「記」字宋本、磧砂本、元本、明本脱，從麗本補。

〔一〇一〕導師緣記第二十　「緣」字宋本、磧砂本、元本、明本脱，從麗本補。

〔一〇二〕右三首龍華像會集卷第七　「集」字宋本、磧砂本、元本、明本脱，從麗本補。

〔一〇三〕宋路昭太后造普賢菩薩記第八　「路」字各本作「略」，據宋書卷四十一文帝路淑媛傳改。

〔一〇四〕竟陵文宣王僧得施文第十一　「文」字下宋本、磧砂本、元本、明本有「記」字，從麗本删。

〔一〇五〕皇帝造光宅寺竪刹大會記并臨川王啓事并勑答第一　「并勑答」宋本、磧砂本、元本、明本脱「并」字，從麗本補。

〔一〇六〕依序十卷據歷檢本十四卷　宋本、磧砂本、元本、明本無此十一字，唯麗本有之，當是後人校勘之語。序作十卷，自是原本；十四卷者，則是後又有所增補也。

〔一〇七〕弘明集目録序第八　法經録六著録釋僧祐撰弘明集傳十卷。長房録十一作弘明集十四卷。書存，見大正藏第五十二卷二一〇二號，卷首載此序。

〔一〇八〕猶有四魔稽忿　「四」字各本作「天」，據卷首序改。

〔一〇九〕至於守文曲儒　「曲」字宋本、磧砂本、元本、明本作「典」，兹從麗本及卷首序。

〔一一〇〕則拒爲異教　「拒」字麗本、宋本作「距」，兹從磧砂本、元本、明本及卷首序。拒距通。

〔一一一〕拒有拔本之迷　「拒」字麗本、宋本、磧砂本、元本作「距」，兹從明本及卷首序。

〔一一二〕而有塵眎聽　「眎」字麗本作「眩」，宋本作「胘」，卷首序作「眡」，兹從磧砂本、元本、明本。

〔一一三〕列爲十卷　按大正藏本弘明集作十四卷，較此多四卷，收有正誣論等多篇，則是此處所載爲原本，後又有所增補也。

〔一一四〕愧在褊局　「局」字宋本、磧砂本、元本作「扃」，兹從麗本、明本及卷首序。

〔一一五〕宗炳明佛論　「宗」字各本作「宋」，從大正藏本弘明集改。

〔一一六〕宗居士炳答何中丞承天書難白黑論　「宗」字各本作「宋」，從大正藏本弘明集改。

〔一一七〕周剡令顒難張長史融門律　「周剡令」三字麗本作「同剡」，宋本作「周剡」，兹從磧砂本、元本、明本。

〔一一八〕慧通法師折夷夏論　各本作「折」，大正藏本弘明集作「駁」。

〔一一九〕司徒文宣王與孔中丞稚珪釋疑惑書并牋答　「釋」字各本脱，從大正藏本弘明集補。

〔一二〇〕僧䂮僧遷鳩摩耆婆三法師答姚主書停恒標奏一首　「鳩摩」二字各本無，從大正藏本弘明集補。

〔一二一〕弘明論後序釋僧祐　「後序釋僧祐」五字各本脱，據大正藏本弘明集補。

〔一二二〕十誦律義記目録序第九　「律」字各本脱，據本卷首標目補。

〔一二三〕扈錫侍筵　「侍」字各本作「待」，兹改。

〔一二四〕録之言末　「末」字宋本、磧砂本、元本作「未」，兹從麗本、明本。

〔一二五〕今删繁補略　「删」字宋本、磧砂本、元本、明本作「削」，兹從麗本。

〔一二六〕匪由庸淺之説　宋本、磧砂本、元本、明本作「庸」，麗本作「膚」。

〔一二七〕法集雜記銘目録序第十　道宣録十作「諸法集雜記傳銘七卷，僧祐撰」。

出三藏記集卷第十三

梁釋僧祐撰

安世高傳第一

安清，字世高，安息國王正后之太子也。幼懷淳孝，敬養竭誠，惻隱之仁，爰及蠢類，其動言立行，若踐規矩焉。加以志業聰敏，刻意好學，外國典籍，莫不該貫。七曜五行之象，風角雲物之占，推步盈縮，悉窮其變。兼洞曉醫術，妙善鍼脉，覩色知病，投藥必濟。乃至鳥獸鳴呼，聞聲知心。於是俊異之名，被於西域，遠近鄰國，咸敬而偉之。世高雖在居家，而奉戒精峻，講集法施，與時相續。後王薨，將嗣國位，乃深惟苦空，〔三〕厭離名器。行服既畢，遂讓國與叔，出家修道。博綜經藏，尤精阿毗曇學，諷持禪經，略盡其妙。既而遊方弘化，遍歷諸國，以漢桓帝之初，始到中夏。世高才悟機敏，一聞能達，至止未久，即通習華語。於是宣譯衆經，改胡爲漢，出安般守意、陰持入經、大小十二門及百六十品等。初外國三藏衆護撰述經要爲二十七章，世高乃剖析護所集七章，譯爲漢文，即道地經也。其先後所出經凡三十五部，義理明析，文字允正，辯而不華，質而不野，凡在讀者，皆亹亹而不惓焉。

世高窮理盡性，自識宿緣，多有神跡，世莫能量。初，世高自稱：「先身已經爲安息王子，與其國中長者子俱共出家。分衞之時，施主不稱，同學輒怒，世高屢加訶責，同學悔謝，而猶不悛改。如此二十餘年，乃與同學辭訣云：『我當往廣州畢宿世之對。卿明經精進，不在吾後，而性多恚怒，命過當受惡形。我若得道，必當相度。』既而遂適廣州，值寇賊大亂，行路逢一少年，唾手拔刀曰：『真得汝矣！』世高笑曰：『我宿命負卿，故遠來相償，卿之忿怒，故是前世時意也。』遂伸頸受刃，容無懼色。賊遂殺之。觀者填路，莫不駭其奇異。既而神識還爲安息王太子，即今時世高身也。〔三〕

世高遊化中國，宣經事畢，值靈帝之末，關洛擾亂，乃杖錫江南。云：「我當過廬山度昔同學。」行達䢼亭湖廟。此廟舊有靈驗，商旅祈禱，乃分風上下，各無留滯。嘗有乞神竹者，未許輒取，舫即覆没，竹還本處。自是舟人敬憚，莫不懾影。世高同旅三十餘船，奉牲請福。神乃降祝曰：「舫有沙門，可便呼上。」客咸共驚愕，請世高入廟。神告世高曰：「吾昔在外國，與子俱出家學道，好行布施。而性多瞋怒，今爲䢼亭湖神，周迴千里，並吾所統。以布施故，珍玩無數；以瞋恚故，墮此神中。今見同學，悲欣可言！壽盡旦夕，而醜形長大，若於此捨命，穢汙江湖，當度山西空澤中也。此身滅，恐墮地獄，吾有絹千疋，并雜寶物，可爲我立塔營法，使生善處也。」世高曰：「故來相度，何不現形？」神曰：「形甚醜異，衆人必懼。」世高曰：「但出，衆不怪也。」神從床後出頭，乃是大蟒蛇，至世高膝邊，淚落如雨，不知尾之長短。世高向之胡語，傍人莫解，蟒便還隱。世高卽取絹物，辭別而去。舟侶颺帆，神復出蟒身，登山頂而望。衆人舉手，〔四〕然後乃滅。倏忽之頃，便達豫章，卽以廟物造立東寺。世高去後，神卽命過。暮有一少年上船，長跪世高前，受其呪願，忽然不見。世高謂船人曰：「向之少年，卽䢼亭廟神，得離惡形矣。」於是廟神歇没，〔五〕無復靈驗。後人於西山澤中見一死蟒，頭尾相去數里，今尋陽郡虵村是其處也。

世高後復到廣州，尋其前世害己少年。時少年尚在，年已六十餘。世高徑投其家，共説昔日償對時事，并叙宿緣，歡喜相向。云：「吾猶有餘報，今當往會稽畢對。」廣州客深悟世高非凡，豁然意解，追悔前愆，厚相資供。乃隨世高東行，遂達會稽。至便入市，正值市有鬬者，亂相毆擊，誤中世高，應時命終。廣州客頻驗二報，遂精勤佛法，具説事緣。遠近聞知，莫不悲歎，明三世之有徵也。

世高本既王種，名高外國，所以西方賓旅猶呼安侯，至今爲號焉。天竺國自稱書爲天書，語爲天語，音訓詭蹇，〔六〕與漢殊異，先後傳譯，多致謬濫。唯世高出經，爲羣譯之首。安公以爲「若及面稟，不異見聖」。列代明德，咸讚而思焉。

支讖傳第二竺朔佛　支曜

支讖本月支國人也。操行淳深，性度開敏，禀持法戒，以精勤著稱。諷誦羣經，志存宣法，漢桓帝末，遊于洛陽。以靈帝光和、中平之間，傳譯胡文，出般若道行品、首楞嚴、般舟三昧等三經。又有阿闍世王、寶積等十部經，以歲久無録，安公校練古今，精尋文體，云「似讖所出」。凡此諸經，皆審得本旨，了不加飾，可謂善宣法要，弘道之士也。後不知所終。

沙門竺朔佛者，天竺人也。漢桓帝時，亦齎道行經來適洛陽，卽轉胡爲漢。譯人時滯，雖有失旨，然棄文存質，深得經意。朔又以靈帝光和二年於洛陽譯出般舟三昧經，時讖爲傳言，河南洛陽孟福、張蓮筆受。時又有支曜譯出成具光明經云。

安玄傳第三嚴佛調　康孟詳　維祇難　竺將炎　白延

安玄，安息國人也。志性貞白，深沉有理致。爲優婆塞，秉持法戒，毫釐弗虧，博誦羣經，多所通習。漢靈帝末，遊賈洛陽，有功，號騎都尉。性虚靜温恭，常以法事爲己務。漸練漢言，志宣經典，常與沙門講論道義，世所謂都尉玄也。玄與沙門嚴佛調共出法鏡經，玄口譯梵文，佛調筆受。理得音正，盡經微旨，郢匠之美，見述後代。

佛調，臨淮人也。綺年穎悟，敏而好學，信慧自然，遂出家修道。通譯經典，見重於時。世稱安侯、都尉、佛調三人傳譯，號爲難繼。佛調又撰十慧，並傳於世。安公稱：「佛調出經，省而不煩，全本妙巧。」

次有康孟詳者，其先康居人也。譯出中本起。安公稱：「孟詳出經，奕奕流便，足騰玄趣。」

後有沙門維祇難者，天竺人也。以孫權黄武三年，齎曇鉢經胡本來至武昌，曇鉢即法句經也。時支謙請出經，乃令其同道竺將炎傳譯，謙寫爲漢文。將炎未善漢言，頗有不盡。然志存義本，近於質實，今所傳法句是也。

白延者，不知何許人。魏正始之末，重譯出首楞嚴，又須賴及除災患經，凡三部云。

康僧會傳第四

康僧會，其先康居人，世居天竺。其父因商賈，移于交阯。會年十餘歲，二親並亡，以至性聞。〔七〕既而出家，礪行甚峻。爲人弘雅有識量，篤志好學，明練三藏，博覽六典，天文圖緯，多所貫涉，辯於樞機，頗屬文翰。時孫權已稱制江左，〔八〕而未有佛教。會欲運流大法，乃振錫東遊。以赤烏十年至建業，營立茅茨，設像行道。有司奏曰：「有胡人入境，自稱沙門，容服非恒，事應驗察。」權曰：「吾聞漢明夢神，號稱爲佛，彼之所事，豈其遺風耶？」卽召會詰問，有何靈驗。會曰：「如來遷跡，忽逾千載，遺骨舍利，神曜無方。昔阿育王起塔，乃八萬四千。夫塔寺之興，所以表遺化也。」權以爲誇誕，乃謂會曰：「若能得舍利，當爲造塔；如其虛妄，國有常刑。」會請期七日。乃謂其屬曰：「法之興廢，在此一舉，今不至誠，後將何及！」乃共潔齋靜室，以銅瓶加几，燒香禮請。七日期畢，寂然無應，求申二七，亦復如之。權曰：「此欺誑也！」將欲加罪。會更請三七，權又特聽。會曰：「法雲應被，而吾等無感，何假王憲，當誓死爲期耳！」三七日暮，猶無所見，莫不震懼。既入五更，忽聞瓶中鏗然有聲。〔九〕會自往視，果獲舍利。明旦呈權，舉朝集觀，五色光焰，照耀瓶上。權手自執瓶，瀉于銅盤，舍利所衝，盤卽破碎。權肅然驚起曰：「希有之瑞也！」會進而言曰：「舍利威神，豈直光相而已，乃劫燒之火不能燔，金剛之杵不能壞矣。」權命取鐵椎砧，使力士擊之。砧鎚並陷，而舍利無損。權大嗟服，卽爲建塔。以始有佛寺，故曰建初寺，因名其地爲佛陀里。由是江左大法遂興。

至孫皓昏虐，欲燔塔廟。羣臣僉諫，以爲佛之威力不同餘神。康會感瑞，大皇創寺，今若輕毁，恐貽後悔。皓悟，遣張昱詣寺詰會。〔一〇〕昱雅有才辯，難問縱橫，會應機騁辭，文理鋒出。自旦至夕，昱不能屈。既退，會送于門。時寺側有淫祀者。昱曰：「玄化既孚，此輩何故近而不革？」會曰：「雷霆破山，聾者不聞，非音之細。苟在理通，則萬里懸應；如其阻塞，則肝膽楚越。」昱還，歎會才明，非臣所測，願天鑒察之。皓大集朝賢，以馬車迎會。會就坐，皓問曰：「佛教所明善惡報應，何者是耶？」會對曰：「夫明主以孝慈訓世，則赤烏翔而老人星見；仁德育物，則醴泉涌而嘉禾出。善既有瑞，惡亦如之。故爲惡於隱，鬼得而誅之；爲惡於顯，人得而誅之。易稱積惡餘殃，詩詠『求福不回』，雖儒典之格言，卽佛教之明訓也。」皓曰：「若然，則周孔已明之矣，何用佛教？」會曰：「周孔雖言，略示顯近，至於釋教，則備極幽遠。故行惡則有地獄長苦，修善則有天宮永樂。舉茲以明勸沮，不亦大哉！」皓當時無以折其言。〔一〕

皓雖聞正法，而昏暴之性不勝其虐。後使宿衛兵入後宮治園，於地中得一立金像，高數尺，以呈皓。皓使著厠前。至四月八日，皓至厠汙穢像，云灌佛訖，還與諸臣共笑爲樂。未暮，陰囊腫痛，叫呼不可堪忍。太史占言，犯大神所爲。羣臣禱祀諸廟，無所不至，而苦痛彌劇，求死不得。婇女先有奉法者，聞皓病，因問訊云：「陛下就佛圖中求福不？」皓舉頭問：「佛神大耶？」婇女答：「佛爲大聖，天神所尊。」皓心遂悟其語意。故婇女卽迎像置殿上，〔二〕香湯洗數十過，燒香懺悔。皓於枕上叩頭，自陳罪逆，有頃所痛卽間。遣使至寺，問訊諸道人，能說經者令來見。僧會卽隨使入。皓問罪福之由，〔三〕會具爲敷析，辭甚精辯。

皓先有才解，欣然大悅，因求看沙門戒。會以戒文祕禁，不可輕宣，乃取本業百三十五願，分作二百五十事，行住坐卧，〔一四〕皆願衆生。皓見慈願致深，世書所不及，益增善意，即就會受五戒。旬日疾瘳，乃修治會所住寺，號爲天子寺。宣勑宮內，宗室羣臣，莫不必奉。會在吳朝，亟說正法，以皓性凶麁，不及妙義，唯叙報應近驗，以開諷其心焉。

會於建初寺譯出經法，阿難念彌經、鏡面王、察微王、梵皇王經、道品及六度集，並妙得經體，文義允正。又注安般守意、法鏡、道樹三經，并製經序，辭趣雅贍，義旨微密，並見重後世。會以晉武帝太康元年卒。

朱士行傳第五

朱士行，潁川人也。志業清粹，氣韻明烈，堅正方直，〔一五〕勸沮不能移焉。少懷遠悟，脫落塵俗，出家以後，便以大法爲己任。常謂入道資慧，故專務經典。初天竺朔佛，以漢靈帝時出道行經，譯人口傳，或不領，輒抄撮而過，故意義首尾頗有格礙。士行嘗於洛陽講小品，往往不通。每歎此經大乘之要，而譯理不盡，誓志捐身，遠求大品。〔一六〕遂以魏甘露五年，發迹雍州，西渡流沙。既至于闐，果寫得正品梵書，胡本九十章，六十萬餘言。遣弟子不如檀，〔一七〕晉言法饒，凡十人，送經胡本還洛陽。未發之間，于闐小乘學衆遂以白王云：

「漢地沙門欲以婆羅門書惑亂正典，王爲地主，若不禁之，將斷大法，聾盲漢地，王之咎也！」王卽不聽齎經。士行憤慨，乃求燒經爲證。王欲試驗，乃積薪殿庭，以火燔之。士行臨階而誓曰：「若大法應流漢地者，經當不燒；若其無應，命也如何！」言已投經，火卽爲滅，不損一字，皮牒如故。大衆駭服，稱其神感，遂得送至陳留倉垣水南寺。〔一八〕河南居士竺叔蘭，善解方言，譯出爲放光經二十卷。士行年八十而卒。依西方闍維法，薪盡火滅，而尸骸猶全。衆咸驚異，乃呪曰：「若真得道，法當毀壞。」應聲碎散，遂斂骨起塔焉。

支謙傳第六

支謙，字恭明，一名越，大月支人也。祖父法度，以漢靈帝世，率國人數百歸化，拜率善中郎將。越年七歲，騎竹馬戲於鄰家，爲狗所齧，脛骨傷碎。鄰人欲殺狗取肝傅瘡，越曰：「天生此物，爲人守吠，若不往君舍，狗終不見齧。此則失在於我，不關於狗。若殺之得差，尚不可爲；況於我無益，而空招大罪。且畜生無知，豈可理責？」由是村人數十家感其言，悉不復殺生。

十歲學書，同時學者皆伏其聰敏。十三學胡書，備通六國語。初桓、靈世，支讖譯出法典，有支亮紀明資學於讖，謙又受業於亮。博覽經籍，莫不究練，世間藝術，多所綜習。其爲人細長黑瘦，眼多白而睛黄，時人爲之語曰：「支郎眼中黄，形體雖細是智囊。」其本奉大法，精練經旨。獻帝之末，漢室大亂，與鄉人數十共奔於吴。初發日，唯有一被，有一客隨之，大寒無被，越呼客共眠。夜將半，客奪其被而去。明旦，同侶問被所在，越曰：「昨夜爲客所奪。」同侶咸曰：「何不相告？」答曰：「我若告發，卿等必以劫罪罪之。豈宜以一被而殺一人乎？」遠近聞者莫不歎服。

後吴主孫權聞其博學有才慧，卽召見之，因問經中深隱之義。越應機釋難，〔一九〕無疑不析。權大悦，拜爲博士，使輔導東宫，甚加寵秩。越以大教雖行，而經多胡文，莫有解者，既善華戎之語，乃收集衆本，譯爲漢言。從黄武元年至建興中，所出維摩詰、大般泥洹、法句、瑞應本起等二十七經，曲得聖義，辭旨文雅。又依無量壽、中本起經，製讚菩薩連句梵唄三契，注了本生死經，皆行於世。

後太子登位，〔二〇〕遂隱於穹隆山，〔二一〕不交世務，從竺法蘭道人更練五戒。凡所遊從，皆沙門而已。後卒於山中，春秋六十。吴主孫亮與衆僧書曰：「支恭明不救所疾，其業履沖素，始終可高，爲之惻愴，不能已已！」其爲時所惜如此。

竺法護傳第七聶承遠　法炬　法立

竺法護，其先月支國人也，世居燉煌郡。年八歲出家，事外國沙門竺高座爲師，〔三〕誦經日萬言，過目則能。天性純懿，操行精苦，篤志好學，萬里尋師。是以博覽六經，涉獵百家之言，雖世務毀譽，未嘗介於視聽也。是時晉武帝之世，寺廟圖像，雖崇京邑；而方等深經，蘊在西域。護乃慨然發憤，志弘大道。遂隨師至西域，遊歷諸國。外國異言，三十有六種，〔三〕書亦如之，護皆遍學，貫綜詁訓，音義字體，無不備曉。遂大齎胡本，還歸中夏。自燉煌至長安，沿路傳譯，寫爲晉文。所獲大小乘經賢劫、大哀、正法華、普耀等凡一百四十九部。孜孜所務，唯以弘通爲業，終身譯寫，勞不告惓。經法所以廣流中華者，護之力也。

護以晉武之末，隱居深山，山間有清澗，恒取澡漱。後有採薪者穢慢其側，水俄頃而燥。護乃徘徊歎曰：「水若永竭，真無以自給，正當移去耳。」言訖而泉流滿澗。〔三〕其幽誠所感，皆此類也。後立寺於長安青門外，〔三〕精勤行道。於是德化四布，聲蓋遠近，僧徒千數，咸來宗奉。時有沙彌竺法乘者，八歲聰慧，依護爲師。關中有甲族欲奉大法，試護道德，僞往告急，求錢二十萬。護未有答。乘年十三，侍在師側，即語客曰：「和上意已相許矣。」客退，乘曰：「觀此人神色，非實求錢，將以觀和上道德何如耳。」護曰：「吾亦以爲然。」明日，此客率其一宗百餘口，詣護請受五戒，具謝求錢意。〔二六〕於是四方士庶，聞風嚮集，宣隆佛化。二十餘年。後值惠帝西幸長安，關中蕭條，百姓流移。護與門徒避地東下，至澠池遘疾，卒，春秋七十有八。後孫興公製道賢論，以天竺七僧方竹林七賢，以護比山巨源，其論云：「護公德居物宗，巨源位登論道，二公風德高遠，足爲流輩。」其見美後代如此。

初護於西域得超日明經胡本，譯出頗多繁重。時有信士聶承遠，乃更詳正文偈，删爲二卷，今之所傳經是也。承遠明練有才理，篤志法務，護公出經，多參正焉。

惠懷之際，有沙門法炬者，不知何許人。譯出樓炭經。炬與沙門法立共出法句喻及福田二經。法立又訪得胡本，別譯出百餘首，未及繕寫，會病而卒。尋值永嘉擾亂，湮滅不存。〔二七〕

竺叔蘭傳第八

竺叔蘭，本天竺人也。祖父婁陀，篤志好學，清簡有節操。時國王無道，百姓思亂，有賤臣將兵，〔二八〕得罪懼誅，以其國豪，呼與共反。婁陀怒曰：「君出於微賤，而任居要職，不能以德報恩，而反爲逆謀乎？我寧守忠而死，不反而生也！」反者懼謀泄，卽殺之而作亂。婁陀子達摩尸羅，齊言法首，先在他國。其婦兄二人，並爲沙門。聞父被害，國內大亂，卽與二沙門奔晉，居于河南，生叔蘭。叔蘭幼而聰辯，從二舅諮受經法，一聞而悟，善胡漢語及書，亦兼諸文史。然性頗輕躁，遊獵無度。嘗單騎逐鹿，值虎墮馬，折其右臂，久之乃差。後馳騁不已，母數訶諫，終不改。爲之蔬食，乃止。

性嗜酒，飲至五六斗方暢。〔二九〕嘗大醉臥於路傍，仍入河南郡門喚呼，吏録送河南獄。時河南尹樂廣，與賓客共酣，已醉，謂蘭曰：「君僑客，何以學人飲酒？」叔蘭曰：「杜康釀酒，天下共飲，何問僑舊？」廣又曰：「飲酒可爾，何以狂亂乎！」答曰：「民雖狂而不亂，猶府君雖醉而不狂。」廣大笑。時坐客曰：「外國人那得面白？」叔蘭曰：「河南人面黑尚不疑，僕面白復何怪耶！」於是賓主歎其機辯，遂釋之。

頃之，無疾暴亡，三日還蘇。自説入一朱門，金銀爲堂，見一人，自云是其祖父，謂叔蘭曰：「吾修善累年，今受此報。汝罪人，何得來耶！」時守門人以杖驅之，入竹林中，見其獵伴爲鷹犬所啄齧，流血號叫，求救於叔蘭。叔蘭走避，數十步，值牛頭人欲扠之，叔蘭曰：「我累世佛弟子，常供二沙門，何罪見治？」牛頭人答：「此雖受福，不關獵罪。」俄而見其兩舅來，語牛頭曰：「我等二人恒受其供，惡少善多，可得相免。」遂隨道人歸。既而還蘇，於是改節修慈，專志經法。以晉元康元年譯出放光經及異維摩詰十餘萬言。既學兼胡漢，故譯義精允。〔三〇〕

後遭母艱，三月便欲葬。有鄰人告曰：「今歲月不便，可待來年。」叔蘭曰：「夫生者必有一死，死者不復再生，人神異塗，理之然也。若使亡母棲靈有地，則烏鳥之心畢矣；若待來年，恐逃走無地，何暇奉營乎？〔三一〕」遂卽葬畢。明年，石勒果作亂，寇賊縱橫，因避地奔荆州。後無疾，忽告知識曰：「吾將死矣！」數日便卒。識者以爲知命。

尸梨蜜傳第九

尸梨蜜，西域人也。時人呼之爲高座。傳云國王之子，當承繼世，而以國讓弟，闇軌太伯。既而悟心天啓，遂爲沙門。蜜天資高朗，風骨邁舉，直爾對之，便自卓出於物。西晉永嘉中始到此土，〔三二〕止建初寺。丞相王導一見而奇之，以爲吾之徒也。由是名顯。太尉庾元規、光祿周伯仁、太常謝幼輿、廷尉桓茂倫，皆一代名士，見之終日累歎，披衿致契。導常詣蜜，蜜解帶偃伏，悟言神解。時尚書令卞望之亦與蜜致善。卞令風裁貴整，以軌度格物。須臾卞至，蜜乃斂衿飾容，〔三三〕端坐對之。諸公於是歎其精神灑厲，〔三四〕皆得其所。桓廷尉曾欲爲蜜作目，久之未得，有云，尸梨蜜可稱卓朗。於是桓乃咨嗟絶歎，以爲標題之極。

大將軍王處仲時在南夏，聞王、周諸公器重蜜，疑以爲失鑒。及自見蜜，〔三五〕乃振欣奔至，一面便盡虔。〔三六〕周顗爲僕射領選，臨入，〔三七〕過視蜜，乃撫背而歎：「若使太平世，盡得選此賢輩，真令人無恨！」俄而顗遇害，蜜往省其孤，對坐作胡唄三契，梵響凌雲。次誦呪數千言，聲音高暢，〔三八〕顏容不變。既而揮涕拭淚，神氣自若。其哀樂廢興，皆此類也。王公嘗謂蜜曰：〔三九〕「外國正當有君，一人而已耳。」蜜笑而答曰：「若使我如諸君，今日豈得在此。」當時以爲佳言。〔四〇〕

蜜性高簡，不學晉語。諸公與之語言，蜜因傳譯，然而神領意得，〔四一〕頓盡言前，莫不歎其自然天拔，悟得非常。蜜善持呪術，所向皆驗。初江東未有呪法，蜜傳出孔雀王諸神呪，又授弟子覓歷高聲梵唄，傳響于今。年八十餘，咸康中卒。諸公聞之，痛惜流涕。宣武桓公嘗云：「少見高座，稱其精神淵著，當年出倫。」其爲名士所歎如此。

僧伽跋澄傳第十佛圖羅刹

僧伽跋澄，罽賓人也。毅然有淵懿之量。歷尋名師，修習精詣，博覽衆典，特善數經。闇誦阿毗曇毗婆沙，貫其妙旨。常浪志遊方，觀風弘化。苻堅之末，來入關中。先是大乘之典未廣，禪數之學甚盛。既至長安，咸稱法匠焉。堅秘書郎趙政字文業，博學有才章，即堅之琳、瑀也。〔四二〕崇仰大法，嘗聞外國宗習阿毗曇毗婆沙，而跋澄諷誦，乃四事禮供，請譯梵文。遂共名德法師釋道安集僧宣譯。跋澄口誦經本，外國沙門曇摩難提筆受爲梵文，佛圖羅刹宣譯，秦沙門敏智筆受爲漢文。以僞建元十九年譯出，自孟夏至仲秋方訖。〔四三〕

初，跋澄又齎婆須蜜梵本自隨，明年，趙政復請出之。跋澄乃與曇摩難提及僧伽提婆三人共執梵本，秦沙門竺佛念宣譯，〔四四〕慧嵩筆受，安公、法和對共校定。故二經流布，傳學迄今。跋澄戒德整峻，虛靜離俗，關中僧衆，則而象之。後不知所終。

佛圖羅刹者，不知何國人。德業純白，該覽經典，久遊中土，善閑漢言。其宣譯梵文，見重苻世焉。

曇摩難提傳第十一 竺佛念

曇摩難提，兜佉勒國人也。齠歲出家，聰慧夙成。研諷經典，以專精致業。遍觀三藏，闇誦增一、中阿含經。博識洽聞，靡所不練。是以國內遠近，咸共推服。少而觀方，遍涉諸國。常謂弘法之體，宜宣布未聞。故遠冒流沙，〔四五〕懷寶東遊，以苻堅建元二十年至于長安。先是中土羣經，未有四含。堅侍臣武威太守趙政，志深法藏，乃與安公共請出經。是時慕容沖已叛，起兵擊堅，關中騷動。政於長安城內集義學僧寫出兩經梵本，方始翻譯。竺佛念傳譯，〔四六〕慧嵩筆受。自夏迄春，綿歷二年方訖。具二阿含，〔四七〕凡一百卷。自經流東夏，迄于苻世，卷數之繁，唯此爲廣。難提學業既優，道聲甚盛，堅屢禮請，厚致供施。在秦積載，後不知所終。

竺佛念，涼州人也。志行弘美，辭才辯贍，博見多聞，雅識風俗。家世河西，通習方語。故能交譯華梵，宣法關渭，苻、姚二代，常參傳經，二含之具，蓋其功也。

僧伽提婆傳第十二

僧伽提婆，罽賓國人也，姓瞿曇氏。入道修學，遠求明師，兼通三藏，多所誦持。尤善阿毗曇心，洞其纖旨。常誦三法度，晝夜嗟味，以爲入道之府也。〔四八〕爲人儁朗有深鑒，儀止温恭，務在誨人，恂恂不怠。苻氏建元中，入關宣流法化。初，安公之出婆須蜜經也，提婆與僧伽跋澄共執梵文。後令曇摩難提出二阿含，時有慕容之難，戎世建法，倉卒未練。安公先所出阿毗曇、廣說、三法度等諸經，凡百餘萬言，譯人造次，未善詳審，義旨句味，往往愆謬。俄而安公棄世，不及改正。後山東清平，提婆乃與冀州沙門法和，俱適洛陽。四五年間，研講前經，居華歲積，轉明漢語，方知先所出經多有乖失。法和歎恨未定，重請譯改，乃更出阿毗曇及廣說，先出衆經，漸改定焉。

頃之，姚興王秦，法事甚盛。〔四九〕於是法和入關，而提婆度江。先是廬山慧遠法師翹勤妙典，廣集經藏，虛心側席，延望遠賓。聞其至止，即請入廬岳，以太元十六年，請譯阿毗曇心及三法度等經。提婆乃於波若臺手執胡本，口宣晉言，去華存實，務盡義本。今之所傳，蓋其文也。

至隆安元年，遊于京師。晉朝王公及風流名士，莫不造席致敬。時衞軍東亭侯王珣，雅有信慧，住持正法，建立精舍，廣招學衆。提婆至止，珣即延請。〔五〇〕仍於其舍講阿毗曇。名僧畢集，提婆宗致既精，辭旨明析，〔五一〕振發義奧，衆咸悅悟。時王珣、僧彌亦在聽坐，後於別屋自講。珣問法綱道人：〔五二〕「僧彌所得云何？」答曰：「大略全是，小未精覈耳。」其敷演之明，〔五三〕易啓人心如此。

其年冬，珣集京都義學沙門四十餘人，更請提婆於其寺譯出中阿含，罽賓沙門僧伽羅叉執胡本，提婆翻爲晉言，至來夏方訖。其在關、洛、江左所出衆經，垂百餘萬言。歷遊華戎，備悉風俗。從容機警，善於談笑，其道化聲譽，莫不聞焉。未詳其卒歲月。提婆或作提和，蓋音訛故不同云。

校勘記

〔一〕竺朔佛支讖　各本皆不載附見之名，爲便查閱，特加注出。以下各傳同，不再出校。

〔二〕乃深惟苦空　「惟」字宋本、磧砂本、元本、明本作「悟」，茲從麗本及梁傳一本傳、智昇録一引。

〔三〕即今時世高身也　「今時世高」麗本作「名世高時」，茲從宋本、磧砂本、元本、明本。

〔四〕衆人舉手　「手」字磧砂本、元本、明本作「首」，茲從麗本、宋本及梁傳一本傳、智昇録一引。

〔五〕於是廟神歘没　「没」字宋本作「殊」，智昇録一引作「滅」，磧砂本、元本、明本及梁傳一本傳作「矣」，茲從麗本。

〔六〕音訓詭蹇　「蹇」字磧砂本、元本、明本作「謇」，茲從麗本、宋本。蹇謇通。

〔七〕以至性聞　「聞」字宋本、磧砂本、元本、明本作「奉孝」，茲從麗本。

〔八〕時孫權已稱制江左　「已」字麗本脱，宋本作「也」，茲從磧砂本、元本、明本。

〔九〕忽聞瓶中鏗然有聲　「鏗」字麗本作「鎗」，宋本作「諍」，茲從磧砂本、元本、明本及梁傳一本傳。

〔一〇〕皓悟遣張昱詣寺詰會　「悟」字宋本、磧砂本、元本、明本及梁傳一本傳脱，從麗本補。

〔一一〕皓當時無以折其言　「當時無以折其言」七字麗本作「乃服」，茲從宋本、磧砂本、元本、明本。

〔一二〕故婇女即迎像置殿上　宋本、磧砂本、元本、明本作「置」，麗本作「著」。

〔一三〕皓問罪福之由　宋本、磧砂本、元本、明本作「由」，麗本作「因」。

〔一四〕行住坐卧　宋本、磧砂本、元本、明本及梁傳一本傳作「行住坐卧」，麗本作「行步坐起」。

〔一五〕堅正方直　「方直」宋本、磧砂本、元本、明本作「直方」，茲從麗本。

〔一六〕遠求大品　宋本、磧砂本、元本、明本作「求」，麗本作「迎」。

〔一七〕遣弟子不如檀　各本作「不」，梁傳四本傳作「弗」。

〔一八〕遂得送至陳留倉垣水南寺　「垣」字各本作「恒」，據梁傳四本傳改。

〔一九〕越應機釋難　「越」字麗本脱，茲從宋本、磧砂本、元本、明本。

〔二〇〕後太子登位　「位」字下宋本、磧砂本、元本、明本有「卒」字，從麗本删。

〔二一〕遂隱於穹隆山　「隆」字麗本及智昇録二作「隘」，兹從宋本、磧砂本、元本、明本。

〔二二〕事外國沙門竺高座爲師　「竺」字麗本脱，兹從宋本、磧砂本、元本、明本。

〔二三〕三十有六種　「種」字麗本脱，兹從宋本、磧砂本、元本、明本。

〔二四〕言訖而泉流滿澗　宋本、磧砂本、元本、明本作「訖」，麗本作「終」。

〔二五〕後立寺於長安青門外　「青」字宋本、磧砂本、元本、明本作「清」，兹從麗本及梁傳一本傳、智昇録二引。

〔二六〕具謝求錢意　「謝」字宋本、磧砂本、元本、明本作「説」，兹從麗本及梁傳四法乘傳。

〔二七〕湮滅不存　「湮」字麗本作「散」，兹從宋本、磧砂本、元本、明本。

〔二八〕有賤臣將兵　「賤」字麗本作「賊」，兹從宋本、磧砂本、元本、明本。

〔二九〕飲至五六斗方暢　宋本、磧砂本、元本、明本作「斗」，麗本作「升」。

〔三〇〕故譯義精允　「允」字宋本、磧砂本、元本、明本作「究」，兹從麗本及智昇録二引。

〔三一〕何暇奉營乎　「營」字宋本、磧砂本、元本、明本作「瑩」，兹從麗本及智昇録二。

〔三二〕西晉永嘉中始到此土　「西晉」二字麗本脱，兹從宋本、磧砂本、元本、明本。

〔三三〕卞令風裁貴整以軌度格物須臾卞至蜜乃更斂衿飾容　麗本、宋本無「令」至「更」十七字，兹從磧砂本、元本、明本。

〔三四〕諸公於是歎其精神灑厲　「厲」字宋本、磧砂本、元本、明本作「麗」，梁傳一本傳及智昇録三引作「厲」，兹從麗本。

〔三五〕及自見蜜　此四字麗本作「既見」，兹從宋本、磧砂本、元本、明本及智昇録三引。

〔三六〕一面便盡虔　「虔」字麗本脱，兹從宋本、磧砂本、元本、明本。

〔三七〕周顗爲僕射領選臨入　「臨」字宋本、磧砂本、元本、明本脱，從麗本及梁傳一本傳補。

〔三八〕聲音高暢　麗本作「聲高韻暢」，兹從宋本、磧砂本、元本、明本及梁傳一本傳。

〔三九〕王公嘗謂蜜曰　「曰」字宋本、磧砂本、元本、明本脱，從麗本及梁傳一本傳、智昇録三引補。

〔四〇〕當時以爲佳言　「佳言」各本作「當言」，智昇録三引作「佳對」，兹從梁傳一本傳。

〔四一〕然而神領意得　「得」字宋本、磧砂本、元本、明本及智昇録三作「解」，兹從麗本及梁傳一本傳。

〔四二〕即堅之琳瑀也　「琳瑀」宋本、磧砂本、元本、明本作「琳璃」，兹從麗本。

〔四三〕自孟夏至仲秋方訖　「仲」字宋本、磧砂本、元本、明本作「中」，兹從麗本及梁傳一本傳。

〔四四〕秦沙門竺佛念宣譯　「竺」字宋本、磧砂本、元本、明本脱，兹從麗本。

〔四五〕故遠冒流沙　「流沙」宋本、磧砂本、元本、明本作「沙河」，兹從麗本及梁傳一本傳、智昇録三引。

〔四六〕寫出兩經梵本方始翻譯竺佛念傳譯　「梵本方始翻譯竺」七字麗本脱，兹從宋本、磧砂本、元本、明本。

〔四七〕具二阿含　「具」字宋本、磧砂本、元本、明本作「其」，兹從麗本。

〔四八〕以爲入道之府也　「入」字各本脱，據梁傳一本傳補。

〔四九〕法事甚盛　「甚」字宋本、磧砂本、元本作「其」，兹從麗本、明本及梁傳一本傳。

〔五〇〕珣即延請　宋本、磧砂本、元本、明本作「延」，麗本作「迎」。

〔五一〕辭旨明析　「析」字宋本、磧砂本作「折」，兹從麗本、元本、明本及梁傳一本傳、智昇録三引。

〔五二〕珣問法綱道人　「綱」字各本作「網」，據梁傳一本傳改。

〔五三〕其敷演之明　「之」字宋本、磧砂本、元本、明本作「妙」，兹從麗本。

出三藏記集卷第十四

梁釋僧祐撰

鳩摩羅什傳第一

鳩摩羅什，齊言童壽，〔三〕天竺人也。家世國相。什祖父達多，倜儻不羣，名重於國。父鳩摩炎，〔四〕聰明有懿節。將嗣相位，乃辭避出家，東度葱嶺。龜茲王聞其棄榮，甚敬慕之。自出郊迎，請爲國師。王有妹，年始二十，才悟明敏，過目必能，一聞則誦。且體有赤黶，法生智子，諸國娉之，並不行。及見炎，心欲當之。王聞大喜，逼炎爲妻，遂生什。什之在胎，其母慧解倍常，往雀梨大寺聽經，忽自通天竺語，衆咸歎異。有羅漢達摩瞿沙曰：「此必懷智子。」爲説舍利弗在胎之證。既而生什，岐嶷若神。什生之後，還忘前語。

頃之，其母出家修道，學得初果。什年七歲，亦俱出家，從師受經，口誦日得千偈，偈有三十二字，凡三萬二千言。誦毗曇既過，師授其義，即自通解，無幽不暢。時龜茲國人以其母王女，利養甚多，乃攜什避之。什年九歲，進到罽賓，遇名德法師槃頭達多，即罽賓王之從弟也。淵粹有大量，三藏九部，莫不縷貫，亦日誦千偈，名播諸國。什既至，仍師事之。遂誦雜藏、中阿含、長阿含，凡四百萬言。達多每與什論議，深推服之。聲徹於王，王即請入，集外道論師共相攻難。言氣始交，外道輕其幼稚，言頗不順。什乘其隟而挫之，外道折伏，愧惋無言。王益敬異，日給鵝腊一雙，粳麵各三升，〔五〕酥六升。此外國之上供也。所住寺僧乃差大僧五人，沙彌十人，營視灑掃，有若弟子，其見尊崇如此。

至年十二，其母攜還龜茲。至月氏北山，有一羅漢見而異之，謂其母言：「常當守護此沙彌，若至三十五不破戒者，當大興佛法，度無數人，與漚波掬多無異。若戒不全，無能爲也，正可才明俊藝法師而已。〔六〕」什進到沙勒國，頂戴佛鉢，心自念言：「鉢形甚大，何其輕耶？」即重不可勝，失聲下之。母問其故，答曰：「我心有分別，故鉢有輕重耳！」

什於沙勒國誦阿毗曇六足諸論、增一阿含。及還龜茲，名蓋諸國。時龜茲僧衆一萬餘人，疑非凡夫，咸推而敬之，莫敢居上。由是不預燒香之次，遂博覽四韋陀、五明諸論，外道經書，陰陽星筭，莫不究曉。妙達吉凶，言若符契。性率達，不礪小檢，修行者頗非之，什自得於心，未嘗介意。後從佛陀耶舍學十誦律，又從須利耶蘇摩諮禀大乘。乃歎曰：「吾昔學小乘，譬人不識金，以鍮石爲妙矣。」於是廣求義要，誦中、百二論。於龜茲帛純王新寺得放光經，〔七〕始披讀，魔來蔽文，唯見空牒。什知魔所爲，誓心愈固，魔去字顯，仍習誦之。後於雀梨大寺讀大乘經，忽聞空中語曰：「汝是智人，何以讀此？」什曰：「汝是小魔，宜時速去！我心如地，不可轉也。」停住二年，廣誦大乘經論，洞其秘奧。後往罽賓，爲其師槃頭達多具說一乘妙義。師感悟心服，即禮什爲師，言：「我是和上小乘師，和尚是我大乘師矣。」西域諸國伏什神俊，咸共崇仰。每至講說，諸王長跪高座之側，令什踐其膝以登焉。

什道震西域，聲被東國。苻氏建元十三年，歲次丁丑，正月，太史奏有星見外國分野，當有大德智人入輔中國。堅素聞什名，乃悟曰：「朕聞西域有鳩摩羅什，將非此耶？」十九年，即遣驍騎將軍呂光將兵伐龜茲及焉耆諸國。臨發，謂光曰：「聞彼有鳩摩羅什，深解法相，善閑陰陽，爲後學之宗，朕甚思之。若剋龜茲，即馳驛送什。」光軍未至，什謂其王帛純曰：「國運衰矣，當有勍敵。日下人從東方來，宜恭承之，勿抗其鋒。」純不從而戰，光遂破龜茲，殺純獲什。光性疎慢，未測什智量，見其年尚少，乃凡人戲之，強妻以龜茲王女。什拒而不受，辭甚苦到。光曰：「道士之操不踰先父，何所苦辭？」乃飲以淳酒，同閉密室。什被逼既至，遂虧其節。或令騎牛及乘惡馬，欲使墮落，什常懷忍辱，曾無異色，光慙愧而止。光還中路，置軍於山下，將士已休。什曰：「不可在此，必見狼狽，宜徙軍隴上。」光不納。至夜果大雨，洪潦暴起，〔八〕水深數丈，死者數千。光始敬異之。什謂光曰：「此凶亡之地，不宜淹留，〔九〕推數揆運，應速言歸，中路必有福地可居。」光從之。至涼州，聞苻氏已滅，遂割據涼土，制命一隅焉。

正月，姑臧大風，什曰：「不祥之風，當有奸叛，然不勞自定也。」俄而梁謙、彭晃相繼而反，尋皆殄滅。光龍飛二年，張掖盧水胡沮渠男成及從弟蒙遜反，推建康太守段業爲主。光遣子太原公纂率衆五萬討之。時論謂業等烏合，纂有威聲，勢必全剋。光以問什，什曰：

「觀察此行，未見其利。」既而纂敗績，僅以身免。光中書監張資，文翰温雅，識量沉粹，寢疾困篤。光博營救療，有外國道人羅叉，云能差資病，光喜，給賜甚豐。什知叉誑詐，告資曰：「叉不能爲益，徒煩費耳。冥運雖隱，可以事試也。」乃以五色絲作繩結之，燒爲灰末，投水中。灰若出水還成繩者，病不可愈。」須臾灰聚浮出，〔一〇〕復繩本形。既而叉治無効，少日資亡。頃之，呂光卒，〔一一〕子纂襲僞位。咸寧二年，有猪生子，一身三頭。龍出東廂井中，到殿前蟠卧，比旦失之。纂以爲美瑞，號大殿爲龍翔殿。俄而有黑龍昇於當陽九宮門，纂改九宮門爲龍興門。什奏曰：「比日潛龍出遊，豕妖表異。龍者陰類，出入有時，而今屢見，則爲災眚。必有下人謀上之變。宜剋己修德，以答天戒。〔一二〕」纂不納。與什博，戲殺棊曰：「斫胡奴頭。」什輒答曰：「不能斫胡奴，胡奴將斫人頭。」此言有旨，纂終不悟。後纂從弟超，小名胡奴，果殺纂斬首。其預覩徵兆，皆此類也。

停涼積年，呂光父子既不弘道，故韞其經法，無所宣化。苻堅已亡，竟不相見。姚萇聞其高名，虛心要請，到晉隆安二年，呂隆始聽什東。既至姑臧，會萇卒，〔一三〕子興立，遣使迎什。弘始三年，有樹連理生于廟庭，〔一四〕逍遥園葱變爲薤。〔一五〕到其年十二月二十日，什至長安，興待以國師之禮，甚見優寵。自大法東被，始於漢明，歷涉魏、晉，經論漸多。而支、竺所出，多滯文格義。興少崇三寶，鋭志講集。什既至止，仍請入西明閣、逍遥園，譯出衆經。

什率多闇誦，無不究達。轉解秦言，〔一六〕音譯流利。既覽舊經，義多乖謬，皆由先譯失旨，不與胡本相應。於是興使沙門僧肇、僧䂮、僧遷等八百餘人諮受什旨，〔一七〕更令出大品。什持胡本，興執舊經，以相讎校。其新文異舊者，義皆圓通，衆心愜服，莫不欣讚焉。興宗室常山公顯、安成侯嵩，並篤信緣業，屢請什於長安大寺講說新經。續出小品、金剛般若、十住、法華、維摩、思益、首楞嚴、華首、持世、佛藏、菩薩藏、遺教、菩提、呵欲、自在王、因緣觀、無量壽、〔一八〕新賢劫、諸法無行、禪經、禪法要、禪要解、彌勒成佛、彌勒下生、稱揚諸佛功德、十誦律、戒本、大智、成實、十住、中、百、十二門諸論三十三部，三百餘卷。並顯暢神源，〔一九〕發揮幽致。于時四方義學沙門，不遠萬里。名德秀拔者才、暢二公，乃至道恒、僧標、僧叡、僧敦、僧弼、僧肇等三千餘僧，稟訪精研，務窮幽旨。廬山慧遠，道業沖粹，乃遣使修問。龍光道生，慧解洞微，亦入關諮稟。傳法之宗，莫與競爽，盛業久大，至今式仰焉。

初，沙門僧叡，才識高朗，常隨什傳寫。什每爲叡論西方辭體，商略同異，云：「天竺國俗甚重文藻，其宮商體韻，以入絃爲善。凡覲國王，必有讚德；見佛之儀，以歌歎爲尊。經中偈頌，皆其式也。但改梵爲秦，失其藻蔚，雖得大意，殊隔文體。有似嚼飯與人，非徒失味，乃令嘔噦也。」〔二〇〕什嘗作頌贈沙門法和云：「心山育德薰，〔二一〕流芳萬由旬。〔二二〕哀鸞鳴孤桐，清響徹九天。」凡爲十偈，辭喻皆爾。什雅好大乘，志在敷廣，〔二三〕嘗歎曰：「吾若著筆作大乘阿毗曇，非迦旃延子比也。今在秦地，深識者寡，折翮於此，將何所論！」乃悽然而止。唯爲姚興著實相論二卷，并注維摩，〔二四〕出言成章，無所删改，辭喻婉約，莫非淵奥。

什爲人神情映徹，傲岸出羣，應機領會，鮮有其匹。且篤性仁厚，汎愛爲心，虚己善誘，終日無倦。姚主嘗謂什曰：「大師聰明超悟，天下莫二，若一旦後世，何可使法種無嗣？」遂以妓女十人逼令受之。自爾以來，不住僧房，别立廨舍，供給豐盈。每至講説，常先自説譬：〔二五〕「譬如臭泥，中生蓮華，但採蓮華，勿取臭泥也。」

初，什在龜兹，從卑摩羅叉律師受律。卑摩後入關中，什聞至欣然，師敬盡禮。卑摩未知被逼之事，因問什曰：「汝於漢地大有重緣，受法弟子可有幾人？」什答：「漢境經律未備，新經及律多是什所傳出，三千徒衆，皆從什受法；但什累業障深，故不受師敬耳。」又杯度比丘在彭城，聞什在長安，乃歎曰：「吾與此子戲别三百餘年，杳然未期。遲有遇於來生耳。」

什臨終，力疾與衆僧告别曰：「因法相遇，殊未盡伊心，方復異世，惻愴何言！〔二六〕自以闇昧，謬充傳譯，若所傳無謬，使焚身之後，舌不燋爛。」以晉義熙中卒于長安，即於逍遥園，依外國法以火焚屍，薪滅形化，唯舌不變。後有外國沙門來曰：「羅什所諳，十不出一。」初什一名鳩摩羅耆婆，外國製名，多以父母爲本，什父鳩摩炎，母字耆婆，故兼取爲名云。

佛陀耶舍傳第二

佛陀耶舍，齊言覺明，〔二七〕罽賓人也。婆羅門種，世事外道。有一沙門從其家乞，其父怒，令人毆之，遂手脚攣躃，不能行止。乃問於巫師，〔二八〕對曰：「坐犯賢人，鬼神使然也。」即請此沙門，竭誠悔過。數日便瘳。因令耶舍出家爲其弟子，時年十三。嘗隨師遠行，於曠野逢虎，師欲走避。耶舍曰：「此虎已飽，必不侵人。」俄而虎去，前行果見餘肉。師密異之。至年十五，誦經日得五六萬言。所住寺常於外分衛，廢於誦習。有一羅漢重其聰敏，恒乞食供之。十九，誦大小乘經二百餘萬言。然性簡傲，頗以知見自處，謂少堪己師，故不爲諸僧所重。但美儀止，善談笑，見者忘其深恨。年及受戒，莫爲臨壇，所以向立之歲，猶爲沙彌。乃從其舅學五明諸論，世間法術，多所通習。二十七，方受具戒。以讀誦爲務，手不釋牒，每端坐思義，不覺虛中而過。其專精如此。

後至沙勒國，時太子達摩弗多，齊言法子，〔二九〕見其容服端雅，〔三〇〕問所從來。耶舍訓對清辯，太子悅之。仍請宮內供養，待遇隆厚。羅什後至，從其受學阿毗曇、十誦律，甚相尊敬。什隨母東歸，耶舍留止。頃之，王薨，太子卽位，王孫爲太子。時苻堅遣呂光攻龜茲，龜茲王急，求救於沙勒，王自率兵救之，使耶舍留輔太子，委以後任。救軍未至而龜茲已敗。王歸，具說羅什爲光所執，乃歎曰：「我與羅什相遇雖久，未盡懷抱，其忽羇虜，相見何期。」停十餘年，王薨，因至龜茲，法化甚盛。

時什在姑臧，遣信要之。裹粮欲去，國人請留，復停歲餘。語弟子云：「吾欲尋羅什，可密裝夜發，勿使人知。」弟子曰：「恐明旦追至，不免復還耳。」耶舍乃取清水一鉢，以藥投中，呪數千言，與弟子洗足，卽便夜發。比至旦，行數百里。問弟子曰：「何所覺耶？」答曰：「唯聞疾風之響，眼中淚出耳。」耶舍又與呪水洗足，住息。明旦國人追之，已差數百里，不及。行達姑臧，而什已入長安。聞姚興逼以妾媵，勸爲非法，乃歎曰：「羅什如好綿，何可使入棘中乎！」

什聞其至姑臧，勸興迎之，興不納。頃之命什譯出經藏，什曰：「夫弘宣法教，宜令文義圓通。貧道雖誦其文，未善其理，唯佛陀耶舍深達經致，今在姑臧，願下詔徵之。一言三詳，然後著筆，使微言不墜，取信千載也。」興從之。卽遣使招迎，厚加贈遺，悉不受。乃笑曰：「明旨既降，便應載馳。檀越待士既厚，脫如羅什見處，則未敢聞命！」使還，興歎其機慎，重信敦喻，方至長安。興自出候問，別立新省於逍遙園，四事供養，並不受。至時分衞，一食而已。于時羅什出十住經，一月餘日，疑難猶豫，尚未操筆。耶舍既至，共相徵決，辭理方定。道俗三千餘人，皆歎其賞要。舍爲人髭赤，善解毗婆沙，故時人號曰赤髭毗婆沙。

既爲羅什之師，亦稱大毗婆沙。四輩供養，衣鉢供具，滿三間屋，不以關心。興爲貨之，於城南造僧伽藍。

耶舍先誦曇無德律，僞司隸校尉姚爽請令出之。姚興疑其遺謬，乃試耶舍，令誦民籍、藥方各四十餘紙。三日乃執文覆之，不誤一字。衆服其強記。卽以弘始十二年譯出爲四十五卷，并出長阿含經，減百萬言。涼州沙門竺佛念譯爲秦言，道含執筆。至十五年解座。興嚫耶舍布絹萬疋，悉皆不受。佛念、道含布絹各千疋，名德沙門五百人皆重嚫施。耶舍後還外國，至罽賓，尋得虛空藏經一卷，寄賈客傳與涼州諸僧。後不知所終。

曇無讖傳第三

曇無讖，中天竺人也。讖六歲遭父憂，隨母傭織氍㲪爲業。見沙門達摩耶舍，齊言法明，道俗所宗，豐於利養。其母羨之，故以讖爲其弟子。十歲，與同學數人讀呪，聰敏出羣，誦經日得萬餘言。初學小乘，兼覽五明諸論，講説精辯，莫能詶抗。後遇白頭禪師，共讖論議，習業既異，交諍十旬。讖雖攻難鋒起，而禪師終不肯屈。讖服其精理，乃謂禪師曰：「頗有經典可得見不？」禪師卽授以樹皮涅槃經本。讖尋讀驚悟，方自慙恨，以爲坎井之識，久迷大方。於是集衆悔過，遂專業大乘。年二十，所誦大小乘經二百餘萬言。

讖從兄善能調象騎，殺王所乘白耳大象，王怒誅之。令曰：「敢有視者，夷三族！」親屬莫敢往，讖哭而葬之。王怒，欲誅讖，讖曰：「王以法故殺之，我以親而葬之，並不違大義，何爲見怒？」傍人爲之寒心，其神色自若。王奇其志氣，遂留供養。讖明解呪術，所向皆驗，西域號爲大呪師。後隨王入山，王渴乏須水，不能得。讖乃密呪石出水，因讚曰：「大王惠澤所感，遂使枯石生泉。」鄰國聞者，皆歎王德。于時雨澤甚調，百姓稱詠，王悅其道術，深加優寵。頃之，王意稍歇，待之漸薄。讖怒曰：「我當以罌水詣池，呪龍入罌，令天下大旱。王必請呪，然後放龍降雨，則見待何如？」遂持罌造龍。有密告之者，王怒，捕讖。讖懼誅，乃齎大涅槃經本前分十二卷，并菩薩戒經、菩薩戒本奔龜兹。

龜兹國多小乘學，不信涅槃。遂至姑臧，止於傳舍。慮失經本，枕之而寢。有人牽之在地。讖驚覺，謂是盜者。如此三夕，聞空中語曰：「此如來解脱之藏，何以枕之！」讖乃慙悟，別置高處。夜有盜之者，舉不能勝，乃數過舉之，遂不能動。明旦，讖持經去，不以爲重。盜者見之，謂是聖人，悉來拜謝。河西王沮渠蒙遜聞讖名，呼與相見，接待甚厚。蒙遜素奉大法，志在弘通，請令出其經本。讖以未參土言，又無傳譯，恐言舛於理，不許即翻。〔三〕於是學語三年，翻爲漢言，方共譯寫。是時沙門慧嵩、道朗，獨步河西，值其宣出法藏，深相推重。轉易梵文，嵩公筆受，道俗數百人疑難縱橫，讖臨機釋滯，未嘗留礙。嵩、朗等更請廣出餘經，次譯大集、大雲、大虚空藏、海龍王、金光明、悲華、優婆塞戒、菩薩地持，并前所出菩薩戒經、菩薩戒本垂二十部。讖以涅槃經本品數未足，還國尋求。值其母亡，遂留歲餘。後於于闐更得經本，復還姑臧譯之，續爲三十六卷焉。

讖嘗告蒙遜云：「有鬼入聚落，必多災疫。」〔三一〕遜不信，欲躬見爲驗。讖即以術加遜，遜見而駭怖。讖曰：「宜潔誠齋戒，神呪驅之。」乃讀呪三日，謂遜曰：「鬼北去矣。」既而北境之外疫死萬數。遜益敬待，〔三三〕禮遇彌崇。會魏虜主託跋燾聞其道術，遣使迎請，且告遜曰：「若不遣讖，便即加兵。」遜自揆國弱，難以拒命，兼慮讖多術，或爲魏謀己，進退惶惑，乃密計除之。〔三四〕初讖譯出涅槃，卷數已定，而外國沙門曇無發云：「此經品未盡。」讖嘗慨然，誓必重尋。蒙遜因其行志，乃僞資發遣，厚贈寶貨。未發數日，乃流涕告衆曰：「讖業對將至，衆聖不能救矣。」以本有心誓，義不容停，行四十里，遜密遣刺客害之，時年四十九，衆咸慟惜焉。

後道場寺慧觀志欲重求後品，以高昌沙門道普嘗遊外國，善能胡書，解六國語。宋元嘉中，啓文帝資遣道普，將書吏十人，西行尋經。至長廣郡，舶破傷足，因疾遂卒。普臨終歎曰：「涅槃後分與宋地無緣矣！」

佛馱跋陀傳第四

佛馱跋陀，齊言佛賢，〔三五〕北天竺人也。五歲而孤，十七出家。與同學數人誦經，衆皆一月，佛賢一日誦畢。其師歎曰：「佛賢一日，敵三十天也。」及受具戒，修業精勤，博學羣經，多所通達，少以禪律馳名。嘗與同學僧伽達多共遊罽賓，同處積載，達多雖服其才明，而未測其人也。後於禪室見佛賢神變，乃敬心祈問，方知得不還果。

常欲遊方弘化，備觀風俗，會沙門智嚴至西域，遂請俱東。〔三六〕於是杖錫跋涉，經歷三年，路由雪山，備極艱阻。既而中路附舶，循海而行，經一島下，以手指山曰：「可止於此。」舶主曰：「客行惜日，調風難遇，不可停也。」行二百餘里，風忽轉吹，舶還向島下。衆人方悟其神，咸師事之，聽其進止。後遇便風，同侶皆發。佛賢曰：「不可動。」舶主乃止。既而先發之舶，一時覆敗。後於闇夜之中，忽令衆舶俱發，無肯從者。佛賢自起收纜，唯一舶獨發。俄爾賊至，留者悉被抄害。

頃之，至青州東萊郡。聞鳩摩羅什在長安，卽往從之。什大欣悅，共論法相，振發玄緒，多有妙旨。因謂什曰：「君所釋不出人意，而致高名何耶？」什曰：「吾年老故爾，何必能稱美談。」什每有疑義，必共諮決。時僞秦主姚興專志經法，供養三千餘僧，並往來宮闕，盛修人事。唯佛賢守靜，不與衆同。後語弟子云：「我昨見本鄉有五船俱發。」既而弟子傳告外人，關中舊僧道恒等以爲顯異惑衆，乃與三千僧擯遣佛賢，〔三七〕驅逼令去。門徒數百，並驚懼奔散。乃與弟子慧觀等四十餘人俱發，神志從容，初無異色。識真者咸共歎惜，白黑送者數千人。興尋悵恨，遣使追之。佛賢謝而不還。

先是廬山釋慧遠久服其風，乃遣使入關致書祈請。後聞其被斥，乃致書與姚主解其擯事，欲迎出禪法。頃之，佛賢至廬山，遠公相見欣然，傾蓋若舊。自夏迄冬，譯出禪數諸經。佛賢志在遊化，居無求安。以義熙八年，遂適荆州。遇外國船主，既而訊訪，果是天竺五舶，先所見者也。傾境士庶，競來禮事，其有奉施，悉皆不受，持鉢分衞，不問豪賤。時陳郡袁豹爲宋武帝太尉長史，在荆州。佛賢將弟子慧觀詣豹乞食。豹素不敬信，待之甚薄。未飽辭退，豹曰：「似未足，且復小留。」佛賢曰：「檀越施心有限，故令所設已罄。」豹即呼左右益飯，飯果盡。豹大慙。既而問慧觀曰：〔三八〕「此沙門何如人？」觀答曰：「德量高邈，非凡人所測。」豹深歎異，以啓太尉。太尉請與相見，甚崇敬之，資供備至。俄而太尉還都，請與俱歸，安止道場寺。佛賢儀軌率素，不同華俗，而志韻清遠，雅有淵致。京都法師僧弼與名德沙門寶林書曰：「鬭場禪師甚有大心，〔三九〕便是天竺王、何，風流人也。」其見稱如此。

先是支法領於于闐國所得華嚴經胡本三萬六千偈，未有宣譯。到義熙十四年，吳郡內史孟顗、右衛將軍褚叔度，卽請佛賢爲譯匠。乃手執梵文，共沙門慧嚴、慧義等百有餘人，於道場寺譯，〔四〇〕銓定文旨，會通華戎，妙得經體，故道場寺猶有華嚴堂焉。其先後所出六卷泥洹、新無量壽、大方等如來藏、菩薩十住、本業、出生無量門持、淨六波羅蜜、新微密持、禪經、觀佛三昧經凡十一部，並究其幽旨，妙盡文意。〔四一〕以元嘉六年卒，春秋七十有一。

求那跋摩傳第五

求那跋摩，齊言功德鎧，〔四二〕罽賓王之支胤也。跋摩年十五，捨家爲沙彌。師僧見其俊悟，咸敬異之。其性仁慈謙恭，率由而至。既受具戒，誦經百餘萬言，深明律品。既總學三藏，故因以爲號焉。年至三十，罽賓王薨，絶無紹嗣，人以其王種，議欲立之。跋摩慮被逼勸，乃遠到師子國，觀風弘教。識真之衆，咸稱其已得初果。後至南海闍婆國，啓悟邪惑，化流海表。闍婆王爲立精舍，師禮事之。山多猛獸，屢害居民，跋摩乃請移居山中，虎豹馴服，暴害遂絶。

宋文帝遠聞其風，勑交州刺史稱旨迎致，京邑名僧慧嚴、慧觀等附信修虔，并與王書，屈請弘法。闍婆崇爲國師，久之不遣。跋摩志遊江東，終不肯留，以元嘉八年正月至都，卽住祇洹寺，文帝引見勞問，屢設供施。頃之，於祇洹譯出衆經菩薩地、曇無德羯磨、優婆塞五戒略論、三歸及優婆塞二十二戒。初，元嘉三年，徐州刺史王仲德於彭城請外國沙門伊葉波羅譯出雜心，至擇品未竟，而緣礙遂輟。至是乃更請跋摩於寺重更校定，正其文旨。弘道宣法，遠近歸之，貴賤禮覲，車馬相繼。〔四三〕其年九月二十八日中食畢，〔四四〕未唱隨意，先起還閤。其弟子後至，奄然已終。春秋六十有五。

初，未終之前，預造遺文頌偈三十六行，自說因緣，云已證二果。密封席下，莫有知者，終後方見焉。即扶坐繩床，顏貌不異，似若入定。道俗赴者千有餘人，並聞香氣芬烈殊常。咸見一物狀若龍蛇，長可一疋，起於屍側，直上衝天，莫能名者。即於南林戒壇前，依外國闍毗葬法。會葬萬餘人，妓樂旛華，四面雲集，香薪爲積。白黑至者皆灌以香油，〔四五〕既而燔之，五色焰出。是時天景澄朗，道俗哀歎，仍於其處起白塔焉。

僧伽跋摩傳第六

僧伽跋摩，齊言僧鎧，天竺人也。少而棄俗，清峻有戒德，明解律藏，尤精雜心。以宋元嘉十年步自流沙，〔四六〕至于京都。風宇宏肅，道俗敬異，咸宗而事之，號曰三藏法師。初，景平元年，平陸令許桑捨宅建刹，因名平陸寺。後道場慧觀以跋摩道行純備，請住此寺，崇其供養，以表厥德。跋摩共觀加塔三層，行道諷誦，日夜不輟。僧衆歸集，道化流布。

初，三藏法師深明戒品，將爲影福寺尼慧果等重受具戒。是時二衆未備，而三藏遷化。俄而師子國比丘尼鐵薩羅等至都，衆乃共請跋摩爲師，繼軌三藏。祇洹慧義執意不同，諍論翻覆。跋摩標宗顯法，理證明允。慧義遂迴其剛褊，靡然推服，乃率其弟子服膺禀戒，僧尼受者數百許人。宋彭城王義康崇其戒範，廣設齋供，四衆殷盛，傾于京邑。

頃之，名德大僧慧觀等以跋摩妙解雜心，諷誦通達，即以其年九月，乃於長干寺招集學士，更請出焉。〔四七〕寶雲譯語，觀公筆受，研校精悉，周年方訖。續出摩得勒伽、分別業報略、勸發諸王要偈及請聖僧浴文凡四部。跋摩遊化爲志，不滯一方，既傳經事畢，將還本國，衆咸祈止，莫之能留。以元嘉中隨西域賈人舶還外國，莫詳其終。

曇摩蜜多傳第七

曇摩蜜多，齊言法秀，罽賓人也。年六七歲，神明澄正，每見法事，輒自然欣躍，其親愛而異之，遂令出家。罽賓多出聖達，屢值明師，博貫羣經，特深禪法，所得之要，極甚微奧。爲人沉邃有慧解，儀軌詳整，生而連眉，故世稱連眉禪師焉。

少好遊方，誓志宣化，周歷諸國，遂適龜兹。未至一日，王夢神告曰：「有大福德人，明當入國，汝應供養。」明旦，即勑外司，若有異人入境，必馳奏聞。俄而禪師果至，王自出郊迎，延請入宮，遂從稟戒，盡四事之供。禪師安而能遷，不滯利養，居數年，密有去志。神又降夢曰：「福德人捨王去矣！」王惕然驚覺。既而君臣固留，莫之能止。遂度流沙，進到燉煌。於曠野之地建立精舍，植㮏千株，房閣池林，極爲嚴淨。頃之復適涼州，仍於公府舊寺更營堂房，學徒濟濟，禪業甚盛。

常以江左王畿，志欲傳法。以宋元嘉元年展轉至蜀。俄而出峽，停止荆州，於長沙寺造立禪館。居頃之，沿流東下，至于京師，卽住祇洹寺。其道聲素著，傾都禮訊，自宋文袁皇后及皇子公主，莫不設齋桂宮，請戒椒掖，〔四八〕參候之使，旬日相屬。卽於祇洹寺譯出諸經禪法要、普賢觀、虛空藏觀凡三部經。常以禪道教授，或千里諮受，四輩遠近，皆號大禪師焉。

會稽太守孟顗深信真諦，以三寶爲己任，素好禪味，敬心殷重。及臨浙河，請與同遊。乃於鄮縣之山建立塔寺。東境舊俗，多趣巫祝，及妙化所移，比屋歸正，自西徂東，無思不服。後還都憩定林下寺。禪師天性凝靜，雅愛山水，以爲鍾山鎮岳，埒美嵩、華，〔四九〕常歎下寺基構，未窮形勝。於是乘高相地，揆卜山勢，斬石刊木，營建上寺。殿房禪室，肅然深遠，實依俙鷲巖，髣髴祇樹矣。於是息心之衆，萬里來集，諷誦肅邕，望風成化。定林達禪師卽神足弟子，〔五〇〕弘其教軌，聲震道俗，故能淨化久而莫渝，勝業崇而弗替，蓋禪師之遺烈也。

爰自西域，至于南土，凡所遊履，靡不興造。檀會梵集，僧不絕書，轉法敷教，寺無虛月。

初，禪師之發罽賓也，有迦毗羅神王衞送。禪師遂至龜兹。於中路欲返，乃現形告辭禪師曰：「汝神力通變，自在遊處，將不相隨共往南方。」語畢，卽收影不見。遂遠從至揚都，故仍於上寺圖像著壁，迄至于今，猶有聲影之驗，潔誠祈福，莫不享願。以元嘉十九年七月六日卒于上寺，春秋八十有七。道俗四部，行哭相趨，仍瘞于鍾山宋熙寺前。

求那跋陀羅傳第八

求那跋陀羅，齊言功德賢，中天竺人也。以大乘學，故世號摩訶衍。本婆羅門種。幼學五明諸論，天文書筭，醫方呪術，靡不博貫。後遇見阿毗曇雜心，尋讀驚悟，乃深崇佛法焉。其家世外道，禁絕沙門，乃捨家潛遁，遠求師匠，卽落髮改服，專志學業。及受具戒，〔五一〕博通三藏。爲人慈和恭順，事師盡勤。頃之，辭小乘師，進學大乘。大乘師試令探取經匣，〔五二〕卽得大品、華嚴，師喜而歎曰：「汝於大乘有重緣矣！」於是讀誦講義，莫能酬抗。進受菩薩戒法，乃奉書父母，勸歸正法曰：「若專守外道，則雖還無益；若歸依三寶，則長得相見。」其父感其至言，遂棄邪從正。跋陀前到師子諸國，皆傳送資供。

既有緣東方，乃隨舶汎海。中塗風止，淡水復竭，舉舶憂惶。跋陀曰：「可同心并力念十方佛，稱觀世音，何往不感？」乃密誦咒經，懇到禮懺。俄而信風暴至，密雲降雨，一船蒙濟。其誠感如此。元嘉十二年至廣州。時刺史車朗表聞，宋文帝遣使迎接。既至京都，敕名僧慧嚴、慧觀於新亭郊勞。見其神情朗徹，莫不虔敬，雖因譯交言，而欣若傾蓋。初住祇洹寺，俄而文帝延請，深加崇敬。瑯琊顏延之通才碩學，束帶造門。於是京師遠近，冠蓋相望，宋彭城王義康、譙王義宣並師事焉。頃之，衆僧共請出經，於祇洹寺集義學諸僧譯出雜阿含經，東安寺出法鼓經。後於丹陽郡譯出勝鬘、楞伽經。徒衆七百餘人，寶雲傳譯，慧觀執筆。往復諮析，妙得本旨。

後譙王鎮荊州，請與俱行，安止辛寺，〔五三〕更創殿房。即於辛寺出無憂王、過去現在因果及一卷無量壽、〔五四〕一卷泥洹、央掘魔、相續解脫、波羅蜜了義、第一義五相略、八吉祥等諸經，凡一百餘卷。譙王欲請講華嚴等經，而跋陀自忖未善宋語，〔五五〕愧歎積旬，即旦夕禮懺，請乞冥應。遂夢有人白服持劍，擎一人首，來至其前曰：「何故憂耶？」跋陀具以事對。答曰：「無所多憂。」即以劍易首，更安新頭。語令迴轉，曰：「得無痛耶？」答曰：「不痛。」豁然便覺，心神喜悅。旦起言義，皆備領宋語，於是就講。弟子法勇傳譯，僧念爲都講。雖因譯人，而玄解往復。

元嘉將末，譙王屢有怪夢，跋陀答以京都將有禍亂。未及一年，而二凶構逆。及孝建之初，譙王陰謀逆節，跋陀顏容憂慘，而未及發言。譙王問其故。跋陀諫爭懇切，乃流涕而言曰：「必無所冀，貧道不容扈從。」譙王以其物情所信，乃逼與俱下。梁山之敗，火艦轉迫，去岸懸遠，判無濟理。唯一心稱觀世音，手捉笻竹杖，投身江中，水齊至膝，以杖刺水，水深流駛。見一童子尋後而至，以手牽之，顧謂童子：「汝小兒何能度我」？怳惚之間，覺行十餘步，仍得上岸。即脫納衣欲賞童子，顧覓不見，舉身毛豎，方知神力焉。

時王玄謨督軍梁山，孝武勅軍中，得摩訶衍，善加料理，驛信送臺。俄而尋得，令舸送都。〔五六〕孝武即時引見，顧問委曲，曰：「企望日久，今始相遇。」跋陀對曰：「既染釁戾，〔五七〕分爲灰粉。今得接見，重荷生造。」勅問並誰爲賊，答曰：「出家之人不預戎事。然張暢、宗靈秀等並是驅逼，貧道所明；但不圖宿緣，乃逢此事。」孝武曰：「無所懼也。」是日勅住後堂，供施衣物，給以人乘。初跋陀在荆州十載，每與譙王書疏，無不記録。及軍敗檢簡，〔五八〕無片言及軍事者。孝武明其純謹，益加禮遇。後因閑談，聊戲問曰：「念丞相不？」答曰：「受供十年，何可忘德！今從陛下乞願，願爲丞相三年燒香。」〔五九〕帝悽然動容，義而許焉。

及中興寺成，勅令移住，令開三間房。後於東府讌會，王公畢集，勅見跋陀。時未及淨髮，白首皓然。孝武遙望，顧語尚書謝莊曰：「摩訶衍聰明機解，但老期已至。朕試問之，其必悟人意也。」跋陀上階，因迎謂之曰：「摩訶衍不負遠來之意，但有一在。」即應聲答曰：「貧道遠歸帝京，垂四十年，天子恩遇，銜愧罔極；但七十老病，唯一死在。」帝嘉其機辯，勑近御而坐，舉朝屬目。

後於秣陵界鳳凰樓西起寺，每至夜半，輒有推户而喚，視不見人，衆屢厭夢。跋陀燒香呪曰：「汝宿緣居此，我今起寺，行道禮懺，常爲汝等。若住者，爲護寺善神；若不能居，各隨所安。」既而道俗十餘人同夕夢見鬼神千數，皆荷擔移去，寺衆遂安。

大明七年，天下亢旱，祈禱山川，累月無驗。孝武請令祈雨，必使有感；如其無効，不須相見。跋陀答曰：「仰憑三寶，陛下天威，冀必降澤；如其不獲，不復重見。」卽往北湖釣臺，燒香祈請，不復飲食。默而誦經，密加秘呪。明日晡時，西北角雲起如車蓋，日在桑榆，風震雲合，連日降雨。明旦，公卿入賀，勑見慰勞，嚫施相續。

跋陀自幼以來，蔬食終身。常執持香爐，未嘗輟手。每食竟，輒分食飛鳥，〔六〇〕乃集手取食。至明帝之世，禮供彌盛。到泰始四年正月，覺體不平，便預與明帝公卿告辭。臨終之日，延佇而望，云見天華聖像。禺中遂卒，春秋七十有五。明帝深加痛惜，慰賻甚厚，公卿會葬，榮哀備焉。

沮渠安陽侯傳第九功德直

沮渠安陽侯者，其先天水臨成縣胡人，河西王蒙遜之從弟也。初，蒙遜滅呂氏，竊號涼州，稱河西王焉。安陽爲人強志疎通，敏朗有智鑒，涉獵書記，善於談論。幼禀五戒，鋭意内典，所讀衆經，即能諷誦。常以爲務學多聞，大士之盛業也。少時嘗度流沙，到于闐國，於衢摩帝大寺遇天竺法師佛陀斯那，諮問道義。斯那本學大乘，天才秀出，誦半億偈，明了禪法，故西方諸國號爲人中師子。安陽從受禪要秘密治病經，〔六一〕因其胡本口誦通利。既而東歸，於高昌郡求得觀世音、彌勒二觀經各一卷。及還河西，即譯出禪要，轉爲漢文。

居數年，魏虜託跋燾伐涼州，安陽宗國殄滅，遂南奔于宋，〔六二〕晦志卑身，不交世務，常遊止塔寺，以居士自畢。初出彌勒、觀世音二觀經，丹陽尹孟顗見而善之，〔六三〕請與相見。一面之後，雅相崇愛，亟設供饌，厚相優贍。至孝建二年，竹園寺比丘尼慧濬聞其諷誦禪經，請令傳寫。安陽通習積久，臨筆無滯，旬有七日，出爲五卷。其年仍於鍾山定林上寺續出佛母泥洹經一卷。安陽居絶妻孥，無欲榮利，從容法侶，宣通經典，是以京邑白黑咸敬而嘉焉。以大明之末遘疾而卒。

時有外國沙門功德直者，〔六四〕不知何國人。以宋大明中遊方至荆州，寓禪房寺。沙門玄暢請其譯出念佛三昧經六卷，及破魔陀羅尼。停荆歷年，後不知所終。

求那毗地傳第十

求那毗地，中天竺人也。弱齡從道，師事天竺大乘法師僧伽斯，聰慧強記，勤於諷習，所誦大小乘經十餘萬言。兼學外典，明解陰陽，其候時逆占，多有徵驗，故道術之稱，有聞西域。建元初來至京師，止毗耶離寺，執錫從徒，威儀端肅，王公貴勝，迭相供請焉。初，僧伽斯於天竺國抄集修多羅藏十二部經中要切譬喻，撰爲一部，凡有百事，以教授新學。毗地悉皆通誦，兼明義旨。以永明十年秋譯出爲齊文，凡十卷，即百句譬喻經也。復出十二因緣及須達長者經各一卷。自大明以後，譯經殆絶，及其宣流法寶，世咸美之。

毗地爲人弘厚，有識度，善於接誘，勤躬行道，夙夜匪懈。是以外國僧衆，萬里歸集，南海商人，悉共宗事，供贈往來，歲時不絶。性頗稸積，富於財寶，然營建法事，已無私焉。〔六五〕於建業淮側造正觀寺，重閣層門，殿房整飾，養徒施化，德業甚著。以中興二年冬卒。

校勘記

〔一〕沮渠安陽侯傳第九　宋本、磧砂本、元本作「沮渠安陽侯傳第十」，兹從麗本、明本及後傳文。

〔二〕求那毗地傳第十　宋本、磧砂本、元本作「求那毗地傳第九」，茲從麗本、明本及後傳文。

〔三〕齊言童壽　「齊」字宋本、磧砂本、元本、明本作「秦」，茲從麗本。

〔四〕父鳩摩炎　「炎」字宋本、磧砂本、元本、明本作「琰」，茲從麗本及梁傳二一本傳、智昇録四引。下同。

〔五〕粳麵各三升　「升」字宋本、磧砂本、元本、明本作「㪷」，茲從麗本。

〔六〕正可才明俊藝法師而已　「藝」字宋本、磧砂本、元本、明本作「詣」，珠林二五引作「乂」，茲從麗本。

〔七〕於龜茲帛純王新寺得放光經　「帛」字宋本、磧砂本、元本、明本作「白」，茲從麗本。

〔八〕洪潦暴起　「暴」字宋本、磧砂本、元本、明本作「瀑」，茲從麗本及智昇録四引。

〔九〕不宜淹留　「宜」字宋本、磧砂本、元本、明本作「可」，茲從麗本及智昇録四引。

〔一〇〕須臾灰聚浮出　「聚」字麗本、宋本作「散」，茲從磧砂本、元本、明本。

〔一一〕呂光卒　「卒」字麗本作「亡」，茲從宋本、磧砂本、元本、明本。

〔一二〕宜尅己修德以答天戒　「戒」字宋本、磧砂本、元本、明本作「威」，茲從麗本。

〔一三〕會萇卒　「卒」字麗本作「崩」，茲從宋本、磧砂本、元本、明本。

〔一四〕有樹連理生於廟庭　「庭」字宋本、磧砂本、元本、明本作「廷」，茲從麗本。

〔一五〕逍遥園葱變爲薤　「薤」字宋本及梁傳二一本傳、智昇録四引作「茞」，茲從麗本、磧砂本、元本、明本。

〔一六〕轉解秦言　「解秦」二字麗本作「能晉」，茲從宋本、磧砂本、元本、明本。

〔一七〕於是興使沙門僧䂮僧遷等八百餘人諮受什旨　「僧遷」二字各本及昇録四作「僧邈」，茲從梁傳二本傳改。

〔一八〕續出小品金剛般若十住法華維摩思益首楞嚴華首持世佛藏菩薩藏遺教菩提呵欲自在王因緣觀無量壽…… 「菩提」下各本有「無行」二字，「因緣觀」下各本有「一分」二字，以本書卷二羅什譯經對勘，均系衍文，從删。

〔一九〕並顯暢神源 「暢」字宋本、磧砂本、元本、明本作「揚」，兹從麗本及梁傳二本傳、智昇録四引。

〔二〇〕乃令嘔噦也 「噦」字各本作「穢」，據梁傳二本傳、智昇録四引改。

〔二一〕心山育德薰 「山育」二字明本作「育明」，磧砂本「育」下多一「明」字，兹從麗本、宋本、元本及智昇録四引。

〔二二〕流芳萬由旬 「旬」字磧砂本、元本、明本作「延」，兹從麗本、宋本及智昇録四引。

〔二三〕志在敷廣 宋本、磧砂本、元本、明本作「在」，麗本作「存」。

〔二四〕并注維摩 麗本及智昇録四引脱此四字，宋本、磧砂本、元本、明本及梁傳二本傳有之。

〔二五〕常先自説譬 「譬」字麗本、元本及梁傳二本傳無，宋本、磧砂本、明本有。

〔二六〕惻愴何言 「何」字宋本、磧砂本、元本、明本作「可」，兹從麗本及智昇録四引。

〔二七〕齊言覺明 「齊」字宋本、磧砂本、元本、明本作「秦」，兹從麗本。

〔二八〕乃問於巫師 「巫」字宋本、磧砂本、元本、明本作「筮」，兹從麗本及梁傳二本傳。

〔二九〕齊言法子 「齊」字宋本、磧砂本、元本、明本作「秦」，兹從麗本。

〔三〇〕見其容服端雅 「服」字麗本作「貌」，兹從宋本、磧砂本、元本、明本及梁傳二本傳。

〔三一〕不許卽翻 「卽翻」二字麗本脱，兹從宋本、磧砂本、元本、明本及梁傳二本傳、智昇録四引。

〔三二〕必多災疫 「疫」字麗本作「疾」，兹從宋本、磧砂本、元本、明本及梁傳二本傳、智昇録四引。

下同。

〔三三〕遂益敬待　「待」字麗本及智昇録四作「憚」，茲從宋本、磧砂本、元本、明本。

〔三四〕乃密計除之　宋本、磧砂本、元本、明本作「計」，麗本作「令」。

〔三五〕齊言佛賢　「齊」字宋本、磧砂本、元本、明本作「晉」，茲從麗本。

〔三六〕遂與俱東　「俱」字宋本、磧砂本、元本、明本作「徂」，茲從麗本。

〔三七〕乃與三千僧擯遣佛賢　「擯」字宋本、磧砂本、元本、明本作「儐」，茲從麗本。下同。

〔三八〕既而問慧觀曰　「既」字宋本、磧砂本、元本、明本作「愧」，茲從麗本。梁傳二本傳作「豹大慙愧，既而問慧觀曰」。

〔三九〕鬭場禪師甚有大心　「大」字宋本、磧砂本、元本、明本作「天」，茲從麗本。

〔四〇〕慧義等百有餘人於道場寺譯　「於道場寺譯」五字麗本脱，茲從宋本、磧砂本、元本、明本及梁傳二本傳。

〔四一〕並究其幽旨妙盡文意　麗本脱此九字，茲從宋本、磧砂本、元本、明本及梁傳二本傳。

〔四二〕齊言功德鎧　「齊」字宋本、磧砂本、元本、明本作「宋」，茲從麗本。

〔四三〕車馬相繼　宋本、磧砂本、元本、明本作「馬」，麗本作「兩」。

〔四四〕其年九月二十八日中食畢　宋本、磧砂本、元本、明本脱「中」字，從麗本補。

〔四五〕白黑至者皆灌以香油　「皆」字麗本作「比肩」，茲從宋本、磧砂本、元本、明本。

〔四六〕以宋元嘉十年步自流沙　「步自」二字宋本、磧砂本、元本、明本作「自一步」，茲從麗本及梁傳三本傳。

〔四七〕乃於長干寺招集學士更請出焉　「更請出焉」四字麗本脱，茲從宋本、磧砂本、元本、明本及梁傳三本傳。

〔四八〕莫不設齋桂宮請戒椒掖　「桂宮椒掖」四字麗本、宋本脱，兹從磧砂本、元本、明本及梁傳三本傳、智昇録五引。

〔四九〕埒美嵩華　「埒」字麗本及智昇録五引作「特」，宋本作「將」，兹從磧砂本、元本、明本。

〔五〇〕定林達禪師卽神足弟子　「定林達禪師」五字麗本作「前師達上」，兹從宋本、磧砂本、元本、明本及梁傳三本傳。

〔五一〕及受具戒　「及」字宋本、磧砂本、元本、明本作「乃」，兹從麗本及梁傳三本傳、智昇録五引。

〔五二〕大乘師試令探取經匣　「匣」字宋本、磧砂本、元本、明本作「夾」，兹從麗本及梁傳三本傳、智昇録五引。

〔五三〕安止辛寺　「辛」字各本作「新」，據梁傳三本傳及智昇録五引改。下同。

〔五四〕卽於辛寺出無憂王過去現在因果及一卷無量壽　「及」字宋本、元本、明本作「乃」，磧砂本作「各」，兹從麗本。

〔五五〕而跋陀自忖未善宋語　「宋」字麗本作「漢」，宋本作「齊」，兹從磧砂本、元本、明本及智昇録五引。

〔五六〕令舸送都　「令」字各本及智昇録五引作「合」，據梁傳三本傳改。

〔五七〕既染疊戾　「染」字麗本作「深」，兹從宋本、磧砂本、元本、明本及梁傳三本傳、智昇録五引。

〔五八〕及軍敗檢簡　各本及智昇録五引作「簡檢」，兹從梁傳三本傳乙正。

〔五九〕願爲丞相三年燒香　「願」字麗本脱，兹從宋本、磧砂本、元本、明本及梁傳三本傳。

〔六〇〕每食竟輒分食飛鳥　「輒」字宋本、磧砂本、元本、明本作「轉」，兹從麗本及梁傳三本傳、智昇録五引。

〔六一〕安陽從受禪要秘密治病經　「治」字下宋本、磧砂本、元本、明本有「禪」字，從麗本删。

〔六二〕遂南奔于宋　「南」字宋本、磧砂本、元本、明本作「東」，兹從麗本及梁傳三本傳、長房録十改。

〔六三〕丹陽尹孟顗見而善之　「陽」字宋本、磧砂本、元本、明本作「楊」，兹從麗本。

〔六四〕時有外國沙門功德直者　「直」字磧砂本、元本、明本作「真」，兹從麗本、宋本。

〔六五〕己無私焉　「私」字宋本、磧砂本、元本、明本作「利」，兹從麗本及智昇録六引。

出三藏記集卷第十五

梁釋僧祐撰

法祖法師傳第一 法祚 衛士度

帛遠，字法祖，本姓萬氏，河內人也。父威達，以儒雅知名，州府辟命皆不行。祖少發道心，啓父出家，辭理切至，其父不能奪，〔一〕遂改服從道。祖才思俊徹，敏朗絕倫。誦經日八九千言，研味方等，妙入幽微，世俗墳索，〔二〕多所該貫。〔三〕乃於長安造築精舍，以講習爲業。白黑稟受，〔四〕幾出千人。晉惠之末，太宰河間王顒鎮關中，虛心敬重，待以師友之禮。〔五〕每至閑辰靜夜，輒談講道德。于時西府初建，俊乂甚盛，能言之士，咸服其遠致。

祖見羣雄交爭，干戈方始，志欲潛遁隴右，以保雅操。會張輔爲秦州刺史，〔六〕鎮隴上，祖與之俱行。輔以祖名德顯著，〔七〕衆望所歸，欲令反服，〔八〕爲己僚佐。祖固志不移，由是結憾。先有州人管蕃與祖論議，〔九〕屢屈於祖，〔一〇〕蕃深銜恥恨，每加讒構。〔一一〕祖行至汧縣，忽語諸道人及弟子曰：〔一二〕「我數日對當至。」便辭別，作素書分布經像及資財都訖。明晨詣輔共語，忽忤輔意，輔使收之行罰，〔一三〕衆咸怪惋。〔一四〕祖曰：「我來畢對。此宿命久結，非今日事也。」〔一五〕乃呼十方佛：「法祖前身罪緣，〔一六〕歡喜畢對。願從此以後，與輔爲善知識，〔一七〕無令受殺人之罪。」遂鞭之五十，〔一八〕奄然命終。輔後具聞其事，方大惋恨。

初，祖道化之聲被於關隴，〔一九〕崤函之右奉之若神。〔二〇〕戎晉嗟慟，行路流涕。隴上羌胡率精騎五千，將欲迎祖西歸，中路聞其遇害，悲恨不及。衆咸憤激，欲復祖之讎，輔遣軍上隴，〔二二〕羌胡率輕騎逆戰，〔二三〕時天水故帳下督富整，遂因忿斬輔。羣胡既雪怨恥，稱善而還，共分祖屍，各起塔廟。輔字世偉，南陽人，張衡之後。雖有才解，而酷不以理，横殺天水太守封尚，百姓疑駭，因亂而斬焉。管蕃亦卒以傾險致敗。

後少時有一人，姓李名通，死而更蘇，云：「見祖法師在閻羅王處，爲王講首楞嚴經。云講竟應往忉利天。」又見祭酒王浮，一云道士基公，次被鎖械，求祖懺悔。」昔祖平素之日，與浮每爭邪正，浮屢屈。既意不自忍，乃作老子化胡經以誣謗佛法。殃有所歸，故死方思悔。孫綽道賢論，以法祖疋嵇康。論云：「帛祖釁起於管蕃，中散禍作於鍾會。二賢並以俊邁之氣，昧其圖身之慮，栖心事外，輕世招患，殆不異也。」〔二三〕其見稱如此。〔二四〕

祖既博涉多閑，善通胡漢之語，嘗譯惟逮、弟子本起、五部僧等三部經，〔二五〕又注首楞嚴經。又言別譯數部小經，值亂零失，不知其名。

祖弟法祚亦少有令譽，〔二六〕被博士徵，不就。年二十五出家，深洞佛理，關隴知名。時梁州刺史張光，以祚兄不肯反服，輔之所殺，光又逼祚令罷道。祚執志堅貞，以死爲誓，遂爲光所害，春秋五十有七。注放光波若經，及著顯宗論等。光字景武，江夏人，後爲武都氐楊難敵所圍，發憤而死。

時晉惠之世，又有優婆塞衞士度，譯出道行波若經二卷。士度本司州汲郡汲人。陸沈寒門，安貧樂道，常以佛法爲心。當其亡日，清淨澡漱，誦經千餘言，然後蓋衣尸卧，奄然而卒。

道安法師傳第二法和

釋道安，本姓衞，常山扶柳人也。年十二出家，神性聰敏，而形貌至陋，不爲師之所重。驅使田舍，至于三年，執勤就勞，曾無怨色。篤性精進，齋戒無闕，數歲之後，方啓師求經。師與辯意經一卷，可五千餘言。安齎經入田，因息尋覽。暮歸，以經還師，復求餘經。師曰：「昨經不讀，今復求耶！」對曰：「即已闇誦。」師雖異之，而未信也。復與成具光明經一卷，可減萬言，齎之如初，暮復還師。師執經覆之，不差一字。師大驚嗟，〔三七〕敬而異之。後爲受具戒，恣其遊方。至鄴，入中寺，遇佛圖澄。澄見而嗟歎，與語終日。衆見其形望不稱，咸共輕怪。澄曰：「此人遠識，非爾儔也。」

初，經出已久，而舊譯時謬，致使深義隱没未通。每至講説，唯叙大意，轉讀而已。安窮覽經典，鉤深致遠。其所注般若、道行、密迹、安般諸經，並尋文比句，爲起盡之義，及析疑、甄解，凡二十二卷。〔三八〕序致淵富，妙盡玄旨。條貫既叙，文理會通，經義克明，自安始也。

又自漢暨晉，經來稍多，而傳經之人，名字弗記。後人追尋，莫測年代。安乃總集名目，表其時人，銓品新舊，撰爲經録。衆經有據，實由其功。

四方學士，競往師之，受業弟子法汰、慧遠等五百餘人。及石氏之亂，乃謂其衆曰：「今天災旱蝗，寇賊縱横，聚則不立，散則不可。」遂率衆入王屋女机山。頃之，復渡河依陸渾，山栖木食修學。〔二九〕俄而慕容俊逼陸渾，遂南投襄陽。行至新野，〔三〇〕復議曰：「今遭凶年，不依國主則法事難立。又教化之體，宜令廣布。」咸曰：「隨法師教！」乃令法汰詣揚州，曰：「彼多君子，好尚風流。」法和入蜀，「山水可以修閑」。安與弟子慧遠等五百餘人渡河，夜行值雷雨，乘電光而進。前得人家，見門裏有一雙馬櫪，櫪間懸一馬篼，可容一斛。安便呼林伯升。主人驚出，果姓林，名伯升。謂是神人，厚相禮接。〔三一〕既而弟子問何以知其姓字？安曰：「兩木爲林，篼容百升也。」遂住襄陽。

習鑿齒聞而詣之。既坐而稱曰：「四海習鑿齒。」安曰：「彌天釋道安。」時人咸以爲名答。鑿齒嘗餉安梨數十枚。正值講坐，便手自割分，梨盡人遍，無參差者。高平郗超遣使遺米千石，〔三二〕修書累紙，深致慇懃。安答書曰：「損米彌覺有待之爲煩！」〔三三〕鑿齒與謝安書曰：「來此見釋道安，故是遠勝，非常道士。師徒數百，齋講不倦。無變化伎術可以惑常人之耳目，無重威大勢可以整羣小之參差，而師徒肅肅，自相尊敬，洋洋濟濟，乃是吾由來所未見。其人理懷簡衷，多所博涉，内外羣書，略皆遍覩，〔三四〕陰陽算數，亦皆能通。佛經故最是所長，作義乃似法蘭、法祖輩，統以大無，不肯稍齊物等智，在方中馳騁也。恨不使足下見之！其亦每言思得一見足下。」其爲時賢所重如此。

安在樊沔十五載，每歲常再遍講放光經，未嘗廢闕。桓沖要出江陵，朱序西鎮，復請還襄陽。苻堅素聞其聲，每云：「襄陽有釋道安是名器，方欲致之，以輔朕躬。」後堅攻襄陽，安與朱序俱獲於堅。堅謂僕射權翼曰：「朕以十萬之師取襄陽，唯得一人半。」翼曰：「誰耶？」堅曰：「安公一人，習鑿齒半人也。」既至，住長安城內五重寺，僧衆數千人，大弘法化。

初魏晉沙門依師爲姓，故姓各不同。安以爲大師之本，莫尊釋迦，乃以釋命氏。後獲增一阿含經，果稱四河入海，無復河名；四姓爲沙門，皆稱釋種。既懸與經符，遂爲後式焉。安外涉羣書，善爲文章。長安中衣冠子弟爲詩賦者，皆依附致譽。與學士楊弘仲論詩風雅，皆有理致。

初，堅承石氏之亂，至是民戶殷富，四方略定，唯有東南一隅，未能抗服。堅每與侍臣談話，未嘗不欲平一江左，欲以晉帝爲僕射，謝安爲侍中。堅弟平陽公融及朝臣石越、原紹並切諫，終不能迴。衆以安爲堅所敬信，〔三五〕乃共請曰：「主上將有事東南，公何能不爲蒼生致一言耶？」〔三六〕會堅出東苑，命安昇輿同載。〔三七〕僕射權翼諫曰：「臣聞天子法駕，侍中陪乘，道安毀形，寧可參厠乘輿！」堅懍然作色曰：「安公道德可尊，朕將舉天下而不易。雖輿輦之榮，乃是爲其臭腐耳！」即敕翼扶之而登輿。俄而顧謂安公曰：「朕將與公南遊吳越，整六師而巡狩，陟會稽而觀滄海，不亦樂乎！」安對曰：「檀越應天御世，有八州之富，居中土而制四海，宜棲神無爲，與堯舜比隆。今欲以百萬之衆，求厥田下下之土；且東南地卑氣癘，昔舜、禹遊而不反，秦皇適而弗歸。以貧道觀之，非愚心所同也。平陽公懿戚，石越重臣，並謂不可，猶尚見拒；貧道輕淺，言必不允。既荷厚遇，敢不盡誠耳！」堅曰：「非爲地不廣，民不足治也。將簡天心，明大運所在耳！順時巡狩，亦著前典，若如來言，則帝王無省方之文乎？」安曰：「若鑾駕必動，可暫幸洛陽，抗威畜銳，傳檄江南。如其不服，伐之未晚。」堅不從，遂遣平陽公融等精銳二十五萬爲前鋒，堅躬率步騎六十萬。到項，晉遣征虜將軍謝石、徐州刺史謝玄拒之。堅軍大潰，晉軍還逐北三十餘里，死者相枕。融馬倒殞首，堅單騎而遁，如所諫焉。堅尋爲慕容沖所圍。時安同在長安城內，以僞建元二十一年二月八日，齋畢無疾而卒。葬五級寺中。

未終之前，隱士王嘉往候安。〔三八〕安曰：「世事如此，行將及人，相與去乎？」嘉曰：「誠如所言，〔三九〕師且前行，〔四〇〕吾有小債未了，不得俱去。」及姚萇之得長安也，嘉故在城內。萇與苻登相持甚久，萇患之，問嘉曰：「吾得天下不？」答曰：「略得。」萇怒曰：「得當言得，何略之有？」遂斬之，嘉所謂負債者也。萇死，其子略方得殺登稱帝，〔四一〕所謂「略得」者也。嘉字子年，〔四二〕隴西人。形貌鄙陋，似若不足，滑稽好語笑，然不食五穀，清虚服氣，人咸宗而事之。〔四三〕往問善惡，嘉隨而應答，語則可笑，狀如調戲，辭似讖記，不可領解，事過皆驗。及嘉之死，其日有人於隴上見之。法師之潛契神人，皆此類也。

初，安聞羅什在西域，思共講析微言，安勸堅取之。什亦遠聞其風，謂是東方聖人，恒遥而禮之。初，安生，便左臂上有一皮，廣寸許，著臂如釧，捋可得上下，唯不得出手而已。時人謂之印手菩薩。安終後二十餘年而什方至。〔四四〕什恨不相見，甚悲悵焉。初，安篤志經典，務在宣法，所請外國沙門僧伽跋澄、曇摩難提及僧伽提婆等，譯出衆經百餘萬言。常與沙門法和銓定音字，詳覈文旨，新出衆經，於是獲正。孫興公爲名德沙門論曰云：「釋道安博物多才，通經明理。」〔四五〕其見述於世如此。

釋法和，冀州人。凝靜有操行，少與安公同師受學，善能標明論綱，解悟疑滯。安公所得羣經常共校之。後遊洛陽，又請提婆重出廣説等經。居陽平寺，年八十餘，爲僞晉公姚緒所請，集僧齋講。勑其弟子曰：「俗網煩惱，苦累非一，無常甚樂。」乃整衣服，繞塔禮拜，還詣座所，以衣蒙首，〔四六〕忽然而卒。時人謂之知命。

慧遠法師傳第三

釋慧遠，本姓賈，鴈門樓煩人也。弱而好書，珪璋秀發。年十三，隨舅令狐氏遊學許、洛，故少爲諸生。博綜六經，尤善老、莊，性度弘偉，風鑒朗拔，雖宿儒才彦，莫不服其深致焉。年二十一，欲渡江東，就范宣子共契嘉遁。值王路屯阻，有志不果。乃於關左遇見安公，一面盡敬，以爲真吾師也。遂投簪落髮，委質受業。既入乎道，厲然不羣，常欲總攝綱維，以大法爲己任，精思諷持，以夜續晝。沙門曇翼每給以燈燭之費，安公聞而喜曰：「道士誠知人矣！」遠藉慧解於前因，資勝心於曠劫，故能神明英越，機鑒遐深。無生實相之玄，般若中道之妙，卽色空慧之秘，緣門寂觀之要，無微不析，無幽不暢。志共理冥，言與道合。安公常歎曰：「使道流東國，其在遠乎！」

後隨安公南遊樊、沔。晉太元之初，襄陽失守，安公入關。遠乃遷于尋陽，〔四七〕葺宇廬岳。江州刺史桓伊爲造殿房。此山儀形九派，〔四八〕峻聳天絶，棲集隱淪，吐納靈異。遠創造精舍，〔四九〕洞盡山美。却負香鑪之峯，傍帶瀑布之壑，仍石疊基，卽松裁構，清泉環階，白雲滿室。復於寺内別置禪林，森樹煙凝，石逕苔合。〔五〇〕凡在瞻履，皆神清而氣肅焉。

遠聞北天竺有佛影，欣感交懷。乃背山臨流，營築龕室，妙算畫工，淡采圖寫。色疑積空，望似輕霧，暉相炳曖，若隱而顯。遂傳寫京都，莫不嗟歎。於是率衆行道，昏曉不絕，釋迦餘化，於斯復興。既而謹律息心之士，絕塵清信之賓，並不期而至，望風遥集。彭城劉遺民、鴈門周續之、新蔡畢穎之、南陽宗炳，並棄世遺榮，依遠遊止。遠乃於精舍無量壽像前，建齋立誓，共期西方。其文曰：

惟歲在攝提，秋七月戊辰朔，二十八日乙未，法師釋慧遠，貞感幽冥，宿懷特發。〔五一〕乃延命同志，息心清信之士百有二十三人，集於廬山之陰，般若臺精舍阿彌陀像前，率以香華，敬薦而誓焉。

惟斯一會之衆，夫緣化之理既明，則三世之傳顯矣；遷感之數既符，則善惡之報必矣。推交臂之潛淪，悟無常之期切，審三報之相催，〔五二〕知嶮趣之難拔。此其同志諸賢，所以夕惕宵勤，仰思攸濟者也。

蓋神者可以感涉，而不可以迹求。必感之有物，則幽路咫尺；苟求之無主，則渺茫何津？〔五三〕今幸以不謀，而僉心西境，叩篇開信，亮情天發，乃機象通於寢夢，欣歡百於子來。於是靈圖表輝，景侔神造，功由理諧，事非人運。茲實天啓其誠，冥數來萃者矣，可不剋心重精，疊思以凝其慮哉！

然其景績參差，功福不一，〔五四〕雖晨祈云同，夕歸悠隔，即我師友之眷，良可悲矣。

是以慨焉。胥命整襟法堂，等施一心，亭懷幽極，誓兹同人，俱遊絶域。其有驚出絶倫，首登神界，則無獨善於雲嶠，〔五五〕忘兼全於幽谷。先進之與後昇，勉思彙征之道。然後妙覩大儀，〔五六〕啓心貞照，識以悟新，形由化革。藉芙蓉於中流，蔭瓊柯以詠言，飄雲衣於八極，〔五七〕汎香風以窮年。體忘安而彌穆，心超樂以自怡，臨三塗而緬謝，傲天宫而長辭。紹衆靈以繼軌，指大息以爲期，〔五八〕究兹道也，豈不弘哉！

司徒王謐，護軍王默等並欽慕風德，遥致師敬。謐修書曰：「年始四十七，而衰同耳順。」遠答曰：〔五九〕「古人不愛尺璧而重寸陰。觀其所存，似不在長年。檀越既履順而遊性，〔六〇〕乘佛理以御心，因此而推，復何羨於遐齡耶？想斯理久已得之，爲復訓來訊耳。」

初經流江東，多有未備，禪法無聞，律藏殘闕。遠大存教本，憤慨道缺，乃命弟子法淨等遠尋衆經，踰越沙雪，曠載方還。皆獲胡本，得以傳譯。每逢西域一賓，輒懇惻諮訪。屢遣使入關，迎請禪師，解其擯事，傳出禪經。又請罽賓沙門僧伽提婆出數經。所以禪法經戒，皆出廬山，幾且百卷。初關中譯出十誦，所餘一分未竟，而弗若多羅亡，遠常慨其未備。及聞曇摩流支入秦，乃遺書祈請，令於關中更出餘分。故十誦一部，具足無闕，晉地獲本，相傳至今。葱外妙典，關中勝説，所以來集兹土者，皆遠之力也。外國衆僧咸稱漢地有大乘道士，每至燒香禮拜，輒東向致敬。其神理之跡，固未可測也。

常以支竺舊義，未窮妙實，乃著法性論，理奧文詣。羅什見而歎曰：「邊國人未見經，便闇與理合，豈不妙哉！」遠翹勤弘道，懍厲爲法。每致書羅什，訪覈經要。什亦高其勝心，萬里響契。姚略欽想風名，歎其才思，致書慇懃，信餉歲通。贈以龜兹國細鏤雜變石像，以申款心。又令姚嵩獻其珠像。

釋論初出，興送論并遺書曰：「大智度論新訖，〔六一〕此既龍樹所作，又是方等旨歸，宜爲一序，以宣作者之意。然此諸道士咸相推謝，無敢動手。法師可爲作序，以貽後之學者。」遠答云：「欲令作大智論序，以申作者之意。貧道聞懷大非小渚所容，汲深非短綆所測。披省之日，有愧高命。又體羸多病，觸事有廢，不復屬意已來，其日亦久。緣來告之重，輒粗綴所懷。〔六二〕至於研究之美，當復寄諸明德。」其名高遠國如此。〔六三〕遠常謂大智論文句繁積，〔六四〕初學難尋，乃刪煩剪亂，令質文有體，撰爲二十卷，序致淵雅，〔六五〕以貽學者。

後桓玄以震主之威，苦相延致。乃貽書騁說，〔六六〕勸令登仕。遠答辭堅正，確乎不拔，志踰丹石，終莫能屈。俄而玄欲沙汰衆僧，教僚屬曰：「沙門有能申述經誥，暢說義理；或禁行修整，〔六七〕足以宣寄大化。其有違於此，皆悉罷遣。唯廬山道德所居，不在搜簡之例。」初成帝時，庾冰輔政，以爲沙門宜敬王者。尚書令何充奏不應敬禮。官議悉同充等。門下承冰旨爲駮，同異紛然，竟莫能定。及玄在姑孰，欲令盡敬。乃書與遠，具述其意。遠懼大法將墜，報書懇切，以爲袈裟非朝宗之服，鉢盂非廊廟之器。又著沙門不敬王者論，辭理精峻。玄意感悟，遂不果行。其荷持法任，皆此類也。

臨川太守謝靈運，負才傲俗，少所推崇，及一相見，肅然心服。自卜居廬阜，三十餘載，影不出山，跡不入俗，故送客遊履，常以虎溪爲界焉。義熙末卒于廬山精舍，春秋八十有三。遺命露骸松下，同之草木。既而弟子收葬，謝靈運造碑墓側，銘其遺德焉。初，遠善屬文章，辭氣清越，席上談論，精義簡要。加以儀容端雅，風采灑落，故圖像于寺，遐邇式瞻。所著論、序、銘、讚、詩、書，集爲十卷，五十餘篇，並見重於世。

道生法師傳第四

竺道生，彭城人也。家世仕子。父爲廣戚令，鄉里稱爲善人。生幼而穎慧，聰悟若神。其父知非凡器，愛而異之。于時法汰道人德業弘懿，乃攜以歸依，遂改服受學。既踐法門，俊思卓拔。披讀經文，一覽能誦，研味句義，即自解說。是以年在志學，便登講座，探賾索隱，思徹淵泉，吐納問辯，辭清珠玉。雖宿望學僧，當世名士，皆慮挫辭窮，莫能抗敵。雖楊童之豫玄文，〔六八〕魯連之屈田巴，無以過也。年至具戒，器鑒日躋，講演之聲，遍於區夏。王公貴勝，並聞風造席；庶幾之士，皆千里命駕。生風雅從容，善於接誘，其性烈而溫，其氣清而穆，故豫在言對，莫不披心焉。

初住龍光寺，下帷專業。隆安中，移入廬山精舍，幽棲七年，以求其志。常以爲入道之要，慧解爲本。故鑽仰羣經，斟酌雜論，萬里隨法，不憚嶮遠。遂與始興慧叡、東安慧嚴、道場慧觀，同往長安，從羅什受學。關中僧衆，咸稱其秀悟。義熙五年還都，因停京師，〔六九〕遊學積年，備總經論。妙貫龍樹大乘之源，兼綜提婆小道之要，博以異聞，約以一致。乃喟然而歎曰：「夫象以盡意，得意則象忘；言以寄理，入理則言息。自經典東流，譯人重阻，多守滯文，鮮見圓義。〔七〇〕若忘筌取魚，則可與言道矣！」於是校練空有，研思因果，乃立善不受報及頓悟義，籠罩舊說，妙有淵旨。而守文之徒，多生嫌嫉，與奪之聲，紛然互起。

又六卷泥洹先至京都，生剖析佛性，洞入幽微，乃說阿闡提人皆得成佛。于時大涅槃經未至此土，孤明先發，獨見迕衆。於是舊學僧黨，以爲背經邪說，譏忿滋甚，遂顯於大衆，擯而遣之。生於四衆之中正容誓曰：「若我所說反於經義者，請於現身卽表癘疾；若與實相不相違背者，願捨壽之時，據師子座。」言竟，拂衣而逝。星行命舟，以元嘉七年投跡廬岳，銷影巖阿，怡然自得。山中僧衆，咸共敬服。俄而大涅槃經至于京都，果稱闡提皆有佛性，與前所說，若合符契。生既獲斯經，尋卽建講。以宋元嘉十一年冬十月庚子，於廬山精舍昇于法座。神色開明，德音駿發，論議數番，窮理盡妙。觀聽之衆，莫不悟悅。法席將畢，忽見塵尾紛然而墜，端坐正容，隱几而卒，顏色不異，似若入定。道俗嗟駭，遠近悲涼。〔七一〕於是京邑諸僧內慙自疚，追而信服。其神鑒之至，徵瑞如此。仍葬于廬山之阜。

初生與叡公及嚴、觀同學齊名，故時人評曰：「生、叡發天真，嚴、觀窪流得。慧義彭亨進，寇淵于默塞。」生及叡公獨標天真之目，固已秀出羣士矣。

初沙門法顯於師子國得彌沙塞律梵本，未及譯出而亡。生以宋景平元年十一月，於龍光寺請罽賓律師佛大什執梵文，于闐沙門智勝爲譯。此律照明，蓋生之功也。關中沙門僧肇始註維摩，世咸翫味。及生更發深旨，顯暢新異，講學之匠，咸共憲章。其所述維摩、法華、泥洹、小品諸經義疏，世皆寶焉。

佛念法師傳第五

竺佛念，涼州人也。弱年出家，志業堅清，外和內朗，有通敏之鑒。諷習衆經，粗涉外學，其蒼、雅詁訓，尤所明練。少好遊方，備貫風俗。家世西河，洞曉方語，華戎音義，莫不兼解。故義學之譽雖闕，而洽聞之聲甚著。

苻堅僞建元之中，外國沙門僧伽跋澄及曇摩難提入長安，堅秘書郎趙政請跋澄出婆須蜜經胡本，當時名德莫能傳譯，衆咸推念。於是澄執梵文，念譯漢語，質斷疑義，音字方明。

曇摩難提又出王子法益壞目因緣經，念爲宣譯，并作經序。至建元二十年，政復請曇摩難提出增一阿含及中阿含，於長安城內集義學沙門，請念爲譯，敷析研覈，二載乃訖。二含光顯，念之力也。至姚興弘始之初，經學甚盛，念續出菩薩瓔珞、十住斷結及出曜、胎經、中陰經，於苻、姚二代，爲譯人之宗。自世高、支謙以後，莫踰於念。關中僧衆，咸共嘉焉。後卒於長安，遠近白黑，莫不歎惜。

法顯法師傳第六

釋法顯，本姓龔，平陽武陽人也。顯有三兄並髫齔而亡。其父懼禍及之，三歲便度爲沙彌。居家數年，病篤欲死，因送還寺，信宿便差。不復肯歸，母欲見之不能得，爲立小屋於門外，以擬去來。十歲遭父憂，叔父以其母寡獨不立，逼使還俗。顯曰：「本不以有父而出家也。正欲遠塵離俗，故入道耳。」叔父善其言，乃止。頃之母喪，至性過人。葬事既畢，仍即還寺。嘗與同學數十人於田中刈稻，時有飢賊欲奪其穀，諸沙彌悉奔走，唯顯獨留。語賊曰：「若欲須穀，隨意所取。但君等昔不布施，故此生飢貧，今復奪人，恐來世彌甚。貧道預爲君憂，故相語耳！」言訖即還。賊棄穀而去。衆僧數百人，莫不歎服。

二十受大戒，志行明潔，儀軌整肅。常慨經律舛闕，誓志尋求。以晉隆安三年，與同學慧景、道整、慧應、慧嵬等發自長安，西度沙河。上無飛鳥，下無走獸，四顧茫茫，莫測所之。唯視日以准東西，人骨以標行路耳。屢有熱風惡鬼，遇之必死，顯任緣委命，直過險難。有頃，至葱嶺。嶺冬夏積雪，有惡龍吐毒，風雨沙礫，山路艱危，壁立千仞。昔有人鑿石通路，傍施梯道，凡度七百餘梯。又躡懸緪過河數十餘處。〔七二〕仍度小雪山，遇寒風暴起，慧景噤戰不能前，語顯云：「吾其死矣！卿可時去，勿得俱殞。」言絶而卒。顯撫之號泣曰：「本圖不果，命也奈何！」復自力孤行，遂過山險。

凡所經歷三十餘國，至北天竺。未至王舍城三十餘里，有一寺，逼暮仍停。明旦，顯欲詣耆闍崛山，寺僧諫曰：「路甚艱嶮，且多黑師子，亟經噉人，何由可至？」顯曰：「遠涉數萬，誓到靈鷲。寧可使積年之誠，既至而廢耶？雖有嶮難，吾不懼也！」衆莫能止，乃遣兩僧送之。顯既至山中，日將曛夕，遂欲停宿。兩僧危懼，捨之而還。顯獨留山中，燒香禮拜，翹感舊跡，如覩聖儀。至夜，有三黑師子來蹲顯前，舐脣摇尾。顯誦經不輟，一心念佛，師子乃低頭下尾，伏顯足前。顯以手摩之，呪曰：「汝若欲相害，待我誦竟；若見試者，可便退去。」師子良久乃去。明晨還反，路窮幽深，榛木荒梗，禽獸交横，正有一逕通行而已。未至里餘，忽逢一道人，年可九十，容服麁素，而神氣俊遠。〔七三〕雖覺其韻高，而不悟是神人。須臾進前，逢一年少道人。顯問：「向逢一老道人是誰耶？」答曰：「頭陀弟子大迦葉也。」顯方惋慨良久。既至山前，有一大石橫塞室口，遂不得入。顯乃流涕，致敬而去。

又至迦施國，精舍裏有白耳龍，與衆僧約，令國內豐熟，皆有信効。沙門爲起龍舍，并設福食。每至夏坐訖日，龍輒化作一小蛇，兩耳悉白。衆咸識是龍，以銅盂盛酪，置於其中，從上座至下行之，遍乃化去。年輒一出，顯亦親見此龍。

後至中天竺，於摩竭提巴連弗邑阿育王塔南天王寺得摩訶僧祇律，又得薩婆多律抄、雜阿毗曇心、綖經、方等泥洹等經。顯留三年，學梵書梵語，躬自書寫。於是持經像，寄附商客到師子國。顯同侶十餘，〔七四〕或留或亡，顧影唯己，常懷悲慨。忽於玉像前見商人以晉地一白團扇供養，不覺悽然下淚。停二年，復得彌沙塞律、長阿含、雜阿含及雜藏本，並漢土所無。

既而附商人大舶還東。舶有二百許人，值大暴風，舶壞水入。衆人惶怖，即取雜物棄之。顯恐商人棄其經像，唯一心念觀世音，及歸命漢土衆僧。大風晝夜十三日，吹舶至島下，治舶竟前。時陰雨晦冥，不知何之，唯任風而已。若值伏石及賊，萬無一全。行九十日，達耶婆提國。停五月日，復隨他商侶東趣廣州。〔七五〕舉帆月餘日，中夜忽遇大風，舉舶震懼。衆共議曰：「坐載此沙門，使我等狼狽，不可以一人故，令一衆俱亡。」欲推棄之。法顯檀越厲聲呵商人曰：「汝若下此沙門，亦應下我，不爾便當見殺。漢地帝王奉佛敬僧，我至彼告王，必當罪汝！」商人相視失色，僶俛而止。既水盡糧竭，唯任風隨流。忽至岸，見藜藋菜依然，知是漢地，但未測何方。卽乘小舶入浦尋村，遇獵者二人，顯問：「此何地耶？」獵人曰：「是青州長廣郡牢山南岸。」獵人還，以告太守李嶷。嶷素敬信，忽聞沙門遠至，躬自迎勞。顯持經像隨還。

頃之，欲南歸。時刺史請留過冬，顯曰：「貧道投身於不返之地，志在弘通，所期未果，不得久停。」遂南造京師，就外國禪師佛馱跋陀羅，於道場寺譯出六卷泥洹、摩訶僧祇律、方等泥洹經、綖經、雜阿毗曇心未及譯者，垂有百萬言。顯既出大泥洹經，流布教化，咸使見聞。有一家失其姓名，居近揚都朱雀門，世奉正化，自寫一部，讀誦供養。無別經室，與雜書共屋。後風火忽起，延及其家，資物皆盡，唯泥洹經儼然具存，煨燼不侵，卷色無異。揚州共傳，〔七六〕咸稱神妙。後到荆州，卒于辛寺，〔七七〕春秋八十有二。衆咸慟惜。其所聞見風俗，別有傳記。

智嚴法師傳第七

釋智嚴，不知何許人。弱冠出家，便以精勤著名，納衣宴坐，蔬食永歲。志欲廣求經法，遂周流西域。進到罽賓，遇禪師佛馱跋陀羅，志欲傳法中國，乃竭誠要請。跋陀嘉其懇至，遂共東行。於是踰涉雪山，寒苦嶮絶，飲冰茹木，〔七八〕頻於危殆。綿歷數載，方達關中。常依隨跋陀，止於長安大寺。頃者，跋陀横爲秦僧所擯，嚴與西來徒衆並分散出關，仍憩山東精舍，坐禪誦經，力精修學。

晉義熙十二年，宋武帝西伐長安，剋捷旋旆，塗出山東。時始興公王恢從駕，遊觀山川，至嚴精舍。見其同志三僧，各坐繩床，禪思湛然。恢至，良久不覺。於是彈指，三人開眼，俄而還閉，不與交言。恢心敬其奇，訪諸耆老，皆云：「此三僧隱居積年，未嘗出山。〔七九〕」恢即啓宋武，延請還都，莫肯行者。屢請懇至，二人推嚴隨行。恢道懷素篤，禮事甚備。還都，即住始興寺。嚴性虛靜，志避囂塵。恢乃於東郊之際更起精舍，即枳園寺也。

嚴前還於西域，得胡本衆經，未及譯寫。到宋元嘉四年，乃共沙門寶雲譯出普耀、廣博嚴淨及四天王凡三部經。在寺不受别請，遠近道俗敬而服之。其未出家時，嘗受五戒，有所虧犯。後入道受具足，常疑不得戒，每以爲懼，積年禪觀，而不能自了。遂更汎海，重到天竺，諮諸明達。值羅漢比丘，具以事問羅漢。羅漢不敢判決，乃爲嚴入定，往兜率宮諮彌勒。彌勒答稱得戒。嚴大喜躍，於是步歸。行至罽賓，無疾而卒，時年七十八。外國之法，得道僧無常，與凡僧别葬一處。嚴雖苦行絶倫，而時衆未判其得道信否，欲葬凡僧之墓。抗舉嚴喪，永不肯起，又益人衆，不動如初。衆咸驚怪，試改向得道墓所，於是四人輿之，行駛如風，遂得窆葬。後嚴弟子智羽、智達、智遠從西域還，報此消息訖，俱還外國。

寶雲法師傳第八

釋寶雲，未詳其氏族，傳云涼州人也。弱年出家，精勤有學行。志韻剛潔，不偶於世，故少以直方純素爲名。而求法懇惻，忘身徇道，誓欲躬覩靈跡，廣尋羣經。遂以晉隆安之初，遠適西域。與法顯、智嚴先後相隨，涉履流沙，登踰雪嶺，勤苦艱危，不以爲難。遂歷于闐、天竺諸國，備覩靈異。乃經羅刹之野，聞天鼓之音，釋迦影跡，多所瞻禮。雲在外域，遍學胡書，天竺諸國音字詁訓，悉皆貫練。後還長安，隨禪師佛馱跋陀羅受業，修道禪門，孜孜不怠。俄而禪師橫爲秦僧所擯，徒衆悉同其咎，雲亦奔散。會廬山釋慧遠解其擯事，共歸揚州，安止道場寺。僧衆以雲志力堅猛，弘道絶域，莫不披衿諮問，敬而愛焉。

雲譯出新無量壽，晚出諸經，多雲所譯。常手執胡本，口宣晉語，華戎兼通，音訓允正。雲之所定，衆咸信服。初，關中沙門竺佛念善於宣譯，於苻、姚二世，顯出衆經。江左譯梵，〔八〇〕莫踰於雲。故於晉、宋之際，弘通法藏，沙門慧觀等咸友而善之。雲性好幽居，以保閑寂。遂適六合山寺，譯出佛所行讚經。山多荒民，俗好草竊，雲説法教誘，多有改惡，禮事供養，十室而八九。〔八一〕頃之，道場慧觀臨卒，請雲還都，總理寺任。雲不得已而還。居歲餘，復還六合。以元嘉二十六年卒，春秋七十餘。其所造外國，別有記傳。徵士豫章雷次宗爲其傳序。

智猛法師傳第九

釋智猛，雍州京兆郡新豐縣人也。禀性端明，礪行清白。少襲法服，修業專至，諷誦之聲，以夜續晝。每見外國道人説釋迦遺跡，又聞方等衆經布在西域，常慨然有感，馳心遐外。以爲萬里咫尺，千載可追也。遂以僞秦弘始六年，戊辰之歲，招結同志沙門十有五人，發跡長安。渡河順谷三十六渡，至涼州城。既而西出陽關，入流沙，二千餘里，地無水草，路絶行人。冬則嚴厲，夏則瘴熱。〔八二〕人死，聚骨以標行路。驝駝負糧，理極辛阻。遂歷鄯鄯、龜兹、于闐諸國，備觀風俗。

從于闐西南行二千里，始登葱嶺，而同侣九人退還。猛遂與餘伴進行千七百餘里，〔八三〕至波淪國。三度雪山，冰崖皓然，百千餘仞，飛緪爲橋，乘虚而過，窺不見底，仰不見天，寒氣慘酷，影戰魂慄。漢之張騫、甘英所不至也。

復南行千里，至罽賓國，再渡辛頭河，雪山壁立，轉甚於前。下多瘴氣，惡鬼斷路，行者多死。猛誠心冥徹，履險能濟。既至罽賓城，恒有五百羅漢住此國中，而常往反阿耨達池。

有大德羅漢見猛至止，歡喜讚歎。猛諮問方土，爲說四天下事，〔八四〕具在其傳。猛先於奇沙國見佛文石唾壺，又於此國見佛鉢，光色紫紺，四邊燦然。〔八五〕猛花香供養，〔八六〕頂戴發願：「鉢若有應，能輕能重。」既而轉重，力遂不堪，及下案時，復不覺重。其道心所應如此。

復西南行千三百里，至迦惟羅衛國，見佛髮、佛牙及肉髻骨，佛影、佛跡，炳然具在。又覩泥洹堅固之林，降魔菩提之樹。猛喜心内充，設供一日，兼以寶蓋大衣，覆降魔像。其所遊踐，究觀靈變，天梯龍池之事，不可勝數。

後至華氏城，是阿育王舊都。有大智婆羅門，名羅閱宗，舉族弘法，王所欽重。造純銀塔高三丈，沙門法顯先於其家已得六卷泥洹。及見猛，問云：「秦地有大乘學不？」答曰：「悉大乘學。」羅閱驚歎曰：「希有希有，將非菩薩往化耶！」猛就其家得泥洹胡本一部，又尋得摩訶僧祇律一部，及餘經胡本，誓願流通。

於是便反，以甲子歲發天竺，同行四僧於路無常，〔八七〕唯猛與曇纂俱還於涼州。譯出泥洹本，得二十卷。以元嘉十四年入蜀，十六年七月七日於鍾山定林寺造傳。猛以元嘉末卒。

法勇法師傳第十

釋法勇者，胡言曇無竭，本姓李氏，幽州黄龍國人也。幼爲沙彌，便修苦行，持戒諷經，爲師僧所敬異。嘗聞沙門法顯、寶雲諸僧躬踐佛國，慨然有忘身之誓。遂以宋永初之元，〔八八〕招集同志沙門僧猛、曇朗之徒二十有五人，共齎旛蓋供養之具，發跡北土，〔八九〕遠適西方。

初至河南國，仍出海西郡，進入流沙。到高昌郡，經歷龜茲、沙勒諸國，前登葱嶺雪山。棧路險惡，驢駝不通，層冰峩峩，絶無草木，山多瘴氣，下有大江，浚急如箭。於東西兩山之脇，繫索爲橋，相去五里，十人一過。到彼岸已，舉烟爲幟，後人見烟，知前已度，方得更進。若久不見烟，則知暴風吹索，人墮江中。行葱嶺三日方過。復上雪山，懸崖壁立，無安足處，石壁皆有故杙孔，處處相對。人各執四杙，先拔下杙，手攀上杙，展轉相代。三日方過，乃到平地相待，料檢同侶，失十二人。

進至罽賓國，禮拜佛鉢。停歲餘，學胡書竟，便解胡語。求得觀世音受記經梵文一部。無竭同行沙門餘十三人，西行到新頭那提河，漢言師子口。緣河西入月氏國，〔九〇〕禮拜佛肉髻骨，及覩自沸水船。〔九一〕後至檀特山南石留寺，住僧三百人，雜三乘學。無竭便停此寺，受具足戒。天竺沙門佛陀多羅，齊言佛救，〔九二〕彼方衆僧云其已得道果。無竭請爲和上，漢沙門志定爲阿闍梨。於寺夏坐三月日。

復北行至中天竺，曠絶之處，常齎石蜜爲糧。其同侣八人路亡，五人俱行，屢經危棘。無竭所齎觀世音經，常專心繫念。進涉舍衞國，中野逢山象一羣，無竭稱名歸命，卽有師子從林中出，象驚怖奔走。後渡恒河，復值野牛一羣鳴吼而來，將欲害人。無竭歸命如初，尋有大鷲飛來，野牛驚散，遂得免害。〔九三〕其誠心所感，在嶮克濟，皆此類也。後於南天竺，隨舶汎海達廣州，所歷事跡，別有記傳。其所譯出觀世音受記經，今傳于京師。後不知所終。

校勘記

〔一〕其父不能奪　「其」字麗本脱，兹從宋本、磧砂本、元本、明本。

〔二〕世俗墳索　「索」字宋本、磧砂本、元本、明本作「籍」，兹從麗本及梁傳一帛遠傳。

〔三〕多所該貫　「貫」字宋本、磧砂本、元本、明本作「覽」，兹從麗本及梁傳一本傳。

〔四〕白黑稟受　「黑」字下宋本、磧砂本、元本、明本有「宗」字，從麗本删。

〔五〕待以師友之禮　「禮」字麗本作「敬」，兹從宋本、磧砂本、元本、明本。

〔六〕會張輔爲秦州刺史　宋本、磧砂本、元本、明本作「會南陽張光世儒爲涼州刺史」，誤，從麗本改。

〔七〕輔以祖名德顯著　「輔」字宋本、磧砂本、元本、明本作「光」，從麗本改。下同。

〔八〕欲令反服　「服」字宋本、磧砂本、元本、明本作「俗」，兹從麗本。

〔九〕先有州人管蕃與祖論議　「有」字宋本、磧砂本、元本、明本作「是涼」，兹從麗本。

〔一〇〕屢屈於祖　「屈於祖」宋本、磧砂本、元本、明本作「爲祖所屈」，兹從麗本。
〔一一〕每加讒構　「每」字宋本、磧砂本、元本作「妄」，兹從麗本、明本。
〔一二〕忽語諸道人及弟子曰　宋本、磧砂本、元本、明本有「諸」字，麗本脱，又「曰」作「云」。
〔一三〕輔使收之行罰　「行罰」二字宋本、磧砂本、元本、明本脱，從麗本補。
〔一四〕衆咸怪惋　「惋」字宋本、磧沙本、元本、明本作「謂常不爾法」，兹從麗本。
〔一五〕非今日事也　「日」字麗本脱，兹從宋本、磧砂本、元本、明本。
〔一六〕法祖前身罪緣　「法」字麗本脱，兹從宋本、磧砂本、元本、明本。
〔一七〕與輔爲善知識　「輔」字宋本、磧砂本、元本、明本作「張光」，兹從麗本。
〔一八〕遂鞭之五十　「遂鞭」二字宋本、磧砂本、元本、明本作「光遂害」，兹從麗本。
〔一九〕初祖道化之聲被於關隴　宋本、磧砂本、元本、明本「之」作「德」，「關隴」作「數州」，兹從麗本。
〔二〇〕崤崡之右奉之若神　「之右」二字宋本作「之西」，磧砂本、元本、明本作「以西」，兹從麗本。
〔二一〕輔遣軍上隴　宋本、磧砂本、元本、明本作「光遣軍始上隴」，兹從麗本。
〔二二〕羌胡率輕騎逆戰　自「逆戰」以下至本傳末，宋本、磧砂本、元本、明本與麗本不同，兹從麗本。宋本等凡九十五字，録之如下：「生擒光斬之。既雪怨耻，稱善而還。諸豪帥遂分祖屍骸，各立寺廟而禮事焉。晉太原孫興公著道賢論，以于、帛七僧方竹林七賢，以祖比嵇叔夜，其見稱如此。初祖譯出惟逮菩薩經一部，又注首楞嚴經，猶傳於世。其所出諸經，遭值亂離，故名録空存。」
〔二三〕殆不異也　「殆」字各本作「治」，據梁傳一本傳改。
〔二四〕其見稱如此　「其」字各本作「共」，據梁傳一本傳改。

〔二五〕嘗譯惟遠弟子本起五部僧等三部經　「起」字各本脫，據梁傳一本傳補。

〔二六〕祖弟法祚亦少有令譽　「祚」字各本作「作」，據梁傳一本傳改。下同。

〔二七〕師大驚嗟　「嗟」字麗本脫，從宋本、磧砂本、元本、明本補。

〔二八〕及析疑甄解凡二十二卷　「析」字本書卷五作「折」。

〔二九〕山栖木食修學　「栖」字麗本脫，茲從宋本、磧砂本、元本、明本。

〔三〇〕遂南投襄陽行至新野　麗本脫「襄陽行至」四字，茲從宋本、磧砂本、元本、明本。

〔三一〕厚相禮接　「禮」字麗本、宋本作「賞」，茲從磧砂本、元本、明本。

〔三二〕高平郗超遣使遺米千石　「遺」字宋本、磧砂本、元本、明本作「送」，茲從麗本。

〔三三〕損米彌覺有待之爲煩　「損」字麗本作「捐」，茲從宋本、磧砂本、元本、明本及梁傳五本傳。

〔三四〕略皆遍觀　「觀」字麗本作「覩」，茲從宋本、磧砂本、元本、明本。

〔三五〕衆以安爲堅所敬信　「衆」字麗本作「紹」，茲從宋本、磧砂本、元本、明本。

〔三六〕公何能不爲蒼生致一言耶　「致」字麗本作「故」，茲從宋本、磧砂本、元本、明本。

〔三七〕命安昇輿同載　「輿」字麗本作「輦」，茲從宋本、磧砂本、元本、明本。

〔三八〕隱士王嘉往候安　麗本脫「隱士」二字，茲從宋本、磧砂本、元本、明本。

〔三九〕誠如所言　麗本脫「誠」字，茲從宋本、磧砂本、元本、明本。

〔四〇〕師且前行　麗本作「並行前」，宋本作「師並行前」，茲從磧砂本、元本、明本。

〔四一〕其子略方得殺登稱帝　「登」字各本作「堅」，據梁傳五本傳改。

〔四二〕嘉字子年　「字」字宋本、磧砂本、元本、明本作「自」，茲從麗本。

〔四三〕人咸宗而事之　「人」字各本脫，據梁傳五本傳補。

〔四四〕安終後二十餘年而什方至　「餘」字磧砂本、元本、明本作「六」，茲從麗本、宋本。

〔四五〕釋道安博物多才通經明理　「才通」二字麗本作「通戈」，宋本作「通才」，茲從磧砂本、元本、明本。「明」字麗本、宋本、磧砂本、元本作「名」，茲從明本。

〔四六〕以衣蒙首　「蒙」字麗本作「覆」，茲從宋本、磧砂本、元本、明本。

〔四七〕遠乃遷于尋陽　「尋」字磧砂本、元本、明本作「潯」，茲從麗本、宋本。

〔四八〕此山儀形九派　「派」字麗本作「流」，茲從宋本、磧砂本、元本、明本。

〔四九〕遠創造精舍　「造」字麗本作「建」，茲從宋本、磧砂本、元本、明本。

〔五〇〕石逕苔合　麗本、宋本「逕」作「莚」，「苔」作「落」，茲從磧砂本、元本、明本及梁傳六本傳。

〔五一〕宿懷待發　「宿」字宋本、磧砂本、元本、明本作「霜」，茲從麗本。

〔五二〕審三報之相催　「催」字宋本、磧砂本、元本、明本作「推」，茲從麗本。

〔五三〕則渺茫何津　「何」字宋本、磧砂本、元本、明本作「河」，茲從麗本。

〔五四〕功福不一　各本作「福」，梁傳六本傳作「德」。

〔五五〕則無獨善於雲嶠　「雲」字宋本、磧砂本、元本、明本作「靈」，茲從麗本及梁傳六本傳。

〔五六〕然後妙覲大儀　「大」字宋本、元本、明本作「天」，茲從麗本、磧砂本。

〔五七〕飄雲衣於八極　麗本作「靈衣」，磧砂本作「雲表」，茲從宋本、元本、明本。

〔五八〕指大息以爲期　「大」字宋本、磧砂本、元本、明本作「太」，茲從麗本。

〔五九〕遠答曰　「遠」字宋本、磧砂本、元本、明本脫，從麗本及梁傳六本傳補。

〔六〇〕檀越既履順而遊性　麗本脫「性」字，茲從宋本、磧砂本、元本、明本及梁傳六本傳。

〔六一〕大智度論新訖　各本作「新訖」，梁傳六本傳「新」字下有「譯」字。

〔六二〕輒粗綴所懷　「輒」字麗本脱，茲從宋本、磧砂本、元本、明本及梁傳六本傳。

〔六三〕其名高遠國如此　「國」字宋本、磧砂本、元本、明本及梁傳六本傳作「固」，茲從麗本。

〔六四〕遠常謂大智論文句繁積　「常」字磧砂本、元本、明本作「嘗」，茲從麗本、宋本。

〔六五〕序致淵雅　宋本、磧砂本、元本、明本作「雅」，麗本作「邈」。

〔六六〕乃貽書騁説　「騁」字宋本、磧砂本、元本、明本作「聘」，麗本作「躬」，從梁傳六本傳改。

〔六七〕或禁行修整　「修」字宋本、磧砂本、元本、明本作「循」，茲從麗本。弘明集十二桓玄與僚序沙汰衆僧教亦作「修」。

〔六八〕雖楊童之豫玄文　「豫」字麗本作「參」，茲從宋本、磧砂本、元本、明本。

〔六九〕因停京師　「因」字宋本、磧砂本、元本、明本作「同」，茲從麗本。

〔七〇〕鮮見圓義　「圓」字麗本作「圖」，茲從宋本、磧砂本、元本、明本。

〔七一〕遠近悲涼　各本作「涼」，梁傳七本傳作「泣」。

〔七二〕又躡懸絙過河數十餘處　「數十餘處」麗本作「十所」，茲從宋本、磧砂本、元本、明本及梁傳三本傳。

〔七三〕而神氣俊遠　「氣」字麗本作「明」，茲從宋本、磧砂本、元本、明本及梁傳三本傳。

〔七四〕顯同侣十餘　「侣」字宋本、磧砂本、元本、明本作「旅」，茲從麗本。

〔七五〕復隨他商侣東趣廣州　「侣東」二字麗本脱，茲從宋本、磧砂本、元本、明本。

〔七六〕揚州共傳　「揚州」二字麗本作「京師」，茲從宋本、磧砂本、元本、明本。

〔七七〕卒于辛寺　各本作「新寺」，據梁傳三本傳改。

〔七八〕飲冰茹木　「飲」字宋本、磧砂本、元本、明本作「斷」，茲從麗本。

〔七九〕未嘗出山　宋本、磧砂本、元本、明本作「嘗」，麗本作「曾」。

〔八〇〕江左譯梵　「譯」字各本作「練」，據梁傳三本傳改。

〔八一〕十室而八九　麗本無「九」字，兹從宋本、磧砂本、元本、明本。

〔八二〕夏則瘴熱　「瘴熱」宋本作「障苶」，磧砂本、元本、明本作「障疫」，兹從麗本。

〔八三〕猛遂與餘伴進行千七百餘里　麗本脱「與餘伴」三字，兹從宋本、磧砂本、元本、明本。

〔八四〕爲説四天下事　「下」字各本作「子」，據梁傳三本傳改。

〔八五〕四邊燦然　「邊燦」二字宋本、磧砂本、元本、明本作「際盡」，兹從麗本。

〔八六〕猛花香供養　各本作「花香」，梁傳三本傳及智昇録四引作「香華」。

〔八七〕同行四僧於路無常　各本作「四僧」，梁傳三本傳作「三伴」。

〔八八〕遂以宋永初之元　宋本、磧砂本、元本、明本作「元」，麗本作「年」。

〔八九〕發跡北土　「北」字宋本、磧砂本、元本、明本作「此」，兹從麗本。

〔九〇〕緣河西入月支國　「緣」字麗本脱，兹從宋本、磧砂本、元本、明本。

〔九一〕及覩自沸水船　「水船」二字麗本作「木舡」，兹從宋本、磧砂本、元本、明本。

〔九二〕齊言佛救　「齊言」二字宋本、磧砂本、元本、明本作「此云」，兹從麗本。

〔九三〕遂得免害　宋本、磧砂本、元本、明本作「免害」，麗本無「害」字。

索　　引

（經名、人名、地名、寺名、年號）

以"一"、"丨"、"丿"、"丶"、"乛"爲序

一——二　畫

三　畫

四　畫

五　畫

六　畫

七 畫

八 畫

九　畫

十 畫

十一 畫

十二　畫

十三　畫

十四畫

十五　畫

十六　畫

十七畫

十八　畫

十九　畫

二十 畫

二十一　畫

二十二　畫

二十三　畫

二十四　畫

二十五 畫

二十六——二十八 畫

中華書局
初版責編 毛雙民